HERMANN ESSIG
DER TAIFUN

Hermann Essig

DER TAIFUN

Roman

Herausgegeben und mit einem Nachwort
von Rolf-Bernhard Essig

Weidle Verlag

Kätzi gewidmet

Susanne Flaubert gefiel es längst nicht mehr in Brüssel. Ihre Freunde waren außer Landes. Sie saß trübselig in ihrer Wohnküche. Am Gasbratofen stand Käterchen, ihr Dienstmädchen, und machte Rühreier. Sie tapfte gleichgültig und gedankenarm mit dem Löffel in der Pfanne herum. Zur Vermehrung oder zum Ersatz des Fettgehaltes fielen in kurzen Abständen die Katarrhtropfen von ihrer Nase in die Eierpfanne.

Susanne hatte dafür kein Auge, ihre Blicke gingen wissenshungrig durch die Fensterscheiben. Sehr aufmerksam lag aber Kätzi in Susannes Schoß und sah mit blauen besorgten Augen nach Käterchen hin.

Käterchen hatte sich die Naschsucht vor den Blicken der Katze allmählich abgewöhnt, denn sobald sie den Versuch machte, eine Speise zu kosten, tatzte Kätzi mit der Pfote nach dem Kinn der Herrin.

Wie ein unartiges Kind übte Kätzi am Dienstboten Kritik, paßte auf alles gut auf, was dieser tat, und durfte sich dabei selber alles herausnehmen. Käterchen konnte darum die Katze nicht ausstehen. Sie plante ständig, wie sie die Katze auf geheimnisvolle Weise entfernen könnte.

Da floß hinter dem Hause der Kanal vorüber. Immer gelüstete es Käterchen, Kätzi darin, in einen Sack gebunden, mit einem Stein beschwert, zu ersäufen. Bloß unbemerkt hätte es geschehen müssen.

Zur Ausführung ihrer schwarzen Gedanken kam es nie. Sie wagte es nicht, den Sack an den unteren Stockwerken vorbeizuwerfen, auch nicht nachts damit zum Hause hinaus an das Wasser hinzuschleichen.

Äußerlich mußte sie Kätzi immer schöntun. Kätzi war wie Susannes verwöhntes Kind. Die geringste unsanfte Berührung der zarten Angora oder ein versehentlicher Tritt, hatten den tagelangen Zorn Susannes zur Folge. Kätzi trug farbige seidene Schleifchen, sie besaß sogar Goldschmuck. Käterchen hatte darüber einen heillosen Ärger: wie die reinste – wurde sie gehalten. Was Brüssel an Spitzen erfinden konnte, wurde um die Katze gewikkelt.

Und dieses dumme Ding paßte auf sie beim Eierbacken auf. An Kätzis Nase schossen die Stubenfliegen vorbei; sobald eine von ihnen die Katze ablenkte, schob Käterchen den Löffel in den Mund.

Aber die dumme Sau guckte nicht weg.

Und Susanne schien ganz vertieft in der Betrachtung der Straße. Das war wieder ein recht ungemütliches Kochen unter Polizeiaugen.

In diesen trostlosen Stumpfsinn war das Leben übergegangen, seitdem die Trikolore von Brüssels Türmen verschwunden war. Susanne fühlte beim dauernden Anblick der Straße eine Gehirnstörung. Sie stand plötzlich auf, strich sich nachdenklich über die hohe Aztekenstirne und hielt die Katze im linken Arm. Käterchen gelang ein heimlicher Löffel.

Nach diesem Anfall war es wieder vorbei. Man aß einträchtig das bescheidene Mahl, Käterchen am Katzentisch, und die Katze mit der Dame. Eine Stadt war Brüssel nicht mehr. Susanne ließ sich von Käterchen die Sehnsucht kitzeln nach der Zeit, wie es gewesen war, nach dem Kapitän Labougère und der wunderschönen Madeleine. Die waren immer bei Susanne aus und ein gegangen, Käterchen war von allem Mitwisser und Zeuge. Der Kapitän hatte einmal die weiße Weste liegen lassen, und die eifersüchtige Pipi hatte gleich nachher daraufgesessen, ohne daraus die gewünschte Entdeckung zu machen.

Damals war Käterchen fast geplatzt vor Lachen. Und nun? Sie saßen, von niemand mehr gekannt, ganz verlassen. Die Wohnküche war ein verzweifelter Aufenthaltsraum, die Schlafstube erinnerte an ein Nadelkissen.

Käterchen war vom Schwarzwald auf einer Floßfahrt nach Brüssel verschlagen worden. Sie hetzte unablässig an Susanne, nach Deutschland hinüberzugehen. Über Berlin erzählte sie allerschönste Räubergeschichten, von der Friedrichstraße und Berlin bei Nacht. Es war zwar ein mehr sprichwörtlicher Ruhm der deutschen Weltstadt, Genaueres wußte niemand.

Susanne ließ sich die Entscheidung schwer werden. Sie hatte allmählich ein Bankkonto zusammenkratzen können, ohne vor ihren Freunden durch Geiz und Sparsamkeit unangenehm aufgefallen zu sein. Damit konnte sie in diesem wahrhaftigen Vogelbauer ein paar Jährchen durchhalten. Aber was war dann, wenn sich das aufzehrte? Sie war dann mehrere Jahre älter, hatte womöglich das dreißigste überschritten, und die alten Bekannten fanden sich wahrscheinlich nie wieder so zusammen wie vorher. War's nicht richtiger, den Sprung nach Berlin zu wagen?

Sie verjuxte dabei natürlich ihr bißchen Geld in wenigen Wochen.

»Das müssen Sie eben gescheit angreifen«, meinte Käterchen. »Vielleicht kriegen Sie dort schnell einen Mann. Einen festen. Nicht bloß so zur Durchreise.«

Dies zog. Susanne besorgte sich die Pässe, um nach Deutschland einwandern zu dürfen. Und Käterchen, die vor Freude herumschusselte, packte den Hausrat zusammen, soweit sie ihn nicht mit ihren klobigen Händen zerbrach.

In dem Sinne ging alles glatt von statten. Ohne viele Zwischenlage von Spänen liefen Geschirre und Gläser in eine Kiste hinein, in stolzer Absicht, bald Berlin zu sehen. Auch die Pässe wurden von der Behörde ausgestellt. Susanne hatte nach Ansicht der Polizei keine besonderen Merkmale, sie war blond, hatte dunkle Augen, die wie Kamelaugen leuchteten. Da es aber nicht Sitte ist, in Personalbeschreibungen große Phantasien zu geben, so schrieb man nicht Kamelaugen, sondern Augen: dunkel. Nase: gewöhnlich. Mund: gewöhnlich. Besondere Merkmale: keine.

Susanne war anfänglich hochbeglückt, daß sie nach dieser Personalbeschreibung unbehelligt reisen konnte. So sahen ja alle Menschen aus. Aber als man dann bei Käterchen dasselbe schrieb, da rührte sich in ihr ein unangenehmer Wurm. Daß sie mit ihrem Dienstboten gleiche Gestalt haben sollte!

Sie begann auf dem Bureau der Polizei die Unterschiede zwischen ihr und Käterchen zu erläutern. »Sehen Sie doch mich an: ich habe eine interessante hochgeformte Stirne, den Kopf leicht aztekenhaft aufgetürmt, darauf trage ich stets eine hohe mit einer Haarunterlage gestützte Frisur, hintenoben, nach dem Stile von Madame Bernadotte. Und sehen Sie dagegen die niedere uninteressante bäurische Stirne von Käterchen an, mit den sinnlosen Löckchen, die an den Kopfecken stehen. Das muß doch in den Pässen stehen.«

»Die Frisur könnte das Mädchen ebenso bauen«, brummte der Polizeisoldat.

»Aber mein Herr, wie können Sie das sagen? Niemals würde ich es gestatten, daß sich Käterchen meine Mode aneignete.«

»Ist Ihre Mode gesetzlich geschützt?«

»Nein.«

»Was wollen Sie dann eigentlich?«

»Und dann haben wir ja ganz verschiedene Nasen. Meine Nase hat eine interessante geschwungene Dimension, ich habe die Nase ein bißchen wie Philipp II. von Spanien. Und Käterchen hat einen dicken Kolben, ähnlich wie die Sorte der Gurken, die man mit Vorliebe zum Sauermachen wählt.«

»Ich kann Sie, verehrtes Fräulein, aber doch nicht als einen Philipp nach Berlin fahren lassen und Ihr Mädchen als Gurke.«

»Und sehen Sie weiter in meine Augen. Was entdecken Sie darin?«

Der Polizeisoldat sah mit einer gewissen Scheu in die Augen der Dame. Als er aber in den Augen darin war, da spürte er Lendenschmerzen und machte eine rückende Bewegung auf dem Stuhle. Und unwillkürlich rückten alle im Zimmer Schreibenden auf ihren Stuhlsitzen.

Susanne lächelte darüber mit freudigem Entzücken. Sie schob sodann den Kopf Käterchens vor den ihrigen.

»Das Fräulein sieht mich ja gar nicht an«, sagte der Soldat.

»Das ist ebenso, als wenn sie Sie ansehen würde«, meinte Susanne. »Ihr Auge ist völlig tot, und mein Auge ist eine Fülle von ungelösten Rätseln.«

Man hustete und räusperte sich im Zimmer. Der Soldat besah sich aufmerksam die Pässe und wußte nicht, wie er über die Augen schreiben sollte. »Na«, sagte er schließlich, »daß man sich nicht an das Fräulein wenden muß, sondern an die Dame, das sieht ja in Berlin ein jedes. Es ist belanglos. Haben Sie noch etwas?«

»Oh ja, ich habe noch etwas.«

Manche standen von ihren Stühlen auf und setzten sich dann wieder. Mit dieser wären sie alle gern nach Deutschland heimgefahren.

Vom Munde war gar nicht zu reden. Susanne hatte zartgespaltene Bienenlippen, und Käterchen einen Schweinsrüssel. Sie sagte es nicht, denn es sah ja jedermann. Nur im Passe hätte sie diese Randbemerkung gern stehen gehabt. Der Soldat kam ihr zu Hilfe und sagte: »Und wenn eins von Ihnen zum Küssen genommen wird, dann ist es ebenso.«

»Und es ist also gar nicht möglich, meine Personalien anders als die ihrigen anzugeben?« seufzte Susanne.

»Warum wollen Sie denn das durchaus? Sonst im allgemeinen sind die Leute froh, wenn man nichts Besonderes an ihnen findet. Wenn ich dann unter besonderen Merkmalen etwas hinschriebe, das wäre schon wie ein Wink an die Polizeibehörden, daß man auf Sie aufpassen solle.«

Susanne besann sich. »Die besonderen Merkmale würden ja auch wohl innerlich am deutlichsten zu finden sein«, sagte sie dann. »Mir käme es eben darauf an, in Berlin gleich in die richtigen Hände geleitet zu werden.«

Das machte den Polizeimann stutzig. »Fahren Sie denn mittellos? Dann dürfen wir Sie überhaupt jetzt nicht fahren lassen.«

»Nein, ich habe dreitausend Mark in der Tasche.«

Die werden bald verjubelt sein, dachte der Mann und sah mit bedenklicher Grimasse auf den Paßvermerk: Zweck der Reise. Er wollte die Hübsche gern nach Berlin gelangen lassen. Wenn er nach dem Zweck der Reise frug, so erhielt er möglicherweise eine unkluge Antwort. Und er schrieb ohne weitere Nachfrage an diese Stelle »Kunststudien«.

Susanne sah ihm über die Schulter ins Papier. Ihr Herz klopfte stark, und als der Mann nach ihr herum sah, errötete sie. »Zweck der Reise?« frug er sie jetzt.

»Kunststudien«, erwiderte Susanne mit leiser Heiterkeit.

»Und Ihr Käterchen?«

»Begleitung.«

»Jetzt können Sie zufrieden sein. Und nun merkt auch alle Welt, daß es sich nicht um das Fräulein dreht, sondern um die Dame. Sie sind die Künstlerin, und die andere ist die Geige.«

Ein allgemeines Gelächter entstand im Zimmer. Susanne grinste, daß die Ecken der zarten Bienenlippen an die Ohren hinumtraten. Unerwarteterweise wehrte sich Käterchen dagegen. »Wie man's ansieht«, knurrte sie.

Die Polizeibeamten lachten und waren froh, daß ihr trübseliger Vormittag, den sie absaßen, von diesem Stern und seinem Trabanten durchschnitten war. Susanne selbst war ihre Reise nicht so recht geheuer, wenn sie auch jetzt mitlachte. Die Frage nach dem Zweck der Reise hatte in ihr neue Bangigkeit um die Zukunft hervorgerufen.

Sie hätte keinen Zweck angeben können. Ihre Reise war ein Sprung ins Dunkle. Fortan wußte sie wenigstens, daß sie als Kunststudierende nach Berlin reiste. Um die Kunst hatte sie sich bisher gar nicht gekümmert. Die Idee war vielleicht gar nicht so dumm. Es war eine wirkliche Idee.

Während sie mit Käterchen die Polizeistube verließ, blickten ihre Kamelaugen in die dämmerigen Steinhallen des gehirnlosen Gebäudes. Man fühlte, wenn man es durchschritt, nichts von der darin geleisteten Arbeit, und doch zitterte ganz Brüssel vor seiner Macht. Ihre Schritte waren elastisch, denn sie ging als eine wohlaffektionierte Künstlerin ihrer Zukunft entgegen.

»Was haben Sie als Beruf angegeben?« frug Käterchen mit leiser Stimme, als sie eben die Straße betraten. »Kunststudien?«

Susanne nickte bejahend und lief rasch, nur um außer Hörweite der Polizeiohren zu sein, wenn sie mit Käterchen redete.

»Wir gehen jetzt gleich in einen Buchladen und kaufen uns einen Plan von Berlin.«

Käterchen schob mit der Herrin durch die Winkel und Gassen und wollte immer etwas Näheres wissen. Susanne gab ihr nur knappe und unbestimmte Antworten. Das Ziel war nun der Buchladen. Als sie ihn endlich betrat, fühlte sich Susanne bereits in Berlin. Sie nahm ein forsches und entschlossenes Wesen an. Käterchen mußte vor dem Buchladen stehen bleiben.

Dort glotzte sie verständnislos in die Schaufenster und las langsam aber sicher alle Buchtitel, damit sie keinen im Gedächtnis behielt. Was wollte denn Fräulein Susanne mit der Kunst in Berlin? Das erschien Käterchen eine so dumme Veränderung des ganzen Lebenszwecks, daß sie nun lieber in Brüssel geblieben wäre. Parole Heimat hätte ihr gefallen, aber mit dem Zweck recht eingehenden Poussierens. Und da kam Susanne ohne Buch zurück. »Wir kaufen es in Berlin«, sagte sie zu Käterchen.

Planlos war sie aus dem Buchladen herausgekommen. Susanne wurde es angst und bange. Käterchen gegenüber gestand sie es nicht ein. Sie nahm ihr sonst den Mut. Und in den neuen, ihr ganz fremden Verhältnissen war es sehr wichtig, daß die heimatkundige Schwarzwälderin bei Stimmung blieb. Susanne hielt sich für die Geige, und Käterchen war der Spieler.

Nun war es soweit, daß alles verpackt war. Auch der Gasbratofen. Es war ein kleiner Möbelwagen voll, als halber Wagen kostete die Fracht mit Umladung noch kein Vermögen. Billiger war's bestimmt, als wenn man jetzt in den teuren Zeiten alles hier verkaufte und dort neu kaufen mußte. Und wer hätte jetzt in Brüssel alten Hausrat aufgekauft?! Susanne saß dauernd als Zuschauer mit der Katze im Schoß, dankte es Käterchen durch mancherlei Umarmungen, daß sie den ganzen Mist so kraftvoll handhabte.

Der Tag der Abreise war da. Die nachts noch einmal benutzten Betten wurden von den Transportsoldaten zusammengeschlagen und weggeschafft. Unwiderruflich ging es nun nach Berlin. Susanne mit der Katze und Käterchen standen in der ausgeleerten Wohnung. Wenn es nur noch so einfach zu reisen gewesen wäre wie zur Kinderzeit! Damals glaubte Susanne, als sie ganz allein auf dem Bahnhof von Mézières saß, mit der Fahrkarte in der Hand, der Bahnhof fahre mit ihr nach Brüssel, und sie hatte in Seelenruhe den ersten Zug wegfahren lassen, ohne hineinzusteigen. Das wäre nun so schön gewesen, wenn die leere Wohnung gleich mit ihnen losfuhr wie damals der Bahnhof von Mézières. Aber so war es nicht. Man mußte noch ein heftiges Eisenbahnfieber durchmachen und soundso viele Sicherheitsposten und Kontrollen hinter sich bringen, bis man endlich im D-Zug saß, Brüssel–Warschau, über Berlin-Mitte. Es waren interessante Ungeheuer, welche die D-Züge aus den Städten machten. Wie wird man mit ihnen den Kampf bestehen? Susanne schien es klar, daß sie vor allen Dingen sich erst richtig von dem neuen Ungeheuer verschlingen lassen mußte, um es dann von seinem Innern aus zu überwinden. Mit der Katze stieg sie die Treppe hinab, es war ihr sehr weh im Herzen, wie bei einem Abschied auf Ewigkeit.

Käterchen schritt wortlos hinter ihr, mit wütenden Blicken nach der Katze. Daß die mit nach Berlin kommen sollte, das behagte ihr gar nicht. Und was für ein freches und selbstverständliches Gesicht das Vieh auf Susannes Arm machte! Als Susanne im Heimwehschmerz das Tier mit Tränen benetzte und es an sich preßte: »Mein Kätzi! wenn ich nur dich habe, du gehst mit mir«, da verzog Käterchen spöttisch den Mund.

Sie hatte es sich geschworen, die Katze dürfe nicht nach Berlin mitkommen. Wenn sie es nicht fertiggebracht hatte, die Katze im Kanal zu ersäufen, dann warf sie sie ganz gewiß aus dem Kupeefenster, wenn der Zug dahinraste. Käterchen fühlte mit Wonne den Schnitt, mit dem die Wagenräder über den gehaßten Pelz hinwegfuhren. Sie gab sich den Anschein lächelnder Gleichgültigkeit. Die Rache an dem Tier, das sie beaufsichtigte, war dann desto überraschender und teuflischer.

Susanne war mit der Katze eine auffallende, doch vornehme Erscheinung, welche sich von dem rauhen Hintergrunde Käterchens in glänzendem Lichte abhob. Sie trug einen violettseidenen Reisemantel und ein schwarzes Samtkäppi mit einem weißen Zweihundert-Mark-Reiher; der Hut hielt sich mit einer Brillantagraffe an der hohen Haarfrisur fest, so daß er sich ansah, wie eine um eine Felsklippe fliegende Sturmmöve. Ein fast unsichtbarer

Schleier zog sich über das interessante Gesicht, mit seinem Netze suchten leidenschaftliche Lippen hie und da nervös die Berührung. Die Katze stak am Bahnhof in der großen Zobelmuffe und glich einer verhätschelten Prinzessin. Käterchen fuhr in der weißen Schürze mit der Reisetasche.

Susannes Augen waren in lebhafter Bewegung, den Ausweg nach dem Bahnsteig zu gewinnen. Es ging durch die Zollstation und durch die Kontrolle.

Susanne zeigte ihre beiden Pässe vor und wollte durch die Sperre. Da packte sie im letzten Augenblick ein derber Griff: »Halt, da ist noch jemand!«

»Nein, wir sind nur zwei.«

»Ihre Katze.«

Sofort funkelten Käterchens Augen frohlockend, und ihre Zunge leckte heraus. Die Katze durfte gewiß nicht mit. Susanne sah mit blassem Gesicht auf den Beamten.

»Verlieren Sie keine Zeit, Sie müssen für die Katze einen Paß haben, oder Sie müssen sie laufen lassen.« Susanne ruderte mit aller Macht rückwärts in die Menschenhaufen. Sie stürzte voll Entsetzen und Aufruhr zum Kommandanten. »Man sagt mir, die Katze müsse einen Paß haben.«

»Stimmt«, war die trockene Antwort.

»Aber wie soll ich denn einen Paß bekommen?«

»Da müssen Sie auf die Polizeistation Ihres Reviers.«

»Ja, aber der Zug geht ja ab.«

»Ich kann Ihnen nicht helfen, meine Dame. Wenn Sie mit Ihrer Katze keine Unannehmlichkeiten haben wollen, etwa eine Beschlagnahme unterwegs, so versehen Sie sich mit einem Paß. Oder Sie lassen sie laufen.«

»Beschlagnahmt? – Wie die Butter? – Das Fleisch?« Susanne zitterte durch den ganzen Leib. Sie rannte los, Käterchen mußte mit. Auf die Polizeistation.

Aufgeregt kam sie hier an; im letzten Augenblick ihren inneren Aufruhr bemeisternd, bat sie um den Paß für die Katze. Sie hatte noch eine leise Furcht, ausgespottet zu werden. Aber nein, der Polizist schlug sofort ein Buch auf und begann mit dem Verhör.

Was hatte Käterchen unterwegs geschimpft und geflucht, mehr Flüche, als der Schwarzwald an Klaftern Holz liefern kann! Susanne antwortete ihr mit keiner Silbe, sie sah nur mit Entsetzen in die entblößte Seele ihres für unwandelbar treu gehaltenen Dienstboten. Und jetzt auf der Polizeistation fühlte Susanne unwillkürlich eine Art Schutz für Kätzi. Sie hatte die bureaukratischen deutschen Unbegreiflichkeiten kritisieren wollen, aber wenn jetzt Kätzi einen Paß hatte, so konnte ihr doch unterwegs durch Käterchen kein Leid geschehen, denn sie reiste mit, wichtig wie ein Menschenleben. Käterchen war ja zu allem fähig, wenn sie vorhin geschrien hatte, daß sie Kätzi besser unvermerkt schon lange im Kanal ersäuft hätte.

Der Beamte frug: »Name?«

»Kätzi.«

Und dann kam die ganze Personalbeschreibung. Zuletzt »Zweck der Reise«, das füllte der gemütvolle Beamte wieder selbst aus und zwar: Freundschaft. Da preßte es Susannes Tränen mit Gewalt hervor. Und die ganze Erschütterung, die sie durch den Gedanken, Kätzi laufen lassen zu sollen, und durch Käterchens Geständnis ihres langen nur versteckten Hasses erlitten hatte, kam endlich zum Ausdruck.

Der Polizeisoldat strich noch über das zarte weiche Fell, und dann gab er Susanne die Hand, wünschte glückliche Reise, ermahnte noch, den Abschied von Brüssel nicht gar so schwer zu nehmen, in Berlin sei es viel schöner. Susanne lächelte ihm dankbar mit den vertränten Augen zu, mußte dann stärker lachen, weil sie sich schämte, so geweint zu haben.

»Warum gehen Sie eigentlich nach Berlin?« frug da der Mann, »es gibt doch gegenwärtig in Brüssel mehr Männer als in Berlin. Dort gibt es jetzt bloß Frauenzimmer.«

Susanne verstand diesen Hinweis auf seine eigene werte Männlichkeit sehr gut und wollte ihn deshalb nicht verletzen. Sie antwortete: »Jetzt geht es leider nicht mehr zu ändern.«

Der Polizeimann dachte wohl, hätte ich das Fräulein vorgestern besser vorgenommen ... Er setzte sich wieder und zog an seinen Hosen. Es mußte ihm nicht recht ins Kraut passen, daß er so persönlich geworden war. Er frug mit Sachlichkeit: »Hat es eigentlich was zu bedeuten, daß Sie das Fräulein Käterchen nennen, hat das Beziehung zur Katze?« Dabei hielt er den Paß für die Katze in der Hand und wippte damit, ehe er ihn hergab.

Susanne verstand die Frage nicht und antwortete zaghaft: »Nein.«

»Warum denn so zaghaft?« Er lächelte dabei fast gemein.

Susanne fürchtete sich. Sie glaubte, auf ihrem Wege hierher sei das unflätige Schimpfen des Mädchens über die Katze gehört worden und der Bericht darüber ihnen zur Polizeistation vorausgelaufen. Warum hielt er denn noch den Paß so zögernd in der Hand?

Der Polizeimann frug jetzt das Mädchen selber: »Das ist die Katze, und Sie sind das Käterchen? – verstehen Sie das?«

Käterchen antwortete: »Jawohl, ich verstehe Sie, aber wir zwei haben nichts miteinander zu schaffen. Wir sind Todfeinde aufeinander. Ich heiße eigentlich Kätterchen, weil ich Katherine heiße, aber das gnädige Fräulein kann es nicht anders aussprechen.«

»So sag ich ja, Kätterchen«, meinte Susanne, aber es klang wiederum wie Käterchen.

»Das ist alles?« Der Polizeimann legte den Paß in die Hand Susannes. Er war sichtlich unzufrieden. Man sah ihm an, daß er, war es auch nur durch ein paar Worte, die Aufdeckung eines komplizierten Katzenverhältnisses gewünscht hätte.

Unwillkürlich drückte Susanne, als sie den Paß endlich hatte, einen Kuß auf die Katze. So schwebte sie ab, hinter ihr Käterchen. Durch die geschlossene Tür des Bureaus hörten sie noch das Lachen der Männer. Susanne war froh, nun unterwegs zu sein. Und Käterchen fühlte sich durch den ganzen Vorgang herabgewürdigt.

Mit der Katze wurden sie überall zum Gespött; mürrisch und mit immer größer werdendem Abstand folgte die Magd der Herrin. Susanne trug mit desto innigerer Liebe Kätzi zum Bahnhof. Sie war fast überglücklich, endlich an Kätzi ihre Liebe durch eine Tat bewiesen zu haben. Das erste Mal hatte sie die Katze vor den Menschen bekannt.

* * *

Während der D-Zug Brüssel–Warschau nach Berlin unterwegs war, hatte Dr. jur. Alfred Bäumler, Charlottenburg, Viktoria-Luise-Platz 25, Zeit, den Heiratsvermittler aufzusuchen.

Es war schade, für Susanne ging diese Gelegenheit verloren. Bis der D-Zug auf Bahnhof Friedrichstraße einlief, war wahrscheinlich dieses Dr. jur. Lebensschicksal bereits durch eine passende Verbindung besiegelt. Es schien überhaupt ein tragisches Verhängnis, daß alle die Menschen, welche die D-Züge benutzten, solange nicht am Leben aktiv beteiligt waren. Deshalb war die Mode aufgekommen, die D-Züge so unheimlich rasen zu lassen. Am idealsten wäre es gewesen, wenn man so rasch wie der elektrische Funken von Ort zu Ort kam, nicht bloß mit der Stimme, nein, wenn sich erst Leib an Leib reiben konnte, dann war alles Wünschenswerte erreicht.

Man erzählte sich die Geschichte des Grafen Sablunski nicht als Fabel. Er war auf seine Geliebte sehr eifersüchtig. Als er von der Erfindung der Fernphotographie hörte, sandte er dem Erfinder einen Brief, er möchte sich auf sein Gut zu ihm begeben und ihm einen Apparat so einrichten, daß er Omeline auch elektrisch besaß, während sie am Meeresstrand badete und er auf den Feldern das Stecken der Zwiebeln besichtigte.

In alten Zeiten nannte man es Sehnsucht. Und diese war die gedankliche Spannkraft zwischen Liebenden. Den Modernen war das zu anstrengend, sie lebten lieber fröhlich und ließen ihre elektrischen Apparate alles Wünschliche arbeiten.

Man ließ auch die D-Züge so rasen, damit man dem Schicksal und dem Zufall hinter die Schliche käme. Wahrscheinlich gelang es mit der Zeit, zu entdecken, wie es manche Leute anstellten, mit Verstandeskraft reich zu werden, ohne den Eingriff eines Zufalls, oder man fing die Besuche des reichtumspendenden Zufalls durch Überfall mit dem D-Zuge noch an den Pforten der Türen ab.

Allein alle Geschwindigkeit hilft nichts, wenn einer das Pech hat, stets der arme Teufel zu bleiben, niemals ein passendes Weib zu finden, trotzdem annähernd fünfhundert Millionen Weiber auf der Erde um ihn herumkriechen.

So war vielleicht gar keine Not, daß Susanne zu spät kam. Vielleicht spielte der Heiratsvermittler, welcher ein Allerweltshexenmeister war, trotz allem sie als die richtige Lebensgefährtin dem Dr. jur. Alfred Bäumler in die Hände. Es konnte, anders ausgedrückt, dem Zufall gelingen, daß sie sich nicht versäumten, trotz des Zeitausfalls mit der D-Zugfahrt. Und ein frommes Gemüt hätte dann gesagt, Susanne fuhr nur deshalb nach Berlin, damit endlich der Doktor zu Braut und Frau kam.

Wer aber kuppelte dann?

Vielleicht der Brüsseler Schutzmann.

Man könnte das Menschenleben als ein buntes Tuchmuster auffassen, in dem keine Weberkarte das System bezeichnete, sondern wo der Zufall gelbe und blaue Fäden willkürlich durcheinanderschoß.

Diesen Schuß des Zufalls zu ermitteln, wäre eine undankbare Arbeit. Dagegen dankbarer und heiterer ist es, gewisse Menschen als Hexenmeister anzuerkennen.

Wenn Dr. Bäumler nicht den Glauben an seinen Heiratsvermittler gehabt hätte, daß er hexen konnte, so wäre er nicht zu ihm hingelaufen.

Das eigenartigste an diesem Heiratsvermittler war, daß er kein Heiratsbureau hatte, sondern einen Kunstsalon. Und er erhob keinen Pfennig Spesen für das Glück seiner Opfer.

Er spielte täglich seinen Fünfuhrtee, daß es im Hofe des Hausvierecks widerhallte. Und an den Strahlen dieser Töne kletterten besondere Menschen empor in die erste Etage des rechten Seitenflügels. Dadurch machten sie alle ihr Glück. Unglückliche züchtete der Hexenmeister grundsätzlich nicht. Er war befähigt, die Menschheit einem paradiesischen Zustande zuzuführen.

An der Korridortür war ein schwarzes Plakat angenagelt, auf dem mit gelber Messingschrift zu lesen war: Taifun, Leiter Hermione Ganswind. Während man davorstand und sich den Eintritt überlegte, wirbelten aus dem Innern die gigantischen Töne einer dämonischen, alle Sinne zermürbenden Musik. Wenn es ein Weib war, warum hieß es dann nicht Leiterin? War sie etwa eine herrische Dame, die nach Art der Tierbändigerinnen mit der Peitsche in der Hand herumlief? Sie leitete den Taifun, der den Sand der Wüste Sahara über die blühenden Landgärten des Nils in die Fluten des Mittelmeeres jagte. Irgendein geheimnisvoller Zusammenhang zwischen der fürchterlichen Musik und dem beabsichtigten Ziele mußte herrschen. Mit einem spiritistischen Schauer, der kalt über den Rücken lief, wagte man endlich den Eintritt.

Dort kroch Dr. Bäumler hinein. Sein Überzieher hing ihm stets wie nachgeschmissen über den Schultern, und sein Hütchen saß nach vorn gekantet über weit aufgerissenen Augen, die durch die Oberkante eines orthozentrischen Kneifers die Welt schräg betrachteten. Die Hände steckte er in die Hosentaschen, eine Zigarette lag zwischen die Lippen geklemmt in seinem Munde.

Von diesem Taifun hatte er schon viel gehört. Der Taifun hatte in Paris, London und Petersburg große Gemäldeausstellungen veranstaltet, die Presse aller Länder schimpfte über ihn, diese Erzeugnisse dürften erst zur Anerkennung kommen, wenn erst einmal die ganze Menschheit verrückt wäre. Der Schutz der Polizeibehörden aller Kulturländer wurde angerufen, die Menschheit vor dieser Gefahr durch Zwangsmaßregeln zu behüten. Es müßte einfach verboten werden, solche Bilder zu malen. Weil aber jedermann in seinen vier Wänden malen konnte, was er wollte, so war ein solches Verbot aussichtslos. Nur diese Werke auszustellen, sollten die Polizeien verbieten. Aber die Herren von der Polizei suchten vergebens nach einer Präzisierung der Grenze, und es blieb Tatsache, daß diese verrückte Malerei überhandnahm. Die Presse fühlte sich teilweise überwunden und begann für den Taifun Partei zu ergreifen. Der anfangs schüchterne Anhang des Taifun ballte sich lawinenhaft. An alten Größen der Kunst fegte der Taifun vorbei, daß sie nur mit resignierten Blicken hinter ihm herschauen konnten und sehen mußten, wie die gesamte Menschheit allmählich mitgerissen wurde, gleich dem Sandwirbel, der auf den donnernden Flügeln des Wüstensturmes dahinjagte. Wohin die Reise ging, überlegte keiner der Anhänger, ob in die Fluten des Meeres zum Ertrinken oder auf die glühenden Steppen Asiens zum Ersticken, das kümmerte einen hingerissenen Anhänger nicht.

War das nicht verrückt? Überhaupt, wo begann der gesunde Menschenverstand, und wo hörte er auf?

Dr. Bäumler, der Verzweifelte, begab sich endlich dahin, selbst zu untersuchen. Er war von seinem klaren Verstande völlig überzeugt und maßte sich mit Fug und Recht die Fähigkeiten an, den Taifun prüfen zu können.

Allein. Das war doch die größte Torheit. Denn, wem war es nicht selbstverständlich, daß der Taifun jeden, wenn er auch nur den Kopf hineinsteckte, sofort mitriß?! Man mußte sich den Ort der Handlung etwa vorstellen wie ein Riesengebläse, das die Menschen wie Staub wegsaugte. Das Saugen begann, wenn einer schon den dunkeldüstern Hof des Häuservierecks betrat. Unwiderstehlich riß ihn die Musik die Treppe hinauf, empor, hinein, und einmal drin, kam er nur wieder heraus, wenn ihm der Leiter freundlich zum Abschied die Hand reichte. Solcher Mensch kam dann immer wieder.

Suchte ein Mensch Kunst oder Literatur, es blieb sich gleich, alle unbewußten Dranggefühle verkörperte die Musik, gespielt und erfunden von Hermiones Ehegatten.

Wer die Bändigerin des Taifun bewältigen konnte, der mußte ein guter Reiter sein.

Da kam der Doktor mit seinem schiefen Schubiak an wie ein Papierfetzen, der schon von jeder Kehrichtmaschine eingezogen wird. Aber solche leicht gewordenen Menschen, die nur noch haltlos wie Papierschnitzel umhergeweht wurden, waren am tauglichsten. Diese leichtesten konnten vom Taifun bis in die höchsten Himmel geblasen werden. Und gerade solche gingen als die Götter in den Himmel ein, worin sie fest aufgebaut und als Sterne am Firmament angeklebt wurden, um beschaut zu werden von den in ständigem Wirbel mitgerissenen schwereren Menschenexemplaren.

Holla! Als Dr. Bäumler zur Tür eingetreten war, klatschte diese zu wie von einem Gewitterluftzuge. Ihm flog schon das Hütchen vom Kopfe, hinauf auf einen Kleiderhaken. Und sein Überzieher ging mit heraus, daß fast der Rock drin stecken blieb. Der Doktor mußte ihn schnell zuknöpfen, damit er nicht weggeblasen wurde, sonst konnte noch Weste, Hemd und Hose mit heruntergehen, dann stand er nackt.

War es nicht kühl und kalt? Der Doktor klapperte mit den Zähnen. Er spürte den Vorfrühling in seinen Gliedern. Wenn er etwa hier zur Braut käme! Und diese zur Frau machen müßte? Er war ja eigentlich nicht zum Taifun gelaufen, um ihn zu prüfen, sondern um zu erfahren, ob man hier nicht auch heiraten konnte. Vielleicht in dem großen Anhang im Sandwirbel, wenn der Leiter dabei nachhalf. Es war ja klar, wenn das Publikum im ständigen Rausche im Taifun dahinjagte, so mußte doch der Leiter ein bewegungsfreier Gegenstand sein, denn sonst wäre die Veranstaltung gar zu übermenschlich und unbarmherzig gewesen.

So war es auch.

Hermione kam zu jedem im Wirbel Befindlichen gütig und gnädig hin, reichte ihm die Hand und sprach mit einer süßen Engelstimme mit ihm. Dann verschwand sie wieder. Und der jedesmal Angeredete wirbelte weiter, es blieb ihm nur die Sehnsucht im Herzen, den schönen Engel bald wieder in seiner Nähe zu fühlen.

Bei dem Doktor ging es besonders wunderbar. Mit ihm wirbelte Hermione sofort ins Allerheiligste. Dorthin, wo der Flügel stand, aus dem der Gatte soeben einen Tamtam-Marsch herausschlug, daß allen Anwesenden die Beine zuckten, als müßten sie von Asien nach Amerika über die Beringstraße schreiten.

Hermione lächelte süß. Ihre blonden Fransen hingen nahe bis zu den blauen klugen Augen. Ein lichtblauer Flor umhüllte kleidartig ihre nordische Gestalt.

Am Flügel wackelte das Haupt einer ägyptischen Sphinx. Der Ehegatte war mitten im Taifun geformt worden, und nun saß er als der höchste Gott und Hexenmeister am Flügel.

Die freundlichen Augen des Leiters hatten den Doktor zum Sitzen eingeladen. Und selbst saß sie wieder im Kreise der anbetend Lauschenden. Sie hielt das eine Bein über das andere geschlagen, beugte den Rumpf nach vorn, daß der schwanenschöne Nacken das Bild ihres Gesichts den Lauschenden aufmerksamer vor Augen hielt. Ihren Arm stützte sie auf das emporgeschlagene Knie, daß die Rundheit ihrer Nacktheit deutlich hervorschaute. Im gesamten glich sie einem großgewachsenen Baby, und sie erinnerte darum die verzückten Anbeter an einen Engel, wie sie in den Jagdgründen Walhallas umhergehend gedacht werden.

Der Doktor sah sich im Kreise mit den Falten eines Misanthropen um. Er saß etwa da, wie die Karikatur des von Michel Angelo erfundenen Gottvaters. Karikatur mußte es ja sein, wenn solcher Gottvater einen Kneifer auf der Nase trug. Hermione betrachtete ihn aufmerksam. Der Neugekommene war gewiß ein Mensch von großer künstlerischer Anlage. Das bewiesen sein weißes Stärkehemd, die schwarzen Lackschuhe und die grauseidenen Strümpfe, die etwas hagere Gestalt, welche häufig die Kniee zusammenzog, wie ein streitsüchtiger Geißbock. Die beiden Ellbogen stützte er mit Vorliebe auf die Lehnen seines Fauteuils. Der Mensch wollte gewiß aus ihm reden, nur das Schicksal hatte ihm die Mundhöhle verschlossen. Dieser Marabu hatte bisher im Sumpfland gestanden. Der Taifun mußte ihn in die Lüfte reißen; wer wußte, in welchen hohen Regionen er endlich die Schwingen frei bekam.

Wenn er im Kreise umherblickte, so lag etwas wie ein leiser Spott auf seinen rasierten Affenlippen. An den Wänden wagten seine Blicke kaum emporzuklimmen, insbesondere überschnitt dann die Blicklinie die oberen Ränder seines Augenglases, so daß er nichts mehr sehen konnte. An den Erzeugnissen der bildenden Kunst, welche der Taifun vertrat, glitten darum seine Augen blind ab. Diese Bilder hingen überall in dem Salon und seinen Nebenhimmeln, in den Gängen und winkeligen Abzweigungen, nur die Toilette war ohne sie.

Daß der Doktor nicht wagte, nach dieser Kunst emporzuschauen, nahm ihm keiner übel. Es war ein Zeichen für seine Bescheidenheit. Das Gewinnende an diesen Bildern war ja eben, daß man erst langsam sie zu betrachten wagte. Bei einem Rubens erkannte man sofort das Weib, aber nur hier sah man es nie, sondern wünschte und empfand es nur. Es gab schlechterdings für Sittenvereine eher eine Möglichkeit, gegen die Klassiker einzuschreiten, als gegen diese Modernsten. Sie predigten eigentlich alle die reale Welt, aber eine Wirklichkeit, die nur im Geiste existierte. Die Wirklichkeit des Geistes.

Der Doktor überlegte sich die Sache, den leisen Spott um die Mundwinkel. Paßte diese Umgebung für ihn? Wie sollte er auf diesem Wege zu der realsten Möglichkeit, zur Ehe, gelangen? Aber das konnte nur ein scheinbarer Widerspruch sein, denn die Menschen, welche er sah, hatten alle etwas fast Philisterhaftes in ihrem Anzug, nur Hermione und ihrem Gemahl sah man das Gottentsprossene an. Wahrscheinlich lebten sie in kinderloser Ehe. Diese setzte der Doktor auch für sich voraus. Dagegen saß dort drüben auf einem Sessel scheinbar ein Künstler mit schwarzem Lockenhaupt, neben ihm seine Gattin, eine gute Dicke, die wahrscheinlich viele Kinder hatte. War es ein Dichter? Dann wettete er darauf, daß er mindestens ebenso viele Kinder hatte, wie unaufgeführte Schauspiele. Manche sahen dann wieder so lammfromm aus, daß man nicht fehlging, nur die wilde Ehe für sie für möglich zu halten.

Hermione wartete mit Spannung, bis der Tamtam zu Ende war. Jetzt hatte er nur noch ein paar Dutzend Takte, dann planschte der Fußgänger auf der Beringstraße ins Wasser, ohne Amerika erreicht zu haben. Und dann trieb der Lauschende auf bleiernen Wogen, ungekannt wohin, weiter, ohne Ziel. Das war das Berükkende in dieser ganzen Richtung, das Ziellose. In Literatur und Musik.

Der Marsch endete wie eine abgeschnittene Welle. Eine natürliche Unmöglichkeit, aber geistig vorstellbar, und darum wirklich. Darin verkündete Ganswind, der Waltende, seinen Jüngern die ganze gedankliche Tiefe der Unnatur.

Mit einem kurzen Ruck stand gleichzeitig mit dem letzten Tritt der gespreizten Hände der Kopf still. Während des Spiels sah man ihn vielleicht doppelt und dreifach infolge des leidenschaftlichen Nickens und des drachenhaften Schnaubens seines erregten Atems. Es war ein Genuß gewesen, den Erschütterungen des musikalischen Körpers zuzusehen. Jetzt stand ein fast kleiner Mensch vom Klavierstuhle auf, guckte äffchenhaft um sich und schritt gemessen auf den Doktor zu. Die Haare des Genies standen wie lange, gekrümmte, steife Sicheln nach hinten und waren über dem gesteiften Halskragen senkrecht zum Wirbel abgeschnitten, so daß das Profil einer Sphinx ähnlich sah. Die Nase hatte einen feinen zarten Schnitt, und die Stirn war hoch wie bei einem gewaltigen Denker. Trotz der auffallenden Form infolge des absonderlichen Haarschnittes flößte der ganze Kopf Vertrauen und Neigung ein. Der Doktor hatte das Gefühl, als der Künstler ihm die Hand drückte, daß er hier einen Freund besitze, dem er sich nicht mitteilen konnte, ohne daß seine Mitteilungen später ironisiert wurden.

Beim Druck der Hand verzog sich das Gesicht Ganswinds zu einem breiten Grinsen. Das stand in scharfem, unverständlichem Gegensatz zu den exakten durchdachten Bewegungen am Flügel. Der Doktor hatte sich erhoben und grüßte lächelnd, aber mit großer Bescheidenheit. Ein korrektes Schweigen herrschte noch längere Zeit, denn jedes Wort klang nach dieser Musik hohl und leer.

Bis Hermione aufstand. Es erhoben sich auch die anderen und folgten der anmutig Lockenden in den Nebensalon. Dort stand der Tee in farbenreichen Gefäßen, und mit den zarten Fingern warf Hermione manchem der Gäste mit neckischem Lächeln, das engelhafte Antlitz immer von dem schönen Halse gehoben, Zuckerstückchen in die Teetasse. Dabei war stets aus ihrem Wesen die Energie spürbar, daß die Anerkennung alles ihres Tuns durch die Gäste nicht nur von ihr gewünscht, sondern auch erreicht war.

Der Doktor stand anfänglich still in einer Ecke und folgte nachdenklich diesen graziösen und zugleich starken Bewegungen; er spitzte gespannt die Ohren, das wenige, was sie sprach, zu erhaschen. Ihre Stimme war klangvoll mit einer akzentuierten Erhöhung auf dem Anlaut, und sie sprach das Hamburgische S.

Ganswind schien mit dieser Beobachtung des Doktors einsamen Standort aufheben zu wollen, er nahte sich ihm und legte freundschaftlich die rechte Hand auf des Doktors Schulter, während seine Linke den Rockschoß seines frackartigen Gowings auf dem Rücken trug. Er atmete den Doktor ein paarmal an, weil er die einleitenden Worte nicht recht fand, dann aber hatte er sie endlich doch auf der Zunge: »Herr Doktor, wollen Sie meine Privatsammlung ansehen?«

Der Doktor hatte jetzt auch ihn durchdringend angesehen. »Privatsammlung?« er wiederholte es gacksend und stolperte über seine eigenen Füße, dann ging er gottergeben hinter dem Impresario seiner Zukunft.

Sie kamen durch enge Gänge und toll überladene Geschäftsräume, so voll von Papieren, Büchern, Druckschriften und verstauten Handskizzen, daß hier nur noch eine Feuersbrunst Ordnung schaffen konnte. Jetzt hing vor des Doktors Auge ein Gemälde, einen Menschen darstellend, dessen Kopf umgestülpt auf dem Halse saß, während an seinen Hinterteil ein Kätzchen mit der Zunge anstieß. Ein Hauptwerk der Sammlung. Das Bild reproduzierte also einen Menschen, der in perversen Affektionen verrückt geworden war, oder die andere Möglichkeit, einen Katzenfeind. Der Doktor stand lange davor, die Idee des Taifun gebar sich in ihm. In diesen Räumen wurde er zum Jünger der neuen Epoche geworben, ohne daß man ein werbendes Wort an ihn richtete.

Erst als er anerkennende Worte stammelte: »Fabelhaft, eigenartig, alles berückend«, da sprach Ganswind: »Das nennen wir die Kunst.«

Es war augenscheinlich, daß der Künstler nicht aus Unvermögen, die Elemente zu beherrschen, so irr gemalt, sondern im Gegenteil eine Farbenschönheit und Reinheit hervorgebracht hatte, welche die feinsten Sinne fesselte. Aber daß der Kopf umgekehrt auf dem Halse saß? Warum das?

Darüber befragt, äußerte Ganswind: »Das weiß ich nicht, und es würde wohl auch der Künstler nicht wissen. Es kommt ebensowenig darauf an, was das Bild darstellt, wie darauf, ob es überhaupt darstellen soll; das Bild nimmt den Beschauer gefangen, es erschüttert ihn, es zermalmt ihn; das ist der Zweck des Künstlers. Wenn er überhaupt einen Zweck haben will. Der Künstler ist in seiner Existenz genau so ein Geschöpf des Zwangs wie alles Existierende, das weder seinen Ursprung noch sein Ende je erkennen wird. Die Kunst ist frei.«

Dem Doktor war es, als hätte jemand mit der Zange nach seinem Herzen gegriffen. »Ich spielte bisher auf der Bühne meine Rollen und plötzlich wurde ich entlassen. Warum? Weshalb?«

»Das kann ich Ihnen beantworten, lieber Herr Doktor, die Leute tun das ohne Grund, weil sie müssen.«

Der Doktor war schwer verletzt. »Soll ich Ihnen eins versetzen? Mich mußte man entlassen? Tat ich nicht alles, was ich leisten konnte?!«

»Herr Doktor, Sie mißverstehen mich, die Leute mußten Sie entlassen, weil sie von Ihrer Kunst erdrückt wurden.«

»Das ist aber eine Gemeinheit. Das Publikum zollte mir tagtäglich enthusiastischen Beifall.«

Der Doktor ließ sich in einen Sessel fallen, er sank in sich zusammen. Hatte seine Direktion etwa doch recht gehabt, ihn aufs Trockene zu setzen? War er bis jetzt in dem Wahn lebend, daß es eine Anerkennung gab, die wirklichen Wert hatte? Die Schöpfer dieser Bilder, die vor ihm an der Wand hingen, verzichteten von Anfang an auf jede Anerkennung, und sie lebten doch. Denn wenn sie nicht gelebt hätten, so hätten sie keine Farbe mehr aufwenden können, um wieder neue unanerkannte Werke zu schaffen. Aber er war ja Schauspieler.

Er konnte nur leben, wenn er spielte. Und er durfte nicht mehr spielen, man ließ ihn nicht mehr spielen. – »Aber von was soll ich denn leben?« seufzte er.

Ganswind erfüllte es mit sichtlicher Befriedigung, daß der schon einmal berühmt Gewesene nun bei ihm im Fauteuil lag und vor ihm klagte, zu ihm, den die Presse am liebsten auf dem Scheiterhaufen verbrannt hätte. Er wußte genau, daß, sähe jemand von jenen Pressemenschen den Doktor hier bei ihm, dem Doktor sofort geholfen würde. So groß war die Feindschaft, aber auch so gefürchtet der Taifun.

Ganswind zog jetzt die Stirn finster zusammen. Er durfte diesen Mann nicht ohne Hilfe lassen. Er ging aus dem Zimmer. Und der Doktor lag zerknirscht, einsam, zwischen den Ölen. Hatte er sich mit dem Schritte in den Taifun etwas vergeben? War es ein Unsinn gewesen? Oder der Anfang einer neuen Zukunft? Er gestand sich offen, daß er zu den Bildern an den Wänden in keinerlei subjektivem Verhältnisse stand. Er hielt sie für Unsinn. Seine eigene Kunst benutzte ja den Boden der Wirklichkeit. Und wie es schien, gehörte er gar nicht in diese Umgebung. Verkettete etwa rein die Tatsache der Verkennung ihn mit diesen Leuten? Vielleicht. Gewiß aber gab es eine Scheidelinie, wo sich verrückt und nicht verrückt trennten.

Und alle, die verrückt waren, sammelten sich im Taifun. Fast schämte er sich, daß er hier war. Aber wenn er dann die Menschen vor seine Augen stellte, die er bis jetzt gesehen hatte, so glaubte er ihnen doch ein bitteres Unrecht anzutun, wenn er sie für verrückt erklärte. Am besten war's für ihn, er war es selbst. Ohne daß er es bis jetzt gewußt hatte. Denn es gefiel ihm hier. Alles, was er sah, wirkte anregend. Und die Einrichtung des Teesalons war ganz bezaubernd gewesen! Einen Fluchtgedanken schlug er aus dem Sinn. Er hatte den Schritt hierher getan, nun wollte er auch alle Folgen tragen und erleben.

Er saß nicht lange allein, da kam Hermione zu ihm herein. Er scheute sich mit ihr zu reden, weil er ihre ganze Erscheinung für sehr anspruchsvoll in der Liebe hielt. Wenn er mit ihr geredet hätte, so hätte er sie auch lieben müssen. Dazu war er zu faul. Liebesabenteuer hätten ihn ja vollständig aus ihm selbst gerissen, und er fürchtete, daß er mit seinen zweiundvierzig Jahren nicht mehr genügend Phantasie dazu hatte. Nichts war ihm also peinlicher, als daß sie mit ihm allein im Zimmer saß. Sie lächelte ihn aufmunternd an, und er fürchtete sich doch, das Lächeln zu verstehen. Er konnte nicht lieben, ohne von der Leidenschaft hingerissen zu werden. Aber gerade die Leidenschaft war ihm verekelt. Er sah mit scheuen Blicken zu der schönen Erscheinung hinüber, ein voller offener Blick hätte ihn hochgetrieben. Und sie war gewiß verheiratet. Konnte er nicht in den ihm unbekannten Verhältnissen einen Skandal durch ein zu kühnes Benehmen erzeugen? Oder beleidigte er, wenn er so nüchtern blieb und nicht aggressiv wurde?

Nachdem sie eine Weile vergeblich bei ihm gesessen hatte, ging sie wieder. War es denn ein durch die Dekoration der Kunst vertuschter Tempel einer Göttin, der hier geopfert werden sollte? Seine Gedanken waren alles, nur nicht keusch. Sie gefiel ihm, aber er wagte nicht. Und hätte er gewagt, so hätte er sich gewiß schämen müssen.

Da trat ein neuer Gast bei ihm ein. Ein Herr mit weißem Knebelbart. Polizeirat Löwe.

Jetzt war er in eine Falle geraten. Der Doktor erschrak. Er wußte nicht, ob er »freut mich sehr, Sie kennen zu lernen«, sagen durfte, oder ob er sich als weltgewandter bewies, wenn er ihm sagte »ich verbitte mir Ihre Annäherung«.

Er hatte zwar nichts mehr angestellt seit seinem Erlebnis auf dem Ottilienberg, wo er als zwanzigjähriger Jüngling gerade dabei war, sein Stelldichein in ein Kornfeld zu legen, und der Flurschütze mit dem Notizbuch kam, ihn nicht einmal beendigen ließ, sondern beide roh auseinanderriß wie zwei Maikäfer. Damals schämte er sich für zwei, vor dem Schulzen zu stehen und bezahlte deshalb auch Marie Holzhausens Strafe. Warum fiel ihm gleich diese Geschichte ein? Hatte der Polizeirat seine unkeuschen Gedanken gewittert? Oder war es hier umgekehrt als zur Jünglingszeit? Jetzt gab es Strafmandate, wenn man die Liebe nicht ins Gras legte?

Als sich der Polizeirat vorstellte, fiel es dem Doktor nicht ein, gleichfalls seinen Namen zu nennen, sondern er sagte: »Ich bin es nicht.« Darüber war der Neugekommene offenbar verschnupft, denn er trat wie ein vor die Brust Gestoßener zwei Schritte zurück, kriegte einen gickersroten Kopf und schüttelte sein rotes Haupt, über das eine graue Haarsträhne wie eine Hahnenfeder mitten hinweg lief. Bereits auch hier ein Feind, dachte der Doktor. Wie konnte er aber auch ahnen, daß ein Polizeirat Mitgerissener im Taifun war?! Oder ging er als geheime Sittenaufsicht durch die verwickelten Räume?

Ganswind und Hermione kamen jetzt küssend zurück. Sie schritt einen eigenartigen Tanzschritt und hielt das Händchen mit abgestütztem Ellbogen an des Mannes Mund. Dieser nahm die Hand mit Innigkeit, führte sie dicht an die Lippen und küßte sie mit zugespitzter Schnute. Hermione schritt dann auf den Polizeirat zu, reichte ihm die Hand und empfing auch von ihm einen Handkuß.

Wie war wohl das Verhältnis dieses Polizeirats zum Taifun? Offenbar freundschaftlich. Lag in seiner Person das große Geheimnis? Der Doktor prüfte diesen Mann mit mißtrauischen Blicken.

Hermione hing sich an des Polizeirats Arm und sagte scherzend: »Herr Polizeirat, was sagen Sie zu unserem neuen Müller?« Sie meinte damit das neue Meisterwerk.

»Dieser Müller ist etwas ganz Gigantisches«, antwortete der Polizeirat.

»Das find ich auch. Und das Kätzchen mit seiner Zunge?«

»Das ist vollständig ethisch, denn sehen Sie doch den Mann an, welchen das Bild darstellt; es ist gar kein Mensch; denn wer trägt je den Kopf umgekehrt?!«

Mit einem wiehernden Lachen schlug Ganswind dem Polizeirat auf die Schulter. Und der Polizeirat war sichtlich zufrieden, daß man seine Ironie verstanden hatte. Er bereitete der strengen Zensur eine milde Urteilsmöglichkeit vor. Alles, was der Taifun in seine Sphäre zog und mit sich riß, war gesetzlich geschützt. Also war es kein Wunder, daß sich jede Kritik am Taifun stumpf rannte. Und wenn es das Schicksal aller bisherigen Apostel war, daß sie vom Taifun verschüttet wurden, und lauter Müller und Lehmanns zur Blüte kamen, so konnte auch Bäumler zum Baum wachsen, wenn er sich hingab.

Und dieser Polizeirat war also ein überzeugter Verehrer der Ganswindschen Richtung? Oder hatte die Gestalt Hermiones solche Zauberkraft? Sie wendete sich ihm lachend zu: »Herr Doktor, es ist Ihnen wohl noch alles sehr fremd. Aber Sie müssen öfters kommen, dann werden Sie bekannt, und wenn Sie bekannt sind, dann ist alles ganz anders. Das ist es eben, was Ossi will, die Leute sollen selbst urteilen. Es ist doch nichts, wenn man den Leuten sagt: das ist die Kunst. Nein, das ist eben nicht die Kunst. Ossi kann es Ihnen noch viel besser sagen.«

Der Doktor fing an zu zittern. Er stammelte in seiner Not endlich: »Ich wollte eigentlich heiraten.«

Die drei brachen in ein gemeinsames Gelächter aus. Sie fanden

den Doktor sehr komisch. »Wie kamen Sie denn nur darauf?« frug der Polizeirat.

Das Gelächter beleidigte den Doktor tief. Das waren also diese feinen Seelen der Kunst?! Sie verstanden nicht, die Psychologie seines gescheiterten Daseins zu erkennen. Er gab keinerlei weitere Erklärung ab, sondern duckte sich zerknirscht zusammen.

»Herr Doktor, es war durchaus nicht bös gemeint; es kam nur so unvorbereitet. Ossi hat schon so vielen geholfen, allen, die zu ihm kamen; bloß gerade um zu heiraten, das ist so komisch;« Frau Ganswind mußte zu sehr lachen, als daß sie es ganz unterdrücken konnte.

»Sie sollen heiraten!« erklärte jetzt Ganswind kategorisch. »Sie machen mich auf einen Zweig der Kunst aufmerksam, dem ich bisher noch keine Beachtung geschenkt hatte. Es ist die Kunst der Heiratsvermittlung. Diesen Zweig werde ich sofort in Angriff nehmen. Und Sie werden sehen, Herr Doktor, daß Sie binnen viermalvierundzwanzig Stunden mindestens eine Braut haben werden. Abgemacht.« Er streckte dem Doktor seine Hand hin, welche dieser erleichtert ergriff.

»Warum kamen Sie bloß nicht früher zu uns in den Taifun, Herr Doktor?« fragte Ganswind weiter.

»Ich hatte immer gedacht, ich könne mich noch halten«, war des Doktors zerknirschte Antwort.

»Wären Sie früher gekommen, Herr Doktor, so wäre es Ihnen gelungen. Aber Sie sollen den Weg hierher nicht bereut haben. Der Taifun ist für alles wie ein unfehlbares Haarwasser.«

Unwillkürlich griff der Doktor auf seinen dünnen, sehr graumelierten Scheitel. Er lächelte und richtete einen verschämt fragenden Blick auf Hermione, dann auf den Polizeirat. Dieser stand da und strich seinen weißen Bocksbart.

Der Polizeirat meinte: »Es ist völlig berechtigt, daß jemand wie der Herr Doktor zum Heiraten den Taifun aufsucht, das gegenwärtig erste Kunstinstitut, denn wir glauben uns nicht zu täuschen, für Sie ist Heiraten wirklich die größte Kunst.«

Mit einem traurigen Stimmchen seufzte der Doktor noch die Worte: »Ja, das wird wahr sein, ich zähle schon so viele Lenze und habe auch allen Mut verloren«, dann gab er zum Abschied die Hand, »auf Wiedersehen.«

Während der Doktor bei Piccadilly seine Verzweiflungstat durch eine Magenspülung mit Chianti beschwichtigte, saß der Polizeirat noch lange bei Hermione und Ossi. Sie berieten, was sie von Dr. Bäumler zu halten hatten.

Hermione war sehr für ihn. Er war nur zu bescheiden. »Du mußt ihn wieder zur Anerkennung bringen, Ossi«, befahl sie. »Du wirst es aber selbst vermuten, daß er durch eine reiche Heirat den Erfolg haben will«, entgegnete er. »Und aus dem Kreise des Taifun sie zu finden!« – »Nichts einfacher als das!« Der Polizeirat schlug beide Hände zusammen. »Die betreffenden Wahldamen müssen sich dem Taifun anschließen.«

Jetzt hatte der Doktor promoviert. Oskar Ganswind nahm seinen runden Künstlerhut auf den Kopf, und Baby zog ihre Strohschute über den blonden Zopf, sie rannten und strebten, aßen und tranken bei Kempinski à conto der neuen Einnahmen, welche die Wahldamen zahlen mußten. Es war selbstverständlich, daß für den Zweck der Heirat gern mehrere Dutzend abgestandene Schönheiten sich im Taifun einführen ließen. Diese mußten auf die Kunstausstellung abonnieren, auf die Halbmonatsschrift des Taifun, sie mußten auch Bilder kaufen, sogar in interner Konkurrenz. Denn jede glaubte, sie würde durch großen Aufwand im Taifun, also auf dem Wege der Bestechung, ihrer Nebenbuhlerin um den Scheitel des berühmten Doktors obsiegen.

Die Erregung in der Leitung des Taifun wurde gegen Mitternacht noch so heftig, daß sich Hermione von Ossi quälen lassen mußte, weil sie vielleicht versäumt hatte, mit dem Doktor genügend zu kokettieren. Er mußte ja wiederkommen, dieser Mensch hatte unbewußt einen neuen Schwung in die fegende Wucht des Taifun gebracht.

Hermione zitterte um Mitternacht unter den musikalischen Schwingungen von Ossis Körper, und Ossi schnitt die komponierten Grimassen in die sterndunkle Nacht. Die Gehirne der Beiden pochten an den Zenith des Himmels, und der Taifun stürzte in dumpfer Wollust flugmüde zu Boden, wo er schlief und schnarchte, Ossi so laut wie ein Holzspälter und Hermione wie eine Hotelköchin.

* * *

Wer beim Anblick eines schlafenden Weibes noch an eine Göttin denkt, dem seien seine Sünden vergeben, denn solcher sündigte aus hellem Unverstand. So war der Doktor allmählich geworden, seit er durch den Flurschütz so schamverletzt worden war. Er war völlig ausgereift in seiner Weltbetrachtung. Das Lächerlichste war auf Erden eigentlich jegliche Anbetung und Verehrung anderer Menschen, sowie ihrer Götter. Götzendienst und Fetischismus waren voll tiefer Wahrheiten und voll Schönheit. Was er nicht gleich vom Taifun verstanden hatte, das begriff er jetzt, als er in seiner Junggesellenwohnung allein war. Wie mit Zungen und Händen kitzelten die geschauten Bilder seine Nerven. Es war ein Totemkultus, der in berückender Form den Weltstadtmenschen geschenkt wurde.

Nur welche der geschauten Ungeheuerlichkeiten sollte er als sein Wahrzeichen annehmen? Das Bild mit der leckenden Katzenzunge marterte ihn. Und wie von einem stechenden Kopfschmerz besessen, hantierte er in seiner Küche. Er wohnte seit dem zweiten Kriegsjahre in Stube und Küche, Gartenhaus einer ff. Gegend. Vom Unglück wurde er aber an diesem Tage dauernd verfolgt. Er zerschlug nicht weniger als zwei Einkochgläser, die er reinigen wollte, um Aprikosen zuzusetzen. Dann mahlte er mit der Kaffeemühle Graupen, um sie in den Brotteig zu mischen. Aber die Graupen gingen nicht durch die Mühle, weil die Körner nicht hart genug waren. Mit aller Kraftanstrengung drehte er die Kaffeemühle, welche er zwischen die Kniee geklemmt hielt. Da fiel ihm die Schublade mit dem Mehle heraus, und er schüttete das schweißtriefend gewonnene Mehl in die Fersen seiner Filzschuhe über die Strümpfe. Dieses vielfache Ungeschick alterierte ihn so, daß er sich an den Schreibtisch setzte und sein Testament schrieb. Wenn auch noch das Pech wirtschaftlichen Mißgeschicks seinem dürftigen Geldbeutel Schabernack zufügte, dann war es zum Heulen und Verzicht auf das bißchen Leben.

Einer Frau wäre das wahrscheinlich nicht passiert. Und überhaupt, wenn er Geld hätte, so wäre alles ganz anders. Er malte sich das sonnigste Dasein aus mit einer Gattin, Dienstboten, mindestens sechs Zimmern, Heizung und Telephonanschluß nach einer Depositenkasse. Und dann, dann holten sie ihn gewiß wieder, und er wurde noch einmal und vielleicht erst jetzt die große Berühmtheit.

Der Polizeirat traf zu Hause noch mit dem Hausfreunde zusammen. Er lebte in aufrichtiger Ehe, in der jedes dem anderen die Zweifel durch die Gewißheit verscheucht hatte. Ob er seine Kratzer beim Taifun verübte oder wo anders, war Frau Clothilde gleichgültig. Sie interessierte sich sehr für alles, was er von seinen Entdeckungsreisen nach Hause brachte, und sie ließ sich auch dann und wann zu den entdeckten Inseln und Wundern mitschleifen. Sie gab sich sogar dazu her, ihm Hilfsdienst zu leisten, wenn er sich etwas erobern wollte. So glich er einer Art Raubritter in der Liebe, und sie auf ein Haar Dido.

»Ich habe Kopfweh«, trat er ein.

»Das kommt davon«, erwiderte sie.

»Quatsch, ich habe ein Bild gesehen von einem Menschen, dem der Kopf verkehrt auf der Halsstange steckt. Ich kann dir sagen, Clothilde, der Taifun erschöpft bald meine Fassungskraft.«

»Du wirst doch nicht schon alt werden.«

»Also, du willst es selbst haben, daß ich immer wieder hingehe? Es wird jetzt ein Damenkonzern gebildet werden.«

»Das paßt ja für dich.«

»Nun höre! Du denkst an junge siebzehnjährige Mädchen. Das ginge schon, aber man braucht dazu bereits Kapitalwild.«

»Ich bitte dich, in einer Viermillionenstadt werden sich doch mindestens gegen fünfzig junge Mädchen finden lassen, die bereits über Kapital frei verfügen können. Eventuell auch durch Vormünder.«

»Das ist nicht ohne weiteres verantwortungsfähig. Ich schwöre zwar auf die Lorbeeren der Taifungesellschaft, aber zunächst wird sie noch als ein ganz windiges Unternehmen angesehen. Und ich möchte bei der nachher ausbrechenden Revolution nicht als ein Schieber in Frage kommen.«

»Revolution?«

»Selbstverständlich, wenn von fünfzig Damen eine nur einen Mann kriegen soll und kann. Solange darum gelost wird, solange geht es, aber nachher, wenn die eine die Gewinnerin geworden ist, was dann?«

»Wenn es sich darum handelt.« Es entstand eine nachdenkliche Pause.

»Darum ist es besser, man wendet sich an solche Individuen, die sich bereits an die Enttäuschungen des Sitzenbleibens sattsam gewöhnt haben.«

»Welchem Herrn soll denn die Schur gelten?«

»Einem Schauspieler vom Passagetheater, Dr. jur. Alfred Bäumler.«

Frau Polizeirat machte da plötzlich ein ganz verschmitztes Gesicht. Ihre scheinbar so hausbackene Erscheinung verklärte diese vergnügte Neugierde aufs reizvollste. »Ich will dir sagen«, sprach sie, »um einen Schauspieler würde ich mich selber noch gern daranwagen.«

»Selbstverständlich, du darfst dich beteiligen. Der Taifun hofft darum auf eine rasche hohe Einnahme, weil eben diese Sensation groß ist. Ich bin dir sogar dankbar, wenn du ihn als Jungfrau mit umwirbst; du kannst nachher den Taifun der Entrüstung, welcher nach der Verlobung ausbrechen wird, leicht niederschlagen.«

»Und wenn der Schauspieler m i c h wählte?«

»Das wäre ein schreckliches Pech für mich.«

Die Frau des Polizeirates ging eilends durch das Berliner Zimmer nach dem Schlafzimmer. Ihr Mann mußte vorn sein, um die Polizeiordonnanz abzufertigen. In der Abteilung für Paß- und Fremdenwesen war zur Zeit große Aufmerksamkeit nötig. Polizeirat Löwe arbeitete mit Vergnügen und Liebe. Auf morgen vormittag ließ er sich wieder eine ganze Kolonne interessanter Menschen persönlich vorstellen.

Vielleicht rührte von seiner täglichen Berührung mit den absonderlichsten exotischen Wesen seine Neigung zu Neuerfindungen in der Kunst. Stand denn nicht manchem dieser Menschen der Kopf verkehrt auf dem Rumpf? Und seit die ganze Welt im

Kriegszustand lebte, fehlte die Mannigfaltigkeit der Erscheinungen im Amte. Die Darbietungen des Taifun waren dem Abwechslung liebenden Manne Ersatz für den Kriegsverlust.

Er befaßte sich seit langem mit eigener Dichtung. Es waren Couplets für die bunten Paare in Bars und Kabaretts und Tingeltangel. Sie waren nicht phantastisch, sondern urberlinerisch, von kräftiger Sprache und mokantem Witz.

Sie behandelten eigentlich jene weitgereisten Herren und Damen, wie es ihnen, in die Umwelt Berlins verschlagen, erging. Er vergaß dabei, daß jene Menschen den Welterscheinungen ganz anders gegenüberstanden, als er. Sich selbst kam er wie ein Weltendurchstreifer vor, und er blieb trotz aller Exkursionen nach Afrika, Asien und Amerika ein enger Weltstädter.

Vielleicht stand es um den Taifun ebenso. Es war eine gewisse Philisterhaftigkeit, daß sich sein Wirbelkreis für ausschließlich international hielt. Deswegen fanden allerdings die Verkannten ganz Europas in Berlin allein einen Unterschlupf. Das Ausland war in herrischem Bewußtsein stärker und ungläubiger gegenüber der Ausschließlichkeit einer Sache, ob sie nun Kunst hieß oder Technik.

Und dann hatte der Krieg noch eine eigenartige Entwicklung gezeitigt. Die Zeitungen wimmelten von Inseraten, in denen Gemälde und Galerien zum Verkauf ausgeboten wurden. Es waren extra Kunstauktionshäuser entstanden, die mit riesenhaften Gewinnen Versteigerungen veranstalteten, Sammlungen von Schweizern und Holländern.

Der Taifun überbot noch jene Auktionshäuser, indem er einfach die Erzeugnisse der Ausländer mit Beschlag belegte und seinem Besitze zuführte. Es gelang ihm dadurch, durch die freie Verfügung über teilweise seltene Werke, den Schein eines großen Reichtums vorzutäuschen, und die Preise solcher Besitzungen nach Belieben hochzuschrauben. Auf Einzelheiten und ganze Sammlungen fand er Kredit. Fast jedes halbe Jahr vergrößerte er seine Räume.

Es war dem Polizeirat oft bedenklich zumute, ob er sich als Beamter so sehr in fremde private Angelegenheiten verwickeln durfte. Besonders das Nichtwissen, wie eigentlich der Taifun fundiert war, brachte ihm manche schlaflose Nacht. Er fürchtete fast stets den Krach, und daß er mit hineingezogen würde. Aber es ging ihm wie einem Spieler am Roulette, er kam nicht mehr davon weg. Hermione zog wie ein Magnet, und zahlreiche niedliche Elevinnen stachelten immer neu. Es stand sogar so schlimm um ihn, daß er oft mitten in Amtsgeschäften an seine Herzgrube fuhr, wenn ihm eine Erinnerung an irgendwelche Absonderlichkeit Sehnsucht und Heimweh erzeugte. So hing er jetzt den wonnesamsten Gedanken nach, wie er die Damen, welche auf den Doktor losgelassen wurden, selber anzog.

Er besann sich krampfhaft auf alle möglichen und unmöglichen Gesellschaftskreise. Und gar manche einmal flüchtig gestreifte Unbekannte suchte er in seinem Gedächtnis zu ermitteln und festzustellen.

Ganswind beherrschte solches Ermittlungsverfahren von Grund aus. Und fast mühelos gewann er vorher nie geahnte Verbindungen. Es war dem Polizeirat ganz unklar, wie er schon am nächsten Morgen nicht weniger als sechs Adressen im Fernsprecher erfuhr, wohin bereits am Nachmittag Einladungen ergehen würden. Die Tochter der Schwarzen Kreuzbrauerei war ihm sogar vorgestellt worden vor fünf Jahren, aber sie war ihm nicht eingefallen. Er erinnerte sich jetzt, daß es ein Fräulein war, welches mindestens einen Zentner und neunzig Pfund wog. Wie konnte denn dieser fast spinnendünne Mensch mit solchen Maltersäcken in ein Verhältnis treten! Und er selber war als ehemaliger Husar auch mehr der leichten Reiterei zugetan. Er lachte in das Mikrophon, daß fast ein Bruch im Stromnetze entstand.

Mit ungewöhnlicher Heiterkeit empfing er heute die vorgemerkten Fremden. Die Damen besah er sich natürlich gleich aufs genaueste. Er hatte gerade den Taschenkamm eingesteckt und wollte sich vor seinen Schreibtisch setzen, als im Gange draußen vor der Tür ein lautes gilfendes Geschrei vernehmbar wurde.

Der Polizeirat lauschte. Es handelte sich offenbar um eine Katze. Lange blieb er auch nicht im Zweifel. Es krachte gegen seine Türe, dann gab es ein lautes Weinen und Jammern. Löwe schnellte empor und riß die Tür auf. Da bot sich seinen Augen ein fast bedauernswerter Anblick.

Am Boden lag eine elegante Dame, und ein Schutzmann kniete über ihr. Zwischen beiden war ein weißer Pelz erkennbar, dessen Enden hüben und drüben von Dame und Schutzmann gehalten wurden. Um ihn schien sich die Balgerei entsponnen zu haben.

»Sie Grobian! Sie verdammter Hund, Sie! Sie werden mir meine Katze nicht entreißen!« schrie die Dame.

»Sie ordinäres Frauenzimmer, ich werde Ihnen die Katze in zwei Teile reißen, wenn Sie sie nicht hergeben.«

»C'est l'Allemagne! Das ist Deutschland! Gott, wie unüberlegt konnte ich handeln. Lassen Sie mir meine Katze, oder ich speie Ihnen ins Gesicht!«

»Wagen Sie's, dann erhalten Sie einen Faustschlag.«

Jetzt schrie die Dame. »Er schlägt mich! Man schlägt mich! Hilfe! Hilfe!«

»Sie dürfen nur die Katze hergeben. Sind Sie nicht so einsichtslos! Die Katze ist in der Tierabteilung abzufertigen!«

»Ich will ja mit ihr dahin gehen.«

»Das ist ausgeschlossen. Die Tierabteilung darf von einem Menschen keines Standes betreten werden.«

Susanne war ordentlich naß geworden von dem eifrigen, speichelreichen Wortschwall des Wachtmeisters. Ihre Kraft begann nachzulassen. Und es kam ihr so vor, als wäre Kätzi bereits der Halswirbel ausgerenkt. Ihrer Alteration gab sie nur noch in einem heftigen Weinkrampfe Luft.

Der Wachtmeister stand auf, hatte die Katze in den Armen und wischte sich den Schweiß ab. »Was einem doch die Damen für Schweißtropfen auspressen!« Der Polizeirat hob mit einem hinzugekommenen Gehilfen des Zimmers 59 die Dame vom Boden auf. Dem Polizeirat bebte sein weißer Haarhahn, und mit einem auffressenden Blicke verzehrte er das entzückende Kind.

Er sprach: »Gnädiges Fräulein, Sie haben auf Deutschland geschimpft, es ist das eine ziemlich gewohnte Regel; aber nachdem Sie in meinen Armen gelegen haben, schwöre ich, kein entzückenderes Wesen je auf Händen getragen zu haben.«

»Was wird mit Kätzi?« unterbrach ihn die Dame.

»Aber welch süßes Tier! Das Ebenbild jener Katze hinter dem verkehrten Menschen. Ob Sie mich zwar verstehen werden, weiß ich nicht. Doch soviel mir das Ressort vertraut ist, Sie werden es in längstens einer Viertelstunde wiederschauen. Sie sind eine Fremde, Sie müssen sogar bei mir hier eintreten. Und ganz gegen meinen gewohnten amtlichen Verkehr bitte ich Sie, mich nur eines Blickes aus Ihren schönen Augen zu würdigen.« Polizeirat Löwe war ganz hingerissen. Als ihn der euphorbische Blick aus den Tränenaugen traf, war es, als spränge in ihm eine Sprungfeder in die Höhe. Er krümmte sich ein paarmal, und dann schlug er sich an die Stirn, taumelte auf seinen Strohsessel zu und schlug mit der Faust auf den Tisch, daß das Tintenfaß hochhüpfte. Und fast mürrisch verstimmt über sein Lebenslos setzte er hinzu: »Ich bitte um Ihren Paß.«

Die Dame stand aber noch unter der Tür und blickte ihrer Katze nach, welche der Wachtmeister in das Kellergewölbe trug, wo sie mit Röntgenstrahlen auf ihren Inhalt untersucht wurde, daß ja kein Spionageverdacht an dem Vieh war. Es war eigentlich eine Art Entlausung vom Gefühle der Unsicherheit. Dort unten heulten verschiedene noch nicht abgeholte Hunde. Kätzi standen die Haare zu Berg in dieser Folterkammer. Aber der Wachtmeister ging derart liebevoll mit ihr um, daß sie über dem vorsichtigen Bedacht seiner Handlungen endlich selbst lachen mußte.

Ehe die Katze wieder zurückgebracht war, vermochte die Dame kaum Auskunft zu geben und die gestellten Fragen zu beantworten. Dem Polizeirat waren die Fragen, die er stellen mußte, höllisch zuwider; nach jeder Frage schlug er auf den Tisch und wand sich wie ein kiemenentzündeter Fisch. Er wollte damit zeigen, daß er ja viel lieber Liebesbeteuerungen ausgestoßen hätte, als eine bureaukratische Verhandlung zu führen.

»Also Sie heißen Susanne Flaubert, reisen mit einem kleinen Vermögen, einer Katze und einem Dienstboten namens Käterchen. Warum haben Sie die nicht mit hierhergebracht?«

»Sie mietet mir ein Logis.«

»Das Fragezeichen hinter ihrem Namen sollte für mich ein Zeichen sein, daß ich hier eine vorsichtige Untersuchung über die Personalien Ihres Dienstboten anstellen möchte.«

»Sie ist eine Schwarzwälderin.«

»Ja, das seh ich schon. Aber nun, mein Fräulein, wollen wir keine langen Erörterungen darüber beginnen. Es ist eine weit wichtigere Anfrage, die ich an Sie, gnädiges Fräulein, habe.« Er stand dabei auf und sah ihr wie ein Sperber in die Augen. Er fuhr dann fort: »Ich habe Sie nicht ohne eine gewisse Teilnahme am Boden liegen sehen –«

»Ich würde mich gegen diese empörende Behandlung auflehnen, wenn ich nicht fürchtete, dann nur als lästige Person ausgewiesen zu werden«, entgegnete Susanne in aufbegehrendem Tone.

»Sie sollten mich reden lassen, meine Schöne. Sie haben ein rasch aufzüngelndes Feuer der Liebe in mir entfacht. Ich durfte Sie in den Armen halten, als ich Sie aufhob. Würden Sie mir einen Besuch gestatten, um mich für das Vorgehen des Beamten persönlich zu entschuldigen –.«

Susanne sah ihn kühn an und stellte sich auf hohe Absätze vor ihm. »Sie sind verheiratet, mein Herr –.«

»Gewiß, aber meine Frau läßt mir fast völlige Freiheit.«

»Sie müssen sehr wenig wert sein.«

»Mein Fräulein!« Der Polizeirat sah sie mit so bittenden und verlegen lachenden Augen an, daß Susanne husten mußte. Sie war verwirrt, dann aber besann sie sich: Herr Gott, du bist ja auf einem Polizeibureau. Gehe nicht in die Falle! Sie wich vor ihm zurück, indem sie der Tür näher trat.

Der Polizeirat hatte aber gleich ihre Gedanken von der Stirn abgelesen. Er entwickelte sofort einen neuen Film. »Meine Dame, es ist ein unerlaubtes persönliches Interesse, das ich an Ihnen nehme. Sie sind Kunststudierende. Und ich bin ein Dichter.« Er gab sich einen stolzen Ruck und stand gravitätisch vor ihr.

»Ich muß darin einen großen Gegensatz empfinden«, lächelte Susanne. Sie wollte den Bemühungen des Helden, der um sie warb, jede Aussicht auf Erfolg nehmen.

»Meine Dame, ich muß Ihnen mehr enthüllen. Sie werden bei Ihren Studienreisen durch Berlin auch dem berühmten Salon des Taifun begegnen. Dort dürfen Sie nicht hingehen. Ich möchte Ihre künstlerische Entwicklung in meine eigenen Hände nehmen.«

»Wie kommen Sie auf solch väterliche Ideen?«

Es war dem Polizeirat unangenehm, daß sie »väterlich« sagte. Er wollte sich als Freund aufspielen. Entzückt war er von ihr wie von einem seltenen Vogel. Wie konnte er ihr denn hier auf dem Bureau die ganzen Zusammenhänge erklären! Er war in Todesangst, das Vögelchen könnte ihm entflattern. Der Taifun fing sie ein und opferte sie an den Doktor, den er in seiner Seele nicht leiden mochte. Was sollte er jetzt antworten? »Sie reisen nur mit einem kleinen Vermögen?«

Aha, dachte Susanne. Er meint es ernst. Jetzt mußte sie schwindeln. »Oh, mein Vermögen ist klein, vielleicht aber nur nach meinen Begriffen; ich besitze große Liegenschaften, darunter ein herrliches Anwesen an der Aisne, mit schönem, achtzig Morgen großem Park, Wiesen und Feldern, sowie einem idyllischen Landhaus. Ich werde in Berlin auf eigenen Füßen leben können.« Es war rump und stump erlogen, daß sie ein Landhaus besaß. Aber der Polizeirat wurde durch diesen kalten Strahl steif gemacht.

Da hatte er sich also getäuscht. Und nun hatte er eine große Dummheit gemacht. Er hatte sie extra auf den Taifun aufmerksam gemacht. Schon sah er sie mit dem Doktor vereinigt. Und er war ewig an seine Alte gefesselt. Er überlegte, starrte einige Sekunden durch das Fenster. Und wie dumm das! Er hatte ihr gesagt, sie solle nicht in den Taifun hingehen. Das hätte Ganswind nicht wissen dürfen. Und nun ging sie natürlich bloß in den Taifun. Na. Das waren alberne Grübeleien. Nicht für einen Weltmenschen. Wie sie dort hinkam, war gleichgültig. Ganswind hätte sie mit seinem feinen Spürsinn sowieso geködert. Sein Herz schlug aufgeregt bei dem Gedanken, wie das Fräulein nachher erschrecken würde, wenn sie dann im Taifun wieder zusammentrafen. Er lachte und sah die Kunstschülerin mit Hohn an.

Dieses höhnische Lachen machte Susanne nicht mehr unsicher. Sie wußte, daß sie das unerlaubte persönliche Interesse los war.

Und nun kam auch der Schutzmann mit Kätzi zurück. Mit einem tanzenden Jubelschritt stürzte sie ihm entgegen, »Kätzi!« Sie küßten dann einander die Rosamündchen und schlüpften ineinander.

»So, nun können Sie's wieder mitnehmen«, sprach der Wachtmeister und schlurfte mit schweren Elefantentritten den Flur entlang. In diesem Manne lag so etwas Gutmütiges, und es tat Susanne fast leid, daß sie ihn durch ihren Widerstand gereizt hatte. War ihr Benehmen nicht diesem höheren Beamten gegenüber noch frivoler? Sie war eigentlich arm wie eine Kirchenmaus. Und es war ihr von Brüssel her bekannt, daß Damen ihrer Art oft recht gute Verhältnisse mit solchen Organen des Staatswesens gehabt hatten. Sie verglich diesen Beamten mit ihrem Kapitän. Offen gestanden war sein einziger Fehler, daß er ein bißchen wild aussah. Seine männlichen Qualitäten schienen eher verheißungsvoll. Konnte sie überhaupt ohne weiteres davonlaufen? Nein, so selbstbewußt war sie nicht. Sie lächelte mit Kätzi auf dem Arm dem Manne noch einmal freundlich zu und wartete auf seine Anrede. Er tat aber nicht dergleichen, sondern setzte sich mit mürrischer Miene in scheinbarer Geschäftsvertiefung an seinen Schreibtisch.

Polizeirat Löwe merkte die Verlegenheit der Dame wohl; ein schlaues verschmitztes Lachen verbarg er in seinen Mundwinkeln.

Susanne versuchte den Eindruck ihres Wartens zu verwischen, sie strich immer wieder über die Falten ihres Seidenkleides, dann ging sie endlich und verneigte sich stumm.

Sie war eigentlich töricht gewesen, sich nicht auf das angebotene Abenteuer einzulassen. Dieser Mann hätte sie in sichere und vorteilhafte Beziehungen zu bevorzugten Genüssen gebracht. Wenn er solch ein Strolch und Vagabund war, daß ihn seine Frau einfach wild laufen ließ, so hätte sie ihn vielleicht als Tanzbären benutzen können. Aber sie war ja noch keine versteinerte Matrone, sondern leichtfüßig, und mit neugierigen Augen strich sie durch die Weltstadt, die eigentlich einem getretenen Tiere glich, das immerzu aufschrie. Sie vergaß den Polizeibeamten um so leichter, als sie bald erkannte, daß eine fremde Stadt keine Sehenswürdigkeit war, sondern s i e mit ihrer weißen Katze. Die Welt war etwas sehr Kleines. Was zog denn die vielen Millionen hier zusammen? Doch nicht des Ortes innere Fruchtbarkeit an Wundern. Sie wollten alle Berlin bewundern, und sahen sich alle nur an wie Mondkälber. Eine Katze, die draußen auf dem Dorfe in der Sonne lag, war eben gar nichts gegenüber einer solchen, welche eine Dame mit Reiher durch die Straßen trägt, zu Fuß oder im Auto fahrend. Wie sollte sie nun hier Verbindungen mit den Verborgenheiten gewinnen? Darauf kam es an, wenn man Anspruch darauf erheben wollte, kein vulgärer Mensch zu sein. Susanne bildete sich ein, zur Auslese zu gehören. An sogenannte Innerlichkeiten ohne äußerlichen Auftrumpf glaubte sie nicht.

In gewissem Sinne bestand eine Berechtigung zu diesem Unglauben. Wie sollte sich ein Mensch ohne äußeren Anreiz auf dem Wege der Phantasie bewegen können?

Leider hatte sie den Namen des Salons vergessen, wo sie nicht hingehen sollte. Sie war im Teeraum des Hotels Olymp mit einem Lederwarenfabrikanten ins Gespräch gekommen. Er hatte Lust, seinen Kriegsgewinn mit ihr zu verkleinern. Sie ging bis um acht Uhr darauf ein. Dem Chauffeur wurde die Katze auf drei Stunden in Pension gegeben. Von dieser flüchtigen Bekanntschaft hatte sie manchen Gewinn, die Namen aller Weinstuben waren ihm geläufig, auch mancher Kunstsalon, aber jener Name war nicht darunter. Mit einer nervösen Hast trennte sie sich von ihm; sie fürchtete, Zeit zu verlieren. Sie mußte den ausgefallenen Namen auf andere Weise zurückerobern. Der Lederfabrikant war froh, eine weitere Nummer auf einer Ansichtskarte in Poesie bringen zu können.

Auf acht Uhr war Käterchen herbestellt. Sie war aber noch nicht da. Eine halbe Stunde später kam sie. Sie hatte einen Onkel und eine Tante getroffen. Und eine ganz neue, noch nie bewohnt gewesene Zweizimmerwohnung hatte sie ausfindig gemacht. Ganz außer Atem war sie von ihrer Schilderung. Eine Badestube mit Wanne und Sitzbad, aus Marmor. Ohne das Ungeziefer, das sie in Brüssel gehabt hatten. »Aber wo ist Kätzi?« Susanne stürzte in den Fahrstuhl und erwischte sie gerade noch vom Chauffeur, ehe er loskurbelte.

Während Käterchen die fünf Minuten allein saß, blieb sie nicht untätig, sondern übergoß sich mit der Parfümflasche der Herrin.

Damit ging der Gestank von der Destille ein bißchen weg von ihr.

Susanne kam zurück. Und Kätzi nieste sofort wegen der Parfümflasche. »So 'ne dumme Sau«, dachte Käterchen, »ich werde mir noch parfümieren dürfen.« Sie sprach bereits in neuer Mundart. Bis jetzt hatte sie s i c h parfümiert, und schon von heute an parfümierte sie i h r.

»Sau! Käterchen.« Das ging so geschwind wie der Blitz; in demselben Atemzug frug Susanne: »Wo liegt diese Wohnung?«

»Im Westen.«

»Bist du nobel! Woher weißt du schon, was der feine Stadtteil ist?«

»Es steht ja überall dran: Nach dem Westen.«

»Also die Wohnung ist beziehbar?«

»Fein fein. Bayernallee 193, im Garten. Er ist aber aus lauter Pflastersteinen mit bloß zwei Lebensbäumen.«

»Komm mit!« Susanne war rührsam wie ein Teufel. »Wenn ich das nicht selbst sehe, so ziehen wir auf einen Friedhof.«

»Ich habe es ja fest gemacht, gnädiges Fräulein!« Käterchen heulte beinahe vor Angst.

»Wenn es nichts ganz Feines ist, dann fahre ich auf acht Tage nach Breslau mit einem Lederfabrikanten.« Im Vorüberschießen sah Susanne im Vestibül des Hotels ein Verzeichnis aller Sehenswürdigkeiten. Das studierte sie; Käterchen mußte die Katze halten. Der gesuchte Name war nicht darunter. Sollte sie noch einmal morgen auf die Abteilung V gehen? Sie erschrak; an dem Auto, in das sie einstieg, stand ein Schutzmann mit brauner Revolvertasche. Er sah sie vom Hut bis zur Stiefelspitze an. Dann hielt er noch die Ohren hin, wo man hinfuhr. Zum ersten Mal ging's durch den Tiergarten, er erschien wie ein Wald. Susanne bekam einiges Vertrauen. Und Bayernallee 193 wurde Käterchen mit einer innigen Umarmung belohnt. Käterchen liefen große Tränen über die Wangen, sie hatte sich ja so gemein machen müssen, um das zu finden. Man hatte sie zu einem nackigen Frauenzimmer hochgenommen; sie hätte gar nie geglaubt, daß die so eine feine Dependance hatte. Wo sie heute schon herumgekommen war, davon hatte ja das Fräulein keinen blassen Schimmer! Gegenüber dem

Elefantenhaus hatte sie schon einmal auf die Kamele geschaut; aber dort hatte es zu sehr gerochen, sagten sie in der Budike.

Susanne rührte keinen Finger krumm, bis Käterchen mit allem fertig war. Vorerst wohnte das Fräulein weiter im Hotel, bis die Möbel kamen. Und Käterchen bei Onkel und Tante, die eine Südfruchthandlung besaßen, in der sie seit einigen Monaten einen Weinschank eingerichtet hatten. Wie sie plötzlich zu diesen Verwandten gekommen war, konnte Käterchen so wenig angeben, als Susanne die Herkunft ihres Landhauses.

Käterchen hörte auch heute zum erstenmal davon. »Hier ist es so fein wie in m e i n e m Landhaus!« hatte das Fräulein ausgerufen.

Recht ungeschickt war jetzt Kätzi. Überall war sie im Wege. Schon am nächsten Morgen wurde Susanne in aller Form gebeten, das Hotel zu verlassen; die Gäste beschwerten sich über die Katze.

»Das sind Affen! diese Menschen!« schrie Susanne. »Und so kleinlich wie auf dem Dorfe.« Das wollte Käterchen nicht zugeben. Bei ihr auf dem Lande, da kümmerte sich niemand darum, ob der andere eine Katze hatte. Aus Widerspruch bezahlte Susanne die vorgelegte Rechnung nicht. Sie bezahlte nur, wenn man sie nicht hinauswarf. »Die Wahrheit« brachte diese Sensation durch die Zeitungsausrufer ans Licht. Und noch am gleichen Tage meldete sich die Vorsitzende des Katzenklubs West bei ihr im Hotel.

Es war eine Dame mit eisgrauem Haar und hoher Schönheitsstirn in schwarzem Atlaskleid. Sie war sichtlich überrascht, ein so junges Wesen schon als solche Katzenverehrerin anzutreffen. Sie sprach in wohlgeformten Sätzen und war eine Berufsaristokratin. Natürlich forderte sie Susanne zum Beitritt auf. Der Klub führte dann sogar den Prozeß mit dem Hotelbesitzer der Olymp-G.m.b.H. für sie.

Weil Susanne fürchtete, in ein schiefes Licht gesetzt zu werden, wenn sie den Beitritt verweigerte, so erklärte sie sich einverstanden. Sie bezahlte sofort zwanzig Mark Jahresbeitrag und erhielt dafür die gedruckten Satzungen und das Mitgliederverzeichnis. Susanne blätterte es oberflächlich durch und war nicht wenig erstaunt, daß man sie in diesen vornehmen Klub aufgenommen hatte. Es waren Gräfinnen, Freiinnen und Handelsfirmen darunter. Die nächste Versammlung fand im Jagdschloß Grunewald statt, anschließend an einen Kneippmalzkaffee mit Straßmanntorte.

Vor dem Abschied rückte die hohe Dame noch mit einer Broschüre heraus, in welcher Susanne das ergreifende Schicksal der Madame Hastenteufel aus Ehrenbreitstein am Rhein lesen konnte. Sie hatte siebzehn Katzen, von denen jede einzelne ihr Extrageschirrchen besaß. Weil sie solch hingebende zärtliche Tierfreundschaft hatte, bekam sie durch die Bosheit der Nachbarn keine Dienstboten mehr ins Haus. Das letzte Mädchen war ein so freundliches, liebenswürdiges Mädchen gewesen, und es hatte ihr bei den siebzehn Katzen am ersten Tage so gut gefallen. Aber am nächsten Tage lief auch sie wieder davon. Angeblich weil sie es nicht aushalten konnte, wie die siebzehn Katzen ihr zwischen den Röcken und Beinen krabbelten. Das war aber nicht wahr. Der Grund war gewesen, daß die Nachbarn sie aufgehetzt hatten. Und nun mußte die vornehme Dame ihre Arbeit allein besorgen, für die Katzen selbst abwaschen, ohne jegliche fremde Hilfe! Sie wurde dadurch so nervös, daß sie täglich drei große irdene Milchtöpfe zerschlug. Aber trotz dieses Schicksals blieb sie fest und katzentreu. Sie starb am 15. November 1916 aus Gram. Und noch mehrere ähnliche Novellen standen in der Broschüre des Bundes für Katzenschutz.

Es war für Susanne ein starker Rückhalt, dieser mächtige Klub. Gegen die Hotel-G.m.b.H. trat sie jetzt mit mutigstem Schneid auf. Die betreffende Zeitung wollte sie sich noch kaufen. Das gab's ja nicht, daß man sie, die ihr gutes Recht behauptete, eine Hochstaplerin nannte.

Käterchen sprach zwar: »Ich hab's ja gesagt.« Aber Käterchen mußte sich fügen, sie war eine weltverstoßene Witwe und hatte nichts zu sagen.

Im Direktorzimmer des Hotels war abends um sieben Uhr noch einmal ein großer Krach. Sie wollten das Fräulein über Nacht durchaus nicht mehr hier lassen. Der Lederkönig aus Breslau fuhr schleunigst ab, weil er mit dem Katzenskandal nicht in Verbindung kommen wollte. Das hatte die Wut entfacht. Der Direktor wollte Susanne die Katze entreißen.

»Das tun Sie!« fauchte Susanne und zitterte vor höchster Erregung. »Ich bewerte das Tier mit fünfmalhunderttausend Mark, wenn ihr ein Haar gekrümmt wird.«

»Ist es denn eine dressierte Varietékatze?«

»Nein.«

»Wie kommen Sie dann auf fünfmalhunderttausend Mark? Sie haben einen Vogel. Da fehlt es Ihnen.« Der sonst so vornehm tuende Direktor bekam sehr lockere Gelenke und grobe Gesten.

Jetzt berief sich Susanne auf ihre adeligen Bekannten. »Wenn Sie an dieser hohen Bewertung Zweifel hegen, so wenden Sie sich an die Baronin von Büxenstein, Freiin Edle von der Schelde, die Gräfin von der lahmen Zunge, Fürstin zu Kloppenrede.« Diese Namen hatte sie als die auffälligsten bereits auswendig gelernt. Sie flossen ihr aus dem Munde.

Der Direktor verstummte vor solchen Namen und setzte auf den andern Tag eine Stunde fest, bis zu welcher sie das Zimmer geräumt haben müsse. Er dachte aber nicht mehr daran, Ernst zu machen. Im Gegenteil, er erlaubte sich, Fräulein Flaubert ein etwas separiert liegendes Zimmer, aber in glänzendster Lage, anzubieten. Davon machte sie Gebrauch. Sie wohnte jetzt in demselben Zimmer, in welchem vor bereits fünfzehn Jahren die Herzogin von Uvermonde ihre Hundeleidenschaft ausgetobt hatte, bis sie der Tod erlöste.

Das Zimmer war mit einem Ausblick auf das Denkmal des Großen Fritz gelegen. Susanne speiste um dreiviertel acht Uhr schon dort und unterhielt sich aufs einträchtigste mit dem Direktor, der an ihren großen Landbesitzen an der Aisne einen Affen gefressen hatte. Er ließ sich auch intime Beobachtungen über den Lederfabrikanten mitteilen, so zum Beispiel, daß er eine große zottige Franse am Beine hatte. Der Direktor kratzte sich am Kopf und versuchte den Rang auf Susannes Herz zu nehmen, aber er getraute sich nicht, und nun wurde er gestört und mußte aus dem Zimmer der Freundin verschwinden. Er war ein dicker kleiner

Kerl und hatte Not, mit seinen kleinen Schritten vorher noch bis an die Türe zu kommen, ehe der Besuch eintrat. Jetzt, da sich ein Herrenbesuch meldete, stieg sie an Ansehen wie ein Gasballon.

Susanne glaubte dunkel zu ahnen, wer der Herr sein müsse. Er hatte sich nicht namentlich melden lassen, sondern nur »wegen des Zeitungsartikels« ... Entweder war es ein Redakteur, der sich entschuldigte im Namen seines Chefs, oder ... Aber der Lederfabrikant war abgereist ..., vielleicht ein Beauftragter desselben, möglicherweise auch ein Rechtsvermittler, oder ein neuer Klub?

Susanne sah dem Direktor mit einer gewissen Liebe hinterher, es schmeichelte ihr, wegen Kätzi in die Zeitung gekommen zu sein. Und es schien, daß sie dadurch mit den Verborgenheiten bekannt wurde. Ohne diese kennen zu lernen, hatte das Leben keinen Wert. Allerdings, vieles sah sich romantisch an, was man las; und Auge gegen Auge war es doch werktäglich. Vielleicht konnte sie überhaupt nichts finden, weil sie alles durch ihr eigenes Wesen besaß. Daß sie nun zum Beispiel das berühmte Zimmer bewohnte – und jetzt selbstverständlich unentgeltlich, das hätte sie sich nie vorher zugetraut. Die Tür ging leise auf, der livrierte kleine Anton öffnete dem Besuch. Er wechselte dabei einen zärtlichen Blick mit Susanne.

Susanne stand von ihrem Sofaplatze neben der Katze auf, um zu begrüßen. Sie mußte aber gleich nach einer Stuhllehne greifen: das war ja der Beamte von Abteilung V! Die Tür wurde geschlossen, und ein Augenblick tiefen Grabesschweigens herrschte im Zimmer.

Susanne zitterte und sah zu Boden, da kam der Polizeirat auf sie zu, nahm ihre Hand und küßte sie. Sie sah ihn nur mit großen Augen an. »Was verschafft mir die Ehre?«

»Ich wußte, daß Sie sich in Not befanden. Darf ich mich als Ihr väterlicher Freund beweisen?« Nun glaubte er, Erfolg zu haben.

Susanne blickte in eine Ecke halb rechts, um ein Lachen besser unterdrücken zu können. Der Polizeirat hielt das Wegsehen für Scham. Zum Kuckuck, er wußte nicht, was er reden sollte, obgleich er sonst ein großer Festredner war. Er sah sich fast verlegen im Zimmer um, vom Sofa aus waren die Augen der Katze aufmerksam auf ihn gerichtet, fast wie zum Fürchten.

Susanne hatte sich inzwischen entschlossen, dem alten Sünder nachzuhelfen. Sie lächelte und sagte schüchtern: »Man hätte mich beinahe auf die Straße gesetzt.«

»So.« Das war nun doch eine freundschaftliche Mitteilung. Der Polizeirat rutschte auf einen Stuhl und ließ sie auf seinen Schoß gleiten. Er verlor beinahe die Fähigkeit, überhaupt noch zu sprechen, so überrascht war er, daß sie dazu so stillhielt. Sollte er ... jetzt sah Susanne nach ihm herum, was er tat. Sie lachte ihn dann lustig an, und er verlor den Mut.

»Sie haben wegen der kleinen Katze schon recht viel Unannehmlichkeiten gehabt.«

»Nein, durchaus nicht. Woher wußten Sie eigentlich, daß ich das war, die das Abenteuer hatte?«

»Das war zu vermuten. Und wenn sich meine Vermutung nicht bestätigt hätte, so säße jetzt vielleicht eine andere Dame auf meinem Schoß.«

»Das halte ich doch für einen großen Irrtum. Ich hatte mich für besonders schmiegsam gehalten. Es gibt mir nicht sehr viel Geschmack an Ihnen, daß Sie sich als so unwiderstehlich hinstellen wollen.«

»Ich bin es aber, liebes Fräulein Susanne. Ich hätte Sie zwar lieber erst auf meinem Schoß sitzen gehabt, wenn ich mich über unsere Kartoffelwirtschaft in nüchterner, unleidenschaftlicher Art mit Ihnen auseinandergesetzt hätte.«

»Glauben Sie denn immer noch, daß ich es auf Geldgewinn anlege?«

»Meine Erfahrung ist zu groß, geliebte Katze. Sie können auch wirklich Ihre Hotelrechnung nicht bezahlen.«

»Wer sagt Ihnen das?«

»Das steht in der Zeitung.«

»Die werd ich mir kaufen!« Sie sprang von seinem Schoß auf. »Ich habe Geld, aber ich bezahle in diesem Hotel nun überhaupt nichts. Für die erlittene Beleidigung und Verletzung meiner Ehre kann ich diese Vergütung beanspruchen.«

»Sind Sie doch nicht so naiv. Was fragt eine Hotel-G.m.b.H. nach Ihrer beleidigten Ehre. Es ist nicht anders üblich, als daß Damen, welche sich so exponiert aufführen, vogelfrei sind.«

»Ist das auch Ihre Meinung?« Susanne stand mit hochgezogenen Brauen vor ihm und war auf dem Sprung, handgreiflich zu werden.

»Nein. Meine Meinung von Ihnen ist eine sehr gute, ich hätte Ihnen kein Verhältnis angeboten.«

Susanne senkte den Kopf. Dieser Mann hatte Erfahrung und hielt sie trotzdem für eine Ausnahme, sie prüfte noch einmal. »Woher wollen Sie meine Vermögenslage kennen?«

»Ja, gutes Kind, daß Sie von einer Vermögenslage sprechen, ist schon der Beweis, daß Sie sich in keiner Vermögenslage befinden.«

Susanne versuchte das zu verstehen. Sie sah den bocksbärtigen, zynischen Menschen an und wußte gar nicht, wie die Röte ihrer Wangen verriet und sprach. Wahrhaftig, Farbe, Miene und Bewegung zeigten einem Naturbewanderten mehr als die Worte aussprachen, Worte, die durch absichtliche Lügen entstellt hervorkamen, und in der Tat die Gedanken verbergen sollten.

»Mein Fräulein«, sprach der Polizeirat, »ich fühle, daß Sie von aller Welt geliebt werden, daß Sie es aber häufig unterlassen, diese Liebe zu beantworten. Ich würde Ihnen den Rat geben, auf den Gedanken zu verzichten, für erlittene Beleidigungen den Schadenersatz im Hotel abzusitzen. Lassen Sie mich einspringen und geben Sie lieber mir noch ein Geschenk dafür, damit Sie reicher werden. Wenn Sie hierbleiben, so gewinnen Sie nichts, das Hotel gewinnt alles, an dem Aus- und Eingehen Ihrer leuchtenden Anmut hat die Hotel-G.m.b.H. mehr, als wenn Sie lumpige Rechnungen bezahlen.«

Susanne erschien das einleuchtend. Sie lachte und sah ihren Gast sehr lockend an. Es wurde ihm gestattet, ihr einen Kuß zu geben. »Ist damit unser Vertrag abgeschlossen? Wenn ich hier weggehe, so kann ich immer noch nicht meine eigene Wohnung beziehen.«

»Mieten Sie ein möbliertes Zimmer.«

Dieser Vorschlag entsetzte Susanne, sie sah ihn wie entfremdet an. Wahrscheinlich war er sehr erfahren, aber in seinen Ansprüchen doch sehr zurückgeblieben. Er erinnerte sie an einen burschikosen, doch alt gewordenen Studenten. Und womöglich war er eifersüchtig, das war so die Sitte der möblierten Buden. Sie wollte da noch so manches vorher zur Sprache bringen. Ach richtig, er hatte ihr einen Kunstsalon verboten. Sie legte ihm beide Hände auf die Schultern: »Freund, warum ist mir der Kunstsalon verboten?«

»Er ist Ihnen nicht verboten. Ich, ich«, er strauchelte in der Rede, »ich müßte Sie eventuell selbst dort einführen.«

Susanne rief voll Freude aus: »Es muß aber gewiß sein.«

»Ein Monat muß mindestens gemeinsam vorher umgebracht sein.«

»Dreißig ganze Tage! Warum denn? Glauben Sie mich dann genug zu haben?«

»Ich kriege nie genug.«

»Was ist es dann?«

»Der Kunstsalon wird umgebaut.«

»Ist das wahr?« Sie fühlte, daß er unoffen sprach. »Wenn ich nicht gleich dorthin darf, so bezahlt der Katzenklub meine Hotelrechnung.«

»Sind Sie dort Mitglied?« Der Polizeirat war darüber sehr verwundert.

»Die Freifrau von Stubbenrode war heute bei mir, und ich bezahlte zwanzig Mark Jahresbeitrag.«

Der Polizeirat taumelte auf einen Stuhl und warf einen vernichtenden Blick auf die Katze. Susanne sah ihm zu. Warum traf ihn diese Mitteilung so gewaltig? War sie ihm zu vornehm geworden?

Die Aufklärung kam bald. Der Polizeirat erhob sich, er wollte ihr die Hand geben und sich aus dem Staube machen. Das konnte sie sich nicht gefallen lassen. Er hatte sich ihr verpflichtet. Sie trat ihm kurz vor der Tür in den Weg: »Warum wollen Sie Knall auf Fall aufbrechen?«

»Ich hatte die Katze nur für Ihr Spielzeug gehalten.«

»Das ist sie auch.«

»Im Katzenklub West sitzen lauter Geisteskranke.«

»Das wußte ich nicht.«

»Treten Sie sofort wieder aus!« Diese Aufforderung klang wie ein strenger Befehl.

»Aber meine zwanzig Mark?«

»Die lassen Sie schwimmen.«

»Bei Ihnen muß man alles schwimmen lassen.«

»Weiß das Hotel um Ihre Mitgliedschaft?«

»Gewiß.«

»Ich verwunderte mich doch, daß Sie in dem Zimmer mit der Doppeltüre sind.«

»Was ist das für ein Zimmer?« frug Susanne bestürzt.

»Hier wohnen die Geistesirren.«

»Das ist nicht möglich. Ich bin ja völlig gesund.«

Der Polizeirat sah sie sehr mißtrauisch an. Ehe er auf weiteres mit ihr einging, mußte er bei Abteilung X anfragen, ob Susanne dort gemeldet war. Verschiedene Beobachtungen an ihr waren verdächtige Symptome. Sollte er sie nicht doch lieber in den Taifun einführen? Dann war er aller Verpflichtungen wieder ledig. Und dem Doktor kam ohne Neid die zugewanderte Irre zugute. Er besah Susanne, sie trug ein kamelfarbenes Abendkostüm, und ihre hohe Stirne mit dem nach hinten getürmten Kopf fiel ihm das erste Mal unangenehm auf. Er gratulierte sich insgeheim, daß er sie vorhin nicht mißbraucht hatte. Verrücktheit war die ansteckendste unter allen nicht ansteckenden Krankheiten. Er sah das Engelbild seiner Frau vor sich, wie die ihn bedauerte, wenn er solch einen Zwischenverkehr pflegte. Aber da stand sie vor ihm und bohrte ihre starren Augen in ihn hinein. Mitleid war durchaus nicht angebracht. Er mußte wieder entkommen. Es half nur eine List. Er nahm seinen Hut und seinen Stock, hing beides in den Garderobenschrank und tat, als wollte er sich bereits für die Nacht häuslich einrichten.

Susanne sprach immer noch nicht, sie war zu schwer gekränkt. Desto gewisser war's ihm, daß sie übergeschnappt war. Er setzte sich auf den gefährlichsten ansteckendsten Platz, neben die Katze.

Diese glotzte ihn mit ihren verrückten Augen fortwährend an. Susanne zog er mit Gewalt zu sich auf das Sofa. Er strich ihr mit der Hand über den Kopf, da brach sie endlich in heftige Tränen aus. Der Polizeirat streichelte sie nur immer zärtlich weiter, als wollte er sagen: »Ja, arme Irre, du kannst ja selbst nichts dafür.« Er wollte nun den Abend bei ihr so lange verbringen, bis sie zufällig einmal das Zimmer verließ, dann nahm er Hut und Stock geschwind aus dem Schrank und entfloh.

Die Sofagruppe war gerade besonders rührend, als die Doppeltür aufging und Ganswind in der Türfüllung erschien, hinter ihm Hermione.

Sie wollten erst wieder zurückprallen, weil sie den Polizeirat nicht stören wollten, aber sein Zuruf hielt sie auf. Er gab vor, das Zusammentreffen sehr kurios zu finden, schlug mit der Faust auf den Tisch, lachte wie ein Berserker und erhob sich. Susanne dagegen blieb regungslos sitzen und zog ihre Katze an sich.

Ganswind und Hermione kamen herein. Ganswind wußte nicht, ob er dem Polizeirat eine Frage zuflüstern sollte. Er verbeugte sich mehrere Male tief vor der Dame mit der Katze: »Gestatten Sie, gnädiges Fräulein, Ihr ungewöhnliches Schicksal ... meine Frau führt mich her ... das bestimmte Bewußtsein, daß Sie zu den Unsrigen gehören, da wir uns in unseren auflösenden Prinzipien im Gegensatz zu der übrigen Menschheit befinden, soweit sie nicht bereits unsere Mitgliedschaft erworben hat.«

Susanne hielt sich die Hand vor den Mund, bereit, aufzuschreien, aber die Gegenwart der Dame zwang sie zu gemessenem Anstand. Der Polizeirat hatte sich inzwischen nicht entscheiden können, ob er die Neugekommenen als bekannt sogleich begrüßen sollte oder nicht. Sein Benehmen mußte auf jede Art bei Susanne großes Mißfallen erzeugen. Da Ganswind jetzt unbedingt erwartet hatte, daß die Dame sich entweder erhob oder sie zum Sitzen einlud, so sah er, weil nichts von beiden eintraf, hilfesuchend auf den Polizeirat.

Dieser trat also entschlossen vor und gab folgende Erklärung ab: »Die Leitung des Taifun unternimmt es nun selbst, die Dame zu sich einzuladen.«

Susanne sprang auf, ganz kindlich erfreut und rief mit einem kurzen Schrei: »Taifun!« Endlich hörte sie das Wort wieder.

Ganswind war durch die Freude aufs angenehmste berührt. Auch Hermione. Nur der Polizeirat stand sündenbewußt dabei, er hatte ja Susanne nicht im mindesten eingeladen.

Susanne reichte den beiden sofort wie in alter inniger Herzensfreundschaft die Hand. Diese befreiten sie aus ihrer verhängnisvollen Lage. Den Freund aus der Abteilung V brauchte sie nicht mehr, aber ... hatten sie sich nicht gegenseitig zu ihr verabredet?

Ganswind sprach: »Sie werden einigermaßen erstaunt sein, daß sich Menschen Ihrer Angelegenheit in dieser Weise annehmen. Die Presse hatte selbstverständlich das gegenteilige Ziel mit Ihnen im Auge. Diese wollte der Hotel-G.m.b.H. nur eine Reklame schaffen. Aber wieder einmal beabsichtigt der Taifun, hier dazwischen zu fegen. Mein Name ist Ganswind, meine Frau Hermione ist der Leiter des Taifun. Sie dürfen nur zu uns kommen und unsere Abende besuchen, gnädiges Fräulein, dann geschieht dasjenige für Sie, was Sie zur Wiederherstellung Ihrer Ehre und zur inneren Rechtfertigung brauchen. Es kostet Sie diesmal gar nichts, denn Sie genießen schon jetzt unser ganz vorzügliches Gefallen.«

»Ach, ich möchte das nicht einmal umsonst, ich suche ja schon seit zwei Tagen nach Ihnen.«

»Und fanden uns nicht? Ist das möglich bei unserer kolossalen Reklame?« Hermione und er besahen sich vorwurfsvoll, was sie da versäumt hatten, dann blickten sie aber ebenso erstaunt auf den Polizeirat.

Der Polizeirat verteidigte sich: »Ich kam selbst erst vor einer Stunde hierher.«

Ganswind war aber ganz außer sich. Wie war es möglich, daß man sie nicht fand. »Wer hatte Sie denn auf uns aufmerksam gemacht?«

Susanne winkte gegen den Polizeirat.

»Können Sie das erklären, Herr Polizeirat? Warum setzten Sie sich nicht sofort mit uns durch den Fernsprecher in Verbindung? Wir hätten ja das Fräulein sogleich abgeholt.«

»Auf ein paar Worte.« Der Polizeirat nahm Ganswind mit hinaus. Draußen ging er mit ihm auf und ab. »Bedenken Sie doch, das Fräulein ist nicht ganz normal.«

Ganswind war sehr skeptisch. »Ich habe nicht den Eindruck.«

»Ich bitte Sie, das Fräulein ist sozusagen in der Irrenzelle untergebracht. Es ist dasselbe Zimmer, in welchem alle geistesgefährlichen Gäste untergebracht werden. Sie erkennen es an der doppelten Tür.«

»Die doppelte Tür ist mir allerdings aufgefallen.«

»Sehen Sie, wenn ich nicht sofort Zweifel an ihrem Zustand gehabt hätte, so hätte ich auch bei Ihnen angerufen. Aber so wollte ich heute selber noch einmal beobachten. Zu meinem größten Erstaunen fand ich nun das Fräulein bereits hier in der Zelle.«

»Sind Sie schon weit mit ihr gekommen? Verzeihen Sie meine Indiskretion.«

»Bitte, noch gar nicht weit. Nur sie konnte sich schwer von mir trennen. Sie ist eben fremd hier und hängt sich leicht an diejenigen, welche sich für sie zuerst interessieren.«

»Ihre kindliche Freude, als sie uns begrüßen konnte, war aber ganz klar, gar nicht umnachtet.«

»Nun, ich hatte ihr auch den Taifun in Farben geschildert, können Sie sich denken.«

Ganswind legte für diese Freundlichkeit den Arm um den Polizeirat. »Ja, wie meinen Sie nun, sollen wir sie trotzdem für den Doktor einladen?«

»Ich bin ja sehr froh, daß sie endlich hingeht.«

»Daß sie unsern Salon nicht wußte, stimmt wohl gar nicht?«

»Herr Ganswind, es wäre möglich, das bitte ich mir zu verzeihen, ich sprach vielleicht stets vom Taifun und versäumte, Straße und Hausnummer anzugeben.«

»Franz Josephsdamm 104 hätte sie doch finden können.«

»Selbstverständlich.«

»Wir stehen doch überall an Plakatsäulen, im Adreßbuch, doch wohl auch hier unter Sehenswürdigkeiten, im Hotel Olymp?«

»Ohne alle Frage, das beweist eben, was ich sage.«

»Schade.« Ganswind ging eine Weile schweigend neben dem Polizeirat.

»Ich meine aber, für den Doktor nicht einmal unpassend.«

»Wie? Glauben Sie das im Ernst?« Ganswind stand mit ihm still.

»Das Fräulein hat schon heute einen großen weiblichen Anhang in Berlin und –«

»Wissen Sie das bestimmt?«

»Ich bitte Sie, sie ist bereits Mitglied vom Katzenklub West.«

Ein heiseres, wieherndes Gelächter von Ganswind war die Antwort. »Das ist nicht einmal unpraktisch. So wollen wir doch den ganzen Katzenklub zu uns hereinbringen.«

»Wenn Sie das nicht für gefährlich halten.«

»Lieber Herr Polizeirat. Ich bin Vorkämpfer aller extravaganten Richtungen, namentlich wenn ich dabei verdiene.«

Der Polizeirat lachte nun seinerseits. »So habe ich Ihnen womöglich eine große Errungenschaft gemacht.«

»Außer Zweifel. Wir müssen das Fräulein scharf auf den Doktor lancieren. Und da wollen wir dann doch sehen, wie es mit den Katzendamen des Klubs West steht, ob sie sich nicht energisch zu der Angel drängen.«

»Der Klub hat meines Wissens fünfundsechzig Mitgliederinnen.«

»Hähä. Mitgliederinnen.« Ganswind lief dem Polizeirat voraus ins Zimmer hinein. Der Polizeirat folgte und strich seinen Bocksbart. Er war einstweilen zufrieden, seine ursprünglich rein egoistischen Pläne mit Susanne vor Ganswind versteckt zu haben. Es kam nun darauf an, wie sich der Leiter des Taifun, Hermione, inzwischen mit ihr zusammengefunden hatte.

Diesbezüglich war die Überraschung groß, als sie eintraten. Hermione hatte ihre Strohschute am Arme hängen und hielt die Hände mit Susannes verschlungen. Sie schienen miteinander geschwätzt zu haben.

Hermione strahlte über das ganze Gesicht und rief ihrem Ossi entgegen: »Susi hat ein Landgut an der Aisne.«

Ganswind war darüber derart freudig erregt, daß er sein Schnupftuch, das wie ein Chrysanthemum aus der Brust hervorstand, an die Nase schob, Susannes Hand ergriff und sie küßte. »So sehen Sie eher aus«, sagte er. »Wußten Sie auch das, Herr Polizeirat?«

»Ich kann mich der Beschuldigung nicht erwehren, meine Herrschaften, ich habe von diesem holdseligen Fräulein so viel gewußt, daß mir der Kopf etwas verwirrt wurde.« Dieses Bekenntnis stand ihm sehr gut zu Gesicht.

Hermione lachte ihn aus. »Ich glaube, Herr Polizeirat hätte Susanne Flaubert gerne vorher zur Linken sich angetraut. Wir kamen sehr geschickt, Ossi. Du müßtest eigentlich der Redaktion der ›Wahrheit‹ einen ulkigen Brief schreiben.«

»Ich kann mich in der Tat nicht gänzlich verstecken, verehrte Frau Direktor, mein Hut und mein Stock stehen im Garderobenschrank.« Er kratzte sich im Bart. Und Ganswind patschte sich auf die Kniee. »Das ist ganz ausgezeichnet.«

Der Polizeirat holte zur Verstärkung des Scherzes gleich seinen Hut mit Bedacht hervor. Nach dem allgemeinen Gelächter hielt es indes Ganswind für gelegen, die nächsten Entschließungen zu besprechen. Er setzte sich dazu auf einen Stuhl. »Wann kommen Sie das erste Mal zu uns?«

»Du bist zu spät, Ossi. Sie ist bereits Schwesterchen geworden. Wir haben uns für morgen vormittag verabredet.«

»Holst du sie ab, Baby?« Er küßte Hermione auf die Hand.

Diese Art des Verkehrs gefiel Susanne ganz außerordentlich. »Ach«, sprach sie, »ich finde allein hin.«

»Oder gehen wir noch ins Café Finkensieb?« wurde von Hermione vorgeschlagen. »Herr Polizeirat übernimmt es gewiß, seine Dame nachher wieder hierherzubringen.«

Der Polizeirat kratzte sich am Kopfe. »Wenn ich die Wirkung meiner allzu großen Zuneigung dadurch abschwächen kann.«

Susanne warf ihren Seidenbehang über und zog einen Spitzenschleier über den Kopf. »Kätzi muß ich aber mitnehmen.«

Sie sahen sich alle an.

»Ich kann Kätzi nämlich nicht hier allein lassen. Der Hoteldirektor könnte sie mir stehlen lassen. Wenn ich später in der Bayernallee wohne, so bleibt sie meistens bei meinem Mädchen.«

»Gut also. Kätzi kommt mit.« Sie brachen gemeinsam auf. Der Polizeirat bot dem Fräulein sogar den Arm an.

Susanne lachte an seinem Arm. »Ich habe doch wenigstens endlich erfahren, daß Sie Herr Polizeirat Löwe sind.«

Er antwortete ihr: »Vielleicht, wenn Sie das früher gewußt hätten, so hätten Sie mir nichts von dem hohen Klub erzählt, dem Sie beigetreten waren.«

»Wieso?«

»Ich fühle mich diesen hocharistokratischen Kreisen nicht gewachsen, meine Dame.«

Ganswind machte kehrt nach ihnen. »Es wäre gänzlich verfehlt gewesen, Herr Polizeirat, wenn wir diese Gelegenheit nicht ergriffen hätten.«

Susanne frug: »Bin ich damit gemeint?«

Die Gegenantwort verschlangen die vorbeisausenden Wagen der Großen Berliner. Im Café gaffte alles nach der Strohschute der nordischen Hermione. Die kleinere Susanne konnte selbst trotz Katze nicht in dem Maße auffallen. Man machte tiefe Komplimente. Ganswind hielt es kaum für nötig, durch Gruß zu erwidern. Er schlenkerte nervös seine Zigarette von Mundwinkel zu Mundwinkel, bis er an dem stets reservierten Tisch angelangt war. Das machte alles einen hochbegüterten Eindruck auf Susanne. Es war ihr höchstens bange davor, wenn es schließlich aufkam, daß die Zeitung gar nicht so unrecht gehabt hatte, sie als Hochstaplerin zu bezeichnen.

Aber wenn es ihr wohl ergehen konnte, warum hätte sie da fernbleiben sollen. Ihr Tischnachbar hätte sie offenbar gern zum Dauerverhältnis genommen, wenn sie sich in kleine bescheidene Verhältnisse hätte fügen können. Aber sie war lieber Berlin W., das schon ihr Käterchen als allein stilvoll erkannt hatte. Wo wohnte er denn? Ach, das mußte sie ihn gleich fragen. »Wo wohnen Sie denn, Herr Polizeirat?«

Er sah sie an und ärgerte sich über die Frage. Eigentlich ging er sie gar nichts mehr an. Er tat nur so vor Ganswind, als würde es ihm dauernd Sitzschmerzen erzeugen, so kühl bei Susanne zu sitzen. »In Friedenau.«

»Ist das auch W.?«

Hermione fiel schnell dazwischen. »Das ist alles ein und dasselbe. Eigentlich ist es nicht W., aber es ist auch W. Eigentlich ist es Vorort. Aber die Menschen wohnen sehr gern dort.«

Susanne war unterrichtet. Es war also nicht W.; ganz so sah er auch aus. Sie begriff nur nicht, wie der hausbackene Rat mit ihresgleichen in so nahem Verkehr stand. Mit Hermione fühlte sie sich ganz auf einer Ebene. Als Fisch wäre sie mit ihr in einem Bassin geschwommen, sie hätten vergnügt miteinander gespielt und einander dabei das Futter abgejagt. Mit ihr sprach sie so leicht und gewandt, denn die Welt der Erfindungen war leichter zu beherrschen als die Welt der Tatsachen. Heiter und vergnügt war sie diesen ganzen ersten Abend mit ihnen zusammen. Es freute sie besonders, daß ihr liebender Rat mit so nachdenklicher Miene dasaß, sobald das Gespräch stockte. Er meinte gewiß, sie habe es Hermione gesagt, daß sie nicht in den Taifun gehen solle. Aber so klug war sie schon, nicht so offen zu sein.

Jedes starke Lachen von ihr hörte der Polizeirat mit Verdacht an. Er war eigentlich zu gutmütig gewesen, daß er mitgegangen war. Es war ihm eben gegangen wie seinem Freunde, dem Pfarrer von Afalterbach, der, um seine Blähungen zu vertuschen, recht nahe auf die Menschen aufrückte. Die Musik war, nach Ganswinds fortwährenden Äußerungen und Gesichtszuckungen zu schließen, heute sehr miserabel. Er machte Susanne darauf aufmerksam, wie man bei den Stücken dieser Komponisten immer schon vorher wisse, was komme; jedem Piano folge ein heftiges Forte, es wäre eigentlich, wie wenn man eine Karussellmusik vernehme, die der Windstoß einem von ferne bald zuträgt, bald wegbläst.

Auf Susannes Frage: »Spielen Sie auch Klavier?« gab er gar keine Antwort, sondern schnaubte und besann sich, ob er mit solcher Gans nicht zu früh operiert hatte. Hermione mußte erst die Antwort geben. Und sie war nicht leicht. Unter Umständen unterbrach er aus Rache die mitternächtliche Fidelei mit ihr. Sie sagte: »Ossi spielt Flügel.«

Ossi küßte für diese hübsche Antwort Baby vor allen Menschen im Lokale.

Susanne nahm ihr Mündchen zwischen die Hand und rieb es ab, so leid war es ihr, daß sie nicht auch geküßt wurde.

Und nun kam bald die Polizeistunde. Um elf Uhr wurde ohne jede Rücksicht das Licht gelöscht, daß die Gäste im Dunkel saßen, und wenn sie Lust hatten, sich morden und prügeln konnten. Der Kellner verlangte Bezahlung. Ganswind und Hermione sahen sich an. – Susanne zahlte selbst.

Es machte ihr viel Freude, daß sie ihr goldenes Beutelchen zeigen konnte. Den Polizeirat biß es derart in den Augen, daß er gähnen mußte. Er hatte offenbar schändlich Hunger. Mit seinen scharfen Zähnen machte er einen blutdürstigen Eindruck. Dabei sprach er fortwährend: »Ja, würde bald Friede werden!« Er sprach das nicht bloß, um seine Verlegenheit vor der wertvollen Börse, der er nie gewachsen gewesen wäre, zu verheimlichen, sondern auch, weil es nicht einmal mehr eine anständige Blutwurst zu essen gab.

Susanne sagte: »In Brüssel gibt es noch alles.«

Der Polizeirat hätte sie für diese Frechheit am liebsten hintergeschluckt und sie in die Backen gebissen, die sich so lügenrot und sammetweich wölbten. »Und da reisen Sie nach Berlin?« war seine Entgegnung.

»Ach, Herr Polizeirat, ich esse sehr wenig.«

»Es ist schändlich, mir knurrt dauernd der Magen, und die Damen ernähren sich schon von der Luft. Wenn man da auch noch Liebe spenden soll!«

Hermione dachte an das Sprichwort: »Ein guter Hahn wird selten fett.«

Und der Polizeirat kehrte es um: »Ein dürrer Mensch ist selten Hahn.«

Nun war er Susanne richtig verekelt. Wenn auch noch Ernährungsfragen für seine Leidenschaften in Betracht kamen! Oder hatte sie darüber noch nie richtig nachgedacht? Wie ein Streiflicht ging das Erlebnis mit einem Möbelspediteur durch ihren Kopf. Der hatte die ganze blaue Schürze voll dicker Schweineschmalzstullen und aß immer und tat immer, als könnte er nicht genug kriegen, die Möbel auf- und abzutragen.

Ganswind betonte noch: »Es ist wahr, was Herr Polizeirat sagt, das Geld nützt Ihnen in Berlin fast nichts. Es ist trotz allem nichts zu haben.«

»Und meinen Sie, ich bezahle hundert Mark für eine Gans?«

Die andern lachten, auch jemand am Nebentisch. Susanne verzog spöttisch die Lippen; sie hatte eine Art an sich, oft nicht lachen zu wollen. Sie nahm es Hermione fast übel, daß sie nicht gleich aufstand und mit ihr vom Tische ging. Das war doch so grob und bäurisch geredet. Natürlich hatte er nur nicht die hundert Mark. Gänse gab es genug.

Ganswind bemerkte so kurz vor Schluß mit Besorgnis das launische Gesicht der interessanten Belgierin. Er mußte notwendig Susanne noch einen Blick in die Zukunft tun lassen, damit sie sich nicht in ordinärer Gesellschaft fühlte. Hermione hatte ihn dazu mit dem Ellbogen angestoßen. Er sprach plötzlich von dem berühmtesten Schauspieler der deutschen Weltbühne, von Dr. Bäumler. Und mit ganz geschickter Bezugnahme. Er frug Hermione, indem er ihr von unten in die Vergißmeinnichte sah: »Hat eigentlich Dr. Bäumler schon seine Verlobung angezeigt?«

Hermione blieb durch die Frage äußerlich sehr kalt, und doch schoß ihr die Röte ins Gesicht. Das mußte natürlich auf Susanne einen anzüglichen Eindruck machen: da hatte ja soeben eine verheiratete Frau ihre verbotene Liebe verraten. Susanne klopfte das Herz. Was sie wohl antworten würde? Oh, wie ihr die Antwort schwer wurde! Die Röte wich erst einer kreideweißen Blässe. Aber der Gemahl wollte die Antwort. Endlich zuckte ein neckisches Blitzen, vielleicht auch eine räuberische Gier, durch die Vergißmeinnichte, und Hermione antwortete: »Ich meine doch, er denkt gar nicht daran, solange er in unserem Salon verkehrt.«

Der Polizeirat sah listig in seinen Bierrest, den er austrank. Dann, als er das Glas absetzte, war ihm die richtige Beteiligung eingefallen. Er tat, als wenn er sich stark verschluckt hätte, keuchte und hustete.

Ganswind sah Susanne verstohlen an, und Hermione erhob sich, um nach Hause zu gehen.

Sie müssen doch nicht glücklich sein, dachte Susanne, sprang gleichfalls auf und hängte sich an Hermiones Arm. Sie wanderten miteinander voraus. Hinter ihnen die Männer.

Hermione machte Susanne auf das reizende Lokal aufmerksam; sie zeigte ihr, wie fein und sorgfältig alles zusammengestellt war. Die Vorhänge: schwedische Motive. Und die Beleuchtung in wechselnder Farbe. Susanne hatte keine rechte Aufmerksamkeit. Sie dachte darüber nach, ob sie nicht den Doktor zu Entschlüssen veranlassen könnte. Ihr Puls klopfte heftig, wenn sie an sich dachte. Sie war fähig, jeden zu berücken. Sie hielt auch Frau Ganswind, der sie wie eine Freundin am Arm hing, nicht für so überschön, daß man ihren Mann nicht von der Eifersucht befreien konnte.

Susanne wäre jetzt am liebsten ohne den Polizeirat ins Hotel gegangen, um dem Roman zwischen Hermione und ihrem Mann, der sich ihr durch den eigentümlichen Haarschnitt so tief einprägte, in den leer gewordenen Straßen ungestört nachspüren zu können. Die Szene, welche Ganswind zum Schlusse gemacht hatte, war so peinlich für Hermione gewesen, daß sie beim Abschied sogar vergessen hatten, wegen morgen noch einmal »auf Wiedersehen« zu sagen.

Es blieb ihr belanglos, was sie bis zum Hotel redeten. Sie mußten sogar vom Wetter sprechen, denn die gegenseitigen Gefühle gingen einander nichts mehr an. Dem Polizeirat war das recht, er erkannte aus ihrer Einsilbigkeit, daß sie sich mit beiden Ganswinds verkettet hielt. Und beim Abschied sagte Susanne in mitleidsvollem Ton: »Gute Nacht.« So konnte der Polizeirat pfeifen und gern zu seiner Frau gehen. Das gute Kind hatte ihn nicht an Ganswind verraten.

Clothilde fiel es auf, wie gern er zu ihr kam. Da hatte der Abenteurer eine Enttäuschung erlebt. Aber sie war ein herrliches Weib und ermunterte ihn zu neuen Kühnheiten. Es zischte ihm durch den Kopf vor Willen, an anderen Wesen seine eheliche Meisterschaft zur Anerkennung zu bringen. Er erzählte Clothilde von der Fremden, die der Doktor kriegen sollte; sie sei hochnäsig und habe ihm den Erfolg unmöglich gemacht, weil er einen Beitrag für den Katzenklub West nicht wiedererstatten könne.

»Paß nur auf, Männi«, sagte sie zu ihm, wie er mit schwüler heißer Stirne in ihrer Achselmulde lag, »ich werde es der Katze wieder heimzahlen.« Er war dafür so dankbar, daß er seine Leidenschaft für ihren Körper, in dem solche Seelengröße wohnte, gar nicht mehr bändigte.

* * *

In Dr. Bäumlers Stube summte der Teekessel nachts um zwölf Uhr zum dritten Male. Die Deutschen und Franzosen führten Krieg miteinander. Er aber stand mit der ganzen Welt auf dem Kriegsfuß. Die Welt war einfach verkehrt.

Es bestanden strenge Vorschriften, wieviel jeder Einzelne essen durfte. Er befolgte diese Vorschriften genau und blieb darum dürr wie ein Hering. Andere strotzten und glänzten vor Fett und Speck wie in der Sonne des Friedens. Das konnte nur durch Betrug ganzer Volksschichten geschehen. Da hieß der fortwährende Aufruf: »Durchhalten.« Sollten doch einmal diese feisten Meerschweine durchhalten, indem sie ihren eigenen Speck verzehrten! Jeder einzelne Fall von Übertretung, dem er auf der Straße oder in der Zeitung begegnete, brachte ihn zur Verzweiflung. An seinen Graupen lebten Millionen Läuse, und er aß sie doch. Er streckte sich wirklich nach der Decke.

Nun hatte er heute einmal seinen Nährstand auf ganz erlaubte Weise verbessern wollen und war nach Ludwigsfelde hinausgefahren, wo die vielen Pilze angeblich herkamen. Wollte also Pilze sammeln. Bis in den Pilzforst kam er. Auch suchte er, nur finden konnte er nichts. Da begegnete ihm mitten im Walde eine dicke Watschel mit ihrem zwölfjährigen Sohne, beide trugen Rucksäcke und schwitzten. Er rief sie an. »Was haben Sie in Ihren Säcken?« »Pilze«, war die Antwort. Vor Aufregung befiel ihn ein Zittern, also die Fette hatte wieder und er nichts. Sollte er bitten, ihm einige abzulassen, weil sie der Wald doch für alle getragen hatte? Hunger hatte er, also gewagt. Er bat, was er noch nie in seinem Leben getan hatte. Was taten aber diese Leute? Sie rannten keuchend davon, als ob sie mindestens lauter kostbare Eier in den Säcken hätten. Gott sei Dank hatte er keinen Revolver in der Tasche, sonst hätte er sie einfach niedergeschossen. Solche Menschen waren Diebe. Es kochte in ihm, und der Dampf seiner Teemaschine blies zu dem geöffneten Fenster hinaus in die Sternennacht.

Und wo er nur hindachte, da waren überall Mißstände. Wer wußte, warum die Dame mit der Katze ihre Hotelrechnung nicht bezahlen wollte. Er konnte solche Katzendamen zwar durchaus nicht leiden, aber wahrscheinlich betrog das Hotel sie und nicht sie das Hotel. Das wußte er schon, es war immer anders, als es die sogenannte »Wahrheit« der Welt vorposaunte.

Es war ein tragischer Fall, daß man von jedem Aussichtsturme aus sehen konnte, wie die Welt im Spinat lag. Und doch kostete das Pfund Spinat, das früher einen halben Sechser gekostet hatte, jetzt einen halben Taler. War das nicht, um alle Bauern niederzuschießen? Er ging mit dem Gedanken um, entweder das ganze Münzsystem für ungültig zu erklären und öffentlich vorzuschlagen, einfach statt mit dem Pfennig jetzt mit der Mark als kleinstem Wert zu beginnen. Oder er kaufte sich eine Ziege, welche er in die Gemüseläden wie einen Hund mitnahm. Diese fraß dann, während er scheinbar mit der Händlerin feilschte, hinterrücks einen ganzen Korb feinsten Spinats auf. Und wenn jemand Krach schlagen sollte, dann sagte er von der Kellertreppe aus die Wahrheit. Die Wahrheit! Er hatte sich so tief vergrübelt, daß er wähnte, die Ziege an der Leine zu haben, und aus Versehen die brennende Zigarette mit der Aschenseite in den Mund schob. –

So fuhr er vom Bette hoch und sah, daß das Teewasser wie wahnsinnig kochte.

Oh diese Plage und Wirtschaft! Wenn hier keine Frau herkam, mit einem ungeheuren Geldsack, und ihn erlöste, so war er ruiniert und hing als der vergessene und fortgeekelte Schauspieler des Passagetheaters in stilvoller Einsamkeit am Bettpfosten.

Da fiel es ihm plötzlich ein, was ihm versprochen war.

Und nun stand er still auf einem Fleck, hielt die Teeblätter in der Hand und vergaß aufzubrühen. Er hatte einen nachtschweren Kopf und fühlte das Maß der Zeit nicht mehr. An den einen Gedanken, daß er sich bald wieder im Taifun befand, klammerte er sich eine Stunde unbeweglich. Die Mitternachtstunde hauchte über ihn hinweg.

Wahnsinn, nicht zu schlafen. Faule Gleichgültigkeit, nicht zu wachen. Wer wachte, den traf das Unglück nicht. Das Unglück, das auf die Menschen lauert, während sie träumen. Sein Herz ging unregelmäßig, bald in rasendem Tempo, bald so schwach, daß er fürchtete, es habe aufgehört. Und dann schwebte er wie abwesend durch den Raum, und mit Grauen sah er das Schicksal der Welt unter sich hinwirbeln. Das Schicksal des Einzelnen grausig wie das des Ganzen. Die beiden Schwestern Helbrandt, in weißen Kleidern mit lila Schleifen um die Hüften und in den dunklen Haaren, sie saßen, das Ende ihrer Tage in Dezennien erwartend, in einem Versorgungsheim, gut aufgehoben gegen Bezahlung. Schrecklich, es zu sehen, wie frische blühende Menschenkinder fruchtlos, sinnlos, ungeschätzt verwelken. Sinnlos, wie die Tausende von Blüten auf den Bäumen stehen, zwecklos nur herabzusinken in den feuchten Rasen. Wenn der Taifun die Macht hatte, eine ihm zu schaffen, die ihn in Rausch und Sturm diese ungefüllte Zeit vergessen ließ, dann war es Sühne für alles Erlittene. Und dann plötzlich schrumpfte er zusammen und war zaghaft, feige. Sollte er denn hingehen? War die geträumte Erlösung Weib nicht bloß ein lockender Trug, ihm den Rest der Tage zum letzten, äußersten Grad der Hölle zu gestalten, zu jenem Grad, wo in Dantes Hölle die furchtbarste Qual und Siedehitze brannte?

Ei! Nein, er wagte nichts. Das war eine gefährliche Sache.

Wie sprachen denn die Ehemänner von ihren Weibern? Und die Natur, die war so unverschämt und pflanzte sich immer weiter. Ei, ei. Er lachte in die dunkle Ecke und pfefferte mit den Teeblättern die Geranien vor seinem Fenster. Er zündete eine Zigarette an und grinste in allen Lacharten nach allen Himmelsrichtungen, und war doch ganz allein.

Und was für ein Gelächter gab das im Verein? Da mußte er vorher noch austreten. Es war fast eine Schande, wenn er heiratete.

Allerdings vom Taifun aus war das Wagnis geringer. Der deckte ihn. Es wagte dann wenigstens niemand auf einer Redaktion, ihn in höhnischer Weise ins Blatt zu setzen. Jetzt lachte er laut, legte seine Uhr ab, und bald lag ein klapperndes hungriges Gerippe auf einer Seegrasmatratze, zaudernd, ob es feig sein sollte oder tollkühn.

Als ob es sich lohnte, als Lebewesen Angst zu haben. Ein Akrobat kann auch nur das Kreuz brechen oder nicht. Nun freilich, solch ein Eheakrobat!? Dr. Bäumler wälzte sich zur Seite, drehte die Glühbirne ab und schlief, während die Amseln und Finken, Stare und Schwalben und Rotschwänzchen ein Riesenkonzert gaben, auf das kein Mensch achtete.

Wenn Nikisch konzertierte, da lief alles zusammen, hörte und wußte später nichts mehr davon. Den Schrei der Amsel hörte niemand, und doch kannten ihn die meisten. Sein Vogel saß eben in einem anderen Baume, er brauchte nicht einmal in dessen Schatten zu liegen und lag doch unter ihm. Er sang die ganze Nacht und flüsterte dem Doktor seine Träume zu.

Vor dem Bilde des umgekehrten Menschen mit der leckenden Katzenzunge spielten sich Szenen ab, die dem Doktor den Schrei nach Luft mitten im Schlafe erpreßten. Tumulte und verzwickte Verschlingungen. Hermione und ein Mensch mit einem närrischen Pinguinenschopf, der Polizeirat und der Kopf jenes Dichters agierten mit Leidenschaft gegeneinander, und plötzlich wurde das Bild lebendig, der Kopf des umgekehrten Menschen kippte um wie auf der Schießbude, und saß wieder regelrecht auf dem Halse, sah sich um, und seine Augen kollerten in ihren Höhlen umher wie bei dem Optiker in der Friedrichstraße. Die Katze steckte ihre Zunge weg, sprang aus dem Bildrahmen und stürzte sich wie ein Tiger in die gaffende Menge, deren Köpfe vom Schreck wie bei einem Treffschuß umfielen. Und wirklich, der Taifun war die Schießbude von der alten Fischerhütte. Ein Zeppelin flog mit verdecktem Scheinwerfer über den Viktoria-Luise-Platz. Es war ein donnerndes Getöse, dem der Doktor einige Schlafsekunden mit wachen Ohren lauschte, dann rieb eine derbe Faust ein Zeitungsblatt über seine Nase und zerknitterte es, als wollte sie seinen Kopf darin einwickeln. Er rang wieder nach Luft, da befreite ihn der goldene Portier des Hotel Olymp und schenkte ihm einen alten römischen Gulden. Das Hotel ging in Flammen auf, und eine Dame mit einer Katze sprang aus den rauchenden Trümmern, welcher er folgte. Mit ihr saß er plötzlich im Glashause des Botanischen Gartens. Und die Katze der Dame fuhr auf den Blättern einer Lotusblume spazieren. Und wie sie auf der Bank saßen, da entquoll ihm das süße Geständnis, daß seine Schläfen hämmerten und seine Pulse zuckten. Er erwachte und wäre am liebsten zum offenen Fenster hinaus auf den Hof gesprungen vor Wut, daß es nicht Wirklichkeit war, sondern das Narren einer geträumten Leidenschaft.

Dieses verfluchte Geschrei der Vögel! Waren sie auf der Welt oder die Menschen? Er schlug das Doppelfenster zu, daß die Außenscheiben mit dem Asphalt des Gartenhofes in musikalische Berührung gerieten. Hähä, das hatte noch gefehlt. Schon wieder ärmer. Der Arme darf eigentlich nur in Erdlöchern wohnen wie ein Kaninchen, wenn er sein Geld zusammenhalten will.

Trotzdem schlief er noch zwei Stunden ... und endlich so ruhig wie ein in der Kochkiste gleichmäßig kochender Kartoffeltopf.

Und welche furchtbaren Vernichtungen und wasserentschwebenden Geburten hatte der Taifun des Schlafes über der Weltstadt bloßgelegt. Bei Sonnenaufgang lag manches Auge gebrochen, und manches freßsüchtige Geschrei zeterte in die güldenen Sonnenstrahlen. Trauer und Freude geigten unter dem Baldachin der Gotteswelt wie verrückte Schnaken.

Im Hofe des Taifun spielte ein Leierkasten. Der Hauswirt von Franz Josephsdamm 104 brüllte aus seinem Berliner Zimmer, das er als Schlafzimmer eingerichtet hatte, wütend hinaus: »Sie stören meine sämtlichen Mieter, hören Sie sofort auf, sonst lasse ich Sie verhaften.« Das Register quiekte noch einmal, und die Orgel stand still. Beleidigte Tritte schlichen aus dem Hof. Ganswind hatte an seinem Hauswirt, dem Rechtsanwalt Büffel, einen wahren Freund, denn er schützte die Paukenhöhlen seines flügelschlagenden Gigantismus vor allen Ohrwürmern falscher musikalischer Betätigung. Ganswind küßte zum Dank und in Verzückung über den Eingriff seines Hausherrn die aus dem Bette hervorstehende Ballade Hermiones. Innerlich dachte der Hauswirt zwar ganz anders. Ganswind betätigte nach seiner Überzeugung eine anormale schwarze Kaffernmusik; »bei uns in Schöneberg«, das der Leierkasten angestimmt hatte, war eine vernünftige, angenehme, nachahmenswerte Melodie. Aber Ganswind war eben leider der rentabelste Mieter; so mußten gerade musikalische Vagabunden und Strolche des Hofes streng verwiesen werden, denn sonst geschah es eines Tages wie in des Sängers Fluch, daß Majestät Ganswind eine Kohlenschippe durch die großen Zehnmarkscheiben warf und den Orgelmann tötete.

Letzten Endes war der Hauswirt für Sachschaden und Blutvergießen auf seinem Grundstück verantwortlich.

Nachdem Ganswind und Hermione aus dem Café Finkensieb heimgekehrt waren und Hermione alle Verwünschungen über den Polizeirat vom Nachthimmel herabgeholt hatte und Ganswind eingesehen, daß man künftighin etwas mehr Zeremonie in den Verkehr mit ihm legen mußte, wurden eifrige Berechnungen angestellt. Infolge des unverständlichen Verhaltens des Polizeirates wäre beinahe der dicke Fischzug eines ganzen weiblichen Klubs dem Taifun entgangen. Also Vorsicht diesem Freunde gegenüber, der in eigener Politik innerhalb der taifunistischen Interessen arbeitete. Ob er nun mit der Belgierin tatsächlich noch im Salon eingetroffen wäre oder nicht, dies entzog sich dem Urteil. Gewiß war, daß er seine eigenen Entschließungen treffen wollte. »Polizeirat Löwe glaubt den Taifun zu verstehen. Und er versteht ihn gar nicht.« Das waren Hermiones Worte.

Ganswind erwiderte: »Er versteht den Taifun, fürchtet ihn aber nicht.«

Hermiones Augen öffneten sich weit. »Das kommt von dir, weil du niemals steif sein kannst, herablassend und auch etwas eingebildet.« Sie wiegte ihren Schwanenhals und verzog den Mund bitter. So sah sie besonders schön aus, weil dann ihre babyhaften Züge wichen und ein herrlicher Heroinenkopf erschien. Weil Ganswind diesen fortwährend anschaute, so vermochte er diesem Vorwurf nichts zu entgegnen. Er stand demütig gläubig und nahm sich vor, die Worte seiner Göttin zu beherzigen und zu befolgen. Er hatte zwar Angst davor, wie er die Rolle einer absichtlichen Steifheit dem Polizeirat gegenüber meistern könnte.

Hermione sah ihn in seiner verdatterten, bewundernden Stellung stehen und wurde wütend. »Du machst ein schrecklich dummes Gesicht. Wir werden mit dem Taifun niemals zur Herrschaft gelangen. Aber das müssen wir. Die anderen sollen knieen und wir herrschen.« Das sagte sie streng und tyrannisch, daß es Ganswind noch bänger wurde.

Die Schulden waren schon jetzt riesenhaft. Die reiche Witwe in Hannover war gestorben und ausgesaugt. Er spielte mit dem Schlüsselbund in der Hosentasche und lehnte am Flügel.

»Soll ich spielen?«

»Spiele!«

Ganswind setzte sich an den Flügel und spielte in der Mitternacht, um Hermiones Wut zu besänftigen. Das geschah folgendermaßen. Er wählte irgendeinen leidenschaftlichen Teil Hermiones, an welchen er glühend dachte, so daß er sich gewissermaßen in ihren schönen Körper hineinhypnotisierte; dann ging die Musik ohne irgendwelches Bewußtsein los. Er zuckte und bebte wie von Hermiones Leidenschaft in Schwingungen gebracht, verzerrte das Gesicht und schnaubte, bis er seine Kraft in einem plötzlichen Erguß verlor. Dann fielen seine Glieder matt herunter, und er hing wie eine geknickte Leberwurst über dem Klavierstuhl. Dann ging sie zu ihm hin und küßte ihn, streichelte ihn über das sonderbare Haupt und sagte viele Liebkosungen: »Du liebst mich, du bist gut, es war so schön.« Da konnte er weinen und vor ihr in die Knie sinken. Und wenn sie dann über ihm kniete und ihn neu stachelte, so verfiel er wie in epileptische Krämpfe. Diese achtete sie nicht, sondern tanzte wie Salome vor den wilden Bildern an den Wänden, an welchen sich ihre Sinne berauschten. Erst wenn sie über ihm zusammenbrach und ihr der Verstand aus den Augäpfeln tropfte, empfing er ihren Kuß, bei dem sie seine Lippen zwischen die Zähne zog und zerbiß. Daher waren seine Lippen fast immer geschwollen. Und seine Musik unfaßbar, auch wenn fremde Damen und Herren zugegen waren. Denn diese Schwingungen vollzog er auch dann. Nur wußte allein Hermione, was sie zu bedeuten hatten: daß es seine Liebe war.

Als er gespielt hatte und Hermione zuletzt in Sinnverwirrung am Boden kauerte, da frug Ganswind schüchtern: »Bist du mit dem Taifun zufrieden?« Sie nickte mit dem Kopfe und hauchte: »Ja.« Ganswind erhob sich, trat fest auf und rannte tobend im Salon umher: »Geld muß her! Der Salon ist nur zu klein. Auf die Vergrößerung erhalte ich das Kapital und verzinse es mit den geringfügigen Einnahmen. Aber wenn wir turmhoch gebaut haben, dann erdrücken wir, und dann verdienen wir, und dann leben wir, und dann verprassen wir. Dann bist du Göttin und ich dein Gott. Ich gehe zum Hauswirt.«

Hermione hatte ihn dahin gebracht, daß er neue Schulden machte. So gefiel er ihr, wenn er nicht feig war, sondern frisch wagte. Er liebte sie furchtbar und sie war glücklich, daß sie ihn nicht totquälen konnte, sondern im Gegenteil zu neuem Wahnsinn anstachelte. Wahnsinn war die Brücke zum Ruhm. Und der Ruhm des Taifun war erst da, wenn man seine Wucht einsah und ihn fürchtete.

Wohin er brauste, der Orkan und Sturm, das kümmerte das nordische Schäfchen nicht, dem sie jetzt glich, nachdem die Seele aus dem Kopf gerieben war. Und war das Ende ein gleichgültiger Selbstmord, so hatte sie für sich selbst das Lachen der Salome, mit diesem verschied sie oder verschied er.

In solcher Nacht war es den Augen des umgekehrten Kopfes offenkundig, warum sie der Leiter war, und nicht er. Er war ein einfacher Mensch, aber sie besaß den Ehrgeiz, die bewunderte Kaiserin von Byzanz zu werden. Und doch liebte sie Ossi heiß. Einmal der Sohn eines Hausdieners gewesen, wetteiferte er mit einer Frau um die Lorbeeren des Strebens, dadurch den höchsten Erdenruhm zu erlangen, daß man alles sogenannte Verkehrte verherrlichte. Das Bild mit dem umgekehrten Kopf konnte darum als das Symbol des Taifun gelten. Und tatsächlich wurde es auf die Ecken aller Briefbogen und Umschläge als Insignium geprägt.

Ganswind nahm sich vor, mit seinem Hauswirt über die Abmietung einer weiteren Etage zu verhandeln. In der Nacht wurde noch der Vorstand des Katzenklub West nachgeschlagen. Der angestellte Sitzredakteur, ein Herr Kolibri, war bewandert in der

Abfassung schwungvoller Einladungen, auch saßen Hermione und Ossi noch eine Stunde in den Betten und tranken verschiedene Gläschen selbstgebrauten Kriegsschnapses. Erst mußten die Körperkräfte wieder belebt sein und das Gefühl in die erschlafften Glieder zurückkehren, ehe wieder mit den nüchternen Geschäften begonnen werden konnte. Vier Uhr morgens war ihnen keine fremde Stunde.

Gesichtsmassage und Schminken hatte Hermione in London »in the towerplace five« erlernt.

So war eine Frau sechsundzwanzig, die tatsächlich schon ins Vierzigste hineinschritt. Sie wickelte ihre Waden, um gefährliche Adern zu bekämpfen. Der elegante Schimmer ihrer Erscheinung glich dem lockenden Glanz eines illuminierten Warenhausschaufensters. Ein aufrichtiger Naturfreund konnte sich nicht in sie verlieben, so sehr sie verstand, natürlich auszusehen. Diese Vernunft, den Körper vorzulügen, weil die Schönheit der Seele mangelte, hatte sie nicht allein. Allgemein galt es für unkultiviert, natürliche Hautfarbe zu besitzen.

Es war also gleichgültig, wie stark die Natur abgenützt war, weil der Schein gewahrt wurde. Die persönliche Lebenshaltung der Taifunwirtschaft war durchaus nach der Mode, von welcher die verfochtene Kunst ganz ferngehalten schien. Sonst hätte die Presse nicht so unflätig gegen den Taifun geschrieben. Bisher hatte in der Kunst die Mode gegolten, welche die Salons am Tiergarten und Unter den Linden zur Ausstellung brachten.

Die Kunstgaben des Taifun schlugen allen ins Gesicht. Auch das war Schein. Der Taifun verbrauste in der Wüste oder in der Unendlichkeit des Meeres, sobald er Mode wurde. Warum führten also diese zwei Menschen einen solchen Kampf mit den »anderen«, zogen Anhang an sich? Doch nur, damit sie sterben konnten.

Hermione hätte, da sie den Gebrauch der Schminke so gut verstand, ein kampfloses Dasein führen können. Aber sie beide wurden von ihren Bildern unruhig gemacht, von Werken, um derentwillen ihre Künstler den Märtyrertod starben.

Ein gesunder Blick in das Uhrwerk der Welt, wie es Gott geschaffen hatte, behütete vor Wahnsinn und Martyrium. Und dieser Blick war bei Ganswind durchaus gesund. Er wußte, daß die Kunst der Künstler stets aus dem Menschenhirne entsprang, ob es nun die Dinge farbig wiedergab oder grau und fahl. Fast still und verschlagen saß er im Gehäuse, wo das Uhrwerk absurrte, kam dann geschwind hervor, überraschte mit dem Verrat eines von ihm erkannten Nippels und galt dadurch als Zauberer, weil begreiflicherweise alles Erfolg hatte, denn alles war ein Teil des Uhrwerks.

Es war das ganze Genie jedes Hexenmeisters zu allen Zeiten, daß er die Dinge in ihrer Besonderheit erkannt hatte und die Erkenntnis verschwieg. Das wußte Ganswind, daß er über die ausgestellten Werke schweigen mußte.

Wer den Taifun betrat und große Kritiken an Mitbeschauer preisgab, der konnte gewärtig sein, daß er mit einem gewandten Hundstritt an die Luft gesetzt wurde. Vor diesen Zauberwerken hatte jeder in Ehrfurcht zu verstummen. Es war ähnlich wie in der altmittelalterlichen Erzählung, wo der König und sein ganzer Hof nicht für sündhaft gelten wollten, weil sie auf der weißen Wand keine gemalten Bilder sahen. Sie sahen alle Bilder, obgleich die Wände rein weiß geblieben waren. Der Zauberer, welcher so malen konnte, wurde obendrein reich beschenkt und hoch geehrt. Die Schweiger, welche den Taifun betraten, zählten zur Gemeinde. Diese opferten auch ihr Geld für sinnlose Quadrate und Dreiecke, worunter stand »Bild«. Wehe dem, der lachte.

Ganswind war im Recht. Es bestand kein Gesetz, Dreiecke nicht als Bilder ansehen zu dürfen, sie waren gewiß viel eher Bild als ein in die Ebene gequetschtes Menschenantlitz. Darum waren im Taifun die Porträts mit Schnurrbärten versehen. Davor war das Lachen auch von Ganswind gestattet, weil dieser Schnurrbart die Künste von anno Domini des Raphael und Leonardo verhöhnte.

Trotzdem konnte der Rechtsanwalt Büffel absolut nicht einsehen, warum das Bild vom Menschen mit dem umgekehrten Kopfe als Glanzstück betrachtet wurde und fast als heilig galt. Er war unglücklich darüber, daß Ganswind nicht davon abkam. Aber er verschwieg diesen Kummer, war allzeit freundlich und von größter Aufmerksamkeit gegen seinen Mieter. Er verbot jede Musik auf dem Hofe. Die Mitternachtsmusik Ganswinds, welche alle anderen Mieter des Hauses rasend machte, blieb geschützt, und Hermione konnte sich nicht satt genug kitzeln an seinen musikalischen Begattungen. Die Küchenfee im vierten Stock weinte, daß die Drehorgel verstummen mußte. Die Beschwerden über Nachtruhestörung blieben alle in den Papierkörben des Polizeibureaus stecken und trieben wie die Asche des unschuldigen Abel gegen den Himmel. Sie wurden totgeschlagen, das heißt: durften nicht zu Worte kommen; der Kain aber schwang die Keule. Zum Dank für die nie verwehrte Nachtmusik mietete Ganswind bereits das dritte Mal eine weitere Etage ...

Der Hauswirt war darüber fassungslos, wie für solche Kunst so viel Geld aufgebracht wurde, daß Ganswind die teuere Miete bezahlen und er sie einstecken konnte. Einmal besuchte er wegen der Angelegenheit einen Sachverständigen, ob es dem Hause keine Gefahr plötzlicher Entwertung bringen könnte, falls Ganswind verkrachte. Er warf nämlich Ganswind zuliebe immer wieder neue Mietsparteien aus dem Hause. Da sprach der Sachverständige weise zu ihm: »Seien Sie beruhigt, Herr Rechtsanwalt, lassen Sie das Haus mit Bildern füllen bis unter den Dachboden. Und wird er einmal pleite, so brauchen Sie nur den Hausschlüssel umzudrehen, und die ganze Kunst ist in Ihrem Besitze, dann bringen Sie dieselbe unter den Hammer. Und was der Hammer herausschlägt aus dem Geschmack des Auktionspublikums, das ist Ihre.« Rechtsanwalt Büffel war so klug geblieben wie vorher. Er hätte gern wissen wollen, ob auch nur ein Bild wenigstens einen Groschen wert war. Aber darüber waren sich die Gelehrten scheint's nicht einig. Rechtsanwalt Büffel war in steter Besorgnis, daß sich das Ehepaar ums Leben brachte, dann war er schwer geschädigt, denn Ossi und Hermione hatten die ganzen Galerien testamentarisch der Stadt Berlin vermacht. Die Stadt hatte das Testament angenommen, ohne je einmal die Bilder geschaut zu haben. Bezahlte ihm dann die Erbin den großen Mietausfall? Oder bezahlte gar die Stadt sämtliche Kapitalisten des Taifun? Rechtsanwalt Büffel hatte also das größte Interesse, daß die beiden vergnügt und lebensfroh blieben, darum gestattete er ihnen alles. Vortragende Künstler durften im Taifun brüllen, daß sich die Frau Professor des Querflügels aus Verzweiflung zur Morphinistin entwickelte. Die Treppen und Flure mußten sich die übrigen Mieter mit taifunistischen Ölen beschmieren lassen. Nur damit das wahnsinnige Ehepaar in guter Stimmung blieb und an seinen Endsieg glaubte. Mit Riesensummen waren die Kunstwerke in den Katalogen angegeben. Im Jahre des Heils 04 mit 3000 Mark gezeichnete Bilder waren im Jahre des Heils 11 schon auf 40 000 gestiegen. »Herr Rechtsanwalt, ist denn das kein Beweis, wie glänzenden Erfolg der Taifun hat? Solcher Wertzuwachs?«

»Ja aber«, sagte dann Büffel.

»Wieso ja aber?«

»Ich weiß nicht.«

«Das glaube ich, daß Sie nicht wissen. Das weiß auch nicht einmal ein Sachverständiger. Das wissen nur wir und die Künstler, welche zum Teil im Weltkriege gefallen sind, Russen, Franzosen, Italiener, nur keine Engländer, weil die der Bewegung noch ferne stehen. Ferner diejenigen alle, welche meine Postanweisungen nicht erreichen konnten, weil sie so international wohnten, daß sie bald Sibirien als Adresse angaben, um dann wieder von Marokko Nachricht zu geben.«

Der Hauswirt stand einsichtig und überzeugt.

Hermione fuhr fort: »Nein, das ist nicht Ossis Schuld. Ossi tut so viel für die Künstler. Alles tut er für sie. Selbstverständlich haben wir einen Gewinn für uns, aber doch keinen so großen wie die Künstler. Sie blieben ohne Ossi völlig unbekannt. Überhaupt: das ist eine große Sache, für die wir kämpfen. Wir kommen selten vor drei Uhr zu Bett. Ossi müßte einmal aussetzen.«

Büffel seufzte: »Ja, ja. Setzen Sie lieber nicht aus.« Er war ja zufrieden gewesen, zu hören, daß sie einen G e w i n n für sich machten. Schließlich, woher und warum, ging ihn nichts an. Die Geldwirtschaft war das Unmoralische, darum auch rein Menschliche, denn die Spatzen fraßen die Kirschen vom Baume ohne Bezahlung, höchstens ließen sie noch etwas fallen. Die Moral war eben etwas ganz Seltsames. Man sperrte ja auch nur die ein, welche den

Reichen nicht behagten. Und niemals die Reichen, weil sie den Armen nicht behagten. Büffel war ein im Patentwesen durchaus bewanderter Anwalt, und er patentierte es Ganswind ganz gern, daß sie sich zu den Reichen zählten. Armes Pack hätte er nie im Hause geduldet.

Hermione trug im Sommer sehr »durchbrochen«. Aber Büffel gewahrte durch das Lorgnon seiner Gattin, daß hinter der Durchbrochenheit nicht sofort die gemeine Nacktheit kam, wie bei Bewohnern der Zimmerstraße, sondern wirklich nur ein vorgetäuschtes Nackt in einem feinen, zarten, weichen, schimmernden süßen Trikot. Sie waren reich. Der Schein bewies.

Ganswind erzählte, als er den weiteren Vertrag unterzeichnete, von der Steigerung der Einnahmen, welche die bestimmt hundert neuen Abonnenten brachten.

»Hundert fast in einem Tage?« Das war ein Rekord, mit welchem kaum der New York Herald Schritt hielt.

»Darum erweitere ich sofort.«

»Sie haben ganz recht, Herr Ganswind«, sprach die Wirtin, »wie rasch kommen die Enkel.«

Der Hauswirt und seine Frau waren die einzigen, Ganswind wirklich befreundeten Menschen. Sie erfuhren alles. Auch die Pläne mit Dr. Bäumler bekamen sie zu wissen. Und es wurde dann nicht versäumt, so etwas allüberall weiter zu klatschen. Das Dienstpersonal des Rechtsanwalts und seine Angestellten hatten Vettern und Basen. Die Tochter des Hausschlächters interessierte sich auch sehr für den Taifun.

»Unser Anhang wird so stark«, renommierte Hermione mit leiser, vornehmer Zurückhaltung, so daß gleich wieder ein Mann gefangen war.

Da die Erweiterung sofort in Angriff genommen werden mußte, so war bald ein Aufruhr und Skandal in der Etage, auf welche Ganswind reflektierte. Die Hauswirtin hinkte mit einem Beine und ging selten aus ihrer Wohnung. Sie hieß Elisabeth, trug eine hochgedrehte Schneckenperücke und ein sich alljährlich umformendes Kleid, so daß es allmählich aussah wie eine obskure Hunderasse, in der man den Pudel findet, wenn man den Spitz sucht.

Elisabeth erschien ohne jede Vorbereitung in den Räumen des Lampengeschäftes und erklärte, daß geräumt werden müsse.

Zunächst wollte sich der Lampenmann zur Wehr setzen, als er aber bedachte, daß der Wirt ein Rechtsanwalt war und solchen Prozeß mit allen Schikanen betreiben würde, gab er nach und hing seine Lampen in die Oranienstraße.

Die Wirtin krähte es frohlockend Ganswind entgegen, daß er hineinkönne. »Da darf nur ich kommen!« prahlte sie und lachte tagelang vergnügt. Ganswind bezahlte einen bedeutend höheren Preis als der Hinausgeekelte. Sein Geschäft betrieb auch eine viel fruchtbarere Sache. Wer brauchte heutzutage eine Lampe? Die Ölquellen waren durch den Krieg versiegt, das Gas doppelt so teuer und Elektrizität so gemein und alltäglich wie früher Talgbeleuchtung. Die Räume des Vorderhauses sahen den Lampen mit ihrem Glasgeklinge wehmütig nach, als sie fortzogen, und wurden ganz schamrot, als sie ihre Wände von dem Wurm dieser Kunst überschmiert sahen.

Die Hauswirtin stand drei Tage lang vormittags um zehn Uhr und nachmittags um die Kaffeezeit bei den Handwerkern, hatte ein großes Vergnügen, wenn ihr Ganswind Gesellschaft leistete und von Susanne Flaubert erzählte, was er wußte. Sie verglich sie dann mit Hermione, die schon ein feines Mensch war, und konnte den Teeabend fast nicht erwarten, wo sie die Doktorbraut sah, die noch abenteuerlicher zu sein schien.

Ihr allein, ganz im Verschwiegenen, hatte es Ganswind anvertraut, daß von den zuströmenden Damen schon im voraus Susanne für den Doktor bestimmt sei. Sie hatte die größte Reklame im Hintergrund, war bereits nach einem Tag Anwesenheit in Berlin in die Zeitung gerückt worden, besaß ein reiches Landgut und eine halbe Million Mitgift, die er selber hinzudichtete. Was mußte das für ein Frauenzimmer sein, dachte die Wirtin, und streute die unglaublichsten Gerüchte aus, soweit der Schwall ihrer Klatschkraft reichte, machte aus der Halbmillion Zweimillion, aus dem Landgut einen Adelssitz. Sie verschrie Susanne als die Braut und sprach gleichzeitig von einer allgemeinen Konkurrenz. Es meldeten sich infolgedessen auch solche Leute, welche dem Kampf um die Wahl nur interessiert folgen wollten, ohne an sich selbst zu denken.

Die Klatschlust und die Klatschkraft verursachen eigentlich Erfolg und Ruhm bei allen Geschäften, Kunst wie Heirat.

Ganswind konnte sich gestatten, den Doktor etwas länger als die versprochene Frist zappeln zu lassen, weil er seine grandiosen Vorbereitungen zu der Sensation nachweisen konnte. Er machte es Dr. Bäumler in einem Briefe klar, daß es viel mehr auf eine volle Sensation ankomme, als bloß darauf, daß er ein Weib kriege. Diesen Brief las Dr. Bäumler jeden Tag zehn-, zwölfmal, weil er die Stimme seiner Wünsche war. Er wollte wieder hochkommen, mit einem Ruck wollte er wieder auf die Bühne gestellt sein, und diesmal so, daß ihn niemand zu verkleinern wagte.

Den Doktor hielt man mit Briefen warm. Mit Susanne schloß man sogleich eine enge Freundschaft. Hermione duzte sich mit ihr, ausdrücklich mit Ossis Erlaubnis. Auch Ossi schmollierte. Diese Maßregel war vorbeugend. Es wäre möglich gewesen, daß der Doktor nach der Verlobung den Taifun auf Nimmerwiedersehen im Stich ließ.

Die Verständigung mit Susanne sicherte vor des Doktors Hochmutsteufel. Hermione interessierte sich im allgemeinen nicht für Frauen. Die Männer waren ihr faßlicher. Susanne hatte aber das Vermögen, in Hermiones Busen hinabzusteigen.

Gleich wie sie am ersten Tage dastand. Im Salon. Tief ergriffen. Wortlos. Mit großen erstaunten Augen, ein Perlenkollier um den Hals. Das offenbarte ihren ganzen Verstand, ihre tiefe Bescheidenheit und ihr künstlerisches Wollen.

»Es ist zuviel auf einmal«, sagte sie. Davon hatte sie in Brüssel nichts gewußt. Es kam ihr vor, als ob der Taifun die größte Sehenswürdigkeit Berlins wäre. Daß Künstler so etwas zu malen wagten! Porträts von trächtigen Eseln, in welchen das Junge sichtbar im Bauche lag.

Aber dann das Bild mit dem umgekehrten Kopfe und der – Katze. Susanne machte hier einen Schritt vorwärts gegen das Bild und prüfte die Augenfarbe der Katze, dann rief sie: »Genau wie bei Kätzi!«

Ganswind und Hermione stellten fest: »Sie haben ein seltenes Talent.« Susanne errötete wegen dieser Schmeichelei bis hinter die Ohren; und erst jetzt wurde sie zur Künstlerin geboren. Bisher hatte sie es für einen Polizeischerz gehalten, aber nun dachte sie wahrhaftig daran, auch so was zu versuchen. Ob das sehr für die Qualität dieser Kunst sprach?! Vielleicht. Indem es bewies, daß ihr Betätigung Freude machte. Oder vielleicht nicht, – indem jeder Hinzugelaufene glaubte, solches auch leisten zu können.

Es hätte sich also zur Entscheidung der Qualitätsfrage tatsächlich darum gehandelt, daß Hunderttausende den Versuch machten, die vorgestellten Motive in freien Wiedergaben nachzuahmen. Gelang es vielen davon, so war die Kunst gering. Gelang es keinem, so stand diese Kunst auf höchster Stufe.

Ganswind wußte, es gelang keinem. Jeder der Meister war eine Persönlichkeit. Wenn also Susanne so tief errötete, so bewies es, daß sie das Ziel für unerreichbar hielt. Solch ein Menschenkind war noch entwicklungsfähig und abzurichten. Ganswind versicherte ihr noch verschiedene Male: »Sie werden in kurzer Zeit Ihr erstes Werk ausstellen.«

Susanne dachte sich, wie sie einfach einen Pinsel nehmen werde und ordentlich auf der Leinwand durcheinanderfahren, dann wollte sie mal sehen, ob man da nicht auch Bild oder Sonnenlandschaft darunter schrieb, und es auch mit viertausend Mark auszeichnete.

Aussprechen wollte sie ihre Absicht, in dieser Weise zu malen, nicht. Dazu war sie zu klug. Aber sie sah den großen Salon als Hochstapelei an. Nichtsdestoweniger gefiel er ihr ausgezeichnet. Sie schien hier auf dem rechten Pfade zu sein, den sie lange gesucht hatte.

Eine Hochstaplerin der Kunst mit dem Ruf einer echten Künstlerin! Hier waren die Zehntausende zu verdienen, mit denen man ein Landhaus tatsächlich bauen konnte, ohne es in die Luft schwindeln zu müssen.

Allerdings wer ein Landhaus nicht bewohnt, für den bleibt es gleichgültig, ob es eine geographische oder eine aerostatische Lage hat. Die Phantasie Susannes war jedenfalls sehr lebhaft und sie eine größere Künstlerin, als sie sich im Ernste zutraute. Darum eben ging sie jetzt täglich im Taifun aus und ein, dieses Zutrauen zu gewinnen. Und was sie anfänglich für unbegreiflichen Unsinn hielt, das vereinigte sich langsam und sicher mit ihrem Verstande.

Sie steckten an. Wer Hermione und Ganswind nicht auf tausend Schritte fernblieb, der erkrankte am Bazillus der umgekehrten Weltbetrachtung. Pegoud, der berühmte Franzose, flog mit umgekehrtem Aeroplan, Ganswind lief mit umgekehrtem Kopfe. Die Taifunisten sahen das; ihnen waren die Augen, es zu sehen, nicht blind, aber die Normaleuropäer waren mit Blindheit geschlagen, strafweise, daß sie nicht erkennen konnten.

Der Taifun wütete im Morgenland.

Oh armselige Menschheit, die Berlin für eine Tatsache hielt und sich daran festklammerte. Wie herrlich war das Bild des Künstlers, der den »Frühling in Mückendorf« gemalt hatte. Es waren die Quallen und Meeresschlünde des Indischen Ozeans in der Gegend der Philippinen. Man sah Polypenkämpfe und Seesterne mit Tintenfischen ringend, aber das Gefühl war Mückendorf, wenigstens insofern, als man sich übers Gesicht strich, um das Picken und Jucken der Mückennerven zu entfernen.

Susanne war sehr froh, daß sie hier eine zweite Heimat gefunden hatte. Sie liebte das Ungewöhnliche, das Nicht-Vulgäre. Und der Taifun war exklusiv, indem er allen Narren und Unzufriedenen Unterschlupf bot. Es war aber nur eine Frage der Zeit, wie Ganswind versicherte, bis alle Menschen bei ihm unterschlüpfen wollten. Gab nicht schon der berühmteste Dichter der Zeit seine Werke in seinen Verlag? Dieser Dichter konnte doch nicht so wahnwitzig sein, zu glauben, daß sein Werk den Taifun überstand?

Susanne war oftmals Zeuge solcher Vorträge und Besprechungen, wie sie von Ganswind seiner Hermione gehalten wurden, die geduldig zuhörte, bis sie das Gesicht einer schmelzenden Butter bekam und durstig sagte: »Spiele!« Susanne wurde sogar darin eingeweiht, was die musikalischen Körperübungen zu bedeuten hatten, und sie war infolgedessen auch gern dabei, und bephantasierte sich gespannt, wann es von ihm ging und er matt zusammenbrach. Es war das einfachste Mittel, Susanne immer wieder da zu haben, und man brauchte ihr noch lange nichts vom Doktor zu erzählen. Sie sollte nicht ahnen, daß sie hier noch geheiratet wurde. Sonst betrug sie sich zu auffallend zwischen den anderen Damen, zu siegesbewußt und verdarb ihnen die ganze Laune.

Seltsame Andeutungen wurden gemacht, und Susanne verfiel dadurch in moralische Reflexionen.

Sie hatte mit dem Direktor des Olymp-Hotel ein lustiges Verhältnis. Sie hüpfte Sprungseil vor ihm auf ihrem Zimmer, und er sah ihr zu, wie dabei das leichte Seidenhemd in wirbelnden Flug kam und ihm das Paradies zeigte. Sie wurden schließlich so vertraut, daß alles verschwand und der dicke Mensch oftmals wiederholt einverstanden dazu nickte. Wenn er zu ihr hinkam, so war er ein lieber Kerl. Und die Hitze der Hochsommertage war erträglich.

Nun kam die Nacht vor dem Abschied. Die Möbel waren in die Bayernallee gefahren worden, und Käterchen hatte ganz nach ihrem Geschmack eingerichtet. Die Herrin hatte keine Zeit, sie mußte im Taifun ihre Kunstbildung genießen. Und was von der Zeit noch übrig blieb, das holte sich der Direktor.

Die ideale Weltauffassung des Freundes Polizeirat wurde mit Toiletteseife unschädlich gemacht. Es war die schwülste Nacht. Selbst um die tiefste Mitternacht war noch ein heller Tagstreifen am Horizont. Susanne ging befreit im Zimmer umher. Es war ihr nicht im geringsten unwohl, wie es andern Menschen unter solchen Umständen wird, wenn sie gar nichts anhaben, die vor lauter Vermissen der Kleidung sich kaum zu bewegen wagen. Infolgedessen lag eine süße Anmut über ihren Bewegungen. Der Hoteldirektor hatte geglaubt, sich dasselbe für seine Mißgestalt leisten zu können, benutzte den Garderobenschrank und grinste nach Susanne hinüber. Diese stand aufmerksam still mit erstaunten Augen. Als er sich dann zu bewegen anfing, und wie ein Teigmischer in der Backstube ging, da überkam sie doch eine sittliche Entrüstung. Sie verstand plötzlich, wie gemein das war gegenüber den ungegenständlichen Nacktheiten des Taifun! Sie bereute den Direktor, lief nach ihrem Sprungseil, nicht um wie bisher darüber zu springen, sondern um dem Direktor eine Belehrung über Anstand damit überzuziehen.

Sie fuchtelte und schlug.

»Was, was!« brüllte er. Es entspann sich ein regelrechter Nacktkampf, dem Hermione durch das Schlüsselloch des anderen Schrankabteils zusah, wenigstens in der Idee, als es später erzählt wurde. Die Bewegungen des Dicken wurden endlich schwungvoller und von leidlicher Zier, ganz verwirrt und zerschmettert dagegen die ehedem ruhigen Linien Susannes. Sie wollte sich mit einem Froschgriffe als letzte Rettung seiner erwehren, aber das hatte nicht den geringsten Erfolg, sondern den gegenteiligen, daß sie dem Schwächling die Kraft erleichterte, er sie überwand und verhaute.

»Kein Kind, kein Kind!« schrie sie und entwand sich ihm. Während er sich plump und schwerfällig über die Kante wälzte, raffte sie das Sprungseil von der Mitte des Stubenbodens hoch; dort hatte es als zuschauende Schlange gelegen. Zeit, damit zu schlagen, hatte sie nicht mehr, denn das Blut mußte dem schändlichen Menschen entgegentreiben. Sie bildete mit dem Seile eine lange Viertelstunde kreisende Regenbogen, die sie heftig übersprang wie die berühmteste Sonnenkünstlerin, bis sie vom Seilhüpfen matt zusammenbrach. Schweißtriefend. Niemand half ihr vom Boden auf, die Kleider hatten sich aus dem Garderobenschrank wieder über den Direktor begeben und waren voll schlechten Gewissens mit ihm hinausgegangen, hinab in den fensterlosen, nur elektrisch erhellbaren Hazardroom, wo gewöhnliche Spießbürger sich um die Existenzberechtigung brachten.

Die Katze schlief ruhig und schneeweiß während des ganzen Vorgangs auf der seidenen Decke. Susanne kam zu sich und faßte sich, sie richtete sich auf und ging zu der weiß phosphoreszierenden Kätzi hin, nahm sie zärtlich auf und frug sie: »Warum schläfst du, während ich wache, konntest du nicht die Stunde bei mir wachen?« Kätzi verstand kein Wort davon, streckte die Krallen aus ihren vier von sich gereckten Beinen und schlief ruhig weiter, als sie wieder hingelegt wurde.

Susanne bekam von da ab einen Widerwillen gegen ihre lufthungrige Gewohnheit, weil sie immer den wüsten Menschen vor sich sah. Und im Meinungsaustausch mit Hermione und Ganswind über die Frage der nackten Menschennatur ließ sie sich überzeugen, daß es nicht uninteressant war, bei Nacht ein froschartiges Trikot anzunehmen, bei dem der Rücken grün war, die Unterseite gelb. Hermione täuschte so dem Liebhaber Nattern, Kröten, Eidechsen, vorzüglich Amphibien, aber auch bunte Vögel vor. Susanne lauschte gierig und frug, ob sie nicht Unterricht nehmen könne.

»Sehr gern, Unterricht kannst du haben«, sagte Hermione. Von da ab waren sie Du geworden. Mit welcher Zartheit dieser Unterricht gegeben wurde, darüber war Susanne hochüberrascht. Niemals war es roh oder brutal, und noch weniger gemein. Denn nichts geschah ohne den sachte hingeführten Willen.

Das Geheimnis jeder Schwärmerei für alle Dinge und Gewalten beruhte auf der Art des Weges zur Überzeugung.

Die vergötterte Unnatur war die Natur des Geistes.

Die Welt ist roh, wenn sie nackt ist. Die Nacktheit ist nur roh, wenn sie ohne Phantasie ist. Solche Erkenntnis schrieb sich Susanne in den hohen und interessanten Kopf. Und da ging noch mehr hinein.

* * *

Als ziemlich früh am Morgen Käterchen ins Hotel kam, um ihre Herrin abzuholen, lag diese noch im Bett und die Katze auf ihr. Kaum hatte Käterchen die Doppeltür geöffnet, als die Katze emporsah und sie anglotzte. Auch Susanne schlug die Augen auf wie eine Gelenkpuppe. Sie war todmüde. Um sich bewegen zu können, mußte sie einen krampfhaften Entschluß fassen.

Käterchen war ganz vergnügt eingetreten. Sie hatte sich gefreut, heute Susanne zur Wohnung bringen zu können. Als sie aber Susanne so steif und faul liegenbleiben sah, wurde sie mißmutig und sah grau in die Welt.

Als Susanne endlich frug: »Willst du uns holen?« knurrte Käterchen mürrisch: »Ja.« Dann entstand wieder eine Pause. Endlich stand wenigstens die Katze auf, machte einen Buckel, sprang vom Bett und setzte sich auf den Sandnapf.

»Siehst du, wie sich Kätzi hier gut eingewöhnt hat?«

»Wer hat es denn hier immer sauber gemacht?«

»Der Hausdiener.«

»In der Wohnung habe ich es diesmal in der Balkonnische eingerichtet.«

»– – Käterchen, ich möchte mich so gerne totschlafen.«

Käterchen gab darauf keine Antwort, sondern legte den Kopf verdrießlich auf eine Stuhllehne. Erst viel später stöhnte sie: »Zu was man überhaupt auf der Welt ist?«

Susanne verhielt sich ganz schweigend und sah starr zur Zimmerdecke mit ihren verschnörkelten Stuckornamenten. Die Katze scharrte vorsichtig mit den Pfoten den feinen märkischen Sand über ihre Aufführung, dann ging sie zu Käterchen hin und umschnurrte sie.

»Ja, wollen wir denn überhaupt hingehen? Wir wollen ja sterben«, sprach Käterchen zur Katze.

Jetzt sah Susanne nach ihr hinüber und bemerkte ihre üble Laune. »Ich gehe ja sehr gern von hier fort. Sei doch nicht gleich so mißgestimmt, Käterchen. Ich habe schrecklich lange Seil gehüpft heute nacht.«

Käterchen ging jetzt zu ihr ans Bett hin und setzte sich auf die Kante. »Warum denn so lange?«

Susanne verdeckte die Augen mit beiden Händen. Käterchen horchte ganz still: »Sie weinen ja?«

Susanne warf plötzlich die Decke von sich und deutete hin.

Käterchen sah nahe darauf und sagte mitleidig: »So roh und unhöflich werden sie aber in Berlin nicht sein.« Dann strich sie liebkosend darüber und küßte. »Ich habe mir's doch halb gedacht, daß es Ihnen schlecht geht, wenn ich nicht um Sie herum bin. – Ein Hotelgast?«

»Nein, er selber.«

»Der Polizeirat?«

»Nein, der Direktor.«

»Sagen Sie's doch dem Polizeirat.«

»Warum denn?«

»Darum denn.«

»Darum denn?«

»Fräulein Susanne.«

»Käterchen, Käterchen. –«

Kätzi ging aufgeregt umher. Und Susanne stieß Käterchen von sich. Diese war wieder zufriedener, kramte und packte zusammen. Sie wartete nun geduldig, bis sich ihre Dame entschloß, aufzustehen.

»Das Frühstück werden sie mir heute nicht mehr bringen.«

»Das würde ich aber gemein finden.«

Kaum hatte Susanne ihren finsteren Verdacht ausgesprochen, als die Doppeltür aufging und die Jungfer alles brachte wie gewöhnlich. Käterchen sah beobachtend auf das Gesicht der Jungfer, aber es konnte ihr nichts auffallen. Sie schwebte mit gleichgültigem Gesicht wieder ab.

Nun erhob sich Susanne. Sie ließ sich noch vor dem Frühstück von Käterchen waschen. Es war schon wieder ziemlich heiß, sie verlangte darum ihren weißen Hänger. Sie war Käterchen für ihre Hilfe heute besonders dankbar und strich ihr dafür einige Male zärtlich über die Backe.

Endlich saß Susanne beim Frühstück, und Kätzi konnte ihren Platz auf ihrem Schoß einnehmen. Susanne teilte alles gesetzmäßig mit ihrer Katze. Auffallenderweise nieste Kätzi mehrere Male, was Susanne wenig liebte, weil sie dann immer einige Katzentröpfchen in die Tasse und auf das Gebäck bekam. Da entdeckte Susanne plötzlich, daß noch eine Schale auf dem Tablett stand. Als sie ihren Deckel abhob, langte bereits Kätzi mit der Pfote hinein, bettelte und winkte. Es war extra eine Zugabe russisches Brot, deutsches Fabrikat. Susanne war darüber so verwirrt, daß Kätzi, ohne abzuwarten, zugriff. Das O hing zierlich an ihrem Pfötchen und ihr Züngchen leckte. Käterchen lachte darüber von der Waschtoilette aus, wo sie Quasten, Schwämmchen, Fläschchen, Döschen sauber zusammennahm.

Susanne mißverstand das Gelächter und sah streng nach Käterchen hinum.

»Ich lache wegen der Katze, Fräulein Susanne.«

Jetzt sah Susanne das O an der Pfote baumeln. Sie schlug es ihr aus der Tatze, warf es erzürnt in die Schale zurück und stieß die Katze vom Schoße. »Dummes Tier, davon dürfen wir nicht ein Stück berühren.«

Kätzi schaute verwundert vom Boden auf und Käterchen frug: »Warum denn nicht?«

»Das versteht ihr nicht.«

Käterchen schüttelte den Kopf, Kätzi sprang auf den Fenstersims und leckte ihre Pfote.

Susanne stand rasch auf: »Wir müssen machen, daß wir hinauskommen, sonst kommt das Schwein selbst noch.«

Es ging nun Hals über Kopf. Susanne warf selbst alles kunterbunt in den Koffer und in die Handtasche. Kein Schnipselchen Papier durfte als Reliquie zurückbleiben. Sogar die vertrockneten Blumen mußte Käterchen noch hinaustragen, alles Wasser, die Handtücher, Badelaken und sogar den Katzentrog.

Kurz vor dem Weggehen öffnete Susanne noch einmal alle Schubladen und die Schranktüren. Nichts war mehr da. »Gut.«

Aber Käterchen hatte aus Naschsucht noch ein O aus dem russischen Brot gelangt.

Dann ging es los. Kätzi nahm es diesmal Käterchen nicht einmal übel, daß sie genascht hatte. Im Gegenteil, sie gönnte es Susanne, daß ihr jemand davon geklaut hatte.

»So jetzt«, sagte Käterchen, um ihren verbotenen Griff zu verwischen. Susanne ließ Käterchen noch extra vorangehen, damit sie nichts von dem Gebäck nehmen konnte. Kätzi zeigte, als sie genommen wurde, ihren Groll dadurch, daß sie sich nicht gleich in Form gab. Das Hotel machte einen fast ausgestorbenen Eindruck. Niemand zeigte sich.

Susanne dachte frohlockend: »Ich habe es richtig geahnt, wie man steht; Gott sei Dank habe ich das Gebäck nicht angegriffen.«

Käterchen frug: »Hat das Fräulein schon gestern abend bezahlt?«

»Sag einmal, verschenkt ihr Schwarzwälder euer Holz, wenn es einer hobeln will?«

»Nein, das wird teuer bezahlt, das Schwarzwaldholz.«

»Ich habe im Gegenteil noch eine Forderung an das Hotel, ich verzichte nur auf die Klage.«

»Warum denn?«

»Darum denn, aber Kind, wir sind hier auf der Straße.« Susanne war wieder gewandt und umsichtig auf ihren hohen Stöcklingen. Sie winkte schnalzend mit der Hand. Und um zehn Uhr waren sie in der Bayernallee.

Käterchen klopfte das Herz.

Der Eingang war bekränzt mit einem »Salve«. Die Portierfrau fegte auf der Treppe, besah sich das Fräulein genauestens, sagte aber lieber nichts. Das verlangte die Neutralität.

Susanne war überrascht. Sie ging durch die ganze kleine Wohnung. Käterchen folgte ihr mit nur halbem Vergnügen, denn sie waren noch nicht in der Küche gewesen. Auch dort blickte sich Susanne mit Wohlgefallen um, doch fiel ihr das wenige Geschirr auf, so daß sie endlich frug: »Wo ist denn das viele Geschirr?«

Da sah Käterchen verlegen zu Boden. »Da ist das meiste zerbrochen.«

Sie kriegte dafür natürlich etwas ab. Innerlich dachte Käterchen: »Na, ich habe mir das O dafür genommen.«

Aber sie irrte; wenn Susanne das gewußt hätte, dafür hätte sie zum Zahnarzt gehen und sich zur Strafe einen Zahn ausreißen lassen müssen, wie schon einmal in Brüssel, als sie den Kapitän gegen ihren ausdrücklichen Befehl doch wieder hereingelassen hatte. Käterchen atmete auf, nicht weil die Backpfeife herum war, sondern weil das Fräulein endlich das Transportunglück mit dem Geschirr wußte.

Susanne war heute nicht in der Verfassung, sich über zerbrechliche Glücksgüter großartig aufzuregen. Sie setzte sich auf den Diwan. Obwohl es ihr gefiel, kam sie sich doch einsam und verlassen vor. Jedes Wort hallte nach, so neu waren die Räume. Sie seufzte: »Jetzt sollten wir bloß wieder einen Mann kriegen, so ähnlich wie den Mister Robertson, weißt du noch?«

Käterchen kratzte sich am Kopfe: »Ist alles schon angebändelt.« Sie stemmte die Arme in die Hüften und erzählte von ihrem bisherigen Abenteuer. Susanne hörte ihr nicht ohne Beklemmung zu, sie hätte doch lieber die Entscheidung mit dem Doktor abgewartet, von dem sie gleich seit dem Abend im Café Finkensieb gedacht hatte, daß sie ihn Hermione abjagen müsse. Nun stand ihr Dienstbote mit einem felsenfesten Programm vor ihr, auf das sie eingehen mußte, »weil sonst Onkel und Tante schimpfen.«

Na, der Direktor war ja auch in der Leichenkammer. Mit Zimperlichkeit war ein Leben unmöglich.

»Was ist es denn für ein Mensch?«

»Sein einziger Fehler, er pomadisiert sich ein bißchen zu sehr.«

»Dann einmal los, ich warte nicht gern.«

Käterchen kam in Verlegenheit. Sie hatte es ja noch nicht einmal mit Onkel und Tante besprochen. Sie wollte eben nur ihre alte Brauchbarkeit erweisen, den Beweis geben, daß sie in Berlin gerade so erfolgreich und vorsorgend arbeite wie in Brüssel.

Susanne bemerkte das leise Zaudern sofort und frug: »Hast du denn noch gar nichts?«

»Fräulein, jawohl, ich hab was. Soll ich denn jetzt gleich zu Onkel und Tante hin gehen?«

»Ja, liebes Käterchen, jeden Tag, wenn die Sonne wieder abwärts klettert, geht es der Nacht entgegen.«

»Aber das Mittagessen?«

»Ich werde in den Taifun gehen.«

Käterchen machte ein enttäuschtes Gesicht, daß das Fräulein nur geschwind für einen Augenblick daheim hinsaß wie in einem Untergrundbahnwarteraum.

Das ärgerte Susanne und sie sagte: »Du kannst deine ganze Wohnung wieder einpacken, wenn sie nicht für mich ist.«

»Das denke ich ja eben, Fräulein. Sie möchten es sich hier auch ein bißchen gefallen lassen.«

»Sagte ich denn nicht, daß es mir gefällt? Nein, du willst, daß ich mit dir lang und breit über alle die Kleinigkeiten die Zeit vertrödle. Ich soll sagen: ah, da hast du den Spiegel aufgehängt, da hast du ..., jeden einzelnen Gegenstand soll ich noch einmal durchquarkeln.«

Käterchen ging in ihre Kammer und dachte: Undank ist der Welt Lohn. Und diese Eile mit Onkel und Tante tat doch gewiß nicht not. Das hätte sie am nächsten Sonntag noch alles verabreden können. Jedenfalls mußte sie dem Herrn, der sich finden ließ, nun notwendig Pomade auf den Kopf schmieren, weil sie das nun einmal ins Blaue hinein geschwindelt hatte.

Susanne ging noch vor Käterchen weg. Diese mußte den einen Koffer wenigstens vorher auspacken und die Kleider in den Schrank hängen, damit sie nicht so verdrückt wurden.

Erst als das geschehen war, verließ auch sie die Wohnung. Onkel und Tante waren nicht wenig erstaunt, als sie zu dieser ungewohnten Mittagsstunde kam. Der Kaufmann und Schankwirt zum Über-Otto, Herr Biermann, hatte Angst, sie wolle zu Tisch bleiben. Sie hatten selber nicht satt zu essen. Unter den Glastischen des Schanktisches standen zwar alle möglichen Kostbarkeiten, diese waren aber aus Porzellan. Es waren nur die Modelle der Fressalien, die wieder auferstanden, sobald der Friede kam. Die Frankfurter, Eisbeine und Rippespeer! Ach, wenn man da zurückdachte an die schöne Friedenszeit, so wurde Herr Biermann von einer quälenden Schwermut erfaßt. Eigentlich lebte schon längst kein Mensch mehr; das Leben, was man führte, war ein Schattendasein. Frau Biermann war zwar noch fett, aber nur, weil sie ländliche Verwandte hatte, die ihr Mann nicht auf sich beziehen durfte. So sah er recht mager aus wie ein Schmachtriemen. Er gab Käterchen wohl die Hand, aber als er zu seiner Frau hinterging, den Besuch zu melden, schimpfte er und drohte seiner Frau: »Daß du ihr nichts zu essen gibst! Bleibt sie länger, so essen wir eben erst zu Mittag, wenn sie wieder weg ist!«

Frau Biermann gefiel dieser Haß auf so ein weit gereistes und unterhaltendes Mensch wie Käterchen gar nicht. Sie kam heraus und nahm Käterchen mit sich in die kühlere Seitenstube.

Für Käterchen fehlte ihr nie die Zeit. Und was hatte das Mädchen diesmal für ein pikantes Anliegen! Käterchen hatte vom Hoteldirektor erzählt; und nun schien es ihr eben nicht geheuer mit dem Fräulein, wahrscheinlich mußte ein dummer August herhalten, der sich Papa schimpfen ließ.

»Nu wer denn? Wen haben wir denn da?« besann sich Frau Biermann. Sie rief ihren Mann und meinte, er solle sich auch ein bißchen besinnen. Das war ihm sehr willkommen, denn er hoffte, wenn er einen raschen Einfall hätte, so kriegte er sein schlesisches Himmelreich doch noch zur rechten Zeit vorgesetzt.

Und er besann sich gar nicht. Schon hatte er ihn. »Ich kenne da drüben an der Ecke der Brunnenstraße den Kommis, wie wär's mit dem?«

»Der die dicke linke Stiefelsohle hat?« rief seine Frau.

»Na ja, weil er einen zu kurzen Fuß hat.«

»Wenn er sonst recht ist«, meinte Käterchen, »daß ich's vor meinem Fräulein verantworten kann.«

»Ich meine, Sie hätten Generalvollmacht«, lachte Frau Biermann.

Und er fügte noch geärgert hinzu: »Wollen wir sagen, wenn der gute Herr darauf eingeht.«

»Haben Sie eine Ahnung«, sagte jetzt Käterchen, »mein Fräulein sieht aus wie eine Wachspuppe.«

»Die Hauptsache dürfte jetzt sein, daß der Herr Kommis ein bißchen Fett zuschießen kann«, kraunzte der Budiker. »Was nützt einem jetzt eine Wachspuppe? Was wollte ich beispielshalber anfangen, wenn ich mein Fettbäuchlein nicht hätte«, schrie er zornig, indem er auf seine Frau hinwies. »Das ist doch zu toll, wenn man in der Kriegszeit wählerisch sein will. Wie die Küche, so die Liebe.«

»Das meinst du?« sagte sie. »Bei den feineren Leuten ist das doch wieder ein bißchen anders.«

»Wenn sie den Kommis nicht nehmen will, dann kann sie mich – –«, die letzten Worte schnitt die zugeschlagene Tür ab.

Frau Biermann sah verlegen nach der geschlossenen Tür. Es war ihr nicht recht, daß sich ihr Mann so flegelhaft aufführte. Aber er hatte Hunger. Und vor der Fütterung lief auch immer die Bestie im Zoo so knurrend umher.

Käterchen frug: »Was hat Ihr Mann für eine Wut heute?!«

Frau Biermann sagte darüber nichts, sondern horchte nur und schüttelte den Kopf, wie der Mann draußen alles zuklappte, laut hinsetzte, gerade als schlüge er nächstens etwas kaputt. Richtig, jetzt hatte es geklirrt! Sie sprang auf: »Gehen Sie zum Kaufmann!«

Käterchen zwängte sich hinter ihr her: »Sagen Sie mir wenigstens den Namen.«

»Ist etwas kaputt?« klagte Frau Biermann.

»Nichts kaputt«, brummte er. »Der Kaufmann heißt Lautenschläger, Brunnenstraße 243.«

»So, dank schön«. Käterchen bedachte, was sie damit anfangen sollte. Sie konnte doch nicht zu dem Kaufmann hingehen und sagen: »Servus, vier Linsen und so weiter.«

Frau Biermann tat es sehr leid, daß ihr Mann so ruppig war. Aber sie konnte jetzt nichts ändern. Sie reichte Käterchen freundlich die Hand. »Na, dann versuchen Sie's einmal.«

Käterchen ging enttäuscht davon. Was hatten bloß Onkel und Tante gegen sie. Sie hatte auch nicht so spornstreichs hingehen wollen. Ob sie nun in die Brunnenstraße vollends hinlief? Suppenklar. Sehen mußte sie den Kurzbein. Sie frug nach Christine Feigle aus Drudlefingen, die in Berlin diene. Nach der hatte sie selbst in Brüssel allemal gefragt, wenn sie irgendwo naseweisheitshalber hineingegangen war. Diese Christine war ihre verstorbene enge Schulfreundin gewesen, deren Tod sie nie vergessen konnte, weil sie ihn damals nicht begriff. In jeder Not und Einsamkeit stieg diese Christine aus der Ewigkeit zu ihr herab.

Zunächst stand sie längere Zeit vor dem Schaufenster, wo die Nummern zwölf und dreizehn aushingen; getrocknete Kohlrüben und Nudeln waren dran. Das war ihr Glück, denn sonst hätte sie vielleicht drei bis vier Stunden stehen können, ehe sie in den Laden hineindurfte. Es war eine Gluthitze. Entweder schlief die ganze Welt den Mittagsschlaf, oder das Geschäft war bankrott. Und es stand niemand im Laden. Sie trat durch die geöffnete Türe hinein, räusperte sich und hustete. Niemand. Sonderbar. Sie ging wieder heraus und trat im Gemüsegeschäft daneben ein. Hier erkundigte sie sich, ob nebenan im Kramladen ein Kommis mit einem kurzen Bein verkaufe.

Die Gemüsefrau schrie: »Ja, der Lump hält sich einen Hammel, mit dem legt er sich auf die Baustelle, der Faulenzer.«

»Wo ist die Baustelle?«

»In der Müllerstraße. Sind Sie eene Bekanntschaft? Dann nehmen Sie sich einmal vor dem in acht. Der tut so als ob, und nachher knöpft er nich uff.«

Käterchen dachte, das wäre wenigstens einmal etwas Apartes. Sie ging zu Fuß nach der Müllerstraße, es war noch einmal eine Stunde. Aber ein Hammel war wenigstens auf der Baustelle. Also betrat sie dieselbe.

Der Hammel schrie: »Mää – – mää.«

Käterchen redete mit ihm und verstand soviel, daß der Herr noch da war. Sie war nicht von Dummsdorf. Sie band den Hammel los. Gleich riß er ihr aus und rannte auf dem Grundstück umher. Da pfiff einer. Und dann humpelte er daher und fing den Hammel. Käterchen meinte nun sicher, daß er sie ansprach. Er band den Hammel wieder an und humpelte davon.

Himmel, das war er doch, wie konnte sie ihn laufen lassen?! Sie schrie hinter ihm her: »... Christine Feigle.« Darauf drehte sich der Herr nach ihr um und deutete auf seine Stirne.

Was, er war verrückt! Wollte der Onkel solch einen Scherz mit ihr machen? Aber der Herr war doch der Auserlesene! Sie kam nicht davon ab und lief ihm nach. Da stand er in einem Schuppen und pinselte. Und er ließ sich ruhig zusehen. Käterchen konnte leider nicht erkennen, was seine Malerei bedeutete. Recht wird er schon haben, wenn er sich für übergeschnappt hält, dachte sie. Nach längerem Betrachten des wilden Durcheinanders sagte Käterchen endlich: »Mein Fräulein hat auch so ein Landhaus an der Aisne.«

Da kam sie schlecht an. Der Herr sah sie mit einem abmurksenden Blicke an. Sein Blick sprach: Das ist kein Landhaus; das ist mein Hammel. Dann legte er sein Zeug aus der Hand, wischte die Hände an einem Lappen ab, packte alles zusammen und schob es auf einen Stapel verkalkter Baubretter. Schließlich sah er auf die Uhr, nahm den Hammel an die Leine und ging heimwärts.

Käterchen stand da und spürte den Blumengarten auf ihrem Hute im Winde säuseln. Dem war wirklich nicht beizukommen. Was sollte sie tun? Na, wart einmal, den wollte sie drankriegen. Sie wußte ja seinen Laden.

Das Erschrecken des Kommis war groß, als Käterchen im Laden zum zweitenmal vor ihm stand. Sie frug ihn diesmal wieder, ob nicht die Christine Feigle hier in der Nähe im Dienst stehe? Da machte er ein schnobberndes Gesicht: »Im Dienst? nicht daß ich wüßte.«

»Dann muß ich falsch daran sein«, sagte Käterchen und tat, als wollte sie gehen. Sie hatte sich nicht getäuscht, der Kommis hielt sie fest. Der Mensch war, scheint's, draußen Hammel und hinter seinem Ladentisch erst wieder normal.

»Sagen Sie mir, was führte Sie zu mir hinaus in die Müllerstraße?«

»Die Gemüsefrau.«

Der Kommis schmunzelte. »Sie scheinen nicht von hier zu sein.«

»Nein, ich bin aus Brüssel.«

»Aus Brüssel?!« Er schwang sich über den Ladentisch mit einer gewandten Flanke. Dabei sah Käterchen die dicke Stiefelsohle ganz deutlich.

»Und bei wem sind Sie im Dienst?«

»Bei Fräulein Susanne Flaubert, Bayernallee 193. Sie hat eine halbe Million Vermögen und ein Landhaus an der Aisne.«

Der Kommis strich sich über die Stirn, als wollte er eine unangenehme kleine Erinnerung wegwischen, aber er schien sich zugleich sehr für die Mitteilung zu interessieren.

»Ist Fräulein Flaubert auch aus Brüssel?«

»Jawohl, wir sind neu hergezogen.«

»Für immer?«

»Jawohl, mein Herr.«

»Ja ... ja, aber warum suchen Sie mich auf?«

»Ich suchte nicht Sie. Ich suchte meine alte Freundin.«

»Sie verheimlichen mir etwas. Wollen Sie mit Ihrer Dame über meine Kunst reden? Dann bitte, unterlassen Sie das. Wenn sich Ihre Dame für mich interessiert, so bitte ich Sie, Ihrer Dame auszurichten, sie möchte sich doch von meinen Werken selber einen Eindruck verschaffen. Nicht durch Sie, denn Sie sind offenbar noch sehr wenig mit der Kunst in enge Berührung gekommen. Stimmt's?«

Käterchen war wie angenagelt. Was faselte der Mann? Von Dame und Kunst und Eindruck nehmen? Nein, der war für das Fräulein unmöglich. Und nun hatte sie so viel Zeit unnütz verbummelt. Sie sagte bloß, um was gesagt zu haben: »Ja.« Dann ging sie in einer Art Flucht davon.

Der Kommis trat hinter der Fliehenden hinaus aus seinem Laden. Er sah sie mit bangen Gefühlen entschwinden. Er griff sich verzweifelt an die Brust, an den Kopf. Vielleicht hatte er eine Dummheit gesprochen, vielleicht verstand diese Abgesandte der Mäzenin doch etwas von der Kunst und hatte ihn nur prüfen wollen. Wenn dieser Besuch der ersten Erkundung nichts brachte, wieder keine Veränderung seiner Schubladentätigkeit, was dann? Dann verkümmerte eben sein Genie und ging unter wie eine vergeblich geleuchtet habende Sonne im fernen Weltenraum untergeht, nie gekannt, nie gesehen.

Er verkaufte seine Nudeln weiter mit zitternden Fingern, während seine Augen sich nach Bayernallee 193 sehnten.

Käterchen hörte immer bloß die Blumen auf ihrem Kopf schwanken, denn sie war ganz ohne jeden Gedanken. Was sagte sie denn zum Fräulein? Nun hörte der renommistische Schwindel auf; zur Nacht hätte der Kavalier eben Fleisch und Blut geworden sein sollen. Sie kaufte sich eine Dose Pomade, dann konnte sie wenigstens zeigen, daß sie den Herrn gesprochen hatte; denn die Pomade hatte er ihr bereits mitgegeben, damit sie auf die Waschtoilette gestellt würde, weil er sich die Haare morgens anpatschen wollte, wenn er die Nacht da geschlafen hatte.

Über diesen Einfall war sie glückstrahlend und kam frech fromm fröhlich frei nach Hause. Das Fräulein war auch schon da.

»Na, sage bloß, wo bleibst du denn?«

Käterchen hielt sich die Backe und streckte schnell den Pomadetopf entgegen: »Nicht schlagen, das hat er mir mitgegeben.«

»Wer?«

»Der ... na der«, schrie Käterchen fast aufgebracht.

»Und er kommt nach?«

»Jawohl kommt er nach. Wenn er gewiß Wort hält. Ich glaube nicht so recht an sein Pfand.«

»Und wie heißt er? Wo wohnt er?«

Käterchen rannte wie geschossen in ihre Kammer und verriegelte sich.

»Das ist ein Betragen. Was soll man davon denken?«

Hinter der Türe heulte Käterchen: »Gott, Fräulein, wenn Sie auch so ungeduldig sind, ich habe das vergessen zu fragen, den Namen und die Wohnung.«

»Findest du es wenigstens?«

Käterchen kam zaghaft unter der Türe zum Vorschein mit ganz verheulten Augen. »Ja, finden tu ich es.«

»Warum verkriechst du dich dann? Ich tue dir doch nichts. Warte jetzt erst einmal ab, wenn du schon die Pomade hast. Vielleicht kommt er.«

»Ja, weil die Pomade doch da ist. Die Pomade ...« wimmerte Käterchen.

Susanne ging mit dem Töpfchen ins Zimmer.

»Das soll auf die Waschtoilette«, rief ihr Käterchen nach.

»Hat er das gesagt? Aber dann begreife ich nicht, warum du zweifelst. – Setze Kaffee auf.«

Käterchen hantierte in der Küche und Susanne saß innen auf dem Diwan, spielte gleichgültig mit der Katze und besann sich über Käterchens langes Verweilen und eigentümliches Benehmen. So war sie eigentlich noch nie gewesen. Kam das von der Größe Berlins? Nach einer Weile ging sie wieder zu Käterchen hinaus und frug sie weiter aus. »Wo warst du eigentlich?«

»Gott, Fräulein, weiß es der Himmel, wo ich herumgeirrt bin.«

Jetzt veränderte Susanne ihr Wesen ganz gewaltig. »Käterchen, du lügst mich an. Ich sage dir, wenn ich heute noch Langeweile habe, so rechnen wir ab miteinander.«

Käterchen schluchzte auf, als wenn sie jetzt schon die Prügel kriegte, etwa wie ein Lateinschüler neben seinem Präzeptor schluchzt, wenn er schlecht präpariert hat und nicht übersetzen kann.

Susanne stürmte ins Zimmer und die Tür knallte.

Käterchen zuckte zusammen und sprach leise vor sich hin: »Gott, man soll ja nicht die Türen so schmeißen, unten wohnt ein nervöses Ehepaar. Aber ich bin schuld. Was soll ich denn heut abend anfangen, wenn niemand kommt? Ich möchte am liebsten ausrücken; aber wohin denn? Nein, bei Onkel und Tante, da ist es nichts für mich. Du Gott. Du Gott. Wär's nur schon vorüber.«

Susanne sprach kein Wort weiter mit ihr, als Käterchen im Zimmer den Kaffee zurechtsetzte und herumheulte. Endlich sagte sie bloß: »Wird denn das Gerotzel bald aufhören!« Da wischte sich Käterchen für einen Augenblick die Augen mit der Schürze und heulte weiter. »So heult ein anderer Mensch, wenn Vater und Mutter gestorben sind oder wenn er hinausfliegt. Willst du aufhören!« Es flog keine Zuckerbüchse, dazu war der Zucker jetzt zu selten; aber Kätzi sprang gegen die Heulende an und kratzte sie.

»Au wa, au wa!« rannte Käterchen in die Küche.

Man konnte deutlich hören, daß bereits jemand auf dem Treppenflur stand und horchte. Susanne verbot ihr darum das weitere Heulen aufs strengste mit ganzer leiser Entschiedenheit. Am ersten Tage solch ein Krach. Sie kam ja gleich in Verruf.

Bei geschlossener Küchentür wurde es acht Uhr abends. Käterchen war ruhiger geworden. Bei ihrem kurzen Verstande verloren sich die Ängste im Quadrat der Entfernung vom Zeitpunkt der Ereignisse. Sie machte für Susanne ein kleines Abendbrot zurecht aus Fettkäse, Brot und etwas Butter, samt einem Tee.

Sie war gerade dabei, den Tee aufzubrühen, als sich an der Korridortüre jemand die Schuhe abrieb. Susanne mußte es auch gehört haben, denn sie kam aufgeregt zu Käterchen in die Küche gestürzt und frug: »Wer ist's?«

Käterchen war schlau und sagte: »Der Zeit nach könnte er's sein.« Sie hatte das leicht lügen, weil ja doch niemand kam. Der da die Stiefel abgerieben hatte, konnte doch der Briefträger sein, oder der Portier, oder der Gasmann, oder der von der elektrischen Beleuchtung.

Susanne stand neben ihr und faßte mit ihren zitternden Händen Käterchen fest. Endlich klingelte es.

»Zieh deine Überschürze ab und führe ihn hinein.«

»Ins Schlafzimmer?«

»Hammel«, deutete Susanne nach ihrer Stirn.

Käterchen knüpfte sich die weiße Schürze zurecht und dachte, woher weiß denn das Fräulein vom Hammel. Sie hatte ein ängstliches Gewissen. Das Fräulein schlug sie desto derber, wenn sie so enttäuscht wurde.

Käterchen öffnete. Aber sie schrie auf und stürzte in die Küche. Sogleich aber war der Draußenstehende eingetreten, entschlossen zu wagen, denn es galt das gnädige Interesse der halben Million gegen den verkannten Künstler.

»Es steht ja jemand im Korridor. Bist du des Teufels?«

»Der Irre, der Irre«, schrie Käterchen.

Daraufhin nahm sich Susanne ein Herz. Sie trat in den Flur und nahm einen Kochlöffel als Waffe mit sich. Da verbeugte sich der Irre mit sehr viel Anstand vor ihr.

Sie redete ihn an: »Was wünschen Sie?«

»Sind gnädiges Fräulein die Dame selbst?«

»Vielleicht. Was soll es sein?«

Käterchen horchte gespannt auf jedes Wort.

»Ich weiß nicht, irre ich, oder irre ich nicht ...« Er drückte seinen Hut verlegen in der Hand herum.

Susanne ärgerte die Erscheinung. »Wenn Sie selbst nicht wissen, ob Sie irr sind, so gehen Sie in die Küche und fragen Sie mein Mädchen.« Damit wies sie ihn mit gravitätischer Bewegung in die Küche und trat selbst ins Zimmer.

»Das wäre mir sehr recht, wenn ich mich auf diese Art überzeugen könnte«, antwortete der Mann bescheiden und trat in die Küche. Dort sah er Käterchen an der Wasserleitung stehen. »Richtig ist es«, sprach er dann und ging kurz und gerade auch dahin, wohin die Dame verschwunden war. Und wäre es die Toilette gewesen! Denn es stand ja fest, daß man den frostigen Empfang nur geheuchelt hatte und sehen wollte, welch Geistes Kind er war.

Susanne saß mit sehr erstaunten hohen Brauen und energischen Nasenflügeln auf dem Diwan und empfing den Mann: »Was unterstehen Sie sich, unaufgefordert bei mir einzutreten?«

»Zu Gnaden. Die Kunst.« Er hob dabei den Kopf aufrecht und sah Susanne fest, etwa wie ein Steinbock, in die Augen.

Susanne veränderte ihr Wesen ganz plötzlich. Wenn es die Kunst war, so mußte irgendwie ein Zusammenhang zwischen dem Besuch des Mannes und ihr bestehen. Sie nickte.

Dieses gnädige Nicken löste bei dem Mann sofort alle Register aus. Zuerst stürzte er in die Kniee vor ihr: »Mein gnädiges Fräulein, ich werfe mich Ihnen zu Füßen und flehe Sie an: machen Sie einen glücklichen Menschen und Künstler aus mir. Sehen Sie darin den Ausdruck eines jahrelang gepreßten unterdrückten Menschen. Ich bin verloren, wenn Sie mir nicht helfen. Mein Werk ist da, aber die Menschen gehen daran vorüber, sie sehen es nicht. Ihr Mädchen selbst sieht einen Hammel für ein Landhaus an. Kommen Sie nur einmal zu mir auf die Baustelle, daß Sie sehen. Sie! Dann ist mir geholfen. Ich sehe die hochgeformte Schönheit der Seele aus Ihren Augen leuchten. Sie haben ein Urteil. Verdammen Sie mich, so will ich weiter Bücklinge und Erbsen verkaufen. Sehen Sie mich aber als Künstler an, so glaube ich Ihnen, denn dann kann ich hoffen, daß mein Werk aus der Verachtung zur Schätzung, aus der Dunkelheit zum Licht gebracht wird ... Oh, oh.«

Susanne war erschüttert. Sie frug schüchtern: »Malen Sie in einem Keller?«

»Hat das Ihr Mädchen erzählt? Dann ist sie eine ganz infame Lügnerin. Ich sah ihr's sofort an, sie wird lügen bei dem gnädigen Fräulein, sie hat die Absicht zu lügen.« Er schnaubte aufgeregt.

Susanne dachte, wenn er das gesehen hat, so hat er wohl gar keinen so miserablen irren Verstand. Aber wie war denn die ganze Geschichte zwischen ihm und Käterchen gewesen? Käterchen hatte ihr ja kein Wort erzählt. Daß sie einander kannten, soviel war allein gewiß. Dann fehlten dem Mann vor allem die pomadisierten Haare. Auch war ein seltsamer Widerspruch in dem ganzen Benehmen Käterchens. Daß sie jetzt einen Menschen, der angeblich irr sein sollte, hierher gelotst hatte, wo sie doch am Vormittag einen Kavalier versprochen hatte. Während dieser Überlegung war tiefe Stille im Zimmer; nur der Knieende wechselte die Kniee um, weil sie ihn bereits schmerzten.

Käterchen räusperte sich draußen. Sie mußte ja noch gespannter horchen bei der verdächtigen Stille im Zimmer, dummerweise rührte sich der Frosch in ihrem Halse.

Susanne wußte, daß sie horchte. Sie mußte ihr notwendig Vorgänge vortäuschen. Sie sprach daher weiterhin sehr gedämpft mit dem Manne.

»Stehen Sie doch auf«, sagte sie.

Auch er sprach nun leiser. »Ich stehe nicht auf, bis Sie mich erhört haben.«

»Ich kann Ihnen viel weniger helfen, als Sie sich einbilden. Ihre Worte müßten Sie an einen Kunsthändler richten.«

Nun lächelte er sie an. So sprach sie, um ihn zu prüfen, ob er wirklich an sie glaube. Und er antwortete: »Ich will nur von Ihnen die Hilfe.«

»Das ist ein zu großer Eigensinn. Der kann Ihnen nichts nützen.«

»Das gnädige Fräulein verfügt über große Reichtümer.«

Susanne hustete. Dem Knieenden kam es vor, als hätte er eine Dummheit gesagt. Man hielt ihn vielleicht für einen Menschen, der bei allen Reichen bettelte. Aber er hatte bisher noch niemals gekniet. Von dem beleidigten Stolze hochgezogen, stand er auf und sah finster zu Boden.

Für Susanne war der Augenblick kritisch. Gelang es ihr, sich in der Rolle einer wahrhaft Reichen zu behaupten? Offenbar mußte ihm Käterchen das erzählt haben. Und plötzlich kam ihr der Gedanke, daß Käterchen diesen Mann als Heiratskandidaten geschätzt haben mußte. Deswegen hatte sie sich so seltsam betragen, damit sie mit einer gewissen Gegenvoreingenommenheit dem Mann gegenübertreten sollte und ihn leidenschaftslos prüfte.

Sie besann sich, während sie den Mann von Kopf bis zu Fuß musterte und endlich an seiner dicken Stiefelsohle mit dem Blicke haften blieb, auf die geeignete Antwort. Es schien ihr sehr wenig Sinn zu haben, noch weiter mit dem Manne zu reden, der absolut nicht heiratsmöglich war.

Sie sprach hochmütig: »Sie dachten also, daß ich Ihnen meine Reichtümer zum Opfer bringen solle?«

Da lachte er bitter, fast heiser. »Nein.«

»Und warum stehen Sie dann da? Glauben Sie etwa, daß ich den Wunsch hätte, mein ganzes Vermögen für einen Künstler einzusetzen?«

»Ja.«

Nun war aber Susanne am Ende ihrer Schlagkraft; es fiel ihr kein Satz mehr ein, wie sie sich ihm gegenüber aufs hohe Roß setzen konnte. Sie hatte nichts, und darum fiel es ihr schwer, mit ihm zu spielen. Einmal sagte er nein, das andre Mal ja. Aha, er war ja irr. Käterchen sagte es.

Sie entschloß sich, ihm einfach die Türe zu weisen. »Bitte, gehen Sie, ich habe keine Lust, mit Ihnen eine überflüssige Konversation zu treiben.«

Da sah er sie mit einem ganz erbarmungswürdigen Blicke an und frug schüchtern: »Warum denn?« Er sank auf einen Stuhl und schluchzte.

Jetzt war der Skandal vollendet. Susanne schoß aufgeregt im Zimmer herum. Das mußte Käterchen verantworten. Sie schrie: »Käterchen.«

Käterchen trat herein: »Gnädiges Fräulein.«

»Blöde Gans! – – Sehen Sie da den Mann an, er geht nicht.«

»Gnädiges Fräulein, ich weiß aber ja gar nicht, weshalb er gekommen ist«, stotterte Käterchen.

»Wenn du solch ein dummes Vieh bist und glaubst, ich könnte solch einen Idioten heiraten ... stelle dir doch vor, heiraten«, sie agierte heftig mit der ganzen flachen Hand gegen ihre weit vorgestreckte Stirn, »dann kannst du hin, wo der Pfeffer wächst.«

Der Mann hatte sich plötzlich auf seinem Stuhl aufrecht gesetzt und sah Susanne verwundert an.

Käterchen stand an der Tür, dann sprang sie auf den Mann los und trommelte ihm auf dem Kopf herum, daß er sich zusammenduckte und aufschrie. Sie schrie dabei: »Hab ich Sie hierher gerufen? Hab ich Ihnen gesagt, das Fräulein möchte Sie heiraten?« Es war sein Glück, daß er endlich vom Stuhle aufstand, sonst wäre er von den derben Händen der Schwarzwälderin zu Tode getrommelt worden.

»Ich werde gegen Sie einschreiten«, wehrte er sich hinter dem

Tische, hielt mit der einen Hand seinen Kopf und deutete bestimmt mit der anderen Hand nach Käterchen.

»So? Hä, das wollen wir sehen«, sprach Käterchen, »das wollten wir doch sehen, wer hier im Recht ist. Ich habe sowieso mit dem Fräulein den ganzen Krach und Ärger, da muß dann so ein Schubladenrutscher daherkommen und das Kraut fett machen.«

»Sie waren bei mir auf der Baustelle«, brüllte der Mann.

Susanne stand zwischen beiden abseits und hatte Kätzi auf den Arm genommen. Ließ sie die beiden ruhig fechten, dann kam schon der Sachverhalt zutage.

»Was weiß ich, wie ich dorthin gekommen bin?« knurrte Käterchen.

»Sie haben mir die Adresse Ihres Fräuleins angegeben.«

»Ich? Na wann bloß?«

»Ich sagte es Ihnen ja gleich, Sie sind nicht recht im Kopfe«, sagte er und deutete gegen seine Stirn.

»Ach, so unverschämt sind Sie? Jetzt werden Sie mir klarer«, meinte Käterchen und trappte umher. »Das soll sich auf mich beziehen, wenn Sie gegen den Kopf deuten? Nein, mein Lieber, wer sich an den Kopf tupft, der ist selber verrückt.«

»Daß Sie verrückt sind, sehen Sie daran, daß Sie meinen Hammel für ein Landhaus halten.«

Käterchen mußte sich nun notgedrungen an das Fräulein wenden. Sie sagte: »Nun möchte ich Sie bloß bitten, Fräulein Susanne, für was Sie das Bild halten täten. Vielleicht gar für einen Kaktus.«

Susanne wehrte verlegen ab. »Das will ich nicht wissen.« Aber durch dieses unerwartete Schlaglicht auf die Art seiner Kunst, erwachte plötzlich ihr Interesse, und sie fixierte jetzt den Mann viel schärfer als bisher. Jede seiner Bewegungen wurde geprüft und abgewogen, jedes Wort, jede Eigenart des Anzugs, der Gestalt an ihm herausgesucht. Daß er hinkte, war eigentlich am auffälligsten.

Der Mensch fühlte sich durch des Fräuleins abfällige Äußerung gegen Käterchen ermutigt und gestärkt. Er bremste seinen heiligen Zorn nicht mehr, sondern ließ ihn voll herausbrechen. Er schrie das Dienstmädchen an: »Sie gehören zu diesen ordinärsten

Kreaturen, welche den Anblick der Kunst denen unmöglich machen, welche sich im tiefsten Herzensgrund dafür interessieren. Seit Sie mit Ihren profanen Ochsenaugen mein Werk geschaut haben, möchte ich's vernichten und den Flammen preisgeben.«

»Ja, und ich soll dann die Schuld tragen, wenn es hin ist?« bäffte Käterchen.

Der bisher so tief erregte Künstler zog sich auf diese Entgegnung schweigend zurück. Wie überraschend, daß sie das Hinsein seines Werks bedauerte und die Schuld von sich ablud. Das bewies doch fast, daß sie nur absichtlich den Hammel nicht erkennen wollte. Es entstand eine Feuerpause. Susanne stand darum flink auf. »Es ist genug«, sagte sie, »ich bin jetzt selber gespannt auf Ihr Machwerk. Wenn Sie mir's zeigen wollen, so bin ich bereit.« Sie zog ihr Schnupftüchlein aus dem Gürtel und tupfte es an die Nase. »Sie dürfen aber deswegen noch nicht erwarten, mein Herr, daß ...« Sie zögerte, den Satz zu Ende zu sprechen.

»Gewiß, meine Gnädige«, verbeugte sich der Kaufmann, »ich will durch diese hohe Ehre noch kein bestimmtes Verhältnis voraussetzen. Aber ich spreche die Überzeugung aus, daß Ihnen das Werk gefallen wird, weil Sie es mit den schönen, hochgeformten Augen verstehen werden.«

Susanne hörte plötzlich, wie süß schmeichelnd er reden konnte. Und sie dachte sich, daß sie dem Manne vielleicht wirklich helfen könnte. Sie vergaß die Szenen, die sich soeben abgespielt hatten, und sie bat sich die Erlaubnis aus, das Bild einem Kunsthändler vorlegen zu dürfen.

»Meine Gnädige, nichts lieber als das.« Der Künstler geriet in hohe Verzückung. Es war ihm, als hätte sich bereits eine glänzende Zukunft für ihn erfüllt. Daran hatte es nach seiner Meinung bisher nur gefehlt, daß kein wohlwollender Mensch persönlich sich für ihn bei einem Kunstsalon verwendet hatte.

»Wann bekomme ich das Bild?« frug Susanne mit großer Bescheidenheit.

»Noch heute.«

»Gut, ich empfehle mich«, nickte Susanne und verschwand durch eine Portiere ins Nebenzimmer, dessen Inhalt der Herr als

Schlafzimmer erkannte. Geschwind schlug ihm das Herz, dem so reizenden Weib da hinein zu folgen. Kühn zu sein, war er gewohnt von der Rolle her, bei der er den Mädchen drehen half. Aber der Gedanke, daß er um seiner Kunst willen lieber vorsichtig sein mußte, bändigte seine Gier. Er verkomplimentierte sich hinter der zufallenden Portiere und wandte sich zur Tür. Käterchen nahm die Hüften fest, ließ ihn an sich vorbei hinaus und tat so, als ob sie das noch gar nichts anginge, was ihre Herrin verabredet hatte. Mit ihr war er noch in Feindschaft. Es geschah aber etwas ganz Wunderbares ... An der Korridortür küßte sie der Fremde.

Sie wischte sich das Maul. Was war das für einer? Erleichterte ihm das kurze Bein den Sprung? Und dann frug er sie noch leise: »Wissen Sie auch schon, wie ich heiße?«

»Nein, wie heißen ... ?« Käterchen streckte ihm den Kopf nahe.

»Schellenhauer.«

Und Käterchen gab ihm seinen Kuß blitzartig zurück.

Das geschah alles in wenigen Sekunden. Trotzdem dauerte das Hinauslassen des Mannes Susanne zu lange. Sie trat fast wie eifersüchtig aus dem Schlafzimmer. Da machte Käterchen gerade die Korridortür sachte zu.

Aus dieser Bedächtigkeit erkannte Susanne, daß hier etwas nicht echt war. Sie hatte sich vorgenommen gehabt, Käterchen über den Menschen ganz genauestens auszufragen. Aber sie unterließ es jetzt, denn sie würde ihr doch nicht die Wahrheit sagen. Immerhin, wie sie zu dem Menschen gelangt war, mußte sie jetzt erzählen.

Käterchen dichtete natürlich eine schöne Fabel von Onkel und Tante, Verwandtschaft und Bekanntschaft mit hinzu, so daß kein Mensch klug wurde. Aber mit dem Bilde hatte sie recht, beteuerte Käterchen. Er mag ein ganz tüchtiger Kommis sein, aber Malen, das müßte er den Krähen überlassen, die kratzten genau das Nämliche durcheinander.

»Wir werden sehen«, sprach Susanne und setzte sich in stundenlangem Sinnen auf den Diwan, bis ihr die Katze den Kopf ins Gesicht rieb.

Käterchen stand ebenso nachdenklich in ihrer Küche. So herrschte tiefe Stille bei den Neueingezogenen. Das darunter wohnende nervöse Ehepaar hoffte, der bisherige Tumult würde nur eine momentane Ausnahme sein.

Daß er das Bild heute noch bringen konnte, war ja unmöglich. Er hatte offenbar nicht daran gedacht, daß es schon neun Uhr war und das Haus geschlossen wurde.

Man brauchte auch gar nicht länger aufzusitzen. Susanne, müde von der vergangenen Nacht, war froh, daß sie keinen Plaggeist bei sich hatte. Sie ließ sich von Käterchen aufdecken. Das Zubettgehen nahm heute nicht viel Zeit in Anspruch. Käterchen verabschiedete sich ziemlich kühl mit einem etwas oberflächlichen »Gute Nacht beisammen«. Das galt stets Susanne und der Katze.

* * *

Am folgenden Tage war Schellenhauer fast unzurechnungsfähig. Überall stieß er den Kopf an. War bald überglücklich, bald so traurig, daß man an ihm wie an einem Erbsensack rütteln mußte.

Er erhoffte alles von dem reichen Fräulein, und gleichzeitig fühlte er alles Errungene ebenso rasch wieder schwinden, wenn er an das Dienstmädchen des Fräuleins dachte, das er geküßt hatte aus lauter kommishafter Angewöhnung. Es kam ihm so vor, als ob alle Nachhilfe bei ihm vergeblich wäre, ihm den Flug zu den Wolken zu erleichtern.

Am liebsten hätte er diesem Zustand durch Selbstmord ein Ende bereitet. Glücklicherweise kam der Einuhrgeschäftsschluß. Nun mußte er das Bild hinbringen.

Susanne war in aller Frühe in den Taifun gefahren. Es war ihr über Nacht klar geworden, daß sie eine große Mission hatte. Das war alles kein blinder Zufall, daß ihr Weg in Berlin von der Kunst und gerade in dieser Weise bezeichnet wurde. Und sie war entschlossen, falls sich der Mensch als großer Meister erwiese, die äußersten Konsequenzen zu ziehen, und sich mit ihm gemeinsam durchzuringen. Die Frau eines Genies zu sein, war ihr Ideal.

Hermione lief im Morgenkleid herum und sprach anders als gewöhnlich. Ihre Zunge stieß in Zahnlücken, welche das Gebiß jetzt nicht ausfüllten, denn der Mund war zahnlos. Aber trotzdem war sie schon reizend, weil die Haarperücke mit den Ponys bereits aufgesetzt war. In einem kleinen Augenblick war sie vollends ausstaffiert. Vor Susanne bewegte sie sich ohne alle Scheu, weil auch ihre Unterrichtsstunden ohne Geheimnisse waren.

Susanne frug nach Ganswind.

»Ossi ist nicht hier. Was willst du von ihm?«

Susanne sah sie lange an und biß sich dabei auf die Lippen. »Darf ich denn damit herausrücken?«

»Vor mir kannst du alles sagen. Wenn ich sehe, daß es etwas ist, daß nur er dir raten kann, so will ich ganz schweigen. Ich will dann nichts sagen. Gar nichts. Oder bist du ein kleines Dummchen? Aber das bist du nicht. Du bist meine süße Schülerin.« Sie strich Susanne mehrere Male sanft über die Schläfen und lockte sie mit lächelnden Augen.

»Dann will ich es sagen.« Susanne schwang sich auf den Schaukelstuhl und schaukelte, während sie erzählte. Du darfst aber nichts sagen. Also. Ich habe einen Künstler entdeckt. Er ist von Beruf Verkaufstechniker. Und nun denke dir, wie komisch. Ich habe noch kein Bild von ihm gesehen. Ich selber nicht. Nur Käterchen.«

»Wie kannst du dann wissen?« unterbrach sie Hermione.

»Du wolltest nichts sagen. Ich weiß nur, daß Käterchen sein Werk für ein Haus hält und er es für ein weidendes Schaf erklärt.«

»Das solltest du doch Ossi selbst sagen. Interessant. Interessant.«

»Das dachte ich auch. Wenn man einen Gegenstand nicht mit den gewöhnlichen Augen sehen kann, sondern nur geistig oder gefühlsmäßig ... Und nun denke dir, der Künstler war bei mir.«

»Interessant.«

»In meiner Wohnung. Käterchen wurde durch Zufall mit ihm bekannt und lud ihn ein. Er will mir das Bild bringen.«

»Das ist die Hauptsache. Das wollte ich eben sagen.« Hermione blinzelte fast dauernd mit den Augen, um ihren Gesichtsausdruck rätselhaft zu machen. »Man kann es nicht wissen. Oh, in der Kunst ist es ganz eigentümlich. Oft sieht man etwas für herrlich an, und dabei ist es gar nichts. Nichts. Und umgekehrt. Genau so. Ich, ich selbst maße mir nicht so viel Urteil an. Nur Ossi. Was Ossi sagt, darauf darfst du dich verlassen.«

Susanne war eigentlich schon im voraus von ihrem Künstler überzeugt, und bereute fast, daß sie die Sache des Genies von einem Dritten abhängig machen sollte. »Ich war wahrscheinlich viel zu nervös«, sagte sie, »ich hätte nicht zu euch kommen sollen, ehe ich das Werk hatte.«

»Das verstehe ich sehr gut, Susanne. Es war ganz richtig, daß du gekommen bist.« Hermione nahm den Hörer vom Fernsprecher: »Ich will doch einmal versuchen, vielleicht ist Ossi doch ...«, sie lauschte aufmerksam und sprach dann ins Mikrophon, nachdem sie zu dem ihr daraus Mitgeteilten herzlich gelacht hatte: »Hören Sie, sagen Sie meinem Manne, er soll, ehe er geht, hereinkommen; Susanne Flaubert, dringend.« Dann wieder, nachdem sie den Hörer zurückgelegt hatte, sprach sie zu Susanne: »Er ist da.«

»Das ist mir nicht recht. Nun störe ich.«

»Du störst ihn gar nicht. Im Gegenteil, es war sehr richtig. Und es ist mir so verständlich, daß du gleich gekommen bist. Wenn eine Sache einen so ganz beschäftigt, dann läßt sie einem keine Ruhe.«

Susanne kam sich wie festgehalten vor. Sie merkte, daß Hermione ihren Gedanken erraten hatte: mit dem Werke des Künstlers nicht in den Taifun kommen zu wollen. Sonst wäre Ganswind nicht plötzlich dagewesen. Sie sprang vom Schaukelstuhl auf: »Ich bitte dich, Hermi, sage deinem Manne, ich komme noch einmal wieder. So hat mein Besuch doch keinen Zweck.«

»Das kannst du doch nicht wissen, Susanne. Ossi wollte ja nur den Doktor abholen, die neuen Räume mit ihm anzusehen.« Hermione betrachtete Susanne genau, ob der Doktor noch eine Zugkraft auf sie ausübte.

Ganswind trat schon ein.

Susanne stand wie in eine dunkle Ecke gedrückt.

Hermione sprach: »Ossi, Susanne hat einen Künstler kennen gelernt. Grandios.«

»Wo ist sein Werk?« frug Ganswind sofort.

»Ich soll es erst bekommen«, brachte Susanne leise hervor.

Ganswind tat, als wollte er bereits zur Tagesordnung übergehen: »Der Doktor will heute abend da sein.«

Susanne war in Verlegenheit, weil man sie nicht beachtete. Sollte sie nicht am besten hinauslaufen? Sie bekam einen feuerroten Kopf und schritt plötzlich zur Türe.

Hermione rief: »Ossi! Ossi!«

Ossi lief Susanne nach: »Warum erzählst du uns nichts von ihm?«

Susanne antwortete in beleidigtem Tone: »Ihr wollt ja nichts von ihm wissen.«

Hermione hing auch schon an ihrem Arme. So mußte sie wieder umkehren. Hermione flötete ihr was vor. »Du sollst uns nur erzählen, wie süß er ist!«

»Süß ist er gar nicht. Er hat einen zu kurzen Fuß.«

Ganswind war plötzlich ganz Ohr. »Du scheinst den Müller kennen gelernt zu haben, den Großen, den Unerreichten, den Herrlichen.«

»Wäre es nicht das beste, er würde mit dem Werke selbst kommen? – Es macht sehr viel aus, Susanne, ob Ossi weiß, wer der Künstler ist«, bemerkte Hermione.

Susanne stand wegen der unerwarteten überraschenden Wendung etwas verwirrt da. »Ich kenne allerdings seinen Namen noch nicht«, sagte sie.

»Wenn es Müller wäre, so wäre die Sache allerdings für dich ein recht schönes Abenteuer.« Ganswind lachte wiehernd kurz auf.

»Ist Müller ein ganz Großer?« frug Susanne bescheiden.

Ganswind nahm sie stillschweigend an die Hand und deutete in der Privatgalerie auf seine Müller, die an den Wänden hingen. »Das ist er, der Unsterbliche.«

»Laßt mich schnell gehen«, sagte Susanne. Sie hoffte nicht mehr anders, als daß der von ihr Entdeckte der längst bekannte Müller war, und sie glaubte, daß er sich nur vor ihr verschleierte. So aufgeregt, wie sie zum Taifun gekommen war, ging sie jetzt wieder nach Hause.

Nachdem sie weg war, sahen sich Ganswind und Frau nicht lange verwundert an. Sie wußten, daß Eile am Platze war. Susanne war tatendurstig, sie mußte so schnell wie möglich mit dem Doktor zusammengebracht werden. Dieser aufgefundene Künstler, der natürlich nicht Müller war, mußte, wenn er kein ganz erdrückendes Genie war, kaltgemacht werden, wenigstens für Susanne, bis sie mit dem Doktor verlobt war. Oder waren unter den Damen, die sich bisher gezeigt hatten, passende Partien für ihn? Sie gingen sie nacheinander durch, aber keine hatte so wie Susanne das für eine Sensation geeignete Wesen. Am besten war es, den Künstler in den Taifun einzuladen, durch Susanne selbst. Und hier unter der Wucht der Groteske und Willkür stampfte man ihn vor Susannes Augen zu Boden. Das mußte sofort geschehen. Der Doktor, Susanne und der Künstler, vielleicht noch der Polizeirat und Frau wurden auf den Sonntag nachmittag gebeten.

Sie waren beide einig. Hermione schlug noch die Tochter des Fleischermeister Cäsar für diesen Tag vor. Sie wollte es wenigstens versuchen, ob der Künstler nicht für schwerere Luxemburger Liebe und Neigung hatte.

Und dann war am darauffolgenden Mittwoch Eröffnung der großen Ausstellung in den neuen Räumen, großer Empfang und anschließend Besuch der Weinstuben von Sallat. Hoffentlich auch Verlobung.

Die Liste der geladenen Herren war kaum ausreichend für den großen Tag. Man konnte jedoch nachhelfen. Der Dramaturg Sluzewski von der Schwarz-Weiß-Bühne verteilte Freikarten an die Vereinsmitglieder. Bedingung war, daß der Doktor kappte; dann war die Heiratsvermittlung im Programm des Taifun eingebürgert. Die geringe Provision von zwei Prozent der Vermögenswerte der Bräute war ein Mindestanspruch, nicht zur eigenen Bereicherung, sondern nur, um den Künstlern wieder die Wände zur Ausstellung verfügbar machen zu können, – denn das Leben kostete Geld. Und anstandshalber versahen aus Freude und Dank die meisten ihren Ehestand mit mindestens einem Taifunkünstler.

Wie schön mußte sich das Bild der leckenden Katze im Schlafraum einer verehelichten Katzenklubistin ausnehmen. Hermione bezeichnete schon lange voraus diejenigen Werke, welche in Frage kamen. Es waren vorzüglich Gemälde von trächtigen Eseln, in deren Inneres man hineinsehen konnte, wie bereits der zukünftige Fisch in ihrer Gebärmutter herumschwamm.

Wenn dieses Unternehmen erst die ganze Weltstadt ergriff, so konnte genügend geschmiert werden. Vielleicht konnte man dann auch dem von Susanne entdeckten Schafmaler seinen Platz am Himmel des Ruhmes zugestehen. Aber erst ganz spät.

Wie mußten diese Ärmsten gestaltet sein, die sich im Taifun um die Sonne des Ruhmes schlugen, ihr Blut verschwitzten, um zur Anerkennung zu gelangen!

Mußte denn das Streben in der Kunst notwendig einem Narrentum gleichen? Gewiß. Sie gaben es alle einmütig zur Antwort, denn, sagten sie, jede andere Art von Betätigung ist nicht weniger närrisch. Sie hatten recht, denn Justitia selbst war im Narrenhaus geboren.

Susanne prüfte denn auch wirklich, ob der Taifun eigentlich überhaupt das Närrischste war. Sie wahrte sich ihre Unabhängigkeit von der Leitung mit großem Geschick. Es war ihr bald der Gedanke gekommen, daß man im Taifun desto mehr galt, je mehr man auch außerhalb seiner Sphäre an Geltung gewann.

Ihr Weg nach Hause war darum selten der gerade. Erstaunlich blieb ihr, wie unbehelligt eine Dame in Berlin leben konnte. Sie saß häufig an den scheinbar exponiertesten Knotenpunkten des Verkehrs und glaubte, daß ihre erstaunten weiten Augen persönliche Freunde gewinnen konnten. Aber bald begann es ihr vor den unbekannten Massen zu grauen. Nicht ein einziges Menschenwesen war darunter, das ihr gefallen hätte. War das Leben aller dieser blickenden und sprechenden Fremden überhaupt etwas Tatsächliches? Wie mochten die Verhältnisse jenes Paares sein, wo sie kaum zu gehen verstand, und er neben ihr einherstieg wie ein Velozipedfahrer? Am liebsten hätte sie sich allen geschwind angehängt, hätte sie ausgefragt, hätte sie auf kurze Minuten in ihrer Wohnung besucht. Leider war es nicht möglich, denn sie hätte selbst dabei ungesehen sein müssen. Sie dachte, wie schön eigentlich der Engelberuf sein mußte, da allein konnte man seine Wißbegier befriedigen. Ungefähr auch die Heiligen hatten eine schöne Beschäftigung auf Erden, weil ihre Nasen bis in die Geheimfächer der Menschen reichten. Sie wünschte, eine Heilige zu sein. Und schon saß neben ihr ein Mann mit einem blau rasierten Gesicht, einem ganz zugeknöpften Rock und einem runden schwarzen steifen Hut.

»Finden Sie mich interessant?« frug sie ihn.

Er bejahte. Er stelle es sich zur Aufgabe, die Sittenlehre rein zu studieren, das heißt, nicht nach Berichten und Vorurteilen, sondern nach eigenem Schauen und durch Experimentalphysik.

Solche Geister führte Susanne natürlich an der Nase herum, indem sie vor ihren Augen Erfindungen machte und sich den Anschein gab, nach Gewohnheit zu handeln. Der blau Rasierte machte ein stoisches Gesicht zu allem, was sie ihm vorexerzierte und tat wie ein Kenner. Es war doch der elendeste Schwindel; in Extrapost gab es am wenigsten Sünde. Susanne merkte bald, daß die Sünde nur im sogenannten spießbürgerlichen Alltag zu Hause sein konnte, wo die Menschen einander das treue Gefühl vorheuchelten und sich dabei von hinten und von vorne betrogen.

Sie verfiel oft in große Melancholie, weil man sie wie etwas Lichtscheues ansah. Sie war gut. Aber der Schuster, der an der Krücke humpeln mußte, das war ein Teufelspriester. Er hinkte, da er ein Mündel hatte und dieses einen Prozeß führte, in dem er gegen Recht und Gerechtigkeit siegen mußte, weil es ihn sonst dem Verhöre preisgab. Mit ihm war sie zufällig zusammengestoßen, als er und sie die Zähltür des Café Klopotzig nach derselben Seite drehen wollten. Wie konnte dieser Mensch schon mit vierzig Jahren die Gicht haben!

Wie nüchtern waren Ganswind und Hermione gegen diese Würdenträger, von denen der eine sein Meßgewand, der andere sein Sohlleder trug. Ganswind und Hermione waren Menschen voll einfachster Klarheit, die mit solcher Konsequenz die andern nach einer Richtung treiben wollten und konnten. Sie handelten umgekehrt, als die Geltung war. Darum war es richtig, daß man im Taifun schlechtweg von M e n s c h e n sprach, diese waren fast alle Taifunkünstler. Was außerhalb sich befand und nicht im Kreis des Taifun wirbelte, das trug kein Menschenantlitz. Es war eine Art paradiesisches Bewußtsein und Sichfühlen, was die Taifunkinder zusammenhielt, eine Gemeinschaft der Heiligen in der Kunst. Die übrige Menschheit war die aus dem Garten verjagte Schar der Kopflosen und Toren, der Mörder und Totschläger. Mit jener bekannten Heiligengemeinschaft war es nicht identisch, und doch deckte es sich im Werte damit.

Susanne war mit dieser Bewertung innerlich einverstanden, und doch mochte sie sich nicht ausschließlich dem Taifun und seinen Zwecken weihen. Denn zunächst war sie noch klar im Geiste. Auch der Taifun war eine irdische Geburt.

Ganswind aber und Hermione taten, als ob alles, was der Taifun nicht durch sein Ventil riß, von vorneherein todgeweiht oder menschenunwürdig wäre. Ja, menschenwürdig war es in ironischem Sinne. Darum besudelte Ganswind alles, was er kritisch behandelte, tief mit Dreck, so daß wirklich jegliche andere Produktion sich vor dem Angesicht der Sonne zu schämen hatte und verkriechen mußte.

Dies war der Umstand, warum Susanne nicht mit Enthusiasmus zum Taifun hielt. Wahrlich, sie hatte zur Selbstgerechtigkeit und Alleinherrlichkeit keinen Grund. Und diese Bescheidenheit hätte sie gern bei Hermione gesehen. Allein sie, sie war stolz und hielt das Näschen stets schnippisch in die Luft.

Als Susanne nach Hause zurückkam, war sie aufsässig und ganz mit Widerspruch gegen die Ganswindschen geladen. Das Bild des Künstlers stand bei ihr auf dem Diwan, und Käterchen hatte ganz unordentliche Haare; einige lange Haarsträhnen hingen ihr wie Rattenschwänze herunter.

Das verbesserte ihre Laune nicht. Und Käterchen erhielt das Handtäschchen über den Kopf geschlagen, was diese zu dem Ausrufe veranlaßte, »er hat ja gar nichts mit mir gehabt, Fräulein!«

Diese Welt, dachte Susanne, wie lumpig sie war! Und nun sollte sie noch ein Bild für höchste Kunst erklären. War sie dazu eigentlich verpflichtet?

Das Erzeugnis, was vor ihr stand, war zunächst natürlich nicht als Hammel erkennbar, man konnte es als Hammel nur insofern bezeichnen, als der Beschauer, welcher dennoch einen Hammel sah, tatsächlich einem Hammel glich. Wahrscheinlich war es hohe Kunst.

Nach Susannes Ansicht war es den geschauten Müllereien vom Taifun ebenbürtig und wesensähnlich. Daß der Künstler nicht dageblieben war, um ihre Kritik abzuwarten, sprach sehr für ihn. Und den Ruhm der Entdeckung wollte sie sich einmal nicht nehmen lassen, also seufzte sie vor dem Werke: »Göttlich!«

Käterchen, die hinter ihr stand, sprach: »Schubladenrutscher.«

Susanne konnte ihr unmöglich schon wieder eine herunterlangen. Der Künstler schien auch gar keinen Verstand zu besitzen, wenn er mit der Dienenden verkehrte, als wäre sie der Weg zur Herrin. Das mußte sie ihm gelegentlich einschärfen.

Susanne konnte nicht ahnen, daß der Kommis die Dienstmädchenkrankheit besaß, und daß er vor knapp einer Stunde mit Käterchen auf dem Diwan einen Hochschulkursus durchgenommen hatte. Dabei hatte es beiden so wohl gefallen, daß sie sich vom Fleck weg geheiratet hätten, wenn Käterchen es gewagt hätte, Susanne untreu zu werden.

Mit Käterchen sprach er von einem feinen Kolonialwarengeschäft, das er sich kaufen würde. Und vor Susanne krümmte er sich wie ein Wurm um die Anerkennung seiner Kunst. Es war das ein hoher Künstlerzug an ihm, daß er sein Adam bleiben wollte in Zucker und Heringsgelee, während er als Künstler den Ruhm eines Rembrandt beanspruchte.

Käterchen höhnte darüber, daß Susanne auf den Schwindel einging. Das war doch kein Bild nicht! Wenn es Susanne bloß gewußt hätte, daß er mit ihr Schieber gemacht hatte. Von der Stunde ab galt für Käterchen das große Gerede ihrer Dame über den Taifun nichts mehr. Das mußte eine schöne Narrengesellschaft sein!

Sie lachte und schämte sich, daß sie mit dem Ölbilde auf dem Schoß durch die Stadt kutschieren mußte. Sie sah jedermann lachend ins Gesicht, als spräche sie: »Ich bin ja nur ein Vollstrekkungszeuge, ich habe es gewiß nicht selber gemacht.«

Wenn sie gewußt hätte, daß in Berlin alles so verdreht war, da wäre sie von Brüssel nicht mit hierhergemacht. Allerdings, der

Schellenhauer, der verstand es. Es wurde ihr ganz eng in der Brust, so drückte ihr die Erinnerung Wohlgefühl in die Scham.

Sie merkte schon, eine Persönlichkeit war sie hier nicht mehr. Da mußte schon ein Ereignis eintreten, daß das Fräulein heiratete oder sie selbst. Frau Kaufmann Schellenhauer, es wurde ihr siedeheiß, wenn sie das nach dem Schwarzwald mitteilte, dann staunten sie, was sie für Glück gemacht hatte. Das Fräulein fand schließlich auch ohne sie den Weg.

Endlich war sie am Franz Josephsdamm angekommen. Sie hörte Klaviermusik und bekam Herzklopfen.

Sie wurde mit großer Steifheit empfangen. Die waren aber steinvornehm und gar nicht so intim, wie das Fräulein sie geschildert hatte. Durch eine Türspalte sah sie ein Weib, das sich mit dem Höcker hatte porträtieren lassen. Die sah schlimmer aus als die Hanne von Reichenbach. Und daneben, was war das? Da hatte einer den Kopf verkehrt auf dem Halse und den leckte eine Katze am Hosenboden. Das war grausig, so wie sie die Folterkammer von Nürnberg einmal in einem Guckkasten gesehen hatte. Da paßte das Geschmiere von ihrem hinkenden Bocke gar nicht hin. Das waren doch so interessante Gruseligkeiten hinter der Türspalte. Wahrscheinlich lachte man das Fräulein Susanne recht aus.

Nachdem sie lange genug gestanden hatte, kam endlich die hochnäsige Dame wieder heraus und sagte mit einer vornehmen hinkenden Bewegung: »Sie können gehen.«

Nun rührte sich bei Käterchen das Selbstbewußtsein. Sie drehte sich kurz um und hob den Rock hintenan. Mit Wut wollte sie gehen, aber da wurde sie noch von einer langen dürren Spinne angehalten: »Der Herr Direktor läßt Sie bitten.«

Das war ja! dachte Käterchen. Die schmeißt mich hinaus, und die lädt mich ein. Sie saß bald in einem elektrisch erleuchteten Zimmer, wo das mitgebrachte Bild auf einer Staffelei stand und ein Herr mit einer arabischen Frisur es aufmerksam betrachtete. Sie trank eine Anzahl Schnäpse und erzählte alles, was sie überhaupt reden konnte. Von Susannes Geburt bis zur Entdeckung Schellenhauers.

»Schellenhauer?« Hermione und Ganswind stießen sich an. Jetzt wußten sie genug. Er hatte also bisher keinen Namen. Käterchens eigene Lebensgeschichte wurde kaum mehr mit Interesse angehört. Sie war ihrem Manne vor sieben Jahren ausgerückt und für tot erklärt worden, war jetzt dreiunddreißig Jahre alt, hatte einen guten Charakter, weil es ihre Mutter immer gesagt hatte.

Nur über des Fräuleins Landhaus wußte sie nichts, weil sie immer in Brüssel geblieben war, wenn es das Fräulein allein bewohnte. Aber es mußte eine herrliche Besitzung sein, die ihre fünfmalhunderttausend gern wert war.

Als sie endlich wieder ging, war ihr ganz schwindelig. Sie hatte wohl zuviel geschwätzt. Wahrscheinlich kriegte sie wieder Prügel dafür. Sie kam aber sehr vergnügt heim. Das Fräulein befand sich im verschlossenen Schlafzimmer. Das brachte ihr den Verstand wieder in Ordnung, und sie bereute ihre Offenherzigkeit.

Welcher Hut hing am Nagel?

Schellenhauers.

Jetzt war sie außer sich. Sollte sie die Türe einpoltern? Aber sie wagte nichts, sie stürzte verzweifelt in die Knie – und sah durchs Schlüsselloch. Aber um die Ecke hätte sie sehen müssen, das half nichts. Oh, was war das für ein Schuft und Verräter! Der hatte ja einen Riesenkaufladen! Sie fürchtete sich schon mehr vor ihm.

Oh, was war sie für ein armes Menschenkind geworden! Rache! An der Katze! Sie vergiftete sie!

Während sie kniete, kam plötzlich Susanne in ihrem Mückenschleier heraus, und Käterchen fiel in die aufgehende Türe platt auf den Boden, daß sie sich die Nase dabei aufschlug. Susanne lachte hellauf, um Käterchen auszuspotten. Da stand sie auf und wollte wütend herausfahren, aber die schmerzende Nase hinderte sie daran. Schellenhauer stand pomadisiert vor einer Staffelei und schmierte willkürlich Farben durcheinander. »Das ist mein Porträt«, sagte Susanne. Nun hatte also der Schwindler das Fräulein bis in den Mückenflor gebracht und gab vor, sie zu malen. Es war ein schwarzblonder Fleck, und drumherum wirre Linien.

»Was soll das sein?« schrie Käterchen entrüstet.

»Das ist das gnädige Fräulein«, antwortete der Künstler trocken.

»Fräulein, das sollen Sie sein?« Käterchen geriet außer sich. »Der Lump, der will nur's Nackige sehen. Malen, das kann er ja gar nicht.«

»Das mußt du mir sagen, was ich zu fühlen habe.« Susanne ging hin und strich sanft über den frisch pomadisierten Kopf. Also war's gewiß, daß dieser Mensch mit lauter Schwindel verhexte. Käterchen ballte die Fäuste nach ihm, drohend hinter des Fräuleins Rücken.

Schellenhauer zündete leichtsinnig eine Zigarette an, setzte sich auf einen Stuhl und ließ Susanne auf seinen Schoß niedergleiten, daß Käterchen blaß wurde wie Kreide. Sie war drauf und dran, auch so herumzuhopsen und auch ihm vollends die Hemdsärmel vom Leibe zu reißen. Da war ja alle Schamlosigkeit aus den Menschen gewichen. Sie begriff hauptsächlich Susanne nicht, daß sie diesem Halunken dieselbe Ehre antat, wie dem Grafen von Monapon.

»Was sagten sie im Taifun?« frug Susanne.

»Daß sie von einem namens Schellenhauer noch nichts gehört hätten.«

Susanne stand auf, wie versteinert sah sie auf Käterchen. Sie sprang nach ihren Kleidern, riß im Vorbeirennen das angefangene Gemälde mit sich, zerschlug es draußen über der Ecke vom Gaskocher, daß die Leinwand in Fetzen herabhing. Sie warf das Kleid über sich. Käterchen hatte ihr mit einem Kusse auf die Schulter aus dem Flore geholfen, voll Mitleid. Ihr Fräulein mußte sich, scheint's, versehen haben. »Was ist es denn, Fräulein?« frug sie endlich.

»Nichts. Wirf den Menschen hinaus. Wenn er nicht Müller heißt.«

Währenddem saß er noch ahnungslos im Schlafzimmer und rauchte gemütlich weiter. Bis Susanne wild hereinstürzte: »Heißen Sie nicht Müller?«

»Nein, Schellenhauer.«

»Pfui!« und ein großer runder Spuck saß ihm unter den Nase.

Diesmal war aber die Überraschung groß. Er ließ sich das nicht so ruhig gefallen wie das Betrommeltwerden von Käterchen. »W... as fällt Ihnen ein?« begehrte er auf.

Susanne hauchte stoßweise: »Wenn Sie ... nicht Müller sind, ... dann sind Sie ... ein Schwindler.«

»Ha!« stand jetzt der Künstler mit Entrüstung auf. »Glauben Sie? Meinen Sie?« Er fuhr durch die hingeklitschte Pomadefrisur und sträubte seine Haare zum Himmel. »Ich ließ mir die große Entstellung gefallen. Wenn ich nicht Müller bin, so bin ich Schellenhauer, und darum ein noch viel größeres Genie! Ich kenne Müller und verachte ihn als ein nur mittelmäßiges Talent.«

Susanne ballte die Fäuste und preßte sie sich in die weinenden Augen.

»Lassen Sie's Ihnen nicht leid werden, daß Sie das Bild zerknallt haben, Fräulein«, tröstete Käterchen.

»Was?! Mein Werk! Deine Nacktheit!« Schellenhauer klagte diese Worte mit großer Virtuosität.

»Durch dein wüstes, neidisches Benehmen kommt alles«, schalt jetzt Susanne auf Käterchen.

Käterchen ließ traurig die Arme und den Kopf hängen. »Durch mich? Ach! Wenn ich nur nicht mehr auf der Welt wäre!«

Die Post traf ein. Käterchen brachte sie ins Zimmer. Eine Rohrpost. Eine Einladung in den Taifun auf Sonntag nachmittag mit der Bitte, den großen Künstler mitzubringen.

Susanne zitterte durch den ganzen Leib und reichte die Karte Schellenhauer hin. »Da.«

Schellenhauer nahm die Karte, las sie, steckte sie zwischen die Lippen und machte einen Purzelbaum über den ganzen Teppich, daß sich Käterchen nicht mehr halten konnte vor Lachen. Dann stand er plötzlich wieder aufrecht. »Der große Künstler bin ich genannt. Ich bin erkannt.« Dann flog er Susanne an den Hals. »Susanne«, und wieder machte er Purzelbäume. Er war so ganz außer sich und wurde förmlich toll, bis er endlich Susanne in seine Tollheit mit hineinriß und sie ihm Gesellschaft beim Purzelbaumschlagen leistete. Die Katze verkroch sich unter das Bett. Und Käterchen lag am Boden und krümmte sich in Ängsten, vor Lachen zu zerbersten.

Endlich kam er auf die würzige Idee, sie sollten es Beide mit ihm tun. Es war ein heißer, schwüler Tag, und ein heftig niedergehendes Gewitter brachte die zertobten Glieder und Leiber spät um Mitternacht zu stärkender Ruhe. Susanne und Käterchen lagen nebeneinander in dem geöffneten Fenster und schnappten die kühle Ozonluft. Noch währenddem stand der verrückte Kommis zuerst hinter Susanne und dann hinter Käterchen. Aber dann flog er hinaus, nachdem sie ihm noch das Maul verschmiert hatten.

Er war nicht mehr imstande, auf den Sohlen aufzutreten. Das erste Mal war er in seinem Leben völlig zerbrochen. Daß er ein großer Künstler sei, war er nicht fähig gewesen, zu ertragen. Allen Halt hatte er verloren.

Morgens um zwei Uhr weckte er seinen Hammel und plagte ihn im Stalle umher, dann stieß er ihm das Messer in den Hals. Er verkaufte ihn andern Tags an seine Kunden im geheimen ohne Fleischmarken, die schönsten Teile kochte er für sich ein für den nächsten Kriegswinter. Die Zunge dedizierte er Susanne.

An diesem heißen Augusttage schlug Ganswind den Flügel beinahe die ganze Nacht in Trümmer. Hermione war in das Badekostüm gekleidet, das sie im andern Sommer am Nordseestrande getragen, was dieses Jahr nicht möglich gewesen war wegen der U-Boot-Gefahr. Sie hörte den Donner nicht neben den rasenden Akkorden seiner Kunst. Er spielte ohne Licht, denn die Blitze, welche nur zeitweise alles taghell erleuchteten, gaben einen besonderen Zauber um Ossi. Er war Gott Wotan und Hermione die dienende Walküre.

Der Doktor lag in Krämpfen vor Ungeduld in Erwartung der nahenden Entscheidung, den Magen voll Tee gießend und unablässig den Schweiß wischend, verzweifelt, angstvoll.

Die Frau Polizeirat schwamm mit ihm im Wasser. Dahin hatten sie sich vor der Hitze geflüchtet. Wie ein Zentaurus schnaubte er mit seiner Amphibie.

In einem weichen Asphalt versanken die irrenden Massen, von einer Hitze umdunstet wie Termiten im heißen Nadelboden eines glühenden Waldes. Viele Damen des Klubs lagen mit geschmückten Katzen im Arme mit neuen Blicken in das Leben, sie übten sich in farbenreichem Aufputz. Beim Taifun meldete sich nach der Gewitternacht auch der Direktor der Olymp-G.m.b.H.

Aus dem Ozonnebel stieg der Taifun buntschillernd empor wie ein Drache mit bronzefarbenem Reichtum.

* * *

Am Sonntagmorgen grimmassierte der Doktor eifrig vor dem Spiegel. Sodann hallte der Gartenhof von seinen Schmerzensschreien wider; der Barbier war bei ihm und riß ihm mit einer Pinzette die schlimmsten grauen Haare aus. Diese Qual dauerte fast eine Stunde. Der Doktor saß, das Genick auf die harte Stuhllehne gelegt, strampelte und stieß mit den Beinen, manchmal trafen auch ein paar Faustschläge den Friseur in die Magengegend. Dieser lachte nur jedes Mal vergnügt, wenn er eins versetzt erhielt. Das Haarausreißen mit einer Pinzette war eine der schönsten irdischen Beschäftigungen. Dabei war noch ein lüsternes Vergnügen wie einst beim Foltern des Knippeldollingers. Nur gab es damals Tausende von gierigen Zuschauern, die ihre Nerven kitzelten. Des Doktors himmlische Deckensprünge sah aber leider niemand als er selbst. Es war etwa, als wenn ein Zahnarzt immer wieder die Zange ansetzt und nie mit dem Ziehen Ernst macht. Aber dem Doktor war daran gelegen, nicht als ein grauer Kater vor Damenaugen zu erscheinen, sondern als ein blonder Sänger. Barbier Haarfresser machte seine Sache gut und gründlich.

Stimmen hallten aus den Hinterfenstern der Häuser, was denn da los wäre. Man hörte immer nur einen Mann schreien, nie aber eine Frau dazu. Der Doktor schrie dagegen: »Laßt doch ihr euch alle die Haare einzeln ausreißen.« Und zum Schlusse bezahlte er zwei Mark fünfzig Pf. So war er aufs feinste zurechtgemacht. Er sah wieder so jung aus wie damals, als er den »Pavian« von Quint Ferner kreierte. Er aß in einem Weinrestaurant zu Mittag, wofür er ohne Kunststücke und ohne satt zu werden fünfzehn Mark bezahlte. Für eine einzige Rübe verlangte der Bauer jetzt zehn Mark; wenn er auch von hunderttausend, die sein Acker trug, nur den zehnten Teil verkaufte, so machte er ein besseres Geschäft als einst in der lächerlich billigen Friedenszeit. Die übrigen neun

Zehntel des Ertrages konnten ruhig verfaulen. Was brauchten die Städter zu essen! Wenn sie nicht satt wurden, so konnten sie Krach schlagen. Der Doktor saß mit bekümmertem Antlitz vor der Platte Teltower Rüben, er hätte am liebsten das ganze Lokal demoliert, aber er fügte sich wie die andern und dachte, der Rächer für diese Vaterlandsliebe und Brüderlichkeit wird schon kommen. Wenn er jetzt eine reiche Heirat machte, so wurde es vielleicht besser, sobald die Hausküche ihren üppigen Betrieb eröffnete. Von nichts hegte er so hohe Hoffnungen für den Ehestand als vom Essen. Ein solches Unglück wie sein Berufskollege Götze wünschte er sich allerdings nicht, der oft weinend zu ihm kam und sich beklagte, daß ihm seine schöne Amalie alles wegesse und ihn einen Fresser schimpfte und einen Hund, weil er auch nicht verhungern wollte. – Der Doktor trank deshalb desto mehr Wein, bis alle Trübseligkeit aus ihm gewichen war. So betrat er den Taifun.

Es war in den neuen Räumen. Die Parkettböden waren, weil es keine fettigen Substanzen mehr gab, von der Hauswirtin geschmiert worden, indem sie zehn Tage lang darauf herumrutschte, während Ganswind mit Hermione musikalische Verzückungen aufführte. Die schlimmste Nacht war jene nach der Lieferung des Bildes »Weidender Hammel« von Schellenhauer gewesen, in welcher der Wirt auf den Knieen flehen mußte, mit der Musik aufzuhören. Auch von seinen Kniescheiben war das Parkett glatt und glasig geschliffen worden. Dafür nahmen sie jetzt den Tee mit ein, Tee aus Kamillen und Lindenblüten, weil die Engländer den schwarzen Tee als unser wichtigstes Volksnahrungsmittel mit eigenem Beschlag belegten.

Der Doktor war der umkoste Mittelpunkt. Die Damen, Hermione, Susanne und Frau Polizeirat wetteiferten miteinander in allen ihren Reizen. Hermione schoß wie immer den Vogel ab. Vor ihrer Brust dampfte eine riesenhafte dunkle Rose, so daß die Regung ihres Busens wie ein unschuldiges Mädchen erschien. Und ihre beiden blauen Augen standen am Rande eines rieselnden kühlen Baches abseits. Sie war wie ein aufgelöstes Wesen, von dem zu nehmen war, was man nur wollte. Die Kniee schielten bei gewissen Bewegungen nackt hervor und ließen eine erfrischende Leichtigkeit des Gewandes spüren, die wohltat, während draußen die Menschen auf dem glühenden Asphalt in Hitzschlägen verschmachteten und der Grunewald nadellos dastand. In diesem Ende aller Zeiten, wo nur noch das jüngste Gericht erlösend wirken konnte, war Hermione mit ihrem lockenden Rosenkissen wie eine rettende Mahnung, den Verstand zu behalten und nicht an der Fröhlichkeit der Welt zu verzagen.

Die andere war als Susanne Flaubert vorgestellt worden. Sie trug auf dem Steiße einen gedankenschweren Pfurpfen aus farbiger Seide, und ihre Stirn hielt sie dem Doktor hin: da prüfe meine Weisheit. Sie sah aus wie eine Ausscharrung aus den Pyramiden des Cheops und war wohl chaldäischen Ursprungs, eine mitgeschleppte Sklavin und mißbraucht zu sinnlicher Berauschung. Ihre großen weiten Augen waren wie ausgehobene Kirchentore, damit die Gemeinde Gott nicht in den Kirchen suche, sondern unter dem freien Himmel. An den Fingern hatte sie zehn eiserne Ringe, denn sie hatte das Gold dem Vaterlande gegeben. Eine eiserne Spange am Oberarm, überall Eisen als lauter gegebenes Gold für die Helden. Die Kunst der Kleidung bei allen war, das hervorzuheben, was augenblicklich teuer zu besitzen war. Susanne trug einen Rock kaum bis an die Knie, damit ihre geschnürten Lederstiefel mit den Schäften bis über die Wadenmitte hervorstachen, das Paar zweihundertzweiundsechzig Mark.

Und die Frau Polizeirat wagte es noch, dem Doktor mit einer Tollkühnheit als kokettierende Konkurrenz unter die Augen zu treten. Hermione und Susanne hätten diese Freiheit einfach nicht zu denken gewagt. Sie hatte ein Mieder an, das vorn eine Tüte bildete, aus der sie süße Fruchtbonbons anbot. Und die fraß der Doktor leidenschaftlich. Der Polizeirat war voll strahlenden Glükkes, und seine Kolibrifeder wackelte voll zitternder Erregung, bald hier bald dort zu picken. Er schwitzte fünfundvierzig Grad Celsius im Schatten, seine Gesichtsfarbe war die eines teuflischen Sioux. Er konnte bloß den Doktor nicht begreifen, daß der gar nicht schwitzen mußte und ständig aussah wie ein erstarrter Eiskönig. Susanne bemühte sich, ihm durch gleiche Ruhe zu gefallen.

Ganswind krönte natürlich Hermione, indem er sie recht viel küßte, mit Ausnahme des Mundes.

Hermione dirigierte den Taifun mit winkenden Armen. Bald war sie in dem, bald in jenem kleinen Salon. Und recht gewandt und oft wechselte sie die Szene, um dann und wann den Doktor und Susanne in den Konflikt des Alleinseins zu bringen. Aber dann wußte der Doktor jedesmal nicht zu reden und sprang wieder davon.

Susanne begegnete Hermionen: »Aber, das ist ein ganz entsetzlich menschenscheuer Kamerad.«

Hermione ermutigte: »Rede von Feinschmeckereien. Merkst du nicht, deshalb hat die Frau Polizeirat das Bonbonkleid angezogen.«

»Ja, spekuliert sie denn, die verheiratete Frau?«

»Sie muß es, um den Polizeirat zu strafen.«

Also sprach Susanne mit dem Doktor und lud ihn frisch und frei zu einem Frühstück zu sich ein. Das traf. Ganswind und Hermione schlossen sich dann an. Der erste Treffer schien gemacht. Da schluckte der Doktor schon wieder einen Fruchtbonbon. Und er erkundigte sich insgeheim beim Polizeirat nach der Dame. Dieser wußte nur, daß sie über ungeheure Reichtümer der Seele, des Herzens und des Geldbeutels verfügte. Wem sie aber angehörte, gestand er nicht.

Nun griff Ganswind in die Sturmfluten seiner taifungepeitschten Phantasie und zerschmetterte auf den Saiten des Flügels ein verzehrendes Liebeslied.

Da stand plötzlich Käterchen in einer entfernten Nische mit einem mürrischen Flunsch. Sie hatte keinen Sonntagsausgang bekommen, sondern mußte im Schlafzimmer Ganswinds auf Susannes Katze aufpassen.

Und von der gegenüberliegenden Seite kam ein hinkender Mensch. Durch die Musik ließ er sich nicht aufhalten, sondern er machte gegen alle Anwesenden Komplimente, als wünschte er, ihnen Rosinen, das Pfund zu fünfundzwanzig Mark, zu verkaufen.

Käterchen, das ihn so ferne sah, krampften sich die Brustwarzen zusammen, und sie suchte Trost bei Kätzi, welche sie in den Schwanz kniff, daß sie schrie und sich verkroch.

Die Musik hörte schneidend auf, als ob da plötzlich ein Anbeter einen eckigen Kniefall verübte. Es wirkte entschieden wie ein Witz, Ganswind wollte es so aufgefaßt wissen, denn er hatte ein breites froschartig grinsendes Gesicht.

Er begrüßte den Neuen fast kollegial. Das machte auf den Kommis einen angenehmen Eindruck, denn er war gewohnt, aller Welt sich anzupöbeln. Die Unterhaltung stockte, und aller Augen waren auf den unharmonischen Menschen gerichtet, der wohl ganz gut herausgeputzt dastand. Er hatte sich einen Gehrock von Onkel Biermann geborgt, der bis auf einige Weinflecke schön erhalten war. Seinen Kopf hatte er auf Susannes Wunsch pomadisiert und die Haare glatt nach der Seite gescheitelt, daß er sich ansah, wie das Haupt eines nordamerikanischen Mennonisten. Die Physiognomie lächelte beständig, und die Hände wußten nicht, womit sie sich beschäftigen sollten. Er war im alltäglichen Leben gewöhnt, zu talken und zu kneten, entweder Schmierseife oder Dienstmädchen. Seine obskure Gesinnung lag eigentlich wie nackt und bloß vor den Augen der Taifunisten, und alles Sichgeben half dem Künstler nichts. Er mißfiel allen. Auch Susanne dachte, daß er sich recht dumm anstelle. Und ihr Herz schlug sehr für den Doktor, mit dem sie bereits Blicke wechselte, namentlich seit Schellenhauer da war. Der Doktor war ihr wieder etwas Neues. Und bei den recht Modernen gab es ohnehin keine Pietät der Gesinnung. Sie trauten sich ebensowenig zu heiraten wie ein Haus zu kaufen, denn immer wieder gab es schönere Frau, schöneren Mann, schönere Villa. Susannen erschien in dem heutigen Kreise der Doktor als der Interessanteste, denn ihn allein hatte sie noch nie gesehen.

Ganswind hatte sehr wohl damit gerechnet, vorher die größte Spannung bei Susanne zu erzeugen, um dann plötzlich die Begegnung herbeizuführen. Es galt darum, das Eisen zu schmieden, solange es heiß war. Wenn Susanne nach dem Doktor noch andere Mannsleute vorgeschoben bekam, so haftete sie auch nicht am Doktor.

Hermione winkte, und wieder schwärmte die Schar hinter ihr her in einen neuen Raum.

Ganswind folgte im Gespräch mit dem Künstler. In seinem Busen zuckte die tigerhafte Gier, den Menschen binnen fünf Minuten abzuschlachten.

Die Gesellschaft kam in einen Raum, darin in der Mitte eine Staffelei stand, worauf das Bildnis des weidenden Hammels anzusehen war. Ringsum an den Wänden waren viele ähnliche Bilder aufgehängt. Hermione leitete die Gesellschaft mit Leichtigkeit um die in der Mitte stehende Staffelei zur Betrachtung. Auch Schellenhauer mit Ganswind stellten sich davor.

Schellenhauer ahnte wohl, daß es sein Bild sein würde, aber erkennen konnte er's nicht, denn er hatte es ohne Beteiligung hingeschmiert. Seine Wangen liefen darum rot an. Er hätte sich doch wenigstens einen Farbfleck am Bilde als charakteristisch behalten sollen. Nun wußte er gar nicht einmal, ob es sein Gemälde war, vor dem sie standen.

Die Gesellschaft wußte, daß dieses ein neues Werk war, und alles schwieg. Niemals sprach im Taifun irgendeiner ein kritisches Wort. Diesmal aber begann Ganswind mit zitternder Stimme einen gelehrten Vortrag:

»Meine Herren und Damen, Sie sehen hier das Bild oder Nichtbild eines neuen Mannes.«

Susanne unterbrach ihn: »Nein, eines Hammel.«

»Ich bitte, mich nicht zu stören.« Ganswind zog streng die Stirn in Falten. »Ich meine das Werk des Künstlers oder auch des Malers. Sie sehen aber schon an der Bemerkung der Mäzenin, unseres verehrten Fräulein Susanne Flaubert, daß es des Zusatzes bedarf, daß es kein Porträt eines Mannes, sondern die Gestaltung eines Tieres geben soll, – das Bild. Oder wiederum das Nichtbild. Nun vergleichen Sie einmal dort links mit den kräftigen Farben die Grablegung Christi. Sehen Sie?«

Alle sahen die Grablegung Christi. »Jawohl.«

Ganswind fuhr fort: »Dort rechts der Dom zu Köln?«

Alle sahen den Dom zu Köln. »Wahrhaftig ein Dom.«

Ganswind war in glühendem Eifer. »Und hier, bitte, wenden Sie sich her, was ist das?«

Alle schwiegen.

Ganswind zitterte in bebender Erregung. »Das könnte ich Ihnen nie sagen, was das ist. Das ist eine infame Beleidigung des Taifun.« Er trat ganz erregt weg und ging umher.

Alles war stumm und starr. Hermione löste als erste das Schweigen, und sprach: »Ossi, laß dich nicht so hinreißen.«

Aber Ossi stand in einer Ecke und weinte. Er weinte –?

Über die Gesellschaft legte sich ein dumpfes Mitgefühl, alle sahen auf Hermione, daß sie doch die Stimmung wieder beleben möchte. Nur Schellenhauer heftete ein freches Auge auf Susanne und beobachtete sie. Sie hatte sich ganz vertraulich an des Doktors Arm gehängt, wie aus dem Vergessen der Wirklichkeit.

Hermione ging zu Ossi hin: »Ossi, laß dich nicht so sehr alterieren, wirf das falsche Bild hinaus auf einen Misthaufen.«

Jetzt endlich verstanden alle das Bild und besahen es.

Susanne machte sich frei und sprang in einige Entfernung vom Bilde und starrte.

Hermione trat vor Schellenhauer hin und sprach ganz ruhig: »Sie werden also Ihr Werk in einem anderen Kunstinstitut unterzubringen versuchen müssen.«

Jetzt wurde er frech. »Ich? Fällt mir ein. Sie haben es angenommen. Hier. Ich habe Ihre Einladung an das Fräulein, worin Sie mich als großen Künstler bezeichnen.«

Hermione und Ganswind sahen auf Susanne. Susanne wurde purpurrot. Wie wollte sie der Lage Herr werden? Sie lachte. Sie lachte höhnisch und sprach zu Schellenhauer in affektiertem Tone: »Mein Herr, Sie werden mein Mitgefühl begreifen lernen und hoffentlich zu schätzen wissen. Aber wenn Sie sich wirklich bisher für einen Maler hielten, so sind Sie ein Narr.«

»Und Sie sind eine –«.

Damit war es um ihn geschehen. Er wurde gepackt und so zerprügelt und zerstampft, daß von ihm und seinem Bilde kein Stäubchen mehr übrig blieb.

Er verdampfte im Äther.

Käterchen war auf das furchtbare Geschrei hin herbeigeeilt, kam aber bereits zu spät. Sie konnte den Freund Kommis vor seiner Himmelfahrt nicht mehr erretten. Irgendein polizeilicher Zwischenfall wegen Mordes konnte nicht entstehen, denn der anwesende Hauswirt hatte mit seiner Gattin noch niemals ein solch entzückendes Hausfest miterlebt, wo ein Mensch einfach ins Nichts zerstäubt wurde.

Die Hauswirtin hatte ihr Lorgnon auf der Nase, starrte auf das Parkett und freute sich, daß nicht einmal eine Beule entstanden war. Der Hauswirt drückte Ganswind bruderschaftlich die Hand: »Fahren Sie so fort, so werden Sie sich durchsetzen.«

»Das Echte gegen das Falsche«, sprach Ganswind mit feurigem klaren Baß und Pathos.

Susanne erlaubte sich nur die schüchterne Frage: »War es wirklich nicht möglich, das Bild als weidenden Hammel gelten zu lassen? Es existiert, weiß ich doch, noch ein Bild im Taifun, ›Badendes Weib‹, wo ich vergeblich Nacktheit und Wasser suchte.«

Hermione rannte durch den Taifun. Hinter ihr schlitterte der Gästeschwarm über das Parkett. Da standen sie vor dem badenden Weibe.

»Hähä«, schmunzelte der Doktor, »das sehe ich aber doch, da ist was, da sehe ich etwas, hähä.«

Ganswind hätte den Doktor vor Entzücken beinahe angekatscht. Jedenfalls war der Doktor nun so auserkoren, daß Ganswind für alle Zukunft alles für ihn tat. »Freund«, sprach Ganswind, »Sie haben eine wundervolle Seele.«

»Nicht wahr?« schmunzelte der Doktor.

»Und ich?« rief Susanne, »da ich hier nichts sehe?« Sie warf sich verzweifelt auf einen Fauteuil.

»Ich sehe auch, Herr Doktor«, sprach die Frau Polizeirat und reichte als scheues Mädchen zaghaft ein Bonbon aus der Tiefe des Busens.

»Nicht wahr«, sprach der Doktor, »so etwas ist das Bild.«

Die Frau Polizeirat schmiegte sich einen Augenblick in seine Nähe, und dem Doktor wurde ganz wind und wehe.

Susanne war darüber wild aufgebracht. »Ich möchte bitten, soll ich mich etwa hier ausziehen? Dann mag Herr Doktor urteilen, ob das Bild hier solches wiedergibt.«

Der Doktor wurde darüber noch konfuser. Ihm begannen die Sinne zu schwinden. »Ei ei«, sprach er, »ich, ich ...« Er gackste herum und floh aus dem Zimmer. Susanne schliff über das Parkett hinter ihm her und hielt ihn in einem Zimmer fest.

»Was haben Sie, Herr Doktor. Gefalle ich Ihnen nicht so gut wie die andere Dame?«

»Sie gefallen mir. Aber ich müßte bei Ihnen noch kühner sein als bei der Bonbonniere.« Er schlüpfte ängstlich in die Ecke eines großen geräumigen Regals, worin Kupferstiche geschichtet waren.

»Aber Herr Doktor, ich möchte nur um meine Ansicht mit Ihnen kämpfen. Können Sie denn in dem Bilde Nacktes auch nur empfinden?«

»Ja, ja«, nickte der Doktor, »aber nicht davon reden, ich fürchte mich.«

Susanne lief sofort wieder davon und stellte sich erneut unter die Gäste zur Betrachtung der Badenden. »Ich empfinde hier nicht mehr ein Weib als ich dort einen weidenden Hammel empfand. Jenes Bild war grün, das konnte doch eine Weide sein. Dieses Bild ist bläulich.«

»Aber das empfindest du nicht, Susanne?« eiferte Hermione. »Das Bläuliche, das ich fühle, wenn ich mit meinen Spitzen der Zehen hineinsteige, Ramsey oder Swinemünde.«

»Oh ja«, klatschten alle, »das süße Schwimmende, das Runde, das Pointierte.«

Susanne seufzte: »Ja, dann weiß ich auch, Schellenhauer habt ihr unschuldig totgeschlagen, er war eben im Grase ebenso zu Hause wie ihr oder wir am Badestrande.« Eine sanfte Träne netzte als einziges Andenken an Schellenhauer den glatten Boden des Taifun. Der Doktor konnte gerade noch Zeuge sein, wie sie zu Boden fiel, die Träne; denn er kam zaghaft aus seinem Verstecke zurück.

Ganswind konnte das wohl dulden, eine Träne, wenn nur der unangenehme Kommis beseitigt war. Er sprach geduldig belehrend zu Susanne: »Sage nicht, er starb unschuldig. Er hat deine weichherzige Güte in sehr unmenschlicher Weise ausgenutzt. Ein Menschenkopf war er nicht.«

»Die Pomade«, sprach Hermione.

»Und der schlechte Gehrock«, die Frau Polizeirat.

»Das hinkende Bein«, der Polizeirat.

»Das war doch höchstens ein Rollmopsverkäufer«, die Hauswirtin, Frau Rechtsanwalt Büffel.

»Nein. Ein Bediener der Dienstmädchen an der Rolle«, schätzte ihn der Hauswirt.

»Ein Lump war er«, versicherte Käterchen.

Alles schaute entsetzt nach ihr hin. Wo kam sie her?

»Wer ist es denn?« frugen sie untereinander.

Hermione erlaubte sich, ein Dienstmädchen vorzustellen. »Es ist Susannes Mädchen.«

»Du bist mein Käterchen. Aber bitte, gehe zu deiner Katze«, sprach Susanne.

Die Gesellschaft lachte und Käterchen kehrte mit knallroter Wut abermals zu ihrer Katze zurück. Zu deiner Katze, hatte sie gesagt. So eine Frechheit. Sie wollte ja von der Katze gar nichts wissen. Aber so sind die Herrschaften, grollte sie: ungerecht.

Ganswind und Hermione schoben mit allen Mitteln in den Taifunwolken, um den Verlobungsregen auf den Doktor und Susanne fallen zu machen, aber es wollte, trotzdem der Pomadeherakles totgeschlagen war, nicht so recht gelingen.

Die Frau Polizeirat war eine ganz unausstehliche, gefährliche Rivalin, sie fütterte den halbverhungerten Doktor mit materiellen Süßigkeiten. Wie manchesmal gab sie dann noch einen schmelzenden Liebesblick hinzu. Und der Doktor hätte eher Lust gehabt, sie zu heiraten. Das verdarb in dem Plan viel. Daß die Frau Polizeirat mit solchem Ernst attackierte, hätten sie doch nicht geglaubt. Ein kleiner Scherz war durchaus erlaubt, aber nun tat die Frau Polizeirat, als ob sie ganz ledig wäre, und der Polizeirat blieb in sehr froher Laune dabei, als er sah, daß seine Frau vor Susanne obzusiegen imstande war.

Hermione und der Polizeirat besprachen sich im Salon des Umgekehrten. Aber er wollte nicht einsehen, wie ein Spiel der Koketterie anders einen Sinn haben sollte, wenn man nicht alle Konsequenzen zog, sogar die der Scheidung. Und Hermione gab ihm geistig wie praktisch recht. Trotzdem bat sie ihn, seine Frau doch etwas zurückzuziehen, damit Susanne freies Feld fände. Das ärgerte wiederum den Polizeirat sehr, und er mußte sich in acht nehmen, nicht mit mürrischer Laune zur Gesellschaft zurückzukehren.

Als Hermione von ihrem Abstecher mit dem Polizeirat zurückkam, küßte Ganswind sie innig und führte sie auf das Kissen des großen Schweden, der diesen Entwurf kurz vor seinem Tode ausgeführt hatte. Hermione schaute dankbar zu ihm auf und flüsterte: »Spiele.« Darauf küßte er sie wieder und errötete, bekam leichtes Fieber, denn er wußte, daß es nicht sein konnte, sondern daß »spiele« als Andeutung auf die Nacht gesagt war.

Der Doktor saß eingekeilt zwischen Susanne und Frau Polizeirat und wußte nicht, welcher er den Vorzug geben sollte. Der Polizeirat kam auf die Idee, für den Doktor das Urteil des Paris vorzuschlagen. »Das wäre eine feine Sache. Bekanntlich wählte Paris unter dreien, so würde sich also Frau Ganswind beteiligen müssen.«

Die Folge war, daß von da ab der Doktor auch auf Frau Ganswind Blicke warf. Und da diese jetzt sehr schön und sanft aussah wie ein Morphiumengel, auf dem Kissen, auf dem sie ausruhte, so war für den Abend alle Aussicht genommen, den Doktor mit Susanne zu verketten.

Ganswind war darüber ärgerlich. Der Doktor hielt es für Eifersucht. Aber es war reiner Ärger darüber, daß sich der Polizeirat so gegen alle Abmachungen verhielt und sich durch solche Schmeicheleien dafür rächte, daß seine Frau nicht zum Siege kommen sollte.

Der Hauswirt und Gemahlin saßen etwas beklommen auf ihren Sesseln, weil der Erfolg nicht programmäßig eintrat. Aber obgleich Frau Büffel sonst ein gutes Mundwerk führte, so blieb sie doch heute zurückhaltend und still, denn sie fürchtete, durch ein unüberlegtes Wort alles zu verderben. Man sah es ja dem Doktor an, daß er ein subtiler Mensch war. Sie hätte so gern alle möglichen anzüglichen Winke gegeben.

Bei jedem Gespräch hoffte Herr Büffel, den Anlaß finden zu können, seine zweite Etage für das jung verheiratete Ehepaar zu empfehlen. Es war bereits zwischen Ganswind und seinem Wirt so verabredet, daß der Doktor und Frau dann bei Büffel direkt über den Taifunsalons wohnen würden. Herr Büffel fand Susanne so überaus liebreizend, daß er sich bereits die schönsten Träume und Abenteuer spann, wenn sie einmal hier wohnte, in seinem Hause.

Susanne wurde durch diese ganz ihr dienstwillige Stimmung der Gesellschaft zu übermütiger Laune gehoben. Sie erlaubte sich bereits, dem Doktor ein sachtes Backpfeifchen zu geben. Dem Doktor gefiel ihr lustiges Wesen, weil es trotz aller Ausgelassenheit, noch von einem geistigen Willen beherrscht, diszipliniert war. Durch das Bewußtsein, die hohe Spitze des Abends zu bilden, wurde Susanne mehr und mehr unbekümmert um die tatsächlichen Vorgänge. Sie sah gar nicht mehr, wie die Frau Polizeirat mit ihren Augen an dem Doktor zog; und dem lauernden Manne dieser Frau gelang es wieder wie einem geschickten Taschenspieler die Ausnützung eines ungeordneten Augenblicks: seine Frau sprach ganze fünf Minuten mit dem Doktor, ohne daß es ein Mensch außer ihm bemerkt hatte.

Nur die eifersüchtige Wachsamkeit einer Ehefrau hätte Susanne schon haben sollen, um solche fünf Minuten zu verhüten. Aber zunächst war es doch nur Tändelei; da brauchte sie noch nicht einmal zu erschrecken, wenn sie die Unaufmerksamkeit erkannte.

Hermione dagegen zitterte heftig, als sie den Doktor mit Frau Polizeirat am Arme durch den Salon der Schmieristen gehen sah. Sie stand starr. Das bemerkte wieder Ganswind. Dieser stampfte mit dem Fuße, und war drauf und dran, Hermione laut anzufahren. Der Polizeirat lachte laut, und nun erst schlitterte Susanne zum Doktor hin, auf seine andere Seite.

Dem Doktor war natürlich sehr blümerant zu Mute, er sah mit lachendem Faunmaule bald rechts, bald links, auf die Scheitel seiner Begleiterinnen.

Der Duft über Susannes gescheiter Stirne war leichter, während im Scheitel der Frau Polizeirat ein schweres Parfüm ruhte. Wie zwischen Sonne und Gewittergewölk pendelte der lackbeschuhte Mann. Bald gelüstete es ihn, sich von einem Gewittersturze wie ein nackter Schatten in die gurgelnde Tiefe einer Klamm quetschen zu lassen, dann gelüstete es ihn wieder, einem hüpfenden Sommerschmetterling bergan folgend, in das Nichts zu haschen.

Da konnte sich die Wirtin doch nicht länger mehr halten. Sie ließ die Eingehängten über sich hinwegstolpern und sagte laut: »Herrn Doktor würden die beiden Damen als Ehefrauen außerordentlich zu Gesicht stehen.«

Da schrie Frau Polizeirat: »Nimm mich, Doktorchen.«

Und Susanne schrie: »Nein, mich.«

Der Doktor kratzte sich am Kopfe, und er stand auf einmal auf der Oase von sich überschneidenden Straßenbahnlinien, wo er jetzt zusammenschrak, daß er fast überfahren wurde.

Susanne stürmte mit Käterchen und Kätzi durch den Tiergarten nach Hause. Sie fürchtete sich vor den im Dunkel hingehenden Gestalten, vor den Bänken, auf welchen Menschen in eigentümlichen Stellungen saßen. Aus Nebenwegen drang das leidenschaftlich erregte Geschrei von jungen Männern, die sich prügelten und mit Stöcken aufeinander einhieben. Susanne wollte vorüberfliehen, aber es war schon zu spät, der prügelnde Haufen wälzte sich über sie hin. Es war ein Mann, der einen sausenden Stockhieb um den andern auf den schallenden Schädel erhielt und immer wieder auftaumelte und gegen seinen Angreifer anstürmte, bis er schließlich bewußtlos und blutüberströmt im Grase ächzte und stöhnte. Susanne preßte es die Tränen aus der Brust vor Weh und Mitgefühl um den armen Menschen, auf den ein anderer einschlug wie auf ein lebloses Tier. Sie hätte gern Hilfe geholt und geschrieen, aber es war ihr nicht möglich. Sie zitterte vor Angst, die jungen Leute könnten sich auf sie stürzen. Käterchen mußte sie vorwärts zerren, da ging's wieder an anderen Gruppen vorbei: lauter Menschen, die auf die Dauer von wenigen Mondwolken heirateten. Susanne war es schaurig zumute, durch solches Dasein hindurchflüchten zu müssen. Die trostlose Welt der Ziel- und

Steuerlosen hatte sich in der Nacht frei gemacht und losgelöst. In Ächzen, Stöhnen, Hieben und Stichen wälzte sie sich dahin.

Susanne wagte erst wieder leise mit Käterchen zu flüstern, als das dumpfe Schnarchen der gefangenen Tiere aus dem Zoo vernehmbar wurde. Da war es ihr wieder wie unter Menschen. »Hast du Kätzi noch?« frug sie Käterchen leise. »Jawohl«, flüsterte diese zurück.

Endlich war der erleuchtete Damm wieder gewonnen. Ein Schutzmann stand mit lachendem Gesichte und gaffte, das Auge in der Beleuchtung, den Rücken gegen den dunklen Garten.

Herr und Frau Polizeirat waren glückselig. Noch nie waren sie so jung wie heute. Er sah die schönen Formen von Clothilde mit Stolz vor sich, sie war das edelste Gewächs unter den zahlreichen ihm bekannten. Es war selbstverständlich, daß sie es mit Susanne aufgenommen hatte. Susanne war im ganzen eine wenig aus sich machende Gestalt. »Nackt«, sagte der Polizeirat, »stelle ich mir vor, dürfte sie dir gegenüber überhaupt keinen Marktpreis besitzen. Kein Sultan würde sie kaufen, wenn er dich sehen würde.« Clothilde lächelte zu seiner Begeisterung und war verwundert, warum er dann so gern phantastischen Jagden nachging. Er betrieb das eben wie eine leidenschaftliche Spielerei.

Clothilde war eine zu wissende Frau, sich über ihre Vorzüge täuschen zu können. Es kam eben nicht so sehr auf die architektonischen Vollkommenheiten an, als darauf, wie der ganze Odem mit dem Wesen harmonierte und entzückte. Sie belehrte ihren Gatten, daß z.B. Fräulein Stöcker, die schönste Erscheinung ihres Jungfrauenkranzes, unrettbar verloren sei und dem Schicksale verfallen, gemieden durch die Welt zu gehen. Ein architektonisch reinster Bau! Sie würde von Künstlern zum Zweck der Modellierung von Göttinnen gesucht und benutzt werden; das wäre ihr schwacher Trost für das Entbehren der Liebe. Schön sein und ungeliebt, sei wohl das trostloseste Geschick eines Weibes.

Der Polizeirat lag neben ihr, den Kneifer auf der Nase. Seine Augen rollten über ihren Körper, und mit dem einen Ellbogen stützte er sich auf ihre Hüfte. Er überlegte sich alles, was sie ihm schilderte, und er war trotz des Besitzes ihrer Schönheit nach Susanne gelenkt. Er schwieg und sah starr vor sich hin, bis ihn Clothilde meisterte. Da stammelte er: »Susanne«. »Ihr seid doch ein törichtes Volk«, sagte sie. »Ihr abstrahiert im Genuß.«

»Oh, das ist deine große Zauberei, du läßt mich Märchen erleben, Phantasien erjagen, Gedankenwelten bauen«, war des Polizeirats Entgegnung.

Clothilde legte den Kopf betrübt ins Kissen, und eine Träne rollte aus ihrem Auge. »Solche Glücksbringerin bin ich nun. Es war einmal anders, und da war es schöner. Da warst du jünger und kräftiger. Da begehrtest du nur die Lust von uns beiden. Geh weg! Du bist ein abscheulicher Mensch.«

Sie nahm es sich vor, den treulosen Phantasten zu verlassen.

Während der Taifun alle vorwärts riß, gab es doch nach den Rändern seiner Bahn fegende Stagnationen der Einzelnen, Andere strebten daraus hinaus und konnten nicht entweichen. Schellenhauer dagegen war wie ein in die Strömung Gefallener hinausgeschleudert worden. Man konnte sich um den Einzelnen nicht sonderlich kümmern, das Ganze war das Ziel. Wenn sich auch die Frau Polizeirat für eine Wichtigkeit hielt, so schuf das Hermione kein zu großes Bedenken.

Ganswind und Hermione freuten sich auf das schicksalbesiegelnde Frühstück bei Susanne, zu dem sie mit dem Doktor eingeladen waren. Es war eine sinnlose Einbildung von einer Frau, wenn sie glaubte, entgegenstreben zu können. Wie viele, die nur Mitläufer waren, hielten sich für besondere Aktivitäten.

»Überhaupt, wer ist eine Aktivität?« sprach Hermione mit verächtlicher Miene. »Wir können sie doch alle entweder fördernd an uns ziehen oder sie verkümmern lassen. Was könnte selbst ein Dr. Bäumler oder eine Susanne für Erwartungen hegen, wenn wir nicht wollten. Du, Ossi, und ich. Es ist lächerlich von Frau Polizeirat, daß sie glaubt, irgend etwas hänge von ihr ab. Es ist sehr richtig, wir werden sie noch manchmal gebrauchen können, auch ihn. Aber ganz wie wir es wollen.«

Ossi wiegte zu solchen hochmütigen Reden stolz einverstanden den Kopf. Sie waren die Gottheiten, die halfen und Gnade erzeigten, die aber auch gern zu Gaste billig schöne gute Dinge frühstückten, damit sie den fortwährend beängstigten Geldbeutel ausruhen lassen konnten.

Der Taifun verschlang Unsummen, und die Beleihungen, welche der Hauswirt Ganswind beschaffte, kamen nicht selten ins Stocken. Das waren verzweifelte Augenblicke, wo Hermione, die blonde Nordländerin, in Tränen zerflossen in Ossis Schoß lag. Dann wurde das große Problem immer wieder in Erwägung gezogen, in einem entlegenen Vorort einen Göttinnentempel zu erbauen, in dem man Hermione opferte. Ossi gab sich einverstanden. Er fürchtete vorerst nur, es könnte zufällig die Identität von ihr mit dem Leiter des Taifun bekannt werden, dann gelang es der Presse, ihrer Propaganda für die neue Kunst das Wasser abzugraben.

Jetzt war solch schwieriger Augenblick. Bis hoch in die Morgenstunden saß das Hauswirtspaar bei Ganswinds und besprach einen neuen Fischzug unter den beschäftigungslosen Kapitalien. Hermione hing oft mit langen Armen an Büffels dickem Halse und ließ ihre Vergißmeinnichte schimmern. Und die Wirtin nahm verfängliche Blicke an. Dies tat beiden sehr wohl und dauerte solange, bis der Abschluß gefunden war.

Für den Hauswirt und Rechtsanwalt kam dafür ein günstiges Extrageschäft. Der in das Nichts beförderte Schellenhauer.

So griff dieses maschinelle Geldwerk ineinander. Der Hauswirt belieh, und der Mieter dankte mit übergebenem Prozesse.

Schellenhauer bereute bei einem Hammelkotelette, daß er auf den Taifun hereingefallen war. Er sah Susanne natürlich nicht mehr anders an als eine Angestellte des Salons, Kunstblüten zu locken und zu vernichten. Er hatte den Prozeßvorteil, daß sein Kunstwerk vernichtet war. So konnte er es keinem Sachverständigen vorlegen und konnte getrost eine Riesensumme einklagen. Und er ging zu einem geschickten Anwalt, der ihm von Onkel Biermann empfohlen war. Käterchen wurde von Onkel und Tante auch wieder freundlich angezogen, sie trug alle Gedankenäußerungen ihrer Herrin über Schellenhauers Kunst wie eine brühwarme Wurst in die Budike, wofür sie jedesmal mit einigen Schnäpsen traktiert wurde.

Der Anwalt empfahl ihm, das Objekt lieber höher anzugeben. Er würde den Prozeß zweifelsohne gewinnen. Schellenhauer klagte also auf fünfzigtausend Mark Schadenersatz für das vernichtete Bild, dazu kamen noch fünfhundert Mark für den Hammel, den er vorzeitig geschlachtet hatte. Da das Werk dessen Konterfei darstellte, so war er also doppelt geschädigt, indem er ihn nicht mehr besaß, um ihn ein zweites Mal wiederzugeben. Mit Stolz bezahlte er dreihundert Mark Prozeßvorschuß dem Herrn Justizrat Salomon. Und im Kolonialwarenladen erzählte er jedem Kunden von seinem Prozesse. Es warf natürlich ein glänzendes Schlaglicht auf seine Kunst, daß sie auf über fünfzigtausend Mark bewertet wurde.

Mit Käterchens Hilfe brachte er sogar die an Susanne ergangene Einladung des Taifun in seine Gewalt. Diese war sein wichtigstes Dokument, weil er darin der große Künstler hieß. Auf der andern Seite wußte Ganswinds Anwalt genau, was auf dem Spiele stand, und er kämpfte deshalb im Prozesse mit dem größten Eifer. Vielleicht wenn Schellenhauer diese Verhältnisse gekannt hätte, würde er die Klage unterlassen haben. Aber auch von Käterchen konnte er nichts derartiges in Erfahrung bringen, denn diese Verquickung von Hausherrentum und Klientel war das allerheiligste Geheimnis des Taifun. War es doch sein Lebensnerv.

Schon am nächsten Tagabend rief der Herr Justizrat bei seinem Freunde Büffel an und erkundigte sich nach dem Objekt. Sie sprachen sehr lustig miteinander darüber und beglückwünschten sich zu dem gegenseitigen Erfolg. Ganswind lief wie ein wilder Löwe umher, als er das erfuhr, und Hermione schütterte es kurz durch den geschmeidigen Körper. Die Lage wurde dadurch glänzend: der Hauswirt konnte demnächst mit einer neuen Anleihe von einmalhunderttausend Mark bei der Hotel-G.m.b.H. aufwarten.

* * *

Susanne war mit Käterchen auf dem Einkauf unterwegs. Kätzi war zu Hause geblieben und schlief auf der seidenen Decke.

Im Frieden hatte auf dem Markte immer ein Mann mit gleichbleibender Energie ausgerufen: »Heute noch 'nen Jroschen die

Jurke.« Und die Leute hatten sich diese noch genau besehen, ob sie für den Jroschen auch besonders groß waren, die Gurken.

Das war anders geworden. Die Gurken hatten ihr Aussehen nicht verändert, sie gefielen sich selber zu gut mit krummer Nase und grünem Kleide, aber für einen Jroschen rief sie niemand mehr aus. Sie waren jetzt genau so wertvoll wie echte Brillanten und Perlen. Das merkte man ihnen auch an, sie waren nicht mehr in hohen Bergen aufgeschichtet, sondern lagen vornehm geordnet in einem mit grünen Blättern ausgeschlagenen Körbchen. Statt 'nen Jroschen kostete das Stück eine Mark.

Die Märkte waren wohl besucht, aber es herrschte trotzdem, mit Einst verglichen, kein reges Leben. Die Gesichter der meisten Damen waren blaß, und vielen ging bereits der Atem kurz vor Hunger. Sie sahen mehr aus Gewohnheit auf die Marktstände, selten kaufte einmal eine etwas von den feilgebotenen Genüssen.

Da nahm sich Susanne mit Käterchen wie eine vielfache Millionärin aus, denn sie kaufte ohne Rücksicht auf den Preis. Man staunte und wich ihr aus, wenn sie an einen Stand heranwollte. Gurken, Tomaten, den ersten Kohl, Birnen und Weintrauben, alle möglichen teuren Gewürze und Wurzeln kaufte sie, Fische und Krebse. In ihrem kleinen Silbertäschchen hatte sie drei Fünfzigmarkscheine mitgenommen, und ehe sie überall herum war, waren zwei davon vertan. Käterchen schüttelte den Kopf. Das schöne Geld gab ihr niemand wieder, wenn sie falsch spekulierte. Es kam ihr wenig glaubhaft vor, daß der Herr, den sie im Taifun sehr wohl gesehen hatte, mit seinem verwöhnten, blasierten Gesicht und den bereits stark melierten Haaren, daran dächte, so ein weitgereistes Dämchen zu heiraten. Wo die kühnsten Voraussetzungen noch nicht die Wahrheit trafen. Da gehörte schon ein Biedermann dazu, der alles glaubte. Das Weltgebäude Käterchens stand noch auf gesünderen Füßen, wenn auch längst ihr Tun und Lassen anderes gewöhnt war. Eine Braut mußte keusch sein, weil sie das so von Kind auf gelernt hatte. Trotz eigenster Erfahrung gab sie sich keine Rechenschaft darüber, ob solche Forderungen noch Sinn hatten. Weil sie an die Brüsseler Tage dachte, verschwand ihr Susanne mehrmals aus den Augen. Und sie mußte extra hinzugerufen werden, um zuletzt noch die Blumen zu nehmen. Auch sie waren von denselben Stoffen wie im alten Frieden, aber es half ihnen nichts, sie mußten auch teurer werden wie chinesische Seide.

Auf dem Rückwege gingen sie noch in eine Weinhandlung. Dort fiel der letzte Schein Gott Bacchus zum Opfer. Sie bekam gerade soviel dafür, daß der Doktor heiter werden konnte.

Die ihr zustehende Fleischmenge verwendete sie für Pasteten. Das Frühstück sollte so opulent sein, daß der Doktor mindestens ein halbes Leben lang daran zurückdachte, und daß er unter Umständen das Bauchgrimmen bekam, wenn er seine Pflicht nicht erfüllte.

Schon am Montagabend lief sie mit der Tanninspritze in der Wohnung umher und verbreitete einen guten Geruch. Sie hatte schon sagen hören, daß Damendomizile besonders muffig röchen. Darum arbeitete sie mit solchen Geruchsmengen, bis es ausgeschlossen war, daß noch ein Originalduft herrschte.

Kätzi mußte sich sogar in Käterchens Kammer zurückziehen. Sie miaute zwar klagend und jammervoll da drinnen, bis sie bestimmt wußte, daß man ihr kein Gehör schenkte.

Früh auf zehn Uhr waren sie angesagt. Der Doktor, Herr und Frau Ganswind. Hermione und Ossi waren pünktlich. Aber der Doktor kam ganze dreiviertel Stunden zu spät.

Hermione und Susanne hatten bereits über ihn losgezogen; da kam er doch.

Susanne hatte einen hellen Stoff mit einer großzügigen Hortensienphantasie um sich gelegt. Von ihrer Frisur konnte sie nicht abweichen, sie trug sie wie etwas Festgewachsenes, organisch an ihr Haupt Gefügtes. Ihre Wangen waren frisch und ihr Mund roch nach Reseden. Ihre Augen strahlten wie schwarze Sterne auf weißem Himmel. Ganswind und Hermione waren davon entzückt. Es war ja bisher das Verkehrte gewesen, daß man die Sonne und den Mond gelb malte. Wieviel schöner und sonnenhafter war das Bild Campruccios, der als erster gewagt hatte, eine Sonne schwarz zu malen. Susanne verglichen sie mit der Sonne Campruccios. Und ein Tisch war aufgebaut mit einer Kunst, daß man nicht wußte, wie man zu den Speisen gelangen konnte. Und doch sah man sie in scheinbar wildem Durcheinander. Die kleine Tafel sah aus wie Müllers »Einzug in Jerusalem«. Es wäre einfach tragisch gewesen, wenn der Doktor diese Mühe und Sorgfalt nicht gesehen hätte.

Er kam. Käterchen nahm ihm den Hut und Sommermantel ab. Er hatte ein noch mürrischeres Gesicht als sonst. Er strich sich mit einer zitternden flachen Hand über die Schläfen und trat ein. Ganswind und Hermione waren mit Susanne auf den Balkon getreten, um leichter die Ungeduld des Wartens zu verbergen.

Was war das für ein wundervoller Duft! Und sein hungriger Blick fraß im Vorbeigehen bereits den ganzen Tisch auf. Seine Gesichtsmuskeln verzerrten sich geradezu wahnsinnig, daß er nun noch Formalitäten erledigen sollte, ehe er einhieb. Er trat hastig auf den Balkon, entschuldigte sich tausendmal. Susanne glaubte darauf eingehen zu müssen, aber Hermione war klug und weise, zog den Doktor mit sich ins Zimmer und übergab Susanne Ossi, damit sie mit ihm hineinginge. Nun erklärte Susanne nochmals die Imitation von Müllers »Einzug in Jerusalem«. Und hier ist der über Schweden eingeführte Kaviar!

Der Doktor bereute lebhaft, daß er sich von der anderen Frau inzwischen hatte auspumpen lassen, und daß er dadurch beinahe das herrliche Frühstück versäumt hätte. Sein Entschluß festigte sich mit der wachsenden Spannung seiner Magenwände, daß er niemals die andere, sondern nur diese zum Weibe nahm, nur diese. Er wendete liebevolle Blicke an sie. Was war eine hungrige, liebesverrückte Ehe? Zum Tollwerden. Susanne Flaubert schien angetan, Gemütlichkeiten im Stile einer Geheimrätin zu bereiten. Und dieser Wein! Und waren das andere überhaupt noch Liköre? Das waren Kompositionen von Beethoven. Es orgelte in seinem Gehirn wie eine Bachkantate. Und satt war er schon, da zuckte noch eine Auster vor ihm, und der Schaum des Aisnewassers trat ihm an die Lippen. Dieses Zucken! »Das ist meine Liebe«, betonte Susanne.

Und dem Doktor zuckte es in den Nerven, ob er sich verloben sollte. Sofort? Nein. Das hätte zu sehr verraten, wie genußsüchtig er war. Ganswind knurrte: nein, der Anstand des Dankes sollte das befehlen. Aber wo ist der Verstand in solchem Junggesellenhirnkasten? Da frißt man nur, man ist es so gewohnt und denkt nie an Dank.

Susanne gab nicht das geringste Zeichen, daß sie Erwartungen hegte. Dagegen versäumte Hermione nicht, das Landhaus an der Aisne auszumalen. Dazu bemerkte dann allerdings Susanne, daß sie schon gehofft hatte, mit einem trauten Liebsten dort ein Idyll von Leben hinzubringen, als der grausame Krieg alles zerrinnen ließ und der General nach Paris zurückkehren mußte.

Dem Doktor schlug das Herz an das Stärkehemd, daß es laut klopfte, und dann lallte er unverständliche Worte, aber sie verstanden ihn alle, wie die Jünger Jesu verstanden wurden, als sie in fremden Zungen redeten. Es hieß, daß er gern nach dem Kriege das Idyll in jenem Landhaus mit Susanne verleben möchte. Er stellte sich jenes Idyll als ein Schlaraffenland vor, wo er es sehr fein hatte, alle Tage so wie heute. So aß und trank man bei Fräulein Susanne Flaubert und später bei Frau Doktor Bäumler. Es zuckte ihm durch die Zähne, daß ihr Elfenbein schmerzte. Sollte er nicht schnell handeln? Nein. Er wollte es als sein Geheimnis bis zum großen Gesellschaftsabend im Herzen tragen und dann wie eine Bombe seine Verlobung einplatzen lassen. Es war nur bis morgen. So kleine Spanne Zeit kam ihm weder einer zuvor, noch verletzte er die sein Jawort erwartende Spenderin lukullischer Speisen.

Deshalb hielt er sich gegen Hermiones Treibereien verstockt und verblüffte dadurch. Ganswind machte Andeutungen, daß er die Presse bereits in günstigem Sinne beeinflußt habe, spaltenlange Artikel über ihn zu bringen. Aber alles half nichts. Es gefiel ihm, die reiche Dame mit einer Enttäuschung zu verlassen, – für heute. Er war gewohnt, vor großem Publikum zu debütieren. Da wollte er erstmals wieder den Geschmack am Publikum haben, und dann den Effekt geben.

Susanne ging in die Küche. Sie wollte den Gästen Gelegenheit geben, ein paar Worte frei miteinander zu reden. Hermione versäumte es nicht. Sie sprach zum Doktor: »Verloben Sie sich doch,

Herr Doktor! Sie ist sehr reich. Sie zögern solange, bis ein anderer zuvorkommt.«

»Ich will es auf morgen abend aufschieben«, antwortete der Doktor.

»Sie sollen es nur festmachen, die Öffentlichkeit ist morgen.«

Susanne kam schon wieder zurück, und der Doktor verschluckte seine Gegenerklärung. Hermione biß die Lippen zusammen. Susanne frug, ob sie nicht alle zusammen aufbrechen sollten, um sich im Taifun bei einem Musikstück aufzulösen. Es lag so viel Melancholie in ihren Worten, daß Ganswind aufstand und ihre Hand ergriff. Er ging schweigend gegen die Tür; mit dem Betragen des Doktors war er nicht einverstanden. Auf solch ein Mahl mitten im Kriege, Fleischpasteten und sonstige Opfer, gehörte ein saftiger Dank daraufgesetzt. Was nützte es wohl der Dame, wenn sich der Doktor in höflicher Form mit einem Dank beschäftigte, wo sie wirklich ein entscheidendes Wort erwarten konnte.

Hermione bedauerte den Doktor, wenn er glaubte, er könnte diese Blamage durch den auf morgen verheißenen Akt wieder gutmachen. Sie betrieb es darum, daß man sich jetzt schon trennte. Im Taifun wollten sie lieber die Vorbereitungen treffen. Und Hermione frug noch unterwegs den Doktor, ob sie Blumen besorgen solle.

Er blieb verschlossen und schob mit einem kurzen Händedruck davon. Sein gelber Sommermantel flatterte um ihn her.

Hermione und Ganswind sahen erstaunt ihm nach. »Ein merkwürdiger Mensch«, lächelte Hermione.

»Er kann uns den ganzen Katzentee verpfuschen«, meinte Ganswind.

In Susannes Heim herrschte Wut und Verzweiflung. Käterchen mußte ihre Herrin gewaltsam daran hindern, den Rest der Speisen im Zimmer umherzustreuen, und das ganze Geschirr zu demolieren. Dagegen den Rest der Likörflasche trank sie selber mit großer Emphase aus. Käterchen war ein ordentliches Quantum gewöhnt, dank ihrer Abstammung von den Schwarzwälder Holzfällern und Glasbläsern, und so hatte sie nach dem Liköre nur ein bißchen Zungendadderich.

Susanne saß in sich gekrümmt, und die Katze brüllte noch in Käterchens Kammer wie verrückt. Aber Susanne hatte kein mitfühlendes Ohr mehr für sie.

Sie hatte so viel Geld ausgegeben, und der Doktor hatte sich nur satt gefressen!

Das war eine vollendete Tragödie.

Als Käterchen den letzten Zug aus der Flasche geschluckt hatte, sprach sie: »Fräulein Susanne, fassen Sie sich. Das ist schon mehr dagewesen, daß man umsonst spekuliert hat. Ich hab es dem Fräulein gleich gesagt. Ich kenne die Männer. Sie fressen gern, oder sie bocken. Daß einer einmal ein anständiger Kerl wäre, habe ich noch nicht kennen gelernt. Wie konnten Sie auch dieses bleiche Vogelgescheuche auserwählen! Da war der Kommis besser, der hatte noch ganz fette Backen und gute Schenkel. Aber den haben sie Ihnen ja aus der Kunstausstellung hinausgepfeffert. Greifen Sie bloß auf ihn zurück, sag ich, probiert ist er. Er kann was. Bloß als Künstler ist er ein Schwindler. Ich trete ihn sogar an Sie ab, wenn ich dann bloß im Dienst bei Ihnen bleibe. Soll ich noch einmal hingehen zu ihm? Durch Onkel Biermann komm ich immer wieder an ihn heran.«

Susanne schwieg zuerst. Dann fuhr sie auf und riß Käterchen das Haarnest auseinander. »Du Schwein«, rief sie, »daß ich heiraten soll, hast du erfunden. Wie schön hatten wir's in Brüssel.«

Käterchen stand ganz erschlafft, und ihre Zöpfe hingen aufgerissen mit den Haarnadeln darin über ihr Gesicht herab. »Da hört sich doch alles auf. Ich habe das erfunden? Ich habe nach Berlin gewollt? Das ist eine Lüge. Das ist eine Lüge! Wär' ich doch bloß in Brüssel zurückgeblieben! Was ich hier bloß immer für Prügel kriege. Gar nicht meinem Alter entsprechend. Ich bin älter als Sie, Fräulein. Behandeln Sie mich respektabler!«

»Wenn du natürlich von deinem Onkel gegen mich aufgehetzt wirst«, erwiderte Susanne.

»Da braucht's kein Aufhetzen, Fräulein. Sehen Sie mich bloß an, wie Sie mich wieder zugerichtet haben«, heulte Käterchen.

Susanne sprang auf und steckte ihr die Likörflasche tief ins Maul. Käterchen erstickte fast, so tief saß die Mündung an ihrem

Zäpfchen. Aber sie verstand diese Sprache ihrer Herrin und gilfte zum Zeichen, daß sie sich zufrieden gebe.

Susanne zog wieder den Flaschenhals aus Käterchens Schlund, und Käterchen atmete keuchend auf, die Angsttränen füllten ihre Augen. »Sie sind so grausam, wie der Schellenhauer mit einem verfährt«, stöhnte sie.

Als Susanne das hörte, schnürte es ihr die Kehle zusammen. Sie war voll Neid, daß ihr Dienstbote einen Menschen viel näher kennen gelernt hatte als sie. Aber dennoch drohte sie jetzt: »Wehe, wenn du wieder zu ihm hingehst, dann mußt du deine Trinkgelder abliefern.«

»Ich geh nicht wieder hin, liebes Fräulein. Wie soll ich meine Trinkgelder abliefern? Eine Schande genug, daß mir der Doktor bloß eine Mark gegeben hat«, wimmerte Käterchen.

Susanne erstaunte: »Eine Mark! Meint der etwa, das sei der Wert des Verzehrten im Zehntel?«

»So schofel ist der Kerl«, maulte Käterchen.

Wie Käterchen so viel und reichlich auf den Doktor schimpfte, kamen Susanne leise Zweifel. Wenn er es nun doch wahr machte, sich mit ihr zu verloben! War dann Käterchen überhaupt noch möglich? Sie frug Käterchen, »wie sie sich dann mit ihren Schimpfreden abfinden würde.«

»Ganz einfach. Ich würde mit Ihnen weiter schimpfen.«

»Wenn ich aber seine Frau würde?«

»Dann müßte er eben das Salz fressen lernen.«

Susanne hörte plötzlich auf mit dem Thema. Sie hörte Kätzi schreien, ging eilends zu ihr und befreite sie. Nun ja, da hatte sie scheint's nicht herausgekonnt und hatte auf Käterchens Bett mittenauf gemacht. »Käterchen, du wirst dein Bett gleich auswaschen müssen.«

Dafür kriegte die Katze aber etwas drauf! Käterchen schlug ihr mit den Fingerspitzen ein paar kräftige Hiebe über die Schnauze. Sie fand, daß sie ihr bißchen Vergnügen an dem Likörchen sehr teuer erkaufen mußte. Wie das wieder stank! Wäre nur die Katze endlich beim Schinder!

Das Schimpfen half nichts. Sie mußte gleich zuerst Kätzi das

Hinterchen waschen und mit wohlriechendem Puder beklopfen. Die Herrin zog sich an, um in der Grunewaldvilla der Baronin von Büxenstein einen Besuch mit Kätzi zu machen, ehe sie morgen im Taifun zusammenkamen.

Kätzi bekam neu geplättete Schleifen mit den Farben des deutschen Vaterlandes und des Katzenklubs, dessen Schild aus Messing ihr vorn auf der Brust glänzte. Der Katzenklub hatte früher Gold für die Ordenskette verwendet, hatte dann aber das Gold auf den Altar des Vaterlandes getragen, gegen Eisen vertauscht und dieses mit einem Messinganstrich versehen, um das Gold vorzutäuschen.

Die Baronin von Büxenstein war zweite Vorsitzende; sie hatte eine rote Trinkernase und ging stets in schwarzem Atlas. In ihrer Villa standen viele Gipsfiguren, die sie göttlich verehrte; sie verneigte sich ehrerbietig vor ihnen. Ein schlafender Hirte, dem es Bacchus angetan hatte, war ihr Lieblingsblick. Geschmackloserweise hatte sie zu Füßen jeder Figur, war sie aus Bronze oder Marmor, eine Katze hinmodellieren lassen. Susanne fand das gänzlich verrückt, man konnte ja für sein Tierlein schwärmen; aber Kunstwerke damit verunzieren! Das war Narrentum.

Die Villa, das Schloß, lag gegen die Straße frei – und ein hoher Sprungquell sprudelte in den blauen Himmel.

Nun war das eigentümlichste an dem Besuche, daß sich die Baronin wohl ohne weiteres herbeiließ, Susanne und Kätzi zu begrüßen, daß sie sich aber lange nicht entschließen konnte, ihre Katzen vorzustellen. Gerade als ob sie erst erproben wollte, ob die Katze des Fräuleins auch nicht gar zu gemein wäre für die Wohlerzogenheit ihrer eigenen Katzen. Aber Susanne war ihrer Kätzi sicher, daß sie allen gefiel. Und so entschloß sich auch die Baronin, ihr eigenes Getier aufzuzeigen. Die große Dienerschaft trat in Bewegung. Es war ein Zuchtmeister, eine Gesellschaftsdame, Gespielinnen, Sandträgerinnen, ein Garderobenverwalter, und endlich das gemeine Personal der Dienerinnen und Knechte.

Einzelne Katzenwesen entschuldigten sich durch die Gespielinnen, sie seien unwohl und könnten nicht erscheinen. Die meisten aber erschienen, auf Kissen getragen. Es war hauptsächlich interessant, wenn sie angetragen kamen, die Augen der Baronin zu beobachten. Sie funkelten leidenschaftlich und liebkosend, bei dieser mehr, bei jener weniger. Ein besonderes Prachtgeschöpf, ein schwarzer Kater, den sie auf dreißigjährige Lebensdauer gebracht hatte, der aber auf den Hinterbeinen vor Altersschwäche gelähmt war, hatte das Alleinrecht, fünf Minuten bei der Herrin zu verweilen, das war gerade so lange, bis seine interessante Lebensgeschichte erzählt war. Das Merkwürdigste war sein hohes Alter, da doch sonst Katzen nur zirka zehn Jahre alt werden.

Jede der Schönheiten gab der Baronin das Pfötchen. Und diese sagte zu Susanne stets den Namen; der schwarze Kater hieß Hannibal, eine silbergraue Kätzin Kleopatra. Und dann waren Katzenkinder, die hießen Kleopatras Scipio I. Es entstand bis ins vierte, fünfte Glied solche Verwirrung und Namensmischung, daß es schwer war, die Namen aus dem Gedächtnis zu behalten. Ein hübscher, junger, tigergestreifter Edelmann hieß Hannibal Elviras Scipio Fabula Romulus Maja Hamilkar Viktoria Remus. Die Baronin behielt die Abstammungen scharf im Gedächtnis, nur ganz selten mußte sie den Katzensekretär rufen lassen, der in dem großen Stammbuche nachschlug.

Nach der Vorstellung gab dann jede Katze auch Susanne das Pfötchen. Und an Kätzi rieb jede den Kopf. Das war das Zeichen höchsten Wohlgefallens. Die meisten Katzenbesuche wurden von den Büxenstein-Katzen nicht eines Blickes gewürdigt. Aber Kätzi hatte doch so schöne blaue Augen! Und Susanne bemerkte mit Triumph, daß auch nicht eine von den Katzen der Baronin solche Augen hatte. Sie sagte das. Da schlug die Baronin traurig die Augen nieder: »Ich will Sie noch auf unseren Friedhof führen, dort ruht die einzige Emilie, diese hatte genau das Aussehen ihrer Kätzi. Dies ist auch der Grund, warum ich Ihnen so besonders wohl will. Sie starb an der Rache einer Gespielin, welcher ich wieder zur Strafe das Kopfhaar abrasierte.

Susanne erschrak und hatte den Eindruck, daß die Frau wahnsinnig war.

Sie stand gleich auf und ging mit Susanne in einen dunklen Park, wo nicht ein einziger Vogel sang, auch nicht im Frühjahr.

»Die Katzen sind die Feinde der Vögel, darum habe ich diese aus meinem Gartenbereich vertrieben«, sagte die Baronin. Es kam dann in der mittelsten Tiefe des Parkes der Friedhof der Katzen; dort herrschte Grabesstille. Nicht ein Ton als das Rauschen der Bäume war vernehmbar. Den Katzen waren Gedenksteine errichtet, auf denen jeder vorn das Emaillebild der betreffenden Katze in Farben enthielt, während auf der Rückseite ein Kreuz eingehauen war, worunter der Spruch stand:

»Wer an eine Ewigkeit glaubt, der glaubt auch an ein Wiedersehen mit aller Kreatur.«

Die Gedenksteine standen alle nebeneinander. Die Katzenleichen aber verwesten willkürlich zerstreut in den schönen Anlagen, so daß man bei keinem Schritte wußte, ob nun hier oder dort ein Wesen darunter ruhte. Die Baronin sagte, daß sie auf diese Weise alle im Geiste um sich fühle, sobald sie nur den Friedhof betrete.

Susanne sah nun auch Emilies Gedenkstein. Sie stand lange andachtsvoll davor. Diese glich allerdings Kätzi auf ein Haar, wenn das Emaillebild eine getreue Wiedergabe war. »Sehen Sie jetzt ein«, sprach die Baronin hart, »daß ich mich für ihren Tod rächen mußte?«

»Aber so sehr«, lispelte Susanne an dem stillen Ort.

»Was würden Sie Ihrem Dienstboten tun, wenn er sich an Ihrer Kätzi vergriffe?« frug die Baronin.

»Aus dem Hause werfen«, war Susannes rasche Antwort.

»Vielleicht ist das möglich, wenn Sie nur eine Katze haben. Haben Sie aber einen ganzen Hof, so müssen Sie sich zu strengsten Strafen bekennen.«

Sie gingen weiter. Susanne hatte das Gefühl, noch nie in ihrem Leben eine Friedhofsstätte, wo Menschen begraben lagen, mit ähnlich weihevoller Stimmung verlassen zu haben. Der Ort wäre würdig gewesen, zur Begräbnisstätte von Menschen zu dienen.

»Die Katzen gehen mit mir durchs Leben wie Menschen«, war das Schlußwort der Baronin, ehe sie sich verabschiedete. Susanne hätte noch gern gefragt, mit welcher Katze sie morgen in den Taifun kommen würde, aber sie unterließ es lieber und hatte für sich selbst die Freude der Spannung: vielleicht den jungen Edelmann

Remus. Susanne verabschiedete sich mit ausgesuchter Grazie: »Auf Wiedersehen, Frau Baronin.«

Susanne hätte zu gern Besuche bei allen Katzenklubmitgliedern angeschlossen. Aber die Zeit und die Hitze! Gewiß war die Baronin von Büxenstein die vornehmste Katzengönnerin, wenn sie nicht durch die Fürstin zu Kloppenrede übertroffen wurde.

Susanne war in einiger Besorgnis, daß ihre Kätzi beim Tee eine der unscheinbarsten Erscheinungen sein würde. Wollte sie überhaupt hingehen? Das mußte sie wohl, denn sonst kam sie ganz außer Kontakt mit allen angeknüpften Beziehungen. Sie wußte ja, daß außer dem Doktor noch viele Künstler eingeladen waren. Wenn also der Doktor die große Angst kriegte und nicht kam, so brauchte sie nicht hoffnungslos zu sein. Die Karten für den Abend waren längst ausverkauft, bereits schon in der zweiten Auflage, es versprach also ein gedrängt volles Haus zu werden.

Sie lief das erste Mal in den sagenumwobenen Grunewald hinein. Sie erstaunte, daß man das Wald nannte. Die Papiermengen, die verstreut herumlagen, waren wohl das Moos, aus dem die dürren Kiefern herauswuchsen. Ein Hitz- und Schweißidyll konnte sie das höchstens nennen, wie der Orgelmann unter dem einzigen dicken Eichenbaume saß und seinen Leierkasten drehte, dabei mit dem halben abgehackten Arm Mücken jagend und den Schweiß mit einem roten Taschentuch abtupfend.

Als schöne Dame gab sie dem Leiermann einen Groschen und erhielt dafür einen naseweisen Blick hinter blauen Brillengläsern. Die hat ja eine Katze! Das fiel dem Mann sofort auf. Und er zog gleich, als sie vorüber war, ein neues Register: »Alle Kätzle send no blend, wenn se erst acht Tag alt send, wenn se aber älter send, send die Kätzle nemme blend.« Daran anschließend dudelte der Kasten: »Unsre Katz hat Junge, sieben an der Zahl, lauter blaue Schwänze, 's ist doch ein Skandal. Und der Kater spricht, die ernähr' ich nicht! Wie kann er das sagen, 's ist doch seine Pflicht.« Susanne verstand dieses Potpourri nicht, aber es mußte sich auf sie beziehen, denn eine Schar grüner Jungen, welche im Braunen lagen, hoben die Köpfe nach ihr und lachten mit Hinüberjohlen zum Leiermann. Dieser grinste und nickte freundlich zu ihnen herüber. Susanne sah es, wie man mit ihr Spaß trieb, und ihr Groschen tat ihr leid.

Die im Braunen liegenden grünen Jungen riefen Susanne zu. Sie wollten sie begleiten und ihre Katze am Spieße braten; dann blieben sie die Nacht mit ihr draußen und badeten in der Frühe mit ihr im Teufelssee.

Susanne lächelte über das fertige Programm und ging rasch weiter. Wo wollte sie eigentlich hingehen? Sie konnte ja schon merken, daß sie nicht ohne Anschluß blieb, wenn sie hier herumirrte. Und wenn sie an die Nacht dachte, die sie mit einem gänzlich Unbekannten hier verbringen sollte, so war ihr ein wenig Angst. Sie sah ein weißes Schild an einem Baume, darauf stand »Saubucht«. Für so etwas war sie gestimmt.

Sie lief nicht sehr lange, als es ihr zu öd wurde in dem Wald ohne Abwechslung. Sie kehrte um und fuhr mit der Eisenbahn nach dem Tiergarten. Während sie in das Häusermeer hineinfuhr, fuhr der Doktor in einem gleich aussehenden Zuge hinaus. Dieses Hin- und Herfahren in den Grunewaldzügen hatte so viel Trostloses an sich, diese obligate Luftschnapperei um einen Groschen oder fünfzehn Pfennig ...

Sie sind wahnsinnig, die Menschen, daß sie sich zusammendrängen wie die Heringe. Die Hälfte aller dieser Menschen hätte ebensogut gewiß wo anders wohnen können, als ausgerechnet in Berlin. Aber nein. Alles wohnte in Berlin. Er, der Doktor selbst, weil sie ihn wieder holen konnten, wär's nun ein Theater oder ein Kinooperateur.

Er war so verzweifelt satt geworden, daß er nicht mehr wußte, wo er mit den Kräften hinsollte. Vier Stunden hatte er nach dem Frühstück bei der merkwürdigen Jungfer auf seinem Sofa geschlafen, so daß er mit krummsteifem Genick erwachte und die Welt ganz verrückt ansah. Es war ihm gewesen, als hätte eine Dame, während er schlief, an ihm hantiert. Hatte er bloß geträumt? Oder war's Wirklichkeit gewesen? Er stand ganz verdaddert in seiner Stube, als er sich erhoben hatte und die Hose zurechtschüttelte. Es fror ihn, schauderte ihn, und der Windzug, welcher von dem nahenden Gewitter durch die Wohnung strich, machte ein Geräusch wie die Schleppe von ihrem Kleide.

Aber wenn sie wirklich bei ihm gewesen wäre, so hätte er keinen so tollen Durst gehabt, denn sie hätte ihre Fruchtbonbons gefüttert. Und doch, wenn er sich befühlte, so war feststellbar, daß etwas in ihm vorgegangen war. Diese tolle Phantasie! Er mußte ins Freie!

Es wäre ein passender Zufall gewesen, wenn er mit seinem Zuge in Susanne hineingefahren wäre. Aber sie glitten aneinander vorüber und hatten nur ein nervöses Nichtwissen von einander. Der Doktor, ein alter Bekannter der verschiedenen Pumpstationen des frischen Grün, empfand die Langeweile des Waldes absolut nicht. Im Gegenteil, er lag noch um elf Uhr abends auf der Wasserscheide zwischen Krummer Lanke und Teufelssee. Man kannte ihn doch noch als den großen Schauspieler und wußte nichts von seiner Verabschiedung. Eine kunstsinnige Familie hatte ihn in ihrer Mitte, er machte bequeme Mätzchen und war der gefeierte Held. Grunewald mit Familienanschluß war stets seine Spezialität gewesen.

In der Familie stak natürlich eine heiratsfähige, bereits möblierte Tochter, die es wieder und immer wieder probierte, ihre entweihten Möbel an den Mann zu bringen. Darum erkundigte man sich eifrig nach seinen Verhältnissen, hauptsächlich nach den Wegen, auf denen man mit ihm kreuzen konnte. Es war die Familie Maaßen aus der Roßstraße. Und die Tochter Evchen war eine weit glänzendere Partie als ihr Ruf.

Der Doktor bekam sie mit Fünfzigtausend und sechs Zimmern. Das erfuhr er bereits in der Krummen Lanke. Und er erzählte dafür viel vom Taifun. »Ach, das sind diese Verrückten!«, rief Evchen aus, »die die Menschen mit tausend Köpfen malen, statt mit einem.«

»Ich bitte Sie, Fräulein, wer hat einen Kopf?« entgegnete ihr der Doktor. Das erzeugte ein Riesengelächter. In diesem Stile glaubte die Familie den Doktor ausgezeichnet unterhalten zu haben, nämlich weil sie sich selbst gut unterhalten hatte. Daran scheiterte die Brautfahrt Evchens im Kreise der Familie: an der zu guten Unterhaltung. Sie dachte stets an sich und nie an den Betreuten. Es war der Familie ganz unfaßlich, daß sie immer und immer beschwindelt sein sollte und nie den Fang machte, wo es wieder so reizend gewesen war mit dem Herrn Doktor.

Auf dem Katzentee versprach Evchen auch anwesend zu sein. Sollte sie etwa ihren Moppi mitnehmen? Auch das gab wieder ein Heidengelächter. Man sah eben, daß die Leute gar nicht den Ernst der Gesellschaft kannten. Wenn ein Katzentee angesagt war, so war seine Abwicklung ganz Stil. Evchen war ohne Stil. Eine Naturmenschin und darum eine sogenannte Kafferin; sie war lauter Herz, Verstand und Vergnügen, aber gänzlich ohne Vernunft. Es fehlte ihr die Kultur. Eine andere Vernunft existierte in keiner einzigen menschlichen Zusammenrottung.

Der Doktor erklärte natürlich, daß ihn ihre Anwesenheit gewiß erfreuen würde, aber sie müßte ihr schönstes Ballkleid anziehen. Das hielt die Dumme wieder für Scherz. Dem Doktor war das völlig klar, daß, kam sie in einem üblen Kostüm, er sie nicht im mindesten beachten würde.

Der Doktor war nach diesem Ausflug von einem solch moralischen Katzenjammer befallen, daß er am liebsten Hand an sich gelegt hätte. Er verachtete sich selbst, weil er einem hausbackenspießbürgerlichen Wesen die schwungvolle, anmutige, gabenreiche Zier einer Susanne geopfert hatte.

Die Wünsche und Gedanken solcher Roßstraßentochter waren ungefähr mit dem Verschwinden hinter einer Schießbude erledigt. Wo ihr die Hauptsache schon gemacht war, fing die Nebensache bei Susanne an. Er klammerte sich an seinen Bettpfosten und rief aus tiefer Seufzerbrust hervor: »Susanne.« Er fühlte ein großes Vermissen in der Seele. Zum ersten Male quälte ihn seine Liebe. Er liebte Susanne und war ein solches Schaf gewesen, und hatte nichts gesagt. Er preßte die Stirn an den Schrank und sprach die leisen Worte: »Susanne, warum bist du nicht hier?«

Und wie er diese Worte froh vor sich hinflüsterte, blies wieder der rauschende Windzug durchs Zimmer, daß er sich darnach umdrehte und unter seiner Gänsehaut erschauerte. Er hatte Furcht, es sei die andere da und mache ihm Schwierigkeiten.

Litt er denn an Halluzinationen? Die Einsamkeit in seiner Stube war ihm so widerlich, daß er sich zum Schlafe niederlegte, nachdem er das schaukelnde grüne Gaslicht gelöscht hatte, das so erbärmlich brannte, weil die Gasanstalt nicht mehr genügend Druck darauf hatte. Wenn nun bald alles Licht verlöschte! Wenn nun die ganze Welt unterginge! Ich freute mich auf die letzte rollende Fahrt im Bett hinunter in die Tiefe durch den Weltraum geschleudert. Mit solchen weltschmerzlichen Gedanken übergab er sein Gehirn dem Gotte Schlaf, der es in Seidenpapier einwickelte, bis er's zurückhaben wollte.

»Ich möchte nun morgen früh erwachen und an einen schönen Frühstückstisch kommen«, war sein endlich letzter Wunsch, dem der erste röchelnde Schnarchton folgte.

Susanne saß noch immer auf. Käterchen kam einfach nicht nach Hause. Wie lange noch mochte es mit ihr gehen? Sie hatte ein ganz verändertes Wesen. Früher war sie immer demütig und bescheiden gewesen, jetzt wurde sie von Tag zu Tag muckischer. Gegen elf Uhr trat Susanne auf den Flur hinaus und machte Treppenlicht, ging hinab zum Portal und sah nach, ob sie etwa davorstünde und nicht hereinkönne.

Da zuckte sie aber wie vor einem Einbrecher zusammen. In der Portalecke stand Käterchen, torkelte umher und konnte den Eingang nicht finden. Sie sah schrecklich aus. Ganz große Augen hingen ihr aus dem Gesicht. Sie grinste jetzt, als sie Susanne sah, und balancierte die Augen und den Hut. Sie war besoffen. Susanne zog sie mit Zorn und in ängstlicher Hast, daß es niemand vom Hause bemerkte, die Treppe hinauf. Oben aber stieß sie Käterchen in den Korridor, daß sie ihren Kopf mit der Garderobe zusammenbuckste. Sie musterte die dunkel nach ihrem Zimmer tastende Gestalt ihres Mädchens, welches geradeaus ins Dunkle grinste. Es lag deutlich wie Schlagsahne auf ihrem zerfledderten Hute, und ein tropfenweißer Strich ging von der Kreuzgegend über den Rücken des schwarzen Jacketts hinweg. War das Schlagsahne? Diese Frage gab Susanne ganz erhitzte Gedanken. Wo war Käterchen gewesen? Tiefer war eine große Schmierade.

»Wo hast du dich herumgetrieben?«

Käterchen grinste und phantasierte aus der überschwemmten Erinnerung heraus eine chevalereske Wahrheit. Sie war an der Groß-Lichterfelder Landstraße mit einem Haufen von neun Soldaten, die bei der Abfuhrgesellschaft m.b.H. Berliner Grundbesitzer in Aushilfe arbeiteten, unisono zusammengestoßen. Mit achtzehn Armen hatten die Soldaten mit ihr hineingeschwenkt, wo die Heidschnucken noch nicht abgefressen hatten, und lachend und ohne Widerstand hatte Käterchen Platz genommen. Susanne schnürte es am Nabel, als sie diese Erzählung anhörte. Und wie sie jetzt das gelbe faulige Maul Käterchens auf sich gerichtet grinsen sah, überkam sie ein Schauder und eine Vorstellung, als ob so alle die Weibsleute aussehen müßten, welche zerstückelt aus dem Ärmelkanal und der Spree gefischt würden.

»Gehen Sie zu Bett«, schrie sie und verließ die nachtumrandete Gestalt. Sie konnte aber diese Nacht kaum schlafen. Immer sah sie die grinsende Gestalt mit dem häßlichen Mund. Aber nur was hinter den Lippen war, war häßlich. Es mußte tiefes Müllvolk sein, das diesen Mund küßte mit neunköpfigem Fanatismus. Susanne wurde von der Zahl schier erstickt, und Käterchen, das Luder vom Schwarzwald, hatte all die Knochen ertragen, welche die Zahl noch unheimlicher aufbauschten.

Sie fieberte, dachte bald an Brüssel, bald an den Hoteldirektor, und die Taifunfratzen kitzelten ihre Glieder, dabei fühlte sie die Notwendigkeit, Käterchen sofort hinauszuwerfen, weil sie bald heiratete. In den tollsten wildesten Verschlingungen mischten sich diese Vorstellungen in ihrem Halbschlafe durcheinander. Kätzi lag nie geschickt und wurde dauernd herumgeworfen, von der Decke aufs Kissen, vom Kissen auf den Teppich, von dem sie wieder emporkletterte. Susanne war himmelangst vor dem nächsten Abend, wie verlebt sie aussehen mußte nach diesen Nachtphantasien. Es war ihr am Morgen so übel, daß sie sich erbrach.

Käterchen wurde von ihr aus dem Bette gerissen; zuerst aufgedeckt. Also das war von solcher Zahl verwüstet worden. Käterchen räkelte sich und war geschmeichelt. Das raubte Susanne die Geduld. Sie holte den Feuerhaken und war im Begriff, unbesonnen auf sie loszuschlagen, wo es auch hinging. Glücklicherweise stand Käterchen, als sie ihn brachte, schon vor dem Bett.

Statt der Hiebe ging ein Hagel von Schimpfworten in vlämischer Mundart über Käterchen nieder, daß er wie giftige Lanzen in Käterchens Brust dringen sollte. Käterchen zitterte auch wirklich zuletzt, als wollte das gnädige Fräulein aus ihren Eingeweiden weissagen. »Ich friere, ich muß mich anziehen«, schlotterte sie.

»Dann mußt du dich anziehen! Cochon! Cochon!« schrie Susanne und spuckte. »Wenn du überhaupt noch bei mir bleiben willst, so wirst du dir heute noch alle Zähne ausreißen lassen. Zur Strafe! Cochon! Ich will dich herumtreiben! Alle deine Zähne müssen dir in den Hals hinabgestoßen werden! Nur weil du solch ein Mistloch hast, verfährt das Lümmelvolk so stiefelsdick mit dir. Bist du noch nicht angezogen? Raus mit dir!« Und sie erhielt einen kräftigen Rippenstoß, daß sie in die Küche flog. Dort stand sie mit verglasten Augen und wimmerte: »Gnädiges Fräulein, heute noch? Das halte ich nicht aus, gutes Fräulein.«

»Jawohl, heute. Du gehst zum Zahnarzt. Da gibt es keine Weigerung. Ich will dir die neun schon aus dem Leib schinden.«

»Fräulein, sind Sie doch nicht so grausam! Wir sind doch alle nur Menschen!«

»Menschen! Du! Ein Mensch? Ein Vieh bist du! Kein Schwein ist wie du.«

»Verzeihen Sie mir das. Ich bin eine Witwe!« schrie Käterchen.

»Was soll das wieder heißen?« raufte Susanne sich in den Haaren, »das versteh ich nicht. Du stachelst mich immer mehr zu Grausamkeiten. Ich könnte dich in Stücke zerhacken. Ich halte das nicht aus, zu denken, was über dich hinweggegangen ist.«

»Verzeihen Sie mir's doch, Fräulein, ich war draußen gewesen bei Onkel und Tante, da war der Kommis im guten Nebenzimmer gesessen und hat so viel Wein gewichst, damit er seine sechzigtausend Mark Objekt einweihe«, rechtfertigte sich Käterchen mit Energie.

»Schweige«, rief Susanne und hielt sich die Ohren zu.

Käterchen riß ihr die Hände von den Ohren. »Nein, Sie müssen das begreifen, Fräulein, wie mir da zumute gewesen ist. Da nahm er ein abgenagtes Hammelbein aus der Tasche und hielt mich zum Narren damit.«

Susanne fiel fast in Ohnmacht vor Empörung. Sie sagte jetzt gedämpft: »Du kannst nicht bleiben, Käterchen. Ich war im Walde draußen, und es muß ganz anders werden. Für die Veränderung taugst du nicht mehr.«

Käterchen fiel ihrem Fräulein um den Hals und bettelte: »Fräulein Susanne, ich kann ja nicht mehr leben ohne Sie. Ich will mir auch endlich das Maul reparieren lassen, wenn Ihnen das so zu Ekel ist. Ich will mich ganz ducken.«

»Nein, es ist unmöglich. Ich war auch bei verschiedenen Baroninnen. Du bist zu gemein.«

»Ich?« frug Käterchen erstaunt. »Sagen Sie lieber, nicht gemein genug. Wenn Sie so sagten, das hätte ich geglaubt. Das Fräulein wollte dann wohl eine, die stiehlt und betrügt, die recht schöntun kann.« Sie machte eifrige Knickse dazu.

»Koche mir eine Suppe, aber wasche dich vorher, ich befehle es dir, wasche dich vorher!« Sie drohte mit dem Eisen, und Käterchen ergriff sofort die Seife.

Susanne blieb schweigend danebenstehen und beaufsichtigte sie, damit sie Garantie hatte, daß sie die Landstraße und all das Schaudererregende abwusch. Wenn nach Susannes Meinung ein Körperteil noch nicht blank genug war, so deutete sie unwirsch mit dem Feuerhaken darauf. Das ziemlich alte Käterchen benahm sich dabei wie ein Schulkind, so flink parierte sie auf alle Winke. Susanne gab auch den Befehl, wann sie aufhören sollte. Da sagte sie: »Jetzt geht es eher«, mit pfiffigem Lachen und rieb sich das spitze Kinn. »Zieh dich an, und dann koche erst für mich. Nicht, daß du jetzt deine Kleider reinigst, die kannst du erst vornehmen, wenn Feierabend ist, oder wenn ich heute abend im Taifun bin.«

Käterchen setzte ihre Arbeit aus und horchte auf. »Ach richtig, das ist heute abend«, sagte Käterchen mit Gier, gerade als freute sie sich auf ein neues Abenteuer.

Susanne bändigte sie sofort und setzte hinzu: »Natürlich bleibst du dann zu Hause. Und damit du nicht in Versuchung kommst, werde ich die Schlüssel an mich nehmen und dich einschließen.«

Käterchen zuckte zusammen und war den ganzen weiteren Tag in sich versunken und nachdenklich. Susanne versuchte sie deshalb durch immer neue Vorwürfe aus der Fassung zu bringen, so daß Käterchen am liebsten durchgegangen wäre. Susanne stach sie wie ein Skorpion mit immer schändlicheren Verbildlichungen ihrer tiefen Verkommenheit.

Stumm und still war Käterchen auch, weil sie nicht zum Zahnarzt gehen wollte. Sie druckste herum wie ein Kind, das wußte, daß es Prügel zu bekommen hatte. Sie war ganz degenmäßig, denn vor dem Zähneziehen hatte sie gewaltige Bange.

Es wurde immer später, und gegen Mittag glaubte Käterchen, wieder frei reden zu können, ohne Gefahr. Kaum aber brachte sie ein Wort hervor, so rief Susanne: »Wie spät ist es denn? Warum bist du noch nicht beim Zahnarzt? Mach sofort, daß du hinauskommst!«

Sie rief es hinter der angelehnten Türe des Schlafzimmers, und Käterchen blieb mäuschenstill stehen. Da rief Susanne noch einmal. Käterchen antwortete: »Zu welchem denn?«

Von Susanne kam keine Antwort mehr. Käterchen atmete auf, aha, sie hatte heute keine Zeit, weil's zur Abendgesellschaft ging. Und dann war die Strafe für diesmal wieder vergessen. Sie fing an, beim Kochen lustig zu pfeifen, wobei sie sich jedesmal kurz unterbrach, wenn sie aus dem Topfe naschte. Dann trat Susanne heraus und hatte in der Küche etwas zu suchen. Käterchen lachte spöttisch wegen dieses Mißtrauens. Aber wehe, wenn man sie erwischt hätte. Kätzi war jetzt nicht mehr so nahe wie in Brüssel beim Herde, das war das Gute in Berlin. Sonst aber war's in Brüssel zehnmal besser gewesen. Das Fräulein sonderte sich neuerdings gänzlich von ihr ab. Von netten Spielereien durfte sie schon gar nicht mehr anfangen, dann ging Susanne einfach hinein ins Zimmer und schlug die Tür zu. Ach ja. So ging es eben mit den Herrschaften. Susanne war genau dieselbe, wie man's von anderen erzählte. Es mußte irgendeine Luft gefächelt haben, die am Ende doch Doktor hieß. Käterchen drielte bei dieser Betrachtung Speichel über ihre dicken Lippen in das Essen. Sie konnte den Doktor nicht leiden. Wahrscheinlich blieb sie dann nicht länger.

Auch das war mit Onkel und Tante gestern genauestens besprochen; wenn sie eines Tages telephonierte, so wollten sie oder der Kommis jemanden schicken, der ihren Korb holte.

Susanne aß heute, das Handtuch um die Büste geschlungen; mit lachsfarbenen seidenen Strümpfen und in einer elfenbeinfarbenen Hose saß sie am Tische, Kätzi zwischen die geschlossenen Schenkel gelegt. Ihre ganze Büste schillerte heute in einem zarten Rosa-Teint, von dem die Gesichtsfarbe in nichts abstach. Der Haarturban erschien wie eine unterbrochene Fortsetzung der Hose, die Augen waren die bestechendste Auffälligkeit. Diese deuteten an, daß alles herrlich war. »Wenn der Doktor kein ganzer Simpel ist«, murrte Käterchen, als sie aufsetzte, »dann beißt er an. Der Kapitän störte Sie immer mittenmang im Essen.« Susanne lachte hinaus und machte ein gutes Gesicht zu Käterchen. Die Folge war, daß dieser die Tränen kamen und sie das Schnupftuch hervorholte. Kätzi sprang auf den Tisch.

»Hab' ich dir irgend etwas getan?« frug Susanne.

Käterchen blickte von ihrem Platze auf und ging mit ihrem Blicke über Susannes Rosenrot hin.

Susanne wurde verlegen und legte das Tuch breiter aus. Da gab es Käterchen einen schluchzenden Stoß in der Brust. Sie wußte, daß alles vorbei war. Susanne klopfte auf den Schoß, damit Kätzi hinabsprang.

Wie war ihr einmal die Welt aufgegangen, als sie vom Schwarzwald durch reinen Zufall zu dem Fräulein nach Brüssel gekommen war. Und wie schrumpelte in Berlin alles wieder zusammen. So sah Käterchen die Welt an.

Und umgekehrt: Susannes Augen waren nur größer und weiter geworden, einesteils durch das Magererwerden vom Hungern, andernteils aber durch das aufmerksame Betrachten sich nahender Ereignisse. Wie mannigfaltig waren sie doch bei aller scheinbaren Eintönigkeit. Ihr war das Zurückliegende wie ein verkümmertes sinnloses Dasein. Wie schön war jetzt das Ahnen einer Tätigkeit. Einen ungefähren Begriff hatte sie durch ihren Verkehr mit dem Taifun. Es schwebte ihr als Ideal vor, eine zweite Hermione zu werden, ja, sie in kurzer Zeit zu überflügeln.

Als Frau Doktor – ein ehrgeiziger Puls wogte in ihr, so daß sie schwer nach Luft rang und ihr umgelegtes Tuch lüftete. Diese beiden ganz gegensätzlichen Melodien saßen heute am Tisch. Die eine vor Trübsal und Schwermut den Kopf senkend, die andere vor Fülle fast zerspringend wie eine brechfertige Pflaume: Käterchen und Susanne.

Kätzi holte sich heute Verschiedenes selber auf den Teller, ohne dabei vermeiden zu können, daß ihr ein Tropfen auf das Tischtuch fiel.

Gleich nach Tisch begann das Fertigmachen für den Abend. Käterchen bettelte noch einmal um ein Mittagsschläfchen, aber Susanne ließ sich nicht bewegen. Sie wollte elastisch und ohne Kopfschmerz sein. Käterchen war außer sich, daß sie die schöne Susanne nur kalt bedienen durfte. Sie verfluchte sich selber und alle Massenwirtschaft. »Vielleicht denken Sie noch einmal an mich«, winselte sie. Aber Susanne blieb stumm und hantierte rüstig an sich und Kätzi. Und als Käterchen schließlich in eine Wut ausbrach und sich Verletzungen beibrachte, ging Susanne mit einem Tritt auf sie los: »Bestie – nein!«

Das war über alles Verstehen. Bestie. Sie war eine Bestie? Und dieses Nein! Ein Nein, das jede Hoffnung ausschloß. Sie erhob sich vom Boden, auf dem sie auf den Knieen gelegen und gefleht hatte, schwieg und sprach nichts mehr. Auf keine Frage antwortete sie mehr, bis es Susanne zu dumm wurde und sie ihr in der Küche das Waschbecken über den Kopf goß.

Käterchen stand triefend und starrte wie leblos. Die Quälereien wurden täglich toller. »Lassen Sie mich doch gehen!« schrie sie aufbegehrend. »Jetzt sieht man deinen wahren Charakter«, war die Antwort.

Da wollte Käterchen wieder sanft werden, aber ein schneidender Hohn stieß sie zurück. Als sie dann allein in der Küche saß, sprach sie mit sich selber, agierte und fabbelte mit den Händen, legte sie sich erdrosselnd um den Hals, bis sie fast erstickte. Erst wenn sie tiefblau angelaufen war, ließ sie wieder los. Nein, es kam ihr noch ganz anders.

Während Susanne mit Kätzi unter dem Arm zur Türe schritt,

um fortzugehen, stürzte Käterchen auf sie los, als wollte sie sie erwürgen. Aber doch fehlte ihren Händen der Mut dazu, den schönen Hals der Herrin auch so zu pressen, wie den ihrigen. Susanne erschrak zuerst, faßte sich dann aber schnell. Sie sprach mit Ruhe: »Also man kann dich heute abend nicht einmal allein lassen. Laß ich aber offen, so gehst du davon. Das ist ein noch größerer Schaden für dich. Zieh dich schnell an. Oder kannst du das auch nicht, Kätzi tragen?«

Käterchen schluchzte: »Jawohl kann ich Kätzi tragen«, und in kaum zwei Minuten hatte sie die Katze schon auf dem Arm und ging mit. Unterwegs wurde sie halbwegs wieder vernünftig.

Susanne gab ihr Verhaltensmaßregeln mit der Katze. Sie solle sie wieder bei sich haben, wenigstens solange, bis die offizielle Tour der Katzen darankam. Sie wußte ja selbst noch nicht, wie dieser Tee überhaupt veranstaltet wurde. Jedenfalls solle sie sich gar nicht um die andern kümmern, sondern warten, bis sie selbst ihr Kätzi wieder abnahm. Das Tier war übrigens kaum mehr zu erkennen. Vom Schampoonieren hatten sich ihre Haare gekräuselt, als wären sie gebrannt worden, und Spangen, Bänder, Ketten und Schleifchen waren im Überfluß angebracht.

* * *

Der Taifun brauste in nie erlebter Stärke. Alle Salons waren gedrückt voll, und auf der Straße bis in den Vorhof prügelten sich die Menschen, weil die mit Karten versehenen das Vorrecht beanspruchten, hineinzukommen. Die Leute waren außer sich und schrieen nach Hilfe und Polizei! Je lauter man das Wüten des Taifun im Hofe und auf der Straße vernahm, desto gieriger wurde der Drang. Und bis weit auf die Straßendämme, wo schon kein Mensch mehr wußte, warum hier gedrückt wurde, zog und sog der Taifun. Er raste wie eine Kornmühle, die solange mahlte, bis sie vor Überlastung sich warm lief und stille stand. Das durfte aber nicht eintreten. Hermione sorgte für fortwährenden Fluß der zuströmenden Massen, während Ganswind am Flügel den Taifunmarsch in den Äther polterte. Er lautete: Tramm tramm trarrrrramm mmm rrrrrrr ki ki ki kik Tramm tramm Trrrr taif taif fffff ttrrrrrr. Er war ohnegleichen, für den Abend neu erfunden. Schon suchte ein blutendes Gehirn die nächste Unfallstation auf, dem die silberne Krücke eines schwarzen Ebenholzstockes im Gedränge ein Loch durch die Schädeldecke geschlagen hatte. Das waren Nebenerscheinungen. Die Haupterscheinung war Freiin Edle von der Schelde.

Sie sollte sich durch das Gedränge hindurchzwängen. Das fiel ihr nicht im Traum ein. Sie hatte auf der rechten sowie auf der linken Schulter je eine schaurige Katze sitzen, die nach allen Seiten fauchten, spieen oder kratzten. Es waren die gefürchtetsten Teufel von Buckow in der Mark. Sie hatten dort binnen vierzehn Tagen sämtliche Vögel gefressen, – wie sollten sie sich in Berlin eines besseren Betragens befleißigen? Im Katzenkranze mußten sie stets in Ketten gelegt werden, weil sie sonst blutige Bisse und Wunden verteilten. Und Freiin Edle von der Schelde schimpfte überdies solche quarrenden Worte durch die Menge, daß alles bestürzt zur Seite wich. Oben in der Ausstellung wollte man sie nicht hereinlassen, da sagte sie sofort: »Wagen Sie mich zurückzuweisen, dann sind Ihnen binnen zehn Sekunden alle Haare vom Haupte gerissen.« So sprach sie zu der sanften Taifundame, Fräulein Senflein. Glücklicherweise stand sofort Hermione da. Mit lachender Miene reichte sie der Freiin die Hand. Diese schlug ihr eins darauf. Das erschütterte Hermione aber durchaus nicht; sie war zu welterfahren. Sie sagte nur: »Ich bin überrascht, Ihre edle Hand so zart zu finden.« Pustend und schnaubend hielt sie ihren Einzug, bis sie im gedrücktesten Salon mit ihren Bestien ruhte. Auch alle anderen Katzendamen wichen vor ihr aus. Man hatte nur wegen ihres vornehmen Stammbaums den beiden Viechern die Mitgliedschaft nicht verweigern können.

Das Wunderbarste war, daß Hermione den Kopf nicht verlor beim Dirigieren der unbekannten und fremden Massen. Sie war ganz auf sich angewiesen, denn ihr Ossi war auf dem Klavierstuhl vor dem Flügel festgenagelt. Er sah die Massen der Gäste und Taifunisten sichtbar wachsen. Beim Anschwellen der drohenden Brandung bekam er Furcht, aber weil er auf Hermiones Befehl nicht vom Flügel weichen durfte, so setzte er seine schweißende

Angst in todverachtende Verzweiflung um, daß er schwarz und weiß nicht mehr unterscheiden konnte: f und fis stachen einander in die Wampen. Die Tortur war derart, daß die um Ganswind gescharte Menschheit in tiefer Besorgnis das sekundlich komponierende Genie bewunderte und bedauerte. Die Zuschauer alle fürchteten, daß aus den Grimassen seines Gesichts ein zweites Klavier im Raume fabriziert würde. Es waren körperliche Schmerzen, die sie fühlten; und allmählich tanzten und wanden sich alle in ähnlichen Schwingungen wie der Komponist sie am Klavier produzierte. Und während diese Zuckungen sich wellenförmig weiterbewegten, begann im Hof und auf der Straße eine solche Unruhe, daß die berittene Schutzmannschaft erschienen wäre, wenn nicht alle Pferde eingezogen gewesen wären. Im Laufschritt nahte trotzdem eine Gruppe Schutzleute. Als sie aber das gemütvoll dreinschauende Haupt von Polizeirat Löwe in der ersten Etage des Hauses erblickten, zogen sie wieder ab, nachdem ein siebzehnjähriger Taifunist, der sich hindurchzwängen wollte, einen Knochenbruch erlitten hatte.

Die Kasse des Taifun hatte inzwischen fünfzehntausend Menschen mit Eintrittskarten versehen, mit einfachen grünen, gelben, und als diese zu Ende waren, mit blauen Zetteln, ohne jede Aufschrift. Die kleine Senflein forderte immer höhere Preise, was keinerlei Erstaunen erzeugte, denn man war gewöhnt worden, für einen Kohlrabi vierzig Pfennig bis zu sechs Mark zu bezahlen. Alle Preisgesetze standen nach Willkür. Jeder verlangte nach Gutdünken, warum sollte sich die Kunst nicht in erster Linie die Lage zunutze machen?! Und alle die drängenden, Geld hinliefernden Menschen sahen im Innern einige Katzen, einen Flügelakrobaten, eine auffallend schöne nordische Dame, die jeden einzelnen anlächelte wie einen einmal gehabten Bettgefährten. Weit gefehlt, daß ein Tee gereicht wurde. Ja, nur im ersten Katzenraume waren die hohen Damen mit Tee beschäftigt, aber sie gehörten zu der Vorstellung.

Die Frau des Polizeirats suchte vergeblich den Doktor. Dieser stand in eine Ecke gepreßt und fürchtete sich, hervorzukommen, weil er befürchtete, einige seiner dürren Rippen im Gedränge zu brechen. Bei der großen Saugkraft des Taifun fanden allerdings auch Damen seine Ecke. »Bei Gott, Sie sind es, Evchen, ach, wie lieb!« rief er aus, dann verkroch er sich noch tiefer, und vergebens mühte sich Evchen, mit ihm intim zu werden, mit dem einzigen Bekannten.

Gegen sechs Uhr, programmgemäß, pausierte Ganswind. Er stand auf und brachte zunächst seine Knie zur Streckung, dann suchte er Hermione und bat sie, Schluß zu machen. Hermione glänzte ihm entgegen: »Ossi, Ossi, wenn du unser Kassengeschäft kennen würdest? Senflein verlangte für den letzten lila Zettel zwanzig Mark. Und diese bezahlte ein Munitionsarbeiter, den ich zufällig erkannte. Auch hat der Hauswirt seine eigene Wohnung geöffnet; sie sei ebenso dicht angefüllt.«

»Aber die Menschen haben ja dort gar nichts«, äußerte Ganswind besorgt.

»Laß sie doch, Ossi. Die Menschen wollen ja gar nichts haben, sie wollen nur ihr Geld bezahlen. Die Menschheit geht endlich den Zeiten entgegen, wo das Geld verachtet wird, weil es keinen Wert mehr besitzt«, frohlockte Hermione.

»Und dann willst du dich zur Lumpensammlerin hergeben?« rief Ganswind entrüstet. »Das ist deiner unwürdig, du schönstes der Weiber des Erdenballes.«

»Wahrhaftig, du machst mich aufmerksam; laß schnell schließen, Ossi, ich geh zu den Damen.« Hermione eilte davon.

Ganswind gab Glockenzeichen, immer wieder, bis er reden konnte, dann verkündigte er: »Wegen allzu großen Andrangs ist die Kartenausgabe für heute geschlossen. Nächsten Mittwoch ist die Wiederholung.« Das gab Luft. Was noch nicht mit Zetteln versorgt war, flutete zurück auf die Straße, rannte auf den Steigen entlang, nach anderen Stätten suchend, um das Geld zu Wert zu bringen.

Als Ganswind von der Kasse wegging, gefolgt von der kleinen Senflein, begegnete er Susanne.

Er begrüßte sie mit vielen Verneigungen, so schön war sie. Er küßte ihre Hand, dann schnaufte er und scharwenzelte: »Ein Riesengeschäft gemacht. Der Taifun kann sofort Kapital kaufen und ein Theater eröffnen.«

»Herrlich«, sagte Susanne begeistert.

Es kamen Gäste näher, die die Sprechenden als auffällige Menschen betrachteten. Infolgedessen schlugen sich Ganswind und Susanne in rascherem Gange durch das Gewühle in den Sälen. Überall nickten kleine Mädels nach ihnen. Diese waren aufgestellt, um Diebstähle an den seltenen Gemälden und Skulpturen zu verhindern.

Oft ließen sich Anwesende roh und lustig vernehmen, spotteten, falls man es Spott nennen konnte, hätten sich aber gar zu gern ohne Geldaufwand an den Lächerlichkeiten bereichert. Deswegen hatte Ganswind in weiser Voraussicht Posten genug aufgestellt. Und an einer Szene hatte Susanne große Freude.

Da war ein Herr mit einer Dame ertappt worden, die gerade einen ganz verdrehten Gips verulkten, ihn aber, so groß und umfangreich das Kubistenwerk war, unter dem Kleid der Dame verschwinden lassen wollten.

Das Aufsichtsfräulein trat auf das Paar zu und bat, die Figur erst an der Kasse zu erwerben.

»Das wollen wir ja auch«, schrie der Herr.

»Sie kostet zehntausend Mark«, antwortete das Fräulein.

Der Herr gab sich den Anschein, als ob er diese Summe auch erwartet hätte, und sagte: »Gut, dann können wir die Figur ja auch zur Kasse bringen.«

»Falls Sie sich mit soviel Bar versehen haben.«

»Nehmen Sie keine Anzahlung?«

Ganswind ging eilends hinzu. Das Geschäft war glatt.

»Selbstverständlich, mein Herr, wenn Sie mir zweitausend Mark anzahlen können und Ihre Adresse hier lassen, so erhalten Sie das Werk gut verpackt zugestellt.«

Der Herr überlegte. Sollte er lieber zweitausend Mark anzahlen, die Adresse falsch angeben und die Büste schwimmen lassen, oder sollte er die zehntausend opfern und den um seiner Lächerlichkeit willen gemausten Gegenstand in seinen rechtmäßigen Besitz bringen?

Herr und Dame sahen sich an. Die Dame erblaßte. Susanne glühte vor Entzücken bei diesem Bilde. Endlich sagte er: »Gut, ich werde zweitausend anzahlen und meine Adresse hier lassen.« Die Dame sank ohnmächtig auf einen Stuhl. Im Taifun drängte sich alles nach diesem Salon. Sofort notierte das Fräulein die Adresse: Robert Smith, Große Frankfurterstraße 57. Dann hielt sie die Hand hin und erhielt zweitausend Mark. Nun wollte er seine Frau unter den Arm nehmen und sich empfehlen. Ganswind verneigte sich bereits aufs ehrerbietigste. Doch es gelang nicht, die Frau vom Sitze hochzubringen. Sie sagte: »Wenn du schon zweitausend geopfert hast, so erwirb doch lieber das Kunstwerk sofort, und wir nehmen es mit.« Darüber wurde er sehr ärgerlich und wütend, biß die Zähne zusammen: »Was willst du dich damit abschleifen? Der Salon besorgt sie uns ins Haus.« Die Dame sah auf die zweitausend Mark, welche das Fräulein in der Hand hielt. Es war ihr leid, für das schöne Geld gar nichts zu haben. Aber allerdings, ihr Mann hatte recht. Sie bequemte sich endlich, dem Gatten zu folgen. Ganswind verneigte sich: »Ich empfehle mich.« Der Polizeirat kam auf Ganswind losgeschossen und gratulierte ihm herzlich. Ganswind sagte recht laut: »Ah, Herr Polizeirat.« Die Dame an des Gatten Arm rannte beschleunigt davon.

Susanne lachte zuerst hell hinaus. Das wirkte ansteckend, und bald war ein großes Gelächter.

Man drängte sich um Ganswind und frug nach dem Zusammenhang. Er schmunzelte über das ganze Gesicht: »Will jemand von den Herrschaften die Figur kaufen, ich lasse sie ihm für achttausend, denn zweitausend hab ich schon. Der Herr wird sie ja niemals erhalten können, denn natürlich, die Adresse hat er falsch angegeben.«

»Ein Hochstapler«, raunte man durch den Salon.

»Nein. Ein Kunstkenner oder auch Förderer, wie Sie ihn nennen wollen«, erwiderte Ganswind. Infolgedessen prüfte und besah alles die Figur. Wie viele hatten doch bisher darüber gelacht! Plötzlich war ein tiefer Ernst in ihre Linien gekommen. Man ahnte, um was es sich gehandelt hatte, daß sich der Herr von ihr um zweitausend Mark losgekauft hatte. Diese Geschichte blieb ja ein Ulk; nun war sie bereits drüben im Katzensalon. Und Hermione kam angestürmt: »Ossi, das ist ja glänzend!«

Ganswind verzog jetzt das Gesicht bitter ernst und heuchelte eine gegenteilige Empfindung. Er sagte: »Wenn du das glänzend findest; ich finde, es hat dem Kunstwerk schweren Eintrag getan.« Die Umstehenden debattierten, ob das zutreffe. Das ging solange hin und her, bis ein Beherzter vortrat und eine feierliche Erklärung abgab: »Ich will es gestehen, mir ist ein Licht darüber aufgegangen. Ich kenne Sie zwar nicht persönlich, mein Herr, aber Sie vertreten doch hier die Interessen ...«

Er wollte weiterreden, doch Ganswind unterbrach ihn.

»Interessant«, sprach er, »wie Sie sich das wohl vorstellen. Ich habe gar kein Interesse, das sich etwa auf den Geldwert bezöge. Ich vertrete nur rein die Kunst der Künstler. Wenn Sie mich kennen lernen wollen, so rede ich gerne mit Ihnen im Direktionszimmer weiter. Meine Frau.« Er stellte Hermione mit einem kurzen Wink vor.

Hermione gab sachte die Hand und lächelte hingenommen. Der Herr war vor angenehmer Verlegenheit ganz verwirrt und ging mit Ganswind und Hermione durch das Gedränge auf das Direktionszimmer zu. Dort erstand der Gast die »Palaestra von Pansch« mit abgehauenem Kopf, Armen und Beinen für zehntausend Mark, denn er hatte den Vorgang nicht von Anfang an beobachtet. Die schon bezahlten zweitausend reservierte der Taifun, für Rückzahlung an den Fremden, stillschweigend. Der Handel ging ziemlich rasch, denn das Geständnis des Käufers, daß er ein bekehrter Saulus bezüglich der Taifunkunst sei, war kurz und deutlich. Er wurde von selbst in eine Art Mitgliedsverhältnis aufgenommen, und hatte fortan freien Ein- und Ausgang, wie jeder Taifunkünstler. Ein Mäzen war gewonnen. Viele Neugierige hatten den Abschluß des Handels noch abgewartet, das Resultat wurde schnell bekannt, denn die Hand der Salonoberin und Kassiererin, Fräulein Senflein, heftete schon das Etikett »Verkauft« mit einer Reißzwecke hinter der Figur an die Wand.

Das Publikum klatschte in die Hände. Susanne zog sich wie ein glatter Aal aus den Sermons über Kunst, welche einige Herren und Damen mit ihr angeknüpft hatten in dem Gefühl, daß sie eine vertraute Taifunistin war. Sie glitt über den Parkettfußboden.

Endlich fand ihr Auge zufällig die Ecke, in welcher der Doktor versteckt mit Evchen in ein süßes Plauschen geraten war. Susanne blieb vor Schreck stehen. Das hätte sie nimmermehr geglaubt. Stand der Doktor in nahen Beziehungen zu der Unbekannten? Hatte es überhaupt noch einen Zweck, wenn sie sich als ewige Zugehörige des Taifun ansah? Jenes Paar hatte den Taifun betrügen wollen, aber wie betrog der Taifun sie! Sie kam an dem Direktorzimmer vorbei. Bisher war sie ohne alle Scheu bei Ganswind ein- und ausgegangen, aber bei solchem Anblick fiel ihr das Herz hinab. Sie stand überlegend vor dem Zimmer, als Hermione mit strahlenden Augen herauskam. Ja, die konnte strahlen, dachte Susanne, ihr war ein großer Tag gelungen.

Susanne setzte sich nicht zu den übrigen Damen des Klubs, sondern sie lief sinn- und ziellos in den Sälen umher. Käterchen hatte sie mit Kätzi auf dem einzigen Klosett untergebracht, weil sonst kein freier Raum mehr zu finden war.

Sie sah Hermione mit vorwurfsvollen Blicken an. Hermione wußte sofort: »Susi, verzeihe doch; daß der Andrang so furchtbar wurde, wußten wir nicht. Ossi wird das Weitere gleich tun. Komme doch herein.«

Susanne schüttelte den Kopf. Da wußte Hermione, daß sie dem Weinen näher war als irgendeinem Schimmer von Hoffnung. »Hast du den Doktor noch nicht gesehen?« frug sie.

»Jawohl. Er steht und plauscht mit einem sehr verdächtigen Fräulein.«

»Gut, dann bitt' ich dich, geh sofort in den Salon, wo der Flügel steht, aber unauffällig. Es ist nämlich Zeit, daß die Menschen gehen. Sie erdrücken unser Programm«, sagte Hermione und verschwand wieder in Ossis Arbeitszimmer.

Susanne lief gehorsam ins Flügelzimmer. Gleich im nächsten Salon, den sie betrat, fiel ihr auf, daß er dunkler war. Er lag plötzlich in einer Stimmung, als zöge ein Gewitter am Himmel auf. Auf ihrem weiteren Weg durch die Salons war dieselbe dumpfe Schwüle, so auffallend, als wäre sie von unsichtbarer Hand künstlich hergezaubert worden. Auch das Publikum, das noch nicht entströmen wollte und in heftige Prügeleien und Spaltungen über

Kunstansichten geraten war, begann die Pein dieser Schwüle zu spüren. Im Flügelzimmer aber stand der dicke Hoteldirektor, den Gelüste durchwühlten, ohne daß er es wagte, Susanne ins Gespräch zu ziehen.

Hermione, der Leiter, war unterwegs. Zuerst bat sie den Doktor, den sie bald in der bezeichneten Unterhaltung mit der Dame auffand, sich in den Salon vom großen Müller zu begeben. Sodann lud sie alle Damen vom Katzenklub ein, ihr zu folgen.

Der Salon des großen Müller war verhältnismäßig frei, denn die Bilder, die dort hingen, erschienen den fremden Besuchern einmütig undiskutabel. Ja, sie fühlten sich von diesen Sachen geradezu nur gefoppt und angeödet.

»Wie schwül es doch ist«, sagten alle. Und darauf füllte der stattliche Zug des Katzenklubs den Müllersalon. Voran schritt die Freifrau von Stubbenrode mit einer bescheiden grauen Katze in der Farbe ihrer Haare.

Der Doktor machte ein sehr bitteres Gesicht.

Hinter ihr folgte die Baronin von Büxenstein mit drei Gespielinnen, welche den großen schwarzen Kater Hannibal auf einem Kissen trugen.

Dann kam Edle Freiin von der Schelde, deren Bestien unablässig spieen und fauchten.

Der Doktor begann an seinen Gliedmaßen zu zucken und zu zittern.

Sodann die Gräfin von der lahmen Zunge, deren weiße Katzen durch rote Augen und rote Nasen auffielen.

Und noch zahlreiche andere. Sie nahmen alle zerstreut auf Stühlen Platz. Einige Taifunmädchen reichten Gebäck an die Damen und die Katzen, die sich von den Tellern recht unbescheiden nahmen, was ihre Krallen erwischten. Die Fürstin von Kloppenrede hatte zuletzt Platz genommen, mit ihrem Silbertiger. Sofort hinter ihr kam die Versammlung der gegen Geld gemieteten Scheinkandidaten, welche die Heiratssüchtigkeit durch schmachtende Augenverdrehungen markieren mußten.

Hier waren die Katzendamen sehr in ihrem Element, weil ihre Lieblinge so schöne Sachen zu naschen bekamen.

Der Doktor saß eingekeilt unmittelbar in der Nähe der Edlen Freiin von der Schelde. Er bebte, daß die Absätze seiner Chevreauhalbschuhe auf dem Parkett klapperten. Er fürchtete sich, zu entrinnen, denn wenn er ungeschickt aufstand, streifte ihn vielleicht der Hieb einer Bestie.

Die Baronin von Büxenstein sagte zu ihm: »Ich bedauere es so sehr, daß meine jüngste Freundin nicht hier ist, welche ein so reizendes Kätzchen mit blauen Augen besitzt.«

Der Doktor dachte: was geht das mich an. Diese Freundin konnte eine Katze mit Samtschwänzen besitzen; das war ihm ganz egal! Warum hatte Hermione ihn hierher genötigt!? Er wischte sich den Schweiß und schielte mit Todesblicken nach Hermione, die in der Nähe des Eingangs stand, wo sie Polizeirats und Ossi erwartete, welche dem Mäzen das Geleit gaben.

Die Edle von der Schelde fand am Doktor mehr Gefallen als an den lispelnden Heiratskandidaten, deren Süßlichkeit ihr ekelhaft war. Sie näherte sich mit ihren Bestien, und plötzlich sah sich der Doktor von einem Haufen Ungetümen umringt. Gleichzeitig bemerkte er an der Türe die Bonbonnière, deren Identität mit der Frau eines wirklichen Polizeirats ihm trotz zweier Tage unbekannt geblieben war, neben Hermione. Sofort traf ihn ihr Auge, das stählte seinen Mut. Er hieb um sich, daß die eine Bestie der Edlen von der Schelde aufschrie, sprang dann kühn auf und stürzte aus dem Salon ins Freie, das heißt diesmal in die katzenlosen Nebensalons. Er floh mit solchem Entsetzen, daß er erst im Flügelzimmer Halt zu machen wagte.

Dort sank er schreiend auf einen Stuhl: »Die Katzen!«

Das Ereignis verwunderte im Flügelsalon ebenso wie es im Müllersalon das Zeichen zur Entfesselung des Taifun war. Der Doktor hing angstvoll über der Lehne seines Stuhles und schrie in Intervallen: »Kommen auch die Katzen nicht? Die Katzen!«

Und davon war Susanne im Müllersalon lebendigster Zeuge. Sie nahte sich ihm und legte ihm beruhigend die Hand auf die vom Friseur glattgelegte Lausallee.

Ganswind konnte nichts Gescheiteres tun, als sofort hinter dem Doktor hereilen, damit er keine allgemeine Verwirrung und Panik in den Salons erzeugte. Die Stimmung war sowieso in allen Sälen wie ein blitzgeladenes Gewölk. Er setzte sich an den Flügel und entschlug ihm zur Besänftigung des vom Katzenwahn Verfolgten eine wohltuende Engelsmelodie. Das hätte geholfen. Der Doktor verfiel mit allen Anwesenden in gleiches Vergessen. Susanne saß bereits quer herum auf demselben Stuhle. Sie hatte ja dazu das Recht, denn sie hatte so sanft gewirkt wie die Rote-Kreuzschwester auf den Todverwundeten.

Nun kam aber leider das Gewitter.

Die geschlagene Bestie der Edlen von der Schelde riß und tobte an der Kette. Und das Toben dieser einen brachte sämtliche anwesenden Katzen in Verwirrung. Ein Fräulein Gold saß mit einem niedlichen, ganz harmlos aussehenden Arche-Noah-farbenen, braunen und weißen Kätzchen vor dem Bild des Mannes mit dem umgekehrten Kopf, dessen Hinterteil eine Katze bildlich beschäftigte. Auf diese Katze ging das kleine, durch die Bestie verrückt gemachte Geschöpf plötzlich los. Und das war das zweite Alarmzeichen. Wie auf ein Zeichen entwanden sich alle Katzen ihren liebenswürdigen Bändigerinnen und stürzten sich auf die gemalte Katze des Mannes mit dem umgekehrten Kopfe, welche die Zunge nach ihnen herausstreckte. Der Polizeirat war mit seiner Frau auch schon unterwegs nach dem Asyl des Doktors, als sie den Aufschrei Hermiones gellen hörten, worauf sie sofort nach dem Müllersalon umkehrten.

In diesem rasten und tobten die Katzen. Das Bild des Mannes mit dem umgekehrten Kopfe hing in Fetzen an der Wand. Hermione stand mit ringenden Armen und erflehte sich Kraft von der Allmacht der Kunst, daß es ihr gelänge, den entfesselten Taifun in seine Schranken zu zwingen. Aber es war vergebens. Er tobte, als wären lauter Löcher und Breschen in den Wänden, und erwirkte eine große Zerstörung. Noch weitere köstliche Müller stürzten von den Wänden, wurden zerrissen und zertreten. Der Polizeirat richtete Hermione auf, er wehrte sich mächtig unter den tollen Katzen. Einige flogen durch die Fensterscheiben, die klirrend auf den gepflasterten Hof stürzten. Frau Polizeirat rannte zu Ganswind, welcher den Flügel nach süßen Melodien kitzelte und von allen Vorgängen nichts gehört hatte.

Die Gräfinnen und Baroninnen, Freiinnen und Edlen, bürgerliche Fräuleins und geschiedene Frauen balgten sich, und die Katzen halfen mit den Krallen mit, so daß hunderte von blutigen Schmissen klafften. Es war der Erinnerungstag an die blutige Ancreschlacht. Ströme von Blut flossen im Taifun.

Der Schrei verbreitete sich: »Hilfe! Der große Müller stirbt! Alles nieder! Katzen der Edlen von der Schelde, beweist eure Krallen!« Dieses Geschrei erzeugte eine große Panik unter dem zahlenden Publikum; es floh aus den Sälen, wobei es eine große Zahl Bilder von den Wänden riß und entwendete. Diese fing aber der tüchtige Büffel mit seiner starken Gattin draußen auf der Treppe ab, so daß der größte Teil gerettet werden konnte, doch war der Schaden unermeßlich.

Auch wer unter den Katzendamen die Straße gewinnen konnte, atmete erleichtert auf und dankte seinem Schöpfer, daß er sich rettend erwiesen hatte. Nur die Baronin von Büxenstein verirrte sich in den Musiksalon, während ihre Gespielinnen den Kater hinaustrugen. Sie stürzte auf Susanne los: »Bestes Kind, hier sind Sie ja. Warum ließen Sie sich nicht blicken?«

Susanne erwiderte ihr würdig: »Frau Baronin, es gefällt mir nicht in so undisziplinierten Kreisen.«

Die Dame konnte allgemeines Mitleid erwecken. Sie entschuldigte sich tausendmal, daß sie keine Schuld treffe. Auch seien ihre Kätzchen so solide und wohlerzogen. Die Schuld könne nur an den auch Katzenaugen unzuträglichen grotesken Gemälden und Bildern liegen.

Ganswind brauste auf. Er hatte die leidend aussehende Hermione am Arme, sie mit Küssen überschüttend. Ihnen folgte die Vorsitzende, Freifrau von Stubbenrode. Auch sie entschuldigte sich millionenmal.

Ganswind forderte wütend vollen Schadenersatz. Die Taifunfräuleins brachten erschütternde Meldungen über entwendete Kunstschätze. »Ich verlange vorläufig nur sechsmalhunderttausend. Wer es aufbringt, ist mir ganz gleichgültig. Der Klub hätte wissen müssen, was seine Katzen ertragen können. Da gibt es auch nicht einen mildernden Umstand.«

»Wir bieten Schadenersatz«, sprach die greise Dame, »aber Ihre Forderung ist zu hoch. Wenn sie zu hoch spannen, so muß es einen Prozeß geben, und es müssen Sachverständige gehört werden.«

»Tun Sie das«, schrie Ganswind. Gleichzeitig kam sein Hauswirt und dessen Frau und trugen die gestohlenen und abgefangenen Bilder. »Diese zurückgewonnenen gehen dann ab. Fünfmalhunderttausend bleiben mindestens als Schaden.« Ganswind sah ganz fremd und wild aus.

»Dann gibt es einen Prozeß«, sprach die Greisin ruhevoll.

Büffel rieb sich die Hände. Das war für Ganswind der Ansporn, daß er in seiner Forderung nicht nachgab. Er wiederholte seine Forderung. Das Bild vom Manne mit dem umgekehrten Kopf hatte allein fünfzigtausend Mark Wert.

Die Baronin von Büxenstein fand diese Summe ganz unverhältnismäßig. Auf solches konnte Ganswind nur erwidern, daß es ihm gleichgültig sei, was sie finde.

»Wenn Sie so wenig entgegenkommend sind, so wälzen wir alle Schuld von uns ab. Der Schuldige ist allein der Herr, welcher die Katze der Edlen von der Schelde geschlagen hat«, betonte die Baronin.

Aschfahl erhob sich der Doktor. »Ich werde mir nie von Katzen auf den Kopf spucken lassen, merken Sie sich das!«

Susanne merkte sich das und war froh, daß ihre Katze außerhalb des Schauplatzes geblieben war.

Auch Ganswind war der Ansicht, daß der Doktor kein einziges Kunstwerk beschädigt habe. »Herr Rechtsanwalt Büffel sowie der Herr Polizeirat, vielleicht auch Frau Polizeirat werden meiner Anschauung beitreten«, sprach er mit einem Wink auf die Gesamten.

Hermione trat mit versöhnender Absicht hervor und schlug als besten Ausweg vor, daß sogleich ein Vergleich geschlossen würde. Den beiden Damen war es nicht unsympathisch. Unter Beifügung eines Ausdrucks tiefen Bedauerns zahlte die Klubkasse dreimalhunderttausend Mark für zugefügten Sachschaden, und der

Klub erhielt dafür freien Zutritt zu allen Taifunfesten auf die Dauer von fünf Jahren zugebilligt, unter der dauernden Verpflichtung, für jeden zukommenden Sachschaden neu aufzukommen.

Diese Formel hatte der Hauswirt im Direktionszimmer mit den beiden Katzendamen und Ganswind zusammengebracht und erhielt dafür eine Provision von drei Prozent.

In der Zwischenzeit hatte sich Frau Polizeirat als ihrem Manne gehörig vor dem Doktor zu erkennen gegeben. Und Hermione hatte die Hände von Herrn Doktor und Susanne vereinigt, was Evchen Maaßen zu schamvoller Flucht veranlaßte.

Evchen lief zum Ersatz mit dem dicken Direktor der Hotel-G.m.b.H. auf eine Kante. Der gegenseitige Trost für verschmähte Liebe verband sie dauerhaft. Und um sich keine Verletzung anmerken zu lassen, kaufte auch der Direktor noch größere Kompositionen, zu Schmuckzwecken in verschossenen Fremdenzimmern. Auch er durfte sich mit Evchen zum dauernden Taifunpublikum zählen.

So konnte sich eine stilvolle Gratulationscour anschließen. Die beiden hohen Damen waren zwar überrascht, daß gerade der Doktor jener viel und geheim besprochene unbekannte Held des Tages war. Besonders noch Frau Baronin von Büxenstein schien zu begreifen, warum Susanne mit der kleinen Kätzi fern geblieben war. Ihr sagte Susanne leise ins Ohr, daß ihr Mädchen auf dem Taifunklosett schon zwei Stunden warte und sitze. Sogleich begab sich die Baronin dorthin und hielt überzeugende Nachschau. Evchen jubelte am Fernsprecher in die Roßstraße, daß sie mit einem reizenden lieben Menschen verlobt sei: Im Taifun! Beide Ereignisse wurden gleichzeitig veröffentlicht, denn bei der hungrigen Zeit war jeder dicke Bauch pressefähig geworden.

Glücklicherweise verduftete der Direktor bald mit seiner Braut. Er verschmähte es nicht, der Doktorbraut beim Abschied ein anzügliches Kompliment zu machen, welches der Doktor mit grenzenloser Verachtung anhörte. Der Doktor besaß jetzt eine Rentiere und ein Landhaus an der Aisne. Da durfte kein Mensch mehr vor ihm dicketun, und wenn er den dicksten Bauch besäße. Er gewöhnte sich daher fortan eine noch verächtlichere Fischprutsche an, näselte stets etwas und zog die Nüstern zusammen, gewissermaßen, um den Geruch des Nebenmenschen nicht in die Nase zu bekommen. Die Augen zwickte er zusammen, als sähe er nichts von all der traurigen Umwelt. Nur wenn er Susanne zugekehrt war, gingen alle seine widerlichen Gesichtsfalten in lachende Kurven über. Dann sah er aus wie ein listiger Faun.

Dem Polizeirat stand deutlich der Neid in den Augen, daß die ihm selbst nicht vergönnte Perle nun als Braut an des Doktors Brust glänzte. Mit vollkommener Gelassenheit und in aller harmlosen Verschwiegenheit gratulierte Frau Polizeirat. Der Doktor war ihr ein entsprungener Heuschreck, mehr nicht. Wenn sie je noch einmal tanzen wollte, so brauchte sie ihm bloß einen Grashalm hinzuwerfen. Das Wichtigste war aber für den Polizeirat heute, festzustellen, daß ihm eigentlich der ursprüngliche Anstoß zu dieser Verlobung zu danken sei. Und da ihm diese Feststellung so wichtig schien, so ließen ihm Ganswind und Hermione gerne die Freude.

Hermione bog den schönen Hals noch viel schwungvoller als bisher. Sie fühlte sich wie eine segnende Mutter. Der Doktor und Susanne waren eigentlich keine unerfahrenen Kinder, die am heutigen Tage erst das Gehen lernten. Und Ganswind blies sich in die Brust, denn er sah voraus, daß die Verbindung des Doktors die Wahrscheinlichkeit des Taifuntheaters viel größer machte. Mit schmeichelnden Worten weissagte er dem Doktor eine große Zukunft.

Als die Baronin vernahm, daß Susanne einem wirklich so hochbedeutsamen Mann folgen durfte, versprach sie ihre wohlerzogenste Katze als Hochzeitsgeschenk. Susanne errötete und wurde von der Baronin mit echter Leidenschaft geküßt. Der Doktor knurrte, daß sie sich ja damit zum Teufel scheren möchte. Aus Taktgefühl unterdrückte er allerdings eine laute Äußerung. Er zog Susanne von den Katzendamen weg, in der Meinung, daß solche Weibsleute nicht der richtige Umgang für sie wären.

Mit klugem Zuzwinkern nahmen dann auch sie Abschied.

Sie schieden mit vollen Tönen des Lobes über das Erlebte. Ganswind konnte ihnen zwar beim Händedrücken nicht in die

Augen sehen, aber sie behielten sich vor, bereits auf der Treppe in laute Verwünschungen über die räuberische Erpressung zu schimpfen. War denn irgendeiner der Heiligen einen halben Heller wert? Freilich, einen Sachverständigen riskierten sie nicht, weil möglicherweise die hohe Strafsumme sich um ein weiteres Tausend zu ihren Ungunsten erhöhte. Zu beschließen war in der nächsten Plenarsitzung die Umlage der Summe sowie das Verbot des Taifun auf Lebensdauer für alle Klubmitglieder. Susanne Flaubert war eventuell nahezulegen, ihren Austritt zu erklären. Besser aber, man ließ sie stillschweigend darin, ohne sich um sie zu kümmern. Schande war ihre Person dennoch nicht für den Klub, wenn sie es auch sicher ablehnte, an der Umlage teilzunehmen.

Endlich, als sie draußen waren, erlaubte sich Herr Büffel Hüpfe und Sprünge. Er hatte mit der Senflein das verdiente Geld gezählt, während Frau Büffel eifrig in ihrer Wohnung mit dem Lorgnon nach Ermittelung gestohlener Sachen umherging, um auch ihrerseits Teilansprüche geltend zu machen, weil sie doch ihre Privatwohnung zur Verfügung gestellt hatte. Büffel kam gehopst: »Sie haben durch die Katzen gegen eine halbe Million eingenommen.«

»Beruhigen Sie sich«, rief ihm Hermione zu, »das Kunstwerk eines größten Meisters ist vernichtet.«

»Aber so beruhigen Sie sich doch, das Geld gehört den Lebenden und nicht der an die Wände aufgehängten Kunst, – den Lebenden, nicht den Gehängten, haha«, lachte Büffel vor Vergnügen. »Herr Ganswind, wir müssen noch zwei Parteien hinauswerfen zur Vergrößerung.«

»Überlege dir das, Ossi«, sagte Hermione, und ging die schmale Wendeltreppe aus dem Musikzimmer hinab in ihre Privatwohnung. Dort stieß sie zufällig mit Käterchen zusammen und erschrak dabei so heftig, daß sie blaß wurde wie Kreide. Hier war also Kätzi versteckt geblieben. »Gott sei Dank, sag ich Ihnen, Käterchen, denn ihr zukünftiger Hausherr ist ein ganz ausgesprochener Katzenfeind.«

Käterchen stand von ihrem Sitz auf, auf dem sie volle zwei

Stunden gesessen hatte; sie war ganz kreuzlahm und sprach: »Dann möcht ich nur wünschen, daß mein langes Klosetthocken auch den Segen brächte für den Doktor. Lange werden die's nicht miteinander treiben, das ist meine Ansicht. Jetzt versteckt man die Katze ein Weilchen, und nachher, wenn sie getraut sind, dann nimmt sie ja doch wieder die Kätzi zu sich. Das weiß ich schon.«

Nun nahm Hermione Käterchen aus dem schlechten Raum heraus, ließ sie eine Weile vor der Türe warten, dann setzte sie das Mädchen in ihr besonderes Boudoir, während sie daneben den Verlobungsschnaps mischte. In Kürze erfuhr sie so ziemlich das Abspiel von Susannes bisherigem Haushalt. Zuletzt hetzte sie Käterchen auf, die Katze vor der Hochzeit abzutun.

Diesen Vorschlag behielt Käterchen gern für sich, um so mehr, als sie an der schönen Frau und Freundin ihrer Herrin eine Rückendeckung hatte nach begangener Tat. Sie packte sogleich Kätzi unwirsch zwischen zwei Fingern am Genick, daß Kätzi mit ganz vorwurfsblauem Blick ihr und Hermione ins Gesicht schaute. Hermione hatte Käterchen ein Glas Ungarwein vorgesetzt und trug dann ihr hübsches Schnapsservice hinauf zu der Gesellschaft. Aber vorher erhielt Kätzi von ihr eine leidenschaftliche Ohrfeige. Dann schlug Käterchen noch einmal drauf, so daß Kätzi die Ohren einzog. Mit den eingezogenen Ohren sah sie aber so dumm aus, daß Käterchen sie am liebsten sogleich abgemurkst hätte. Was hätte sie dann gesagt? Einfach: eine Dame vom Klub sei austreten gekommen und habe sie mitgenommen. Ob sie das wagte? Es war ihr zumute wie einer Lustmörderin.

Oben hatten die Verlobten bereits derartig zu schmachten angefangen, daß Susanne schon ganz grüne Augenringe hatte und er große Schleier über den Augäpfeln trug, in welchen die Zahl roter Adern plötzlich zählbar hervortrat. Hermione war darüber ganz erstaunt und lachte schmunzelnd wie eine Taifunmutter. Es drückte ihr den Schwanenhals breit, und sie stellte die Schnapsgläser hin wie einst, als sie noch in der Animier-Bar in Jütland schenkte. Der Polizeirat griff mit langen Augenzangen zu, und seine Frau freute sich schon auf seine tigerhaften Einfälle, gleichfalls ein Gläschen ergreifend.

»Susi, Su-si«, hörte man fortwährend den Doktor quorren. Ganswind wurde forsch, besonders, weil er es dem Hauswirt und der Hauswirtin testieren wollte, wie er mit dem berühmten Doktor tanzen konnte. »Herr Doktor«, sprach er, »Susanne, du bist unsere genialste Taifunschülerin. Großes und Höchstes ist hier geworden und steht dir bevor. Du bist der strahlendste Stern im Taifun, außer meiner Frau natürlich, durch dich geht mein Appell an den Doktor, zu dir, lieber Doktor.«

»Bravo, bravo«, unterbrach ihn der Doktor und nahm sein Glas in Bereitschaft.

»Also, so werden wir du sagen«, war der plötzliche rasche profitliche schnaufende Abklang seiner Worte. »Auf du. Auf du«, so stieß alles an.

»Das heißt, meine Frau und mich haben Sie nicht eingeschlossen, weil wir nur zum Publikum gehören«, sprach der Polizeirat und zog sich damit geschickt in Reserve. Er konnte ja nie wissen, wie die Sonne die Taifunwolken schob. Susanne war es augenscheinlich sehr recht, sie gab ihm noch eines darauf. »Herr Polizeirat hätte die Gelegenheit benutzen können, wenn er weniger höflich wäre.« Das prickelte dem alten Herrn noch viele Tage im Kopfe, ob das eine versteckte Einladung von Susanne war oder nicht. Während sie nur die paar kleinen Komplimente einander von Kopf zu Kopf geworfen hatten, streckte die Frau Polizeirat ganz verstohlen die Zunge hinter dem Gläschen nach dem Doktor heraus, der für Sekunden verwirrt zu Boden sah. Dann aber machte er eine scharfe Wendung zu Susanne, küßte sie auf die Stirn und sagte »ah, ah.« Wer beachtete das viel! Sie waren alle in wirren Interessen miteinander beschäftigt. Hermione fand den Doktor entzückend und um zwanzig Jahre verjüngt.

»Um zwanzig Jahre?« Der Doktor wiederholte es geschmeichelt. Und Susanne behauptete, während er seinen Haarscheitel strich, in dem sündhaften Bewußtsein, daß er fast grau war: »Du bist blond, Fredi.«

»Das ist sehr richtig. Das beweist uns der Maler Mostrich, er hat nachgewiesen, daß zwischen dem Flachskopf eines Alemannenmädchens und dem Silberhaupt des blinden Königs eigentlich kein Unterschied ist.«

»Daß Sie's aber nicht vergessen, wegen der Wohnung«, flüsterte Büffel leiser zu Ganswind.

»Das machen wir nachher«, beschwichtigte ihn Ganswind. Dies war wieder gegen ihre Methode, und die Frau Wirtin frug deshalb laut, weil sie nie Aufschub liebte: »Haben Sie denn schon eine Wohnung, Herr Doktor, und wenn ich es schon heute sagen darf, Frau Doktor?«

Susanne platzte hinaus: »Pf«, und sprudelte ihr eben angesetztes Glas der Wirtin ins Gesicht.

»Bitte«, wischte diese sich ab, »lachen Sie nicht. Die Wohnungsfrage muß jetzt auf Monate hinaus geregelt werden. Sie finden niemand, der Ihnen umzieht, und das Recht zwischen Mieter und Vermieter besteht trotzdem in der alten Form weiter. Ich kann nur mahnen. Versehen Sie sich!«

»Wir haben unmittelbar über uns«, Büffel deutete nach oben, »eine sehr hübsche Sache für Sie. Sechs Zimmer mit allem Komfort, der tadellos ist, sobald wieder Friede ist. Nehmen Sie das?«

»Ja, sollen wir denn?« frug Susanne Ganswind.

»Ich will gar nichts gesagt haben«, antwortete Ganswind gleichgültig.

»Die Wohnung ist reizend und wie nahe! Du bist ganz bei uns«, lockte Hermione.

»Aber Kinder, das ist viel zu früh«, brummte der Doktor, »es müssen doch erst unsere ganzen Verhältnisse geregelt sein.«

Büffel drehte sich auf diese philisterhafte Rede von ihm ab.

Und Ganswind tätschelte ihm nur, damit er sich durch seine Naivität nicht weiter blamierte, auf die Schulter. »Sei nicht ängstlich, Alfred. Erstens gibt es keine Verhältnisse und zweitens ist alles längst geregelt.«

»Ich habe sogar schon die Exmissionsklage gegen Sie in der Tasche«, rief Büffel aufgeregt.

»Gegen mich?« frug der Doktor aufs höchste verwundert.

»Ja, selbstverständlich«, wiederholte der Rechtsanwalt aufs bestimmteste, »die ist zur Glaubhaftmachung Ihrer grandiosen Einnahmen durchaus nötig.«

»Ebenso wird mein Mann später die Ehescheidungsklage behandeln«, foppte die Wirtin mit hartem Krähenschnabel.

Der Doktor und Susanne erschraken in den Tod und faßten einander unter. Selbst der Polizeirat und Frau prallten mehrere Meter zurück. Ganswind dagegen trommelte auf die vordere Stuhlleiste zwischen seinen teuflischen Beinen, er saß wirklich da wie ein bockfüßiger, garstiger, kleiner Teufel. Und Hermione sah aus wie ein Engel an Paradiesespforte.

Wie sollte man sich solche unverhüllte Rücksichtslosigkeit und Taktlosigkeit erklären? Mitten im hohen friedlichsten Glücke plötzlich solche Kriegserklärung.

Ganswind erhob sich: »Lieber Doktor, das Heiraten ist eine weit höhere Stufe als das Verloben. Und wer sich nur rein ideal verlobt, der wird von der Ehe nicht viel erhoffen können. Darum hat der Hauswirt, mein ständiger Anwalt, ganz auf mein Anraten natürlich, vorgesorgt, daß auch deine Prozesse, lieber Alfred, in die richtigen Hände kommen.«

Der Doktor war ganz außer sich. »Meine Prozesse?« schrie er, »wo sind denn meine Prozesse?«

»Du hast zunächst noch keine, mein Lieber. Aber es ist dir vielleicht nicht bekannt gewesen, daß ganz vorsichtige und weitschauende Menschen jetzt nicht einfach eine Frau heiraten, sondern gleich auch ihre Prozesse«, sprach Ganswind erklärend weiter. »Es ist vielleicht nur etwas zu früh erwähnt worden.«

Die Hauswirtin unterbrach ihn kreischend: »Nein, das ist nicht zu früh, es wird nie früh genug den Leutchen das Richtige empfohlen. Damit man sich nicht scheidet, führt man den Scheidungsprozeß, und ebenso, damit eine Scheidung jederzeit leicht ist, muß der Prozeß stets warm sein. Es braucht nur ein kleines Drücken«, sie schnalzte mit dem Finger, »und dann ist er heiß. Und dann ist beiden Teilen so leicht und froh, – und was kostet das? Eine Bagatelle. Sie wohnen bei uns im Hause. Mein Mann führt mit unseren Mietern Prozesse und führt ihre Prozesse. Das ist eine pure Annehmlichkeit für alle, die hier im Hause wohnen.

Und wir können deshalb auf lästige Mietssteigerungen verzichten, weil der gute Mann so viel einfacher verdient. Und es ist auch für Sie einfacher. Die Leute aus der vierten Etage sollen schon seit zehn Jahren hinaus; es schwebt die Klage gegen sie, aber drin bleiben sie doch. Das ist nur ein etwas verdächtiges Frauenzimmer. Passiert nun das Geringste, so sitzt sie auf der Straße. Stets â prè, stets geborgen. Aber das war ja nur ein Beispiel. Für Sie kommen wieder andere Gesichtspunkte in Frage. Sie sind Künstler, und werden wahrscheinlich oft großes Geschrei haben, das andere Mieter stört. Was macht man dagegen, daß solche Belästigte schweigen müssen? Ganz einfach: man beweist ihnen, daß man schon in Klage ist mit dem Lärmer. Und die Scheidung? Wer denkt denn an so was überhaupt?! Bei einem Paare, das so in sich verschossen ist! Sehen Sie, gerade deshalb. Darum gibt man einem das. Dann will man es nicht.«

Der Doktor zog allmählich das Gesicht zu einem breiten Grinsen: »Das ist sehr gut, sehr gut. Susi, hast du je so etwas gehört?«

Susanne stand mit erhitzten roten Wangen, sie konnte nicht so ohne weiteres diese Harmlosigkeit in solchen Absichten ihrer Freunde entdecken, denn sie wußte ja, daß sie ziemlich viel Dreck am Stecken hatte. Besonders bangte sie um ihr Vermögen, das noch höchstens fünfzehnhundert Mark betrug. Der berühmte Bräutigam heiratete sie als Millionärin, mit einem Landhause.

Hermione löste sie aus der Beklemmung. Sie dehnte die Rechtsgeschäfte ihres Wirtes noch mit dem Hinweis aus: »Mit der Beschaffung des Luxus ist es ebenso. Wer keinen Luxus hat, der kann eben nicht leben. Den Luxus macht man mit ungeheuren Rechnungen, Schecks und Wechseln. Versteht denn ein Mensch davon etwas? Gar nichts versteht man davon. Gar nichts. Das macht alles der Anwalt. Ossi ist kaum darin bewandert, wenn er es auch ganz gut beherrscht.« Ein Lachen der Gesellschaft unterbrach sie. Hermione errötete und fuhr noch eifriger fort: »Vor allen Dingen ist die Feststellung wichtig, daß es so ist. Meint ihr, wir haben einmal lange Zeit kein Geld gehabt? Keine vierundzwanzig Stunden, dann strömte es. Es muß immer fließen. Da darf keine Stockung eintreten.«

Susanne frug schüchtern: »Ja, wenn wir es auch selbst haben. Aber wer sollte es uns denn geben, wenn es ausginge?«

»Sie ist ein Kind, ein wahres Kind, Ihre Braut«, rief der Anwalt.

Susanne errötete purpurn und wurde von neuem belehrt. Hermione war am Wort. »Ich begreife es so: Es müssen ziemlich viele gescheite Leute sein, die alles daransetzen, daß die Kunst gefördert wird, damit sie nur ja nicht ins Stocken kommt. Denn stocken darf es nicht. Stillstand ist Rückschritt. Ossi wird ja darüber noch viel besser reden können, aber gesagt mußte es werden. Nicht daß ihr zwei Kinder euch auch nur fünfundzwanzig Minuten Sorge macht.«

»Dann ziehen Sie bei uns an der Klingel«, setzte die Hauswirtin hinzu.

»Mm«, schnupfte der Doktor seine Nase hinauf, »ein ewiges Tischleindeckdich. So habe ich mir auch ungefähr meine Ehe vorgestellt.«

Susanne dachte nach, wie weit sie's in der kurzen Zeit gebracht hatte. Sie sollte also wie eine Prinzessin getragen werden, ohne selbst einen Finger krumm zu machen. Sie sah wie abwesend vor sich zu Boden, bis sie durch die Brautrede des Polizeirats zur Wirklichkeit zurückgerufen wurde. Während seiner Rede beobachtete sie aufmerksam das Profil Ganswinds. Zum ersten Male erschien er ihr ein bedeutender Mensch. Was konnte ihn veranlaßt haben, gerade mit ihr dem Doktor eine neue Lebensbahn anzuweisen, wenn er sie für eine Schwindlerin hielt. Niemals wären jetzt solche Geldfragen besprochen worden, wenn man ihrem Reichtum geglaubt hätte. Sie mußte Ganswind bisher verkannt haben. Er war doch das Genie, wie es sein sonderbarer Haarschnitt bezeichnen sollte. Warum hatte er noch nie ein intimes Stündchen von ihr gefordert, als Gegenleistung? Es war eine Uneigennützigkeit von ihm, die sie ihm fast übelnehmen konnte.

Der Polizeirat redete einstweilen drauf los, machte pointierte Witze; aber Susanne hörte davon gar nichts, bis plötzlich ein lautes Gelächter sie zur Umgebung zurückrief. Der Polizeirat hatte sie in seiner Rede des Doktors einziges Abenteuer genannt. Sie lachte schnell mit und tat ein paar gröhlende Schreie. So nahm jeder an, daß sie bisher gespannt aufgemerkt hatte. Der Doktor empfand ihr ungewöhnliches Temperament, und ihm schwebte bereits die Möglichkeit vor Augen, mit ihr in einem Ensemble gemeinsames Engagement zu finden. Wenn Susanne solche Entwicklungen verhieß, dann war sie ein einzigartiges Juwel. Der Doktor sah mit Wohlgefallen auf den kühnen Haarturm seiner Braut, die in Röte glühte wie eine Herdplatte. Der Haarturm fiel nicht um, trotzdem er schiefer stand als der Turm von Pisa.

Hermione war den ganzen Abend lang bemüht, bei jeder Gelegenheit das Verdienst von Ossi herauszustreichen. »Ossi hat das gleich bei der ersten Begegnung mit Susanne so gesagt und gewollt, daß sie mit Alfred zusammenkommt. So ist es auch geworden. Was Ossi will, geschieht alles. Alles setzt Ossi durch. Ich wüßte keinen Menschen, der so wie Ossi durchdringt. Wie Salz und Pfeffer.«

Der Polizeirat bekam einen roten Kopf wie ein Truthahn. Er faßte das Durchdringen von der mannbaren Seite auf und fühlte sich ungerecht hintenangesetzt, war er doch ein ganz gewaltiger Lanzenbrecher. Wie Salz und Pfeffer, – das waren ihm zu starke Worte für den Taifundirektor, den er noch nie anders als einen genialen Hanswurst aufgefaßt hatte. Um so mehr fühlte er einen unbequemen Stich bei Hermiones Lobgesang auf ihren Mann, weil er ganz von neuem den Wurm in sich fressen fühlte, der seit seiner vergeblichen Aventiure im Hotel Olymp in ihn eingekrochen war. Susanne war so ein aufreizendes Weibchen, daß ihm sein Versagen unverständlich war. Es war eben sein Hauptunstern, daß seine Bekanntschaft vom Polizeibureau her datierte. Er foppte den ganzen Abend lang mit seiner Frau, die einem Ideal gleichkomme, das beinahe den Doktor um die Orientierung gebracht hätte.

Der Doktor protestierte zwar, aber Leidenschaft und Eifer vermochte er nicht in seinen Protest zu legen; man wußte schon von ihm: er war der Sünder. Und er konnte wirklich froh sein, solch ein tugendhaftes Fräulein heimführen zu dürfen.

Es lag an Susannes Erscheinung. Trotzdem es in die Augen sprang, wie weiten Wegs sie kam, schien sie doch von einer fast hausbackenen Harmlosigkeit umhüllt. Käterchen wußte diese Harmlosigkeit zu schätzen. Susanne war genau so krallig wie ihre Katze.

Der Doktor begleitete Susischen nach Hause. Käterchen folgte auf fünfzig Schritte Abstand. Den Abschied an der Hautür betrachtete sie von weitem in der Dämmerung. Das Paar gaukelte vor der Haustür wie ein gestrandetes Wrack hin und her, es wußte nicht, sollte es ins offene Meer hinausgerüttelt oder ans Land geworfen werden. Man sah nicht ganz deutlich, es war schon Nacht. Susanne hatte bloß sehr blaue große Augenringe, so schrecklich hatte die Liebessehnsucht sie kaum jemals mitgenommen.

Käterchen schüttelte den Kopf. Susanne erbrach sich gleich, nachdem er sich endlich im Abschied von ihr losgewunden hatte, unmittelbar als sie in die Wohnung eintrat. Da war sie doch wohl etwas gewürgt worden, oder wurde die Übelkeit von der Qual des Entsagens verursacht? Käterchen führte Susanne zum Diwan und behandelte sie wie eine Schwerkranke. Erst als sie im Bett lag, beziehungsweise auf der Bettkante saß, und Kätzis Schwanz zwirbelte, kam die Erzählung daran.

»Und seine Angst vor Katzen!« legte Susanne den Finger auf den Mund.

»Na, die wird er schon ablegen«, meinte Käterchen.

»Nein, das glaube ich nicht«, sagte Susanne und drückte den Kopf Kätzis mit beiden Händen fest gegen sich.

Schnell platzte Käterchen heraus: »Dann würd' ich sie aber abtun.« Das war dumm und voreilig geredet, darum würdigte Susanne sie gar keiner Antwort, sondern schlug ihr eins auf die Hand und legte sich zum Schlafen auf die Seite, Kätzi an die Wange geschmiegt, die von einer Träne gefeuchtet wurde.

Käterchen wollte noch eine lange Entschuldigung sagen, sie habe das ja bloß gesagt, damit er durch die Katze, wenn er von ihr erführe, nicht heiratsscheu gemacht würde. Sie redete vergebens; Susanne blieb mit laut und leidenschaftlich pochendem Herzen von ihr abgewandt. Da wußte Käterchen schon, daß, wenn sie noch lange dumme Entschuldigungen vorbrachte, das Fräulein dann nach ihr herumfahren würde. Grüß Gott, und so ...

ob sie dann morgen noch ein glattes Gesicht hatte? Da schwieg sie lieber und verdrückte sich.

Als Susanne in tiefem Dunkel das Atmen ihrer Kätzi fühlte, lief ein warmer Schauer von inniger Liebe über ihren Körper. Sie wußte nicht recht, galt diese fromme Sehnsucht noch der Kätzi oder bereits dem Doktor.

In ihrer Kammer entkleidete sich Käterchen, die sich ständig als Erdachse fühlte, um die sich die ganze Welt drehte. Immerfort flog ihr ganzes bisheriges Leben und die Vergangenheit, von ihr kritisiert sowohl als bewundert, an ihrem hornöchsigen, geistigen Auge vorbei. Und das Bild der Zukunft war eine eifersüchtige Feindschaft gegen den Doktor, zugleich mit einem Mord an der Katze.

* * *

Der große Krieg hatte allmählich die Welt verändert. Man aß nur noch mit Atembeklemmung und gegen Aufopferung seines Vermögens. Die Landwirtschaft hatte üppige Felder, aber die Bauern wollten auch einmal dickere Gestalt gewinnen. Der Bauch wich von den Städten und lebte in Sommerfrische. Die Reiche formten an ihrer politischen Frisur, um den Magen sein Knurren vergessen zu machen. Majestäten entthronten sich auf eigene Initiative, denn das Blut war kostbar. Man bedauerte allgemein, daß es an den Fronten in Strömen floß, während man innerhalb seiner Grenzen das altgewohnte Leben nicht aufgeben wollte. Wäre doch der Krieg geblieben wo der Pfeffer wächst! war die allgemeine Redensart. Nur einzelne atmeten den frischen Luftzug, der über den Menschen fächelte. Sie waren die Empfindenden, die Idealisten, deren Existenz erst hundert Jahre nach ihrem Tode als berechtigt anerkannt werden konnte.

Dem Doktor knurrte jedenfalls am Morgen nach der Verlobung der Magen, und er besann sich, krampfhaft auf einen Wandfleck stierend, ob durch sie überhaupt eine Wandlung zum Besseren entstehen würde, ob er nicht längst vorher verhungert sein würde, bis die Mission des Taifun und seines Hauswirts sich auch an ihm erfüllte. Er konnte doch unmöglich seine liebe Susi anpumpen, wodurch möglicherweise alle ihre Passionen zerstört wurden. Wogegen er versichert sein konnte, daß sie sich bei zuvorkommendem, galanterem Benehmen alle Liebesleiden getrost einige Wochen auflud.

Um zehn Uhr vormittags wurde er inmitten einer Lebensmittelrevolte grün und blau geschlagen, ohne irgendwelche Sünde begangen zu haben. In diesem Zustande fand ihn Käterchen, welcher er an der Ecke der Petersburger Straße das Versprechen abnahm, daß sie dem Fräulein nichts berichten sollte. Irgendeine öffentliche Zuflucht fand er auch nicht, denn wegen Fürwitzigkeit war die größte Berliner Zeitung verboten worden, und man hatte auf der Redaktion keine Zeit mehr für ihn. Die Bühnen kämpften mit der Sorge, ihr Spiel aufrecht zu erhalten. Aussichtslos und zerknirscht warf er sich zu Hause hin, zu wenig Blut im Leibe, um an der Liebe Erfrischung und Aufrichtung erfahren zu können.

Da überraschte ihn der offene Besuch der Frau Polizeirat, die ihm namens ihres Mannes ein Abstandsfrühstück brachte, das sie durch Vermittlung einer ostpreußischen Tante sehr frugal hatte gestalten können. Eine Gänsekeule und einen Hühnerflügel, sowie eine Flasche Burgunder.

Sie setzte sich selbst zu ihm an den Tisch. Er getraute sich kaum mitzukauen, weil er das für Verrat an Susanne hielt. Aber Clothilde tröstete ihn und versprach ihm, nach genossenem Imbiß ihn auch sonst in Ruhe zu lassen. Er dankte es ihr, daß sie ihm nicht mehr als Gespenst zu erscheinen versprach, wenngleich eine bezwingende Wucht von ihrer Leidenschaft ausging. Es hätte ja auf Susannes Neigung sehr ungünstig zurückwirken müssen, wenn er wie ein ausgelaugter Hering zu ihr kommen würde. Darum sollte er das etwa Verlorene durch den Burgunder wieder hereinbekommen. Es war allmählich zu bekannt geworden, daß ein einziges gutes Essen schon die Muskeln straff ziehen konnte. Ja, das waren Zeiten. Wer lernte da nicht an dämonische Schöpfungen glauben. Bald regierte wieder der Teufel in seiner Hölle, wenn man mit mehr Nacht leben mußte. Das viele helle Licht, das aus der Vergeudung der Kohlen seinen Ursprung nahm, hatte den Menschen bisher fälschlich die Illusion erzeugt, daß es das Licht des Geistes sei. Klägliche Wissenschaften, die sich über die Verhältnisse erhaben dünkten. Der Teufel begann in kurzer Zeitspanne wieder seinen schwarzen Schwanz zu rühren, wenn man von vier Uhr mittags bis nächsten Morgen um acht Uhr in schwarzer Nacht saß. In den Fabrikschlöten konnten sich die Spinnen einbauen, oder es konnten Himmelsoperngucker aus ihnen gemacht werden, oder auch Denkmäler an die übergeschnappte Zeit der Industrie. Wenn der Krieg der Menschheit solche Lehre gab, dann allein war er nicht vergebens geführt; sonst aber war das Blut dem Satan zur Betäubung in den Schlund gegossen.

Die Freundin nährte gern diese graue Zukunftsmalerei. Diese graue? Der Doktor sah nur in dem Aufhören der Industrie und aller ihrer menschheitsverwöhnenden Kulturgaben das werdende Glück. Die vielgerühmten Genies, Newton ... waren feindliche Engländer, deren Denkmäler in den Kanal geworfen gehörten.

»Ich freue mich vor allem auf Susischens Landhaus«, sprach er, und wechselte mit seiner Dame einen verstehenden Blick.

»Dann werden Sie uns bald vergessen haben, Herr Doktor?« frug ihn die Freundin.

Er stützte den Kopf nachdenklich auf und seufzte: »Ach, alles ist ein kaum lebenswerter Schwindel, auch der Landbau. Was ist nun eigentlich die Rettung für die verzweifelte Menschheit?« Er dachte nach.

»Es ist schade, daß der Burgunder zu Ende ist«, hob Clothilde die Flasche.

»Oh Freundin, warum Ende? Ich suche lieber Anfang«, stieß er hervor.

»Ach«, meinte wieder sie, »wie man es auch anfängt, es wird doch niemals richtig. Es gibt als Rettung nur die Gedankenlosigkeit.«

»Sie haben recht«, sprach der Doktor und ließ seinen Kopf in seine Hände fallen.

»Das Triebleben wäre das.«

»Dem Trieb des Herzens folgen, ohne nachzudenken!« Seine Augen irrten im Zimmer umher. Was würde er dann in diesem

Augenblicke anfangen? Er wußte es. Und doch blieb er zu furchtsam, jetzt zur Tat zu schreiten.

Die Frau lachte herzlich über ihn, steckte die Handschuhe auf die Finger und verließ ihn.

»Warten Sie«, stammelte er. Das Frühstück stieß ihm auf und tröstete ihn wirklich in seiner verworrenen Einsamkeit. Es war eine glückliche Idee Ganswinds, daß er ganz für ihn sorgen wollte. Er war zu keiner Sorge mehr fähig, weil ihm nichts mehr erjagenswert schien. Susanne?! Vielleicht war es seine letzte größte Dummheit und verkrachte Spekulation?! Er zog sich nun zum Ausgang an, zu dem verabredeten Zwecke, heute mit ihr weiter zu girren.

Er war ungefähr ein Mensch, der alle fünf Minuten eine neue Lebensanschauung hatte. Alle Eindrücke nahm er von außen auf wie eine Phonographenplatte. Da war es kein Wunder, wenn dann und wann eine große innere Verwirrung in ihm entstand, sobald das ganze aufgenommene Orchester auf einmal losgelassen sein wollte. An jeden stärker markierten Ton klammerte er sich solange, bis ihn ein neuer noch stärkerer Ton mitriß, dem er sich wieder an die Fersen hing. Es fehlte ihm das Gedächtnis und der wichtige Verstand, alles Erlebnis einer Hauptidee einzugliedern und einzuordnen. Das zeigte ihn überall als einen vorurteilslosen Menschen, zwar kritisch und polemisierend, aber nicht mit dem Zwecke, seiner Umwelt beizukommen, sondern nur, um sich selber zu orientieren. Selbstverständlich war er mit fortschreitendem Alter immer hilfloser geworden, weil die Orientierung, bei den Menschen gemeinhin als Instinkt funktionierend, bei ihm durch die kompliziertesten Erwägungen geschah. Sie war darum stets falsch, sobald etwas auf seine eigene Initiative geschah. Er wußte das allmählich und fügte sich darum willig den Entschließungen und Lenkungen des Taifun.

Die äußeren Eindrücke beulten ihn ein wie eine Blechkanne, ein modellierender Bildhauer hätte ein feines Kubistenmodell an ihm gehabt.

Er hatte bereits einen Künstlerruhm geerntet, aber er hatte nicht verstanden, sich ihn zu erhalten; darum hatte er zuletzt alles verloren. Mit bewußter Erkenntnis wollte er sich darum jetzt und fernerhin den Menschen preisgeben und anvertrauen, wo sie mit ihm hinsteuerten. Deswegen hatte er auch den Schritt zur Braut getan.

Das war ein verlockender Mann für ein Weib. Und Susanne konnte sich auf den Tag, an dem sie die Herrschaft über ihn antreten würde, freuen. Allerdings war sie zahm und schmiegsam veranlagt und hatte, ihrer kleinen Herkunft sich bewußt, vorerst eine demütige Voreingenommenheit von des Bräutigams innegehabter Berufsstellung.

Eine erste Wichtigkeit war für Susanne, Käterchen auf die neuen Verhältnisse einzudrillen. Käterchen mußte sich vor sie auf die Fußbank setzen. In dieser tieferen Stellung hatte Susanne den Vorteil, ihr bei den Lektionen genügend etwas auswischen zu können, ohne daß sie gewandt genug entfliehen konnte.

Sie begann. »Erstens, wer bin ich?«

»Fräulein Susanne«, war die Antwort.

Darauf klatschte eine Ohrfeige.

»Aber was ist denn das?« jammerte Käterchen und wollte aufstehen, wurde aber von Susanne auf die Fußbank niedergehalten.

»Gnädiges Fräulein; nie anders, wiederhole!«

»Gnädiges Fräulein«, wiederholte Käterchen heulend.

»Verstehst du. Wir sind sehr steif zu einander. Du hast mich niemals anzulachen. Dagegen stets ihn, damit mein Bräutigam weiß, daß ich stets nur aufs beglückteste von ihm rede«, instruierte Susanne weiter. Und Käterchen bemühte sich, das Lachen sofort zu üben.

Susanne sah ihren lachenden Grimassen zu: »Nein, du lachst falsch, du lachst ja, als ob du ihm gern Heimlichkeiten verraten würdest. Du hast so zu lachen, daß es ausdrückt, wie geliebt der Herr Doktor ist.«

Käterchen lachte nach ihrer Backpfeife nun so strahlend, als ob sie das Gnadenlicht der Mutter Gottes über sich ausgegossen sähe.

»Es ist gut. Noch einmal. Noch einmal. Nun untersteh Dich aber und mache nur einmal ein anderes Gesicht, dann zerschind' ich Dich, dann zerkratz' ich Dich!« drohte Susanne mit bissiger

Erregung. Käterchen saß da wie ein geduldiges Opferlamm. Das stachelte Susannes Leidenschaft zu Quälereien. Am lockendsten war es, daß Käterchen älter war und schon ein Kind gehabt hatte. Das alte Stück hatte kein Menschenrecht. Von Tag zu Tag wurde die Sucht, sie zu quälen, stärker.

»Und dann verlange ich künftig, daß du dich mehr zofenhaft kleidest. Einen weißen Stehkragen und eine Krawatte, einen weißen Spitzenunterrock, Handschuhe und grüne Strümpfe.«

Käterchen wollte ein Erstaunen äußern, da hatte sie die zweite. Käterchen wollte aufspringen, wurde jetzt aber gewaltsam auf ihren Schemel niedergerungen.

»Das sieht nicht gut aus«, schrie Käterchen. »Diese Wut, die Sie haben, die beweist es, daß das Verhältnis nicht von langer Dauer sein wird. Sonst wären Sie nicht so wütend!«

In der Tat sah dieses Betragen Susannes wie die Angst vor dem sicheren Verluste aus. Es war begreiflich, daß eine Jungfer, wie sie, bereits nicht mehr an die Beständigkeit des Verlobungsglükkes glauben konnte.

Susanne freute sich am Ringkampfe mit Käterchen und benutzte die Gelegenheit, ihr wüste Stöße zu geben, die sie mit frohlockendem Lachen begleitete. Und Kätzi half mit, indem sie um die Herrin herumschmeichelte. Käterchen war eine Bestie, die wegen ihrer Treue jedes vernünftige Wesen ärgerte, denn es war doch alles Hinterlist und Egoismus.

»Ich werde bei Onkel und Tante gehen!« schrie sie, und Susanne bäffte ihr nach, wie sie heulte. »Wäh, wäh, wäh.«

»Das kann ich nicht mehr aushalten von einem so jungen Ding!« schrie Käterchen. »Schämen Sie sich doch, einer Frau so derb auf den Bauch zu stoßen.«

Darüber war Susanne bloß entzückt und rieb Käterchens beide Backen mit den Händen. »Du bist ein dummes Luder, Käterchen.«

Sogleich ging es wieder wie ein freundlicher Lichtstrahl über Käterchens Gesicht. Sie schüttelte den Kopf und jammerte: »Da soll man Sie nun wieder verstehen.«

»Meine größte Liebe zu dir wäre, wenn du dich hinmachen ließest.«

»Aber warum denn das?«

»Du denkst es, glaub' ich, ebenso bei Kätzi.«

Da wußte Käterchen, woher die Quälerei kam. Weil sie gestern abend gesagt hatte, das Fräulein sollte die Katze abtun. Diesen Gedanken müßte sie sich, scheint's, aus dem Kopfe jagen, sonst ging es ihr noch selber an den Kragen. Und es war doch ein Irrtum vom Fräulein; sie konnte Kätzi wirklich nicht leiden.

Na, dachte Käterchen, vielleicht haßte das Fräulein sie auch. Sie befolgte ergebenst alles, was ihr befohlen war. Sie mußte sich etwas Wäsche kaufen, wozu sie einen Bezugsschein brauchte. Das gab einen ganzen Tag Ausgang. Und sie verstieg sich nicht bloß zu Onkel und Tante, sondern auch zu Schellenhauer. Und sie kam beim Polizeirat vorbei; da war sie so frech, zu denken: der hat auch immer Interesse, und ging zu ihm hinein.

Dabei erzählte sie über ihr Fräulein alles, was sie wußte. Der Polizeirat strich seinen Knebelbart und dachte nicht daran, die Verlobung des Doktors zu stören, wie das Käterchen gewünscht hätte nach Preisgabe des ganzen Lebenswandels. So gehörte Susanne dem Doktor, dieser eingebildeten Berühmtheit. Sollte der Taifun noch einmal eine Enttäuschung mit dem erleben, so war es dem Polizeirat möglich, an Größe zu gewinnen.

Käterchen verließ sein Amt mit schlechtem Gewissen und doch mit der Befriedigung, sich endlich an ihrem Fräulein gerächt zu haben. Sie wußte leider nicht, wie der Polizeirat mit den Zähnen hinter ihr her knirschte. Diese exotische grausame Pflanze mußte er sich, es wurde von Tag zu Tag schmerzlicher, entgehen lassen.

Im casus eventualis konnte er sie höchstens auf die Liste lästiger Zuwanderer schreiben. Dann spielte man mit ihr Katze. Das Dienstmädchen hatte vielleicht noch manches aus ihren eigenen Beziehungen zu der Herrin verschwiegen. Er wollte doch einmal mit Ganswind reden.

Während Susi und Fredi miteinander schmachteten, daß sie jedesmal beide zu sterben glaubten, wenn sie sich trennten, wurde hinter ihnen um ihre Zukunft gespielt.

Sie glichen zwei seligen Kindern, die nicht ahnten, was das Leben ihnen bringen könnte. Aber vielleicht war das Glück ihres

Kindertums so stark, daß alle hinterrücksen Szenarien nur vorhanden waren, um sie tatsächlich gemeinsam emporzutragen.

Der Doktor vertraute auf den Taifun ganz.

Susanne auf den Doktor.

Der Schellenhauersche Prozeß nahm seinen Anfang, und Ganswind beteiligte sich sehr, bis der Prozeßkonflikt gefunden war. Trotzdem hatte der Vollbeschäftigte noch Zeit und Willen genug, des Doktors persönliche Angelegenheit als eine Hauptsache zu betreiben. Warum, wußte zunächst niemand. Es war Freundschaft. Man sprach zwar von einer Theatergründung, doch bis dahin lagen noch viele Sommer in der Dämmerung der Zukunft.

Der Polizeirat saß in dem denkwürdigen Müllersalon. Die Werke waren teilweise restauriert, und an einigen arbeiteten junge Talente, reine Genies; denn nach Ansicht des taifunistischen Prinzips gab es keine künstlerische Existenz, wenn sie nur Talent war; jeder Künstler war ein Genie.

Er sprach eingehend mit Ganswind und Hermione. Hermione warf energisch die Lippen auf, es war ihr nichts unbekannt. Sie hatte das meiste schon von Käterchen selbst erfahren, hatte aber doch mit Susanne recht herzliche und intime Stunden verlebt. Die Zornröte stieg ihr auf, weil sozusagen Enthüllungen gemacht wurden von Dingen, die eigentlich nur jedes Menschenkind selbst angingen. Doch mußte sie damit zurückhalten, daß sie bereits Bescheid wisse, denn das hätte auf den Polizeirat vielleicht einen schlechten Eindruck gemacht. Und sie konnte sich ihm nicht ausliefern.

Das Gescheiteste in solchem Falle war, alles abzuleugnen und als böses verleumderisches Dienstbotengeschwätz hinzustellen. Hermione erklärte, daß sie diese Erzählungen mit keinem Worte glaube.

»Dann sollte sie aber ihrem Mädchen kündigen«, sagte der Polizeirat, und er war eigentlich damit im Recht. Hermione dachte, daß Susanne das nie tun würde. Es wäre eher möglich, daß sie das Mädchen ausprügelte.

Ganswind war es am wichtigsten, klarzustellen, daß der Doktor an einem anderen weiblichen Wesen niemals Geschmack gefunden hätte. Das war gleichzeitig seine Entschuldigung für alle späteren Angriffe, warum er diese Verbindung inszeniert hätte. Denn damit schob er alle Schuld auf die Charakteranlage des Doktors, der das Bodenständige verachtete und dem Fremdartigen den Vorzug gab.

Ganswind sagte ganz richtig, der Doktor hatte ja über vierzig Jahre lang Gelegenheit, sich in Berlin umzusehen. Was konnte er dafür, daß er nichts Passendes unter den Berlinerinnen fand, daß erst eine Brüsselerin zureisen mußte, um ihn ins Garn zu spinnen.

Hermione wies auf den Fall des Hoteldirektors hin, der auch erst im Taifun die berühmte Roßstraße finden konnte. »Das war nun ein Berliner Pferd«, sagte sie, »und es ging ohne Ossi nicht weg. Das ist es eben. Wer will Ossi daraus eine Verantwortung machen. Sehen Sie selbst, Herr Polizeirat, der Doktor hätte bei uns auch noch andere gefunden, das weiß Frau Polizeirat.«

»Mm eben«, unterbrach sie der Polizeirat. »Auch eine andere. Ich meine doch, daß ich mir die Möglichkeit vorbehalten darf, eventuell das Fräulein in Verwahrung nehmen zu lassen.«

Hermione und Ganswind waren sprachlos. Ganswind wendete sich zornig ab und sagte mit verächtlichem Spiel der Mundwinkel: »Meinetwegen.«

Dem Polizeirat war es nicht recht, daß man ihm seine Einmischung übelnahm. Er schwieg verlegen und beobachtete, wie sich die anderen verhielten. Das peinliche Schweigen brach zuerst Hermione. Sie sprach wider Erwarten sehr energisch. »Den Taifun geht Ihre Sache gar nichts an. Ich glaube aber nicht, daß wir dann noch lange Freunde wären. Wen der Taifun durchgesetzt hat, der muß einfach Geltung haben. Da gibt es keine Polizei mehr.«

Der Polizeirat lächelte und freute sich jetzt fast auf den Augenblick, wo er den Freunden die Polizeigewalt beweisen konnte.

Ganswind ging unruhig umher. Da kam eine Störung in seine Pläne von einer Seite, von der er es nie erwartet hatte. Er hatte den Polizeirat für einen echten Kunstfreund gehalten; nun zeigte sich seine menschliche Seite. War er auch nur Unmensch, Publikum? – –

Hermione sprach unsinnigerweise immer weiter.

»Wir können ja das Ganze wieder aufstecken«, sagte Ganswind in zitternder Resignation. »Es ist mir allerdings peinlich, eine eingegangene Verpflichtung nicht einlösen zu sollen.«

»Das geht nicht, Ossi, – der Doktor kann dir solchen Schaden zufügen. Herr Polizeirat kannte Susanne doch auch schon vor der Verlobung.« Hermione schien mehr und mehr die Zurückhaltung zu verlieren.

»Davon hatte ich natürlich keine Ahnung, daß sich Herr Polizeirat ein politisches Verdienst erwerben wollte.« Sie opponierten ihm gemeinsam.

»Ein Verdienst?« frug der Polizeirat und überlegte gleichzeitig. An das hatte er bisher nicht einmal gedacht. Er hatte aus Pflicht und Diensteifer seine Bedenken. Wie stand es nun tatsächlich mit dem Verdienst? Eine Störung des bisher Angebahnten konnte ihm vielleicht wenig Lob einbringen, wenn sich eine der Parteien auflehnte. Vielleicht hatte er mehr Verdienst, wenn er die Ausländerin auf eine gute Art unschädlich machte. Nur mußte es rasch gehen. Er frug deshalb weiter: »Könnten die zwei etwa binnen drei Wochen heiraten?«

Über diese Alternative waren Hermione und Ganswind sehr überrascht. Zuerst sprach er von strafdrohender Verfolgung und nun plötzlich von einer raschen Eheschließung. Beide versicherten ihm, daß die Hochzeit binnen kurzem stattfinden könnte.

Die Konferenz nahm hierdurch plötzlich eine ganz andere Wendung. Man vereinigte sich einmütig, eine Beschleunigung in alle Vorbereitungen für die Hochzeit zu bringen. Ganswind hatte verschiedene Male den Hörer des Fernsprechers am Ohre. Der Hauswirt versprach gegen den Mieter, der noch hier wohnte, eine einstweilig vollstreckbare Verfügung zur Räumung innerhalb Monatsfrist zu erzwacken. Dann sollte neu vorgerichtet werden beziehungsweise nicht, weil ja keine Handwerker aufzutreiben waren. Das Möbelverleihgeschäft wurde angerufen. Die Kommanditgesellschaft. Der Olympdirektor. Für solche abgehetzte Sache war Ganswind viel eher zu haben als für einen Abbruch der Angelegenheit. Die Doktorehe wurde wie eine Theateraufführung inszeniert, wo man nicht hinter die Kulissen sehen und nicht nach dem stillen Hohlraum fragen durfte, den das Gebäude darstellte, wenn nicht gerade gespielt wurde. Für das Leben auf der hingestellten Szene blieben dennoch Doktors verantwortlich. Es wurde ihnen alles übergeben, ein fertiger Betrieb. Wenn sie nichts damit anzufangen wußten, so war es ihre Schuld.

Es wäre eine Grausamkeit gegen jedwedes Menschenkind gewesen, wenn man es plötzlich auf einen Thron gesetzt hätte, um König zu spielen. Das hieße ungefähr, einem Eisbär den Äquator zu verordnen.

Ganz so schlimm war natürlich diese Art der Hausstandsgründung nicht. Doch wie konnte jemand erwarten, daß sich die zwei in Verhältnissen zurechtfinden sollten, die man ihnen einfach in die Hände gab, ohne daß sie Bescheid wußten, wie sie entstanden waren. Da konnte entweder alles verloren gehen, oder sie mußten sich mit Krach die Köpfe zusammenstoßen.

Es machte selbstverständlich Hermione unendlich viel Freude, mit den Geschäftsleuten große Rechnungen auf unbekannte Kasse zu machen. Die Hauswirtin, Frau Rechtsanwalt Büffel, war fast übergeschnappt vor Entzücken, wie vornehm und niedlich zugleich Hermione das Heim in ihrem Hause für Frau Dr. Bäumler und ihren Mann herrichtete. Büffel hatte auf das Ganswindsche Institut einem schweren Kavalier beziehungsweise dessen hinterlassenen Erben die schönsten Federn ausgerupft.

Währenddem für sie vorbereitet wurde, gingen die beiden durch Berlin spazieren. Die Stadt war nicht mehr so krüppellos wie einst im Frieden. Wenn früher auf einem Platze oder an einer Ecke ein Mann ohne Beine in einem engen Kärrelchen zum Betteln postiert war, so widerte das an. Jetzt begegnete einem mancher überzwerge Mann, der mit unbeachtenden Blicken gestreift wurde. »Ah, guten Tag, Herr Kickerling, wie geht's?« »Danke sehr, gut.« Er trug zwar mühevolle Gebrechen an sich, aber es wäre unanständig gewesen, wenn er darüber geklagt hätte. Sonst hätte er die Ehre verloren, der Herr Kickerling, in Firma Tugendhubel, zu sein.

»Siehst du, das ist der Mann, der mir immer im Schillercafé gegenüber gesessen hat.« Susanne mußte sich alles scharf merken, was ihr durchaus nicht schwer fiel. Die Hauptaufgabe der verliebten Braut war das Gedächtnis für alles, was der Herr Bräutigam sprach und erzählte, was er ihr zeigte, und wo er sie hinführte. Sobald er Susanne einmal ertappte, daß sie etwas nicht wußte oder falsch, so war der Doktor tief verletzt und besann sich, ob das die Liebe war. Susanne aber, die zwei ungewöhnlich weite Augen im Kopf hatte, behielt alles genau, so daß es dem Doktor immer heißer und weher ums Herze wurde und er dauernd verschwiegene Plätze mit ihr aufsuchte, um sie dort für vorläufig abzumurksen. »Ach, wenn wir dann in der Wohnung sind!« seufzten sie. Eigentlich nur deshalb wünschten sie die Wohnung, für die andere Zeit gefiel es ihnen besser in dem geheimen Gasthaus, das ein pensionierter Oberkellner eingerichtet hatte, wo man Schinken und Braten essen konnte, so viel man wollte. Wenn es ihre künftige Ökonomie gestattete, so brauchte sich Susanne nie mit einer eigenen Küche abzugeben. Sie rechnete ihm vor, daß ihr Frühstück allein dreihundert Mark verschlungen habe. Im Hotel aßen sie für zwanzig Mark. Unterwegs machten sie viele interessante Bekanntschaften. Eine reizende Frau Kupfer mit der weniger schönen Tochter. Sie veranlaßte beide, zu einem Tee zu ihr zu kommen. Die feinsten Kreise berührten sich dort mit den mittleren und niederen, aber mit gleicher Sucht, den Magen zu füllen. Es gab Leberwurst- und Käseaktien zu erwerben, die halbmonatliche Dividenden von dreißig Prozent abwarfen. Sie trafen auch mit einem Studenten zusammen, der ihnen erzählte, schon fünfundzwanzigmal als Hochstapler verhaftet worden zu sein, daß er aber jedesmal freikomme, weil er gute landwirtschaftliche Konnexionen habe.

Eines Tages kamen sie am Taifun vorüber und glaubten, es wäre Anstandspflicht, sich wieder einmal blicken zu lassen. Man zeigte sich ihnen deswegen aber sehr ungnädig. Wollten sie denn spionieren, was für sie oder ob für sie gearbeitet wurde? Dabei erzählten sie Büffel und Hermione von Madame Kupfer. Büffel erklärte schmunzelnd, daß er sich trotz der hohen Dividenden nicht beteiligen wolle, weil sich die Dame eines zu großen Vertrauens erfreue und deshalb keine arbeitsfreudigen Kapitalien suche, sondern solche, die bisher über faule Beschäftigung zu klagen hatten. Innerhalb sechs Monaten wäre sie bankerott und würde erst einige Jahre Gefängnis absitzen müssen, ehe sie im alten Stile mit den alten Freunden fortfahren könnte. Susanne staunte über diese Enthüllung, fand es unglaubhaft und saß am nächsten Tage wieder mit Fredy bei Kupfers. Als sie aber Geld geben sollte, zeigte sie sich zögernd, denn sie hatte keines. Vor dem Doktor brauchte sie sich aber durch die Ablehnung keine Blöße zu geben, weil ja Büffel die Frau als unsicher hingestellt hatte.

Der Doktor sagte, er würde es doch gegeben haben.

Susanne war darüber erfreut und jauchzte vor Vergnügen, daß sie endlich einmal Gelegenheit gehabt hatte, ihren Reichtum zu heucheln.

Nach dem unnötigen Besuch beim Taifun, wo man sie lieber noch nicht gesehen hätte, weil man erst mit fertigem Material aufwarten wollte, lag ein schwefelgelber Brief auf Susannes Schreibtischchen. Käterchen hatte ihn lange genug mit Argwohn betrachtet, ehe Susanne gegen zwei Uhr morgens nach Hause kam, auf dem Umwege über den Viktoriaplatz.

Käterchen hockte immer stundenlang wartend und nickte in heftigen Pendelausschlägen auf ihrem Stuhle in der Küche. Sie hörte selten, wenn Susanne eintrat, und mußte von ihr häufig durch ein unter die Nase gehaltenes Zündholz aufgeschreckt werden.

Was war das! Susanne stand vor ihr, in der einen Hand den gelben Brief und in der anderen eine große Beißzange. Käterchen erschrak darüber bis in den Tod. Aus einem leichenblassen Gesicht starrte sie mit verschlafenen Augen. Es war etwa wie beim Erwachen am jüngsten Gerichte, wenn der Würgengel zu den Menschen kommt und sie ahnungslos überrascht, ob sie nun Buße getan haben oder nicht.

Susanne empfand nie Mitleid mit einer Untergebenen. Wozu auch? Sie hatte die Anklage gegen sie in der Hand. Hermione hatte ihr geschrieben. Es war so schlimm, daß sie nicht einmal bei ihrem letzten Besuch im Taifun der Sache mündlich Erwähnung tun konnte.

Susanne besann sich: sollte sie ihren Zorn selber an ihr auslassen oder das Geschäft einem anderen übertragen. Wie Käterchen leichensteinsteif vor ihr saß, hatte sie eine leise Angst vor dem Totschlag oder vor der langsamen Marter, denn das Vergehen Käterchens war der Folterung würdig.

Susanne frug: »Weißt du von etwas?«

»Ich? Wovon soll ich wissen?« war die Antwort.

Susanne bewahrte eine künstliche Ruhe. Sie sagte: »Steh' auf!«

Käterchen stand auf und wollte zu Bett gehen.

Susanne frug sie: »Wo willst du hin? Das könnte dir einfallen, dich ungestraft ins Bett zu stehlen. Bleib' hier! Stecke das Gas an! Koch' mir einen Kaffee!«

»Es sind keine Bohnen mehr da.«

»Die werd' ich dir besorgen.« Susanne ging ins Zimmer und suchte dem Scheine nach in ihrem Büfett, ob sie noch Kaffee finde. Die gehamsterten Vorräte waren zu Ende, das wußte sie so gut wie Käterchen. Aber Käterchen gehorchte wenigstens, steckte selber das Gas an und setzte den Kessel darauf.

Die Gasflamme brauchte Susanne aber nicht, um Kaffee zu kochen, sondern um ein Marterinstrument zuzurichten. Sie betrat bald wieder die Küche. »Du mußt recht haben, es ist kein Kaffee mehr da. Nimm den Kessel weg.«

Käterchen nahm den Kessel weg und wollte die Flamme auslöschen.

»Willst du gleich brennen lassen!« Susanne pufte sie zur Seite und legte ihre Beißzange auf die Flamme, damit sie heiß werde. Darauf befahl sie Käterchen, den Küchenstuhl neben den Herd zu stellen und sich darauf zu setzen. Käterchen gehorchte mit großem Widerwillen. Es kam ihr so vor, als ob ihre Herrin diesmal eine ganz scheußliche Handlung an ihr vornehmen wollte. Ihre Pulse schlugen heftig, und sie sah sprungbereit die Zange auf der Flamme.

Die Zange glühte schon an ihren Schneiden. Da befahl ihr Susanne: »Maul auf!«

Käterchen zitterte und hielt die Hände vor den Mund.

»Maul auf! Willst du dein Maul aufmachen«, rief Susanne leise, damit niemand im Hause erwachte.

Käterchen öffnete nicht und hielt die Hände mit krampfhafter Abwehr vor das Maul, strampelte mit den Füßen und begann zu schreien, laut; sie grillte auf.

Darüber war Susanne so wütend, daß sie ihr einen Stoß gab, der sie vom Stuhle warf. Sie ließ die Zange auf dem Feuer liegen und ging aus der Küche mit den Worten: »So ein Schwein, das gleich schreit, kann ich nicht gebrauchen.« Hinter sich schlug sie die Türe zu.

Käterchen rappelte sich vom Boden hoch, stierte auf die Zange, drehte nach einer Weile den Gashahn ab, sprach mit heftigen Gestikulationen vor sich hin: »Jetzt weiß ich, was ich tue, ich rücke heute nacht aus; die soll sich einmal schneiden. Und wenn ich meine Sachen hierlassen muß.« Dann stand sie wieder eine Weile voll Nachdenken: »Was wollte sie denn mit der glühenden Beißzange?« Da sie dies nicht zu enträtseln vermochte, so legte sie sich todmüde und auch zu faul zur Flucht mit den Kleidern auf ihr Bett und schlief ein.

In der Nacht, während sie schlief, kam Susanne an ihr Bett mit verstörten Zügen. Sie betrachtete sie lange. Warum hatte sie sich nicht ausgezogen? Sie hatte ihr mit der Schere eine Verletzung beibringen wollen. Käterchen schlief mit weit aufgerissenem Maule, aus dem die schwarzen Zähne herausstanden. Diese Zähne hatte sie ihr mit der glühenden Zange herausreißen wollen. Sie kam jetzt auf die Idee, ihr eine Flüssigkeit in den Mund zu gießen.

Und das war reizend. Susanne nahm daran ein großes Vergnügen. Sie goß in einem feinen dünnen Faden, den die Schlafende fortwährend hinunterschluckte, bis die zwei Liter fast alle waren und sie plötzlich erwachte. Susanne hatte sofort auch das Gefäß zurückgezogen, und Käterchen schmatzte mit der Zunge und drückte sich an den Gurgelknopf, sah sich um und warf sich zurück aufs Bett. Susanne dachte in sich: »Du böses Luder, schlafe du nur, aber meine nur nicht, daß das alles sei, womit ich dich strafe.« Doch sie konnte sich wenigstens, weil sie über ihre Tat hatte lachen müssen, niederlegen und einschlafen.

Susannes Schlaf war unruhig; sie erwachte fortwährend in Angstzuständen, die Polizei komme zu ihr herein, um sie zu verhaften. Sie sah lauter Brüsseler Schutzleute von der alten Zeit. Dann waren es wieder Bilder von Paris, die sie aufschreckten. Auch mit der Eisenbahn hatte sie viel zu schaffen. Und das Schrecklichste war, daß Kätzi mit einem Rachen, größer als von einem Löwen, nach ihr gähnte und ihr mit der Tatze in das Gesicht schlug, daß es heftig blutete und zerfetzt hing. Der Doktor trat dann zu ihr hin und ekelte sich vor ihr, weil sie kein schönes Gesicht mehr hatte.

Am Morgen schien alles in Ordnung. Käterchen dachte an die verstrichene Nacht wie an einen unsinnigen Traum. Anders stellte sich Susanne die Traumbilder wie eine erlebte Wirklichkeit vor.

Sie verfertigte ihre Frisur ohne Käterchens Hilfe. Das tat Käterchen sehr wehe. Sie bat um Auskunft, was sie getan hätte. Ein stechender Blick von Susanne war die einzige Antwort. Nachdem Susanne gefrühstückt und sich angezogen hatte, befahl sie Käterchen, zum Zahnarzt Mauligel zu gehen.

Käterchen wollte anfangen zu zittern. Da drohte ihr Susanne: »Wenn du heute nicht gehst, so werde ich dir deinen schwarzen Rachen mit der Feuerzange in Ordnung bringen.«

Was sollte sie tun? Käterchen verwünschte sich, daß sie nicht ausgerückt war. Aber es war schon besser, sie ging zum Zahnarzt, als sie ließ sich von Susanne martern. Sie hatte zu sehr Respekt vor ihr, und wußte, daß sie die Drohung wahr machen würde. Sie tat ja auch sonst immer alles, was sie androhte.

»Und damit ich Gewißheit habe, werde ich dich selbst hinschaffen«, setzte Susanne hinzu. »Doch befehle ich dir, daß du selbst beim Zahnarzt den Wunsch aussprichst, deine Zähne neu hergerichtet zu erhalten. Verstehst du? Nicht daß du dort schreist und brüllst: ich will nicht. Sonst tut er es nicht, weil ich nicht das Bestimmungsrecht über dich habe. Schreist du aber, oder erklärst du, du wolltest keine Zähne, so komme ich nachher mit der Zange. Ich frage nämlich nichts nach dem Selbstbestimmungsrecht. Solange du bei mir bist, hast du nach mir zu tanzen. Verstanden?«

Käterchen konnte überhaupt nicht mehr sprechen.

Susanne fuhr fort: »Und wenn du etwa im Zweifel bist, warum

es ist, so lies den gelben Brief, den mir gestern Frau Ganswind schrieb wegen dir.«

»So gemein«, sagte Käterchen, »die hat so schön mit mir getan. Und jetzt verrät sie mich.«

»Cochon!« triumphierte Susanne, »das ist es nicht. Aber du cochon, jetzt hör' ich ja von dir selbst, daß du mich verlästerst, wenn man dich beschwatzen kann. Du dumme Kanaille, Schwarzwild, Schwarzwaldsau, du bist bei Polizeirat Löwe gewesen. Weißt du, was du bist?« Susanne fuhr auf und stand vor ihr mit dem Frühstücksmesser, das sie ihr an die Gurgel ansetzte. »Soll ich, Vieh. Soll ich?«

Käterchen stand bewegungslos. Was sollte sie auch antworten oder womit sich rechtfertigen?

»Weißt du, was man mir schrieb? Ich soll dich hinauswerfen, sonst könnten wir nicht heiraten.« Käterchen war so versteinert, daß sie auch hierauf nichts erwidern konnte.

»Nimm deine Sachen und geh!« sagte jetzt Susanne mit gieriger Spannung.

Käterchen blieb regungslos stehen. Sie überlegte, wie die Menschen so dumm sein konnten und anvertraute Geheimnisse ausplaudern. Sie hielt sich für bloßgestellt und schämte sich. Sollte sie nicht am besten aus dem Hause gehen? Ihr Ehrgefühl war verletzt, weil man sie ertappt hatte.

»Überlege es nicht lange, du bist uns im Wege. Warum bedenkst du so etwas nicht früher, ehe du mich verlästerst. Wenn ich dich behalte, so glaubt man dir deine Gemeinheiten«, erklärte ihr Susanne mit verhältnismäßiger Ruhe. Und Käterchen sagte daraufhin trotzig: »Sie sind auch wahr.«

»Wahr?« Susanne erlitt fast einen Schlag. Dann aber faßte sie sich und erörterte ruhig: »Ich habe geglaubt, du seiest mit allem einverstanden, was wir taten.«

Käterchen sah sie an: »Davon sagte ich nichts.«

Mehr interessierte Susanne nicht, die weitere Verhandlung mit Käterchen war nur noch ein unterhaltendes Spiel. »Dann möchte ich aber wissen, warum die Leute haben wollen, daß du von mir weggehst«, frug Susanne.

»Ich habe von den Kapitänen in Brüssel erzählt, und daß Sie mit der Katze so verrückt sind, und dann, daß Sie mich halbtotschlagen«, klagte Käterchen mit gesteigerter Rede und begann zu weinen.

Susanne sah ihr lächelnd zu und sagte nach einer Weile mit bedauernder Verstellung: »Ja, es tut mir leid, du hast es angerichtet, die Leute fassen das eben penibel auf. Und daß ich dich halbtotgeschlagen hätte! Der Doktor soll nun eben einen angenehmen ungestörten Haushalt bekommen. Wenn dann solch ein ausgeschämtes Vieh, wie du bist, da wäre, so ginge das allerdings nicht. Aber hab' ich dich denn halbtotgeschlagen?« setzte sie wieder heftiger werdend hinzu und schlug sie.

»Sie schlagen mich ja schon wieder!«

»Das möchte ich wissen, was das den Polizeirat angeht!« schrie Susanne. »Und ob ich dich schlagen kann, das möchte ich auch wissen.« Damit ging ein wahres Trommelfeuer von Faustschlägen über Käterchen nieder. »So, hast du jetzt genug?« sagte Susanne atemlos und ging zu Kätzi auf den Diwan, redete mit ihr und suchte Kraft und Trost aus der Erschöpfung. »Kätzi, wie bös sind die Menschen«, sprach sie. »Und seit ich verlobt bin, wirst du armes Liebchen auch so vernachlässigt, komm, komm.« Kätzi schnurrte und verstand alles.

Käterchen zählte draußen die Püffe und dachte, bei ihr hat alles keinen Zweck. Ich bin eben nun ein ausgestoßenes Menschenkind; sie soll mich vollends totprügeln, dann bin ich da, wo ich hin will. Sie schluchzte und dachte an den Schwarzwald zurück, wo sie doch auch einmal ein ganz nettes Kind gewesen war, mit dem die Leute freundlich taten. Womit hatte sie das herbe Los verdient!

Es war offenbar, daß zwischen die zwei zusammengewöhnten Weibswesen nur die Idee der Verehelichung einen Keil getrieben hatte. Käterchen wäre es früher niemals eingefallen, ihre Herrin gewissermaßen zu denunzieren.

Käterchen faßte zuerst den Entschluß, mit Susanne zu reden. Sie begab sich ins Zimmer und tat, als ob es dort zu tun gäbe. Susanne freute sich darüber, sprach nichts, lächelte vor sich hin und rollte Kätzi in scheinbar tollem Spiel über die Länge des Diwans. Plötzlich trat Käterchen an den Diwan und schaute dem Spiel zu, wie um sich gleichfalls zu unterhalten. Weil aber Susanne immer weitermachte, ohne von ihr Notiz zu nehmen, mußte sie das Maul auftun. Sie wollte es aber schlau machen. Sie sagte: »Dann werd' ich mich also bald verabschieden.«

»Jedenfalls«, war Susannes kurz hingeworfene Antwort, und sie rollte Kätzi unaufhörlich weiter.

»Einmal hatte das Fräulein gesagt, wir zwei beide würden ewig miteinander aushalten.«

Susanne schwieg und rollte die Katze.

Na, dachte Käterchen, da muß ich schon mit schwererem Geschütz kommen, und warf sich über Susanne. Das hätte sie aber besser unterlassen, denn Susanne sprang auf, schleppte die Katze mit sich ins Schlafzimmer, und verriegelte die Tür. Was nun? Da stand sie mit ihren Kenntnissen. War sie denn nun gekündigt oder sofort entlassen oder konnte sie bleiben? Das war schlimmer als Prügel, dieses Schweigen.

Sie blickte durchs Schlüsselloch, konnte aber nichts sehen, weil Susanne das Handtuch vorgehängt hatte. Hören konnte sie auch nichts. So ungemütlich war es während ihrer ganzen Dienstzeit nicht gewesen. Wenn das Fräulein in dieser Art mit ihr anfing, daß sie fremdtat und sie wie Luft behandelte, dann ging sie eben doch noch. Während sie vor der Türe stehend alle möglichen Entschlüsse faßte, hatte Susanne bereits das Nötige gehandelt. Sie hatte sich zum Ausgang fertig gemacht und kam nun heraus.

Sie sprach: »Ich überlasse es dir. Du kannst nun mit mir kommen oder du kannst deine Sachen packen und gehen.«

Also, nun gings nicht mehr anders: entweder ging sie mit zum Zahnarzt oder sie mußte aus dem Hause. Sie sah Susanne mit flehenden Augen an.

Susanne lachte: »Ja, ja, so geht es den dummen Leuten allen. Sieh mich nicht so dumm an. Ich glaube, damit wird sich auch der Polizeirat zufrieden geben, wenn er hört, daß ich dir zur Strafe dein ganzes Maul ausreißen ließ.«

Käterchen machte krampfhafte Versuche, Tränen hervorzupressen, aber das klang wie der Husten eines Hundes, und sie verfehlten jede Wirkung. Ohne Gnade mußte sie mit Susanne zum Zahnarzt gehen. Unterwegs gab ihr die Herrin noch einmal genaue Verhaltungsmaßregeln. Sie stieg mit dem Dienstmädchen die Treppen hinauf bis an die Flurtüre von Mauligel. Käterchen wollte nicht hineingehen; da gab ihr Susanne zuletzt einen kräftigen Stoß, daß sie bis in die Mitte der Diele hineinflog. Dann blieb sie auf der Treppe eine Weile stehen, bis sie sich überzeugt hatte, daß Käterchen im Wartezimmer saß.

Nachdem Käterchen lange genug gesessen hatte, riß ein mürrischer Kerl mit einem ganz zerhauenen Gesicht die Türe auf und schnauzte sie an: »Kommen Sie herein!« Da konnte es ja gut werden, dachte Käterchen, der hat eine Wut auf mich. Sie trat zögernd ein. An der Tür blieb sie stehen. Sie wollte fast wieder durchgehen, da war alles voll Marterwerkzeuge, voll Zangen, Sägen, Schläuchen, und ein hoher Stuhl stand in der Mitte, dem gegenüber der Herr eine Lampe mit Blendschirm entzündete. »Setzen Sie sich gefälligst.« Sie saß noch kaum richtig, da riß ihr der Herr schon das Maul auf und sagte: »Um Gottes willen.«

Was war da los?! Käterchen erschrak furchtbar, sie wäre fast aufgesprungen, aber der Herr drückte ihren Kopf nach hinten. Dann ließ er sie wieder los und sagte: »Sie lachen ja gar nicht! Haben Sie Angst, ich reiße Ihnen den Kopf ab?« Käterchen lächelte furchtsam. »Ja«, sagte der Herr weiter, »Ihnen risse man am besten das ganze Maul aus.« Käterchen fiel der jüngste Prozeß von Neukölln und Magdeburg ein. Da hatte ein Künstler auch geraten: »alles raus!« und hatte dann nicht einmal gewartet, ob ja oder nein. Wo hatte ihre Herrin sie hingeschickt?!

Weil Käterchen keine Antwort gab, fragte der Herr ungeduldig: »Los, los, Sie müssen sich entschließen, ich habe keine Zeit.« Käterchen legte statt aller Antwort den Kopf in das Kopfpolster zurück und sperrte das Maul weit auf. Der Arzt sah noch einmal in dem aufgerissenen Mund herum wie ein Dachshund im Fuchsbau. »Alles faul. Ja, was soll ich damit anfangen?«

»Gebiß«, war die hervorgegurgelte Antwort.

»Mm«, meinte der Arzt befriedigt und trat vom Stuhle weg. Käterchen blieb in unveränderter Stellung liegen und hörte den Handgriffen des Arztes gespannt zu. »Sie können das Maul ruhig zumachen«, tönte nach einer Weile des Arztes Stimme herüber. Er rudelte im Besteck, Käterchen blickte interessiert nach dem metallenen Geklingel hinüber.

Jetzt schritt er plötzlich auf sie zu. Was hatte er in der Hand? Einen großen schwarzen Lehmklumpen. Den stieß er ihr ins Maul. Sie erstickte beinahe daran. Er drückte ihr beide Kieferknochen zusammen. Dann mußte sie wieder öffnen, da zog er ihr den Klumpen wieder heraus. Was war mit ihr vorgegangen?! Ihre Augen waren ganz rot und das Wasser lief aus ihnen. Ihr Atem stieg schwer. Was kam da noch weiter? Nun kam er wieder an. Sie beobachtete scharf seine Hände. »Maul auf!« Gleich saß der Meißel am Zahn, und mit einem kräftigen Hammerschlag flog der erste an ihr Zäpfchen.

Sie schnaubte, fauchte, drückte, gurgelte und spuckte. Der Arzt hatte Mühe, ihren Kopf über das blaue Glasbecken zu lenken. »Weiter, bleiben Sie sitzen.« Käterchen starrte den Mann an: lieber Mann, sieh, ich bin in deinen Händen, ich vertraue dir, daß dir mein Leben heilig ist. Aber er setzte mit kalter Ruhe immer wieder das Eisen an. Käterchen wurde immer fassungsloser und rasender. »Wieviel Zähne hat der Mensch?« frug sie endlich mit winselnder Stimme. »Sie haben noch sechs«, war die Antwort. »Oh weh, noch sechs«, jammerte Käterchen. »Ich halt's nicht mehr aus«; sie verdrehte die Augen und preßte die Hände auf die Gedärme. »Bitte, ganz stillhalten!« Diesmal setzte er mit großem Bedacht und sorgfältiger Prüfung an, Käterchen sah sich mit Gewißheit dem Tode überliefert. Es hämmerte, sie schrie auf und bäumte sich, der Arzt stemmte die Unterarme auf ihre Kehle, jetzt machte er sie hin. Oh, Oh! ihr junges Leben! Sie quorkste: »Ich erstick', ich erstick'!« Schließlich stieß sie mit aller Kraft den Zahnarzt von sich, sprang auf und rannte im Zimmer umher. Der Zahnarzt blickte wie ein erhabener Feldherr kühl auf sie und sagte ruhig und lockend: »Jetzt kommt der letzte, wollen Sie nicht mehr?« »Nein, nein, ich kann nicht mehr, lieber stürze ich mich zum Fenster hinaus!« Sie schnaubte wie wahnsinnig. Da verzog sich des Arztes Gesicht zu einem vollen Grinsen, und er lachte laut. Käterchen stand jetzt still, krallte sich in den Haaren und machte zwei erhobene Fäuste gegen einen unbekannten Gegenstand. »So schlimm wird's doch nicht sein, Fräulein! Setzen Sie sich nur ruhig wieder! Oder wollen Sie wegen dem einen noch chloroformiert werden?« Käterchen guckte nach ihm hinum, wie eine Kuh nach dem Stallschweizer. »Bitte, kommen Sie, meine Zeit ist kostbar! Ich bin der einzige Zahnarzt im Bezirk, alle anderen sind einberufen. Es wollen noch mehr daran.« Käterchen dachte: chloroformiert werden, – das muß eine der sieben Qualen sein, und trottete langsam auf den Stuhl hinauf. Aber als er ansetzen wollte, hielt sie seinen Arm: »Halt, halt, ich bin noch nicht soweit.« Der Arzt wartete mit Geduld, bis sie ihren Kopf zurückgelegt hatte und das Maul weit aufsperrte. Mit einem fürchterlichen Aufschrei war die Prozedur zu Ende.

»Ausspülen.« Der Arzt trat vom Schemel, warf die Werkzeuge auf einen Tisch und wusch sich die Hände wie Pilatus. Käterchen nahm das Glas und hörte nicht mehr auf mit dem Spülen und Spucken. »In drei Tagen kommen Sie wieder«, sagte der Arzt. Da stellte Käterchen das Glas hin und ging rasch hinaus. Um alles in der Welt kam sie nicht wieder hierher.

Im Freien schien ihr die Welt ganz sonderbar. Der Bürgersteig befühlte sich wie mit Holzpantinen, alles war grell und laut. Die vorbeisausenden Straßenbahnen hatten ganz andere Glocken und die Menschen ganz sonderbare Mäuler. Wie ihr jetzt Susanne im Gedächtnis aufstieg, hielt sie sie für ein ganz gefährliches Unwesen, vor dem sie leider bisher zu wenig Angst gehabt hatte. Ihr Heimweg war das Tanzseil von der Vergangenheit zur Zukunft.

Wieder daheim, hätte sie gerne dennoch renommiert mit dem, was sie ertragen hatte, und sie bedauerte, daß ihr Fräulein nicht da war. Das hätte sie nun doch erwartet, daß man sich jetzt ein bißchen um sie kümmerte. Es waren ja hungrige Zeiten, aber ihr schien es doch, als müßte sie nun drei Tage völlig verhungern. Es war einmal schöner hier gewesen, da hatte das Fräulein solchen

Anteil an ihr genommen. Gäbe es doch der Herr, daß den Doktor der Teufel holte.

Sie brauchte dafür nicht einmal zu sorgen, denn der Taifun erklärte dem Doktor, daß sie sich auf dem Standesamt aufbieten lassen könnten.

Susanne war heute seltsamerweise nicht am verabredeten Ort erschienen. Das machte dem Doktor schwere Sorgen. Wollte sie sich nicht aufbieten lassen? Hermione und Ganswind wechselten besorgte Blicke. Sie gingen des öfteren aus dem Zimmer, wo sie mit dem Doktor zusammen saßen, hinaus und berieten sich immer wieder neu. Den Polizeirat traf die Verantwortung. Er war schuld, daß Hermione den Brief an Susanne geschrieben hatte. Wann hatte sie sonst einmal einen Brief geschrieben? Noch nie. Gleich ihr erster, gewissermaßen von Freundin zu Freundin, war schief ausgefallen.

Der Doktor wußte natürlich absolut keinen Grund zu nennen oder zu denken, warum Susanne heute nicht mit ihm zusammenkam. Gestern waren sie an einem Kinde vorbeigekommen, das ganz normal gewachsen war, dem aber das linke Händchen fehlte. An ihm hatte sich Susanne mit großem Mitleid lange aufgehalten, bis sie erfuhr, daß es so zur Welt gekommen sei. Es ging ihr das wohl sehr im Kopf herum, aber nicht so auffällig, daß sie etwa auf die Idee verfallen konnte, in ein Schwesternstift einzutreten.

»Und du denkst an die Möglichkeit?« frug Ganswind.

»Wir sprachen im Anschluß daran von Frauenberufen, weiter nichts«, antwortete der Doktor besorgt.

Auch Hermione ließ ihn gerne in diesem Glauben, denn man konnte ihm von dem Briefe nichts erzählen. Sie ließen den Doktor aber nicht von sich gehen. Lieber machte sich Ossi nach Susanne auf die Suche. Und der Doktor blieb solange mit Hermione allein im Taifun.

So geschah es. Ganswind fuhr zuerst zum Polizeirat, um mit ihm ein ernstes Wort zu reden. Sie hatten alle Vorbereitungen getroffen, so daß das Standesamt bereits spruchreif war. Und nun konnten durch sein sonderbares Verhalten alle Verknüpfungen und Besorgungen für die Katze sein.

Währenddem war Hermione mit dem Doktor zusammen. Auf diesen Augenblick hatte sie schon lange gewartet. Es kam ihr jetzt sehr zustatten, daß sie »Fredy« zu ihm sagte. Und sie war eine Meisterin freundschaftlicher Tonart. Ihre Rede war brüderlich. Dies hätte eigentlich eine zu weitgehende Annäherung verhindern können. Aber der Doktor hatte ein so schwaches Brustgehäuse, daß gleich der Boden darin durchbrach. Und dann sprachen sie in einer Weise über Susanne, daß ihr gegenseitiges Streben nach dem Gegenstand unausbleiblich wurde.

Hermione gestand dem Doktor endlich seine Zukunft: daß er als zweithöchster Gott neben Ossi im Taifunhimmel zur Anbetung kommen werde, wie Susanne die erste weibliche Gottheit werden sollte, wenn sie in der Schauspielkunst ausgebildet und unterrichtet war. Ich bin das All, setzte Hermione hinzu; und es war dem Doktor, als tränke er eine süße Säugemilch, er vergaß alles und gab sich ihr hin, dem All. Er durfte wunderbare Dinge schauen, die sie selbst Susanne bisher vorenthalten hatte. Der Doktor dachte, als ihm der Gedanke an die Wirklichkeit nach vier Stunden zurückkehrte: »Feine Sache, der Taifun hat eine Leitung, fein, fein!«

Susanne irrte planlos nach dem Doktor herum. Sie glaubte, daß er, weil sie um zwei Stunden zu spät war, wieder nach Hause gegangen wäre. An den Taifun dachte sie seltsamerweise überhaupt nicht. Ganswind war bei dem Polizeirat und erfuhr, daß Susanne vor kurz einer halben Stunde von ihm gegangen sei. Dieser sprach entzückt von ihr, daß er keinerlei Bedenken habe. Sie sei ein reines Kind.

Ganswind hörte dieser Lobeshymne des Polizeirats mit einem gewissen Ingrimm zu. »Vielleicht ist Ihre Erkenntnis zu spät«, sagte er.

»Ausgeschlossen«, antwortete der Polizeirat.

Ganswind wollte wissen, inwiefern das ausgeschlossen wäre. Der Polizeirat lachte wie ein Satyr, aber Ganswind gefiel diese Manier diesmal gar nicht. Es war durch ihn eine bedeutsame Störung in dem täglichen Rosenkranz der beiden Liebenden entstanden. Was nützte es, wenn er jetzt die Tugend pries, nachdem er dem Doktor eifersüchtige Gedanken eingeimpft hatte. Der alte Kavalier möge sich nur einmal vorstellen, was er dächte, wenn der Stundenzeiger seiner Geliebten zwei Stunden Verspätung aufweisen würde. Oder ihre Uhr so rappelte, daß sie womöglich den ganzen Tag nicht mehr zusammenfanden. Da schlüge ein dramatischer Charakter bereits Tische und Stühle in Trümmer. Und hier handelte es sich um einen subtilen Menschen, der mit umgekehrtem Kopfe die Welt betrachtete. Ganswind hatte sich gegen seine Gewohnheit heftig erregt.

Der Polizeirat suchte ihn vergebens zu besänftigen. Sah der Doktor die Welt umgekehrt an, so war er doch wohl einer, der froh war, wenn seine verirrte Braut überhaupt wieder zu ihm kam. Und daran war nicht der kleinste Zweifel, daß Susanne nicht ruhte, als bis sie ihn wieder fest geschlossen hatte. Wie er zu all seinen sicheren Vermutungen kam, konnte Ganswind nicht klar genug erforschen. Und geheimnisvolle Andeutungen galten ihm nichts. Es gab viele Kavalleristen, die taten, als wären sie die besten Reiter; ihre Reitbahn durfte man aber nicht betreten. Der Polizeirat erschien ihm ein Liebesmanager von sehr alter Schablone, wenn er es für einen Beweis von Susannes Charakter hielt, daß sie dem Mädchen zur Strafe die Zähne habe ausreißen lassen. Die tatsächlichen Verhältnisse ließ er gewiß unbeachtet.

Es war dem Polizeirat Löwe ganz neu, daß der Taifun auch ihn angriff. Zuerst wollte er sich vornehmen, tückisch zu werden. Nach Überlegung und Umwälzung in Clothildes Schlafstube wurde es ihm heller im Gemüte. Er konnte daran wahrhaftig erkennen, daß man ihn im Taifun nicht einfach zum Publikum zählte, sondern zu den Verantwortlichen, die unmittelbar neben den Künstlern ihre Geltung hatten. Das schmeichelte ihm sehr, er begab sich in der Folgezeit täglich in den Salon und zeigte sich sehr bemüht, den Mißton zu glätten.

Es war Ganswind sehr willkommen, daß er etwas rascher mit ihm verkehren konnte. Die höfliche, Hermione handküssende Art war bei Ganswind nur Oberfläche. In Wahrheit war der etwas zarte Mensch ein fürchterlicher Tyrann.

Susanne war endlich der Taifun eingefallen, wo der Doktor

sich wahrscheinlich befände. Dorthin gehen? Nein. Dagegen sträubte sich ihr Trotz, wie auch die Möglichkeit, daß der Doktor sie dort bereits mit Hermione zusammen ins Fegefeuer genommen haben könnte.

Deswegen kam sie zu ganz unerwarteter Stunde nach Hause.

»Das war auch einmal gut«, dachte sie. Käterchen hatte aber Glück: es war weder die Tante noch Schellenhauer da, die sie öfters als nur einmal besuchten. Dafür lag Käterchen auf einem blutigen Kissen schnarchend in ihrer Kammer. Susanne wich mit Entsetzen zurück, als sie das große blutrünstige Maul auf dem Kissen liegen sah.

Das erste Mal aber wandelte sie Mitleid an, sie streichelte ihr über die Stirne. Sie zeigte, daß sie nicht bloß mit Kindern, die sie nichts angingen, Mitleid haben konnte, – wie das die Art der Kokotten ist. Sie hatte dem Kinde mit dem einen Händchen gestern eine Mark in das andere gedrückt. Heute streichelte sie ohne Scheu vor dem Entsetzlichen ihr Aas. Sie kam sich wie eine Heilige vor. Sie hatte nun dem Polizeirat Opfer gebracht, indem sie sich als künftige Frau Doktor herabgewürdigt und sich zu ihm begeben hatte. Schon das hatte ihr ein gewisses Heiligkeitsgefühl verliehen. Sie nahm sich geradezu vor, das kindische Liebesspiel mit dem Doktor nicht weiter zu betreiben. Sie meldete sich lieber zum Krankendienst und brachte ihr sehnsuchtgepreßtes Herze zur Befreiung. Dann war sie keine Schwindlerin mehr.

Sie ließ Käterchen ruhig weiterschlafen und setzte sich nieder, Hermiones Brief zu beantworten. Sie schrieb mit kornblumenblauer Tinte auf ein nach feinster Lilienmilch duftendes Papier. Sie teilte Hermione ihre Absicht mit. Ich kann nicht anders, Gott helfe mir, war ungefähr der Sinn der Zeilen. Diese schrieb sie nicht mit den weiblichen Zügen Hermiones, sondern mit einer Wucht wie ein Botschaftsattaché, so daß den Empfänger bloß der feine Seifenduft verwunderte.

Während dieser Brief durch die Rohrpost pustete, lag der Doktor an einer starken Dosis absoluten Alkohols vergiftet auf dem Stubenboden des Gartenhauses in der dritten Etage des Hauses Viktoriaplatz 25.

»Da hast du die Soße«, sprach Oskar.

»Ja wie?« sprach Hermione, ehemals Anna Käsbohrer.

Es gab einen unter Bierbrauern obligaten Faustkampf, dessen Endscherben Büffel und Frau von den Parkettböden aufklaubten.

War der Taifun in Gefahr?

Der Hauswirt Rechtsanwalt und Freund hatte eine schwere Konferenz mit Ganswind. Hermione weinte eine ganze Nacht. Und Ganswind saß aufrecht mit hochgezogenen Knien auf der Matratze. Bis es wimmerte: »Spiele!«

Das raste er auf und zerschmetterte die Tasten des Flügels, daß ihre Symphonien die Ziegel des Hauses von den Dächern warfen und der erquickungspendende Berliner Landregen oben hineinregnete.

Ossi spielte, schnaubte und wand sich, Hermione zerraufte sich die Haare, als reuige Büßerin auf den persischen Teppich gebeugt. Büffel und Frau durften zusehen, denn sie waren auf den Lärm hin mit Nachschlüssel eingedrungen. Das versöhnte wieder, denn Büffel war ein für Kunstreiter schwärmender verkrachter Clown. In Strömen spendete er Schaumwein, bis selbst seine alte Hexe hingerissen war.

Der Polizeirat hatte Clothilde zur Vorwitterung in den Taifun geschickt. Dieser war es eine Spielerei, sich dareinzufinden. Sie benutzte den Gang zum Fernsprecher, beim Doktor nachzufragen. Sie ließ ihn durch die weibliche Sanitätskolonne in den Taifun bringen. Der Polizeirat, fernsprecherisch unterrichtet, weckte Susanne, die in übernächtiger Askese zusammengebrochen war und bewog sie, ihn zum Taifun zu begleiten.

Es existierte ein Bild des großen Müller, das bei den Taifunisten hing, Weltschmerz betitelt. Streng nach dessen Farben und Linien bewegten sich die in Jammer und Glück des Wiedersehens ruinierten und sich aufraffenden Gottheiten des Taifuns, gestützt von dem Verantwortlichen.

Susanne und der Doktor durften sich in einem Extrasalon betoben. Da flossen Ströme von Tränen wie die Fluten des Nils zur Zeit der Überschwemmung. Susanne war Haupt-, und der Doktor Nebenfluß.

Als sie beide genügend geweint hatten, war es vorbei, und Susanne begann wieder mit ihren Strahlen vorzubrechen.

* * *

Susanne erwachte und wurde von Käterchen angekleidet, die inzwischen das Blut abgewaschen und nun einen trockenen Mund hatte. Sie sah weniger grausig aus, ihre Lippen waren wohl brutschiger, aber es war, wenn sie vor dem Bette saß, kein Schaden. Der ätzende Geruch der vermoderten Speisen aus den hohlen Zähnen hatte aufgehört. Und es war für Susanne angenehm, sich von ihr bedienen zu lassen.

Käterchen benutzte die Gelegenheit dieser angenehmen Hingebung, dem Fräulein das Versprechen abzunehmen, daß sie nicht mehr geprügelt wurde. Sie sprach, nachdem ihre erste Leidenschaft um den Kampf ihrer besseren Behandlung verklimpert war, mit freudigem Ausblick auf ihren zofenhaften Ausputz, daß sie Zähne haben werde, die blitzten wie die des Dinkaneger-Kriegers, in den sie sich einmal auf einem Oktoberfeste verliebt hatte.

Susanne gab ihr noch Weisung, auf dem Markte einzukaufen; sie sollte sich, damit sie nicht so lange in der Reihe stehen mußte, als schwanger ausgeben. Käterchen wollte es versuchen, aber sie hatte dann, als sie am Marktstande angekommen war, nicht den Mut, diese Lüge zu schauspielern. Deshalb stand sie bis Mittags um zwei Uhr, bis sie endlich zwei Pfund Gemüse eingekauft hatte.

Susanne wollte um fünf Uhr mit dem Doktor zum Essen da sein. Sie urteilte richtig, daß hier nur die Wiederherstellung des verdorbenen Magens allseitig helfen konnte, dann wollten sie, zwar drei Tage später als geplant, auf das Standesamt mitgehen.

Das erste Mal hatte sie den Doktor allein in den vier Wänden, abgesehen von Käterchen am Schlüsselloch. Susanne machte es heiße Lust, daß sie einen Zuschauer hatte. Es reizte ihre Phantasie. Dem Doktor kreiste das Blut durch die verhungerten Adern, die erschlafften Muskeln schwollen von den Gewaltmaßregeln. Mit glühenden Wangen kniete Susanne wie ein in den Gedärmen seines erbeuteten Tieres kramender Tiger. Die Blutlust der Urwaldbestien ist nichts als eine zu heiße Liebessehnsucht.

Susanne freute sich an der Qual ihres Opfers. Der Doktor brüllte auf, es war ein entsetzlicher Biß. Käterchen schluckte einen Schleimbatzen und stürzte in die Küche, sank stumm in sich zusammen und brütete das Nachspiel mit Schellenhauer. Aber Schellenhauer war gemein und übertraf sie, mit ihm war es nie Liebe.

Der Doktor war so eine reine Leiche. Und nun wurde geklingelt. Das war das Zeichen für den Nachtisch. Der Doktor mußte essen, daß sich sein Bäuchlein füllte wie von einem eben ausgebrüteten Eivogel. Doch es war wonnesam. Die Welt drehte sich in neuen Angeln. Alles bis dahin Gewesene war wie vom Philistertisch. Ha! Er mußte lachen. Clothilde mit der Bonbonnière, das duftete nach Konfitüren. Hier roch es – wie die Ackerscholle nach Blut. Ohne dieses Rot der Farbe glühten alle Sonnen hoffnungslos. Die Mißverständnisse der versäumten Begegnung waren ihre neckisch ausgestreuten Blumen.

* * *

Am Mittwoch den 10. früh 11 Uhr trafen sie sich unter dem Rathause. Das Gehirn des Bräutigams hatte allmählich wieder seinen Wonnetaumel eingebüßt. Er sah die Welt wieder sehr nüchtern, nach surrenden Karren, vorbeieilenden Menschen bemessen, aber er hatte keine Lust, mit Susanne nach dem Standesamt zu gehen. Er hielt zwar Wort und war da. Als Susanne mit strahlendem Gesicht auf ihn zukam, lachte er bitter mit. Er erzählte die Wichtigkeit, daß die Existenz des Taifun, der ihnen die materielle Unterstützung zugesagt habe, durch die Schellenhauersche Klage gefährdet sei. Ganswind würde in erster Instanz wahrscheinlich zum Schadenersatz von Fünfzigtausend verurteilt. Susanne wußte schon, warum der Vogel solches Lied sang. Da machte sie kurzen Prozeß.

Sie stieß den Doktor mit den Fäusten zur Türe hinein. Er flog in großem Bogen in das Zimmer des Standesamtes. Das erweckte natürlich Heiterkeit.

Der Standesbeamte war ein kleiner Herr mit großem Kopf, er trug stets einen hohepriesterlichen Ernst auf dem Gesicht. Er frug vor allem den Doktor, ob er sich auch von seiner Braut genügend überzeugt hätte. Susanne wurde rot vor Wut über diese Frechheit. Aber so etwas war bloß bei einem kleinhorizontierten Menschen möglich. Dieses Mißtrauen gegen alles Internationale war eine Rückständigkeit, wie auch tiefe Dummheit. Denn was waren eigentlich die konventionellen Garantieen über Herkunft und Charakter! Als ob die Menschen in diesen Kreisen besser wären als in jenen und anderen! Die Güte ihres menschlichen Herzens war Susannes innerster Stolz. Und sie hätte es keinem Pfaffen je geglaubt, wenn er ihr gesagt hätte, daß sie einmal in die Hölle käme. Auch hing die menschliche Güte keineswegs mit der Sinnlichkeit zusammen. Im Gegenteil, große Sinnlichkeit war am ehesten die Gewähr für ein hohes seelisches Empfinden. Susanne hätte den Beamten am liebsten geohrfeigt wegen seiner Dreistigkeit. Der Doktor sah ganz verdutzt auf den würdigen Stand des Beamten. Er überlegte sich wirklich, ob er an Susanne nicht eine unter Kontrolle stehende Dirne heimführte. Susanne empfand jedes Spiel seiner Miene. Aber der Beamte war zufrieden mit der gewissenhaften Erledigung seiner Pflicht. Wiederum war die Pflicht zur Ausübung grober Taktlosigkeiten gemißbraucht. Er entschuldigte sich nach seiner gelungenen Attacke auf die vereinten Herzen, die er zerrissen hatte, statt sie zu vereinigen: er habe sich der Vorbereitung einer langen Grabrede für Kommerzienrat Lehmann zu widmen. Damit verließ er den Raum und überließ die beiden ihrem Zerwürfnis.

Dem Kommerzienrat Lehmann schmiedete der Würdige hohe Worte, in salbungsvollster Sprache, damit die Angehörigen von der Schönheit des Lebens und den großen Lebensleistungen des Verblichenen überzeugt waren, ebenso wie alle Teilnehmer an der riesenhaften Beerdigung. Und ihm, dem Redner, wurde obendrein ein reiches Trinkgeld. Kommerzienrat Lehmann war ein König, diese Überzeugung trug jeder vom Grabe mit nach Hause. Er hatte zwar einmal ein winziges Erlebnis mit einer kleinen Sängerin erzeugt und trotzdem nicht verhindert, daß sie jetzt als Star glänzte. Von solchen Dingen schwieg man, sie waren zu unmaßstäblich. Susanne galt solches Menschentum rein nichts, um so schändlicher empfand sie die frivole Frechheit des ihre Kopulation später vollziehenden Beamten.

Zwischen ihr und dem Doktor gab es dann einen Höllenauftritt. »Wer bist du denn?« brüllte sie der Doktor an, der dadurch beweisen wollte, daß er anständiger Leute Kind war. Er war der Sohn erster Ehe seiner Mutter mit einem Sanitätsrat. Susanne stand sehr verdattert vor ihm, sie konnte mit nichts auftischen. Daß sie eine Landhausbesitzerin wäre, wagte sie nicht zu erwidern. Hatte sie wirklich ein dirnenhaftes Leben hinter sich? Wie der Doktor seine speienden Worte auf sie niedertrommelte, kam sie sich selbst endlich sehr obskur und gemein vor. Das schadete ihr, jetzt hätte sie mit einer protzigen Rede viel mehr ausgerichtet. Der Doktor wurde immer wütender und wollte das Geheimnis ihrer ganzen Vergangenheit aus ihr herauspressen. Sie schwieg aber wie ein Opferlamm. Das dauernde Schweigen erschien ihm endlich als Trotz, und er mußte notgedrungen die Antwort auf seine Frage von der Zukunft erwarten. Wissen wollte er, also blieb er auch so lange bei Susanne, bis er wußte.

So kam es, daß er im Laufe der Tage die Weihe der ersten Liebe verscherzte. Die größte Torheit des männlichen Geschlechts, das Weib außer leiblich auch materiell kennen lernen zu wollen, brachte ihn um den Geruch der Blüte. Susanne war die Vergangenheit ihrer selbst gänzlich gleichgültig. Allerdings machte es ihr auch Schmerzen, gleichermaßen vom Doktor dessen Vergangenheit zu erfahren. Jedenfalls den Keil zischen beide hatte der Standesbeamte gesetzt, und ihr gegenseitiger Eifer trieb ihn tiefer zwischen sie selber.

Die Losung zweier Menschen, die den Lebensweg miteinander beginnen, »immer vorwärts, nie rückwärts«, konnten sie höchstens zu spät erkennen.

Aber dem Standesbeamten war die Pflicht heilig, denn er gab ihnen durch den Zweifel den Stachel zur Zucht. Zucht war nun einmal in den Augen der Moralfexen etwas Notwendiges. Jede Ehe zum Zuchthaus zu gestalten, war eine heilige Aufgabe. Gottlob hatten die beiden eine stetige Vermittlerin in der Kunst. Kunst allein machte Wahrheit aus dem höchsten Gebote »Liebe«. In der Verwirrung ihrer Gewissen liefen sie in den Taifun.

Dort beglückwünschte man sie.

Es war eine kuriose Welt. Die Glückwünsche kamen, sobald sie mit sich selbst unzufrieden waren. Mit dem Hauswirt war die letzte Besprechung. Büffel schwitzte vor Freude, weil es durch das amtliche Aufgebot endlich zur Gewißheit wurde, daß die beiden auf fünfjährigen Kontrakt gegen 3500 Mark Jahresmiete in seinem Hause wohnen würden, unmittelbar über den Räumen des Taifun. Es wurde ein neues Gelage veranstaltet mit alkoholstarker Flüssigkeit, über die allein der Krieg noch kaum eine Schranke zu legen vermocht hatte. Gleichzeitig war das Fest der Wiedererstehung des großen Müller, dessen zertrümmertes Bild vom Mann mit dem umgekehrten Kopf und der Katze von kundigen Jüngern mit schönstem Öl wiederhergestellt war.

Der zertrümmerte Schellenhauer stand schon dadurch in schreiendem Gegensatz zum Müller, daß es unmöglich erschien, seine Trümmer zu restaurieren, weil kein Gefühl und Empfinden aus seiner Ruine als vermittelnder Geist emporstieg.

»Sollte Schellenhauer den Prozeß gewinnen«, sagte Büffel, »so wird er desto gewisser die Unsterblichkeit einbüßen.« Aber es war vielleicht möglich, einen Sühnetermin anzubahnen, indem man ihm eine Stelle als herrschaftlicher Kutscher bei Doktor Bäumler anbot. Doch das waren Dinge, die noch in weitem Felde lagen. Es konnten sich erst solche Gespinste weben lassen, wenn der Doktor wieder die große Rolle spielte.

Über die zum Hochzeitsfeste zu ladenden Gäste bestimmte der Taifun. Es sollten nur auserlesene Kunstfreunde daran teilnehmen dürfen, oder auch solche, die bisher durch den Verkehr mit Susanne ihre Würdigkeit tätlich bewiesen hatten. Man bezeichnete diese Würdigen als Menschenköpfe. Die übrige Welt war bestialisch. Dem dicken Hotel-G.-m.-b.-H.-Direktor mit seiner Roßstraßengattin war es die lieblichste Ehrung, daß das Hochzeitsfest in seinem Klickerraum abgehalten werden sollte.

Bevor man jedoch zur großen Vorbereitung schritt, fuhr Gänswind mit Hermione und dem Brautpaar bei allen Redaktionen vor. Und er erreichte das Kolossale, daß sie sich diesmal der Nennung des Taifun im belletristischen Teil nicht widersetzen konnten. Sämtliche Provinzzeitungen brachten ebenfalls die Notiz. Damit war des Taifun erstmals in wohlwollender Weise Erwähnung getan, nicht mehr wie bisher in ätzender Verhöhnung. Hauptsächlich war die nordische Erscheinung Hermiones den Redakteuren ganz unbekannt gewesen. Es zeigte sich bald der große Umschwung. Um ihrer Erscheinung willen und der weiteren Möglichkeit ruhmumkränzter Abenteuer mit der gloriosen Brüsselerin erschienen plötzlich die Köpfe von Referenten und Kritikern in den Kunstabenden, die von jetzt ab der Doktor Bäumler regelmäßig veranstaltete, um sich beim großen Publikum wieder einzuführen. Bei der Hochzeitsfeierlichkeit stellte man eine Extra-Speitafel auf, wo sich die Kritik den Hals brechen konnte. Die interessante geheime Gestalt des Polizeirates wurde dabei den Herren der Presse gleichfalls vorgestellt, so daß es keiner Stockprügel mehr bedurfte, um sie zu schönsprachigen Artikeln über den Taifun und das von ihm auf stürmenden Flügeln getragene Ehepaar zu veranlassen.

Die Tafel war aus lauter Glas. Der Tisch war milchweiß gemustert, infolge seiner durchsichtigen Substanz gestattete er während der Tafelung jedem die Betrachtung seines Gegenübers vom Kopf bis zu den Füßen. Es war also unmöglich, daß sich Paare mit den Beinen verstohlene Tritte gaben oder ein Herr unter einen Rock stocherte. Tafeltücher waren vom Gesetz ja verboten, so war der gläserne Tisch ein erquickender Ersatz. Auf der gläsernen Tafel aß man auf gläsernen Tellern mit Messern, Gabeln und Löffeln, deren Stiele und Hefte aus Glasmosaik waren. Auch die Trinkgläser strahlten in tiefen dunkelfarbigen Mustern. Blumen und Fruchtaufsätze waren aus Glas. Apfelsinen gab es aus Glas, so täuschend nachgeahmt, daß viele darnach griffen. Der Braten, der Fisch, alle Gemüse wurden auf farbenfrohen Glasplatten umhergereicht. Käterchen mit blendend weißem Gebiß, bediente das Ehepaar. Sie war mit ihrer kernigen Gesundheit eine anzügliche Erscheinung.

Das Hauptinteresse zog aber Schellenhauer auf sich, der Gans-wind und Hermione bediente. Er hatte sich durch Käterchen den Mund derartig wässerig machen lassen, daß er selber noch vor der

Hochzeit die Versöhnung anbot. Auf die Dauer war es ihm zu ungemütlich, das verletzte Genie zu spielen. Er zeigte lieber seine glanzvollen Talente als Fürstendiener und Weiberritter. Mit Käterchen, die durch den Wert ihres Gebisses im eigenen Werte gehoben war, hatte er eine stille Vereinbarung geschlossen, daß sie sich bei gegebener Zeit ebenfalls in den Stand der legitimen Ehe begeben würden. Er hatte stark pomadisierte blonde dünne Haare und trug eine große Sonnenblume aus Glas auf der Brust. Jedes anwesende Paar wurde von einem besonderen Manne oder Fräulein bedient. Das schönste Schauspiel ließ der die Tafel erfundenhabende Glasarchitekt springen. Nach jedem Gange rannen farbige Wasser über die auf dem Tische aufgebauten Kaskaden an den berauschten Augen der Trunkenen vorbei. Die Wasser erschienen wie glühende Lavaströme; es war aber nur gewöhnliches Wasser und der Effekt durch den Untergrund der überspülten, mit elektrischen Birnen durchleuchteten Glassteine hervorgerufen.

Alles war Glas, nur die Nahrung nicht. Auf das wirkliche Fleisch vom wirklichen Tier und den wirklichen Fisch vom wirklichen Meere konnten selbst die äußersten Phantasten nicht verzichten.

Die für die Journalisten besonders gedeckte Tafel war mit kaum geringerem Aufwand gebaut. Doch damit sie alle Wunder schauten und darüber gewissenhaft berichteten, durften sie nach jedem Gange herüberkommen und nachgucken, welche Fontänen auf der Brauttafel sprangen.

Diese Fontänen hatte der Erfinder so eingerichtet, daß er durch verschiedene Schaltungen wechselnde Lichtwirbel erzeugen konnte. Und es war natürlich, daß mit der sich steigernden Bezechung die Tafelgäste immer wirrere Wirbel zu sehen bekamen. Als erste erlag Frau Büffel dem schwindelerregenden Kaleidoskop. Allein zum Mitleid hatte niemand Zeit, man goß ihr einfach ein kohlensaueres Wasser in den Schlund und reichte ihr ein großes Glasbecken. Die B. Z. berichtete von der Übertrumpfung der römischen Mahlzeiten zur Zeit des Lukullus. Die das Gericht vortäuschenden Pfauen und Puten waren allerdings nicht Natur, sondern aus Glas imitiert.

Als Überschrift der aus Glas hergestellten Menükarte war ein sinnvoller Spruch geschrieben: »In Splitter fährt kein Erdenball, denn unzerbrechlich ist Glaskristall.« Und wahrhaftig, wie fest war das Glas! Der Glasarchitekt warf die Gläser zur Erde, ohne daß sie zersprangen. Man mußte Glas eben nicht in dünnen Schliffen herstellen, sondern in massigen Formen. Die imitierten Apfelsinen waren nicht einmal mit Äxten zu zerschlagen. Es war also kein Wunder, daß sich Käterchens Tante den Zahn ausbiß, den nachher Susanne in der Tomatensoße fand.

Der Taifun korrigierte so in der Tat die tiefsinnigsten Dichter, die das Glas als zerbrechlich besungen hatten. Es war eben alles umgekehrt, als es die Menschheit bisher angesehen hatte. Die Klassiker waren diesen Expressionisten ein Muster ohne Wert. Nur als Dirigenten der Musikkapelle vermochten selbst die teuflischsten Künste keinen Mann mit umgekehrtem Kopfe zu finden. Es war zwar mehrere Wochen lang nach einem Kriegsbeschädigten inseriert gewesen, dem sie etwa im Anschluß an die flandrischen Kämpfe den Kopf im Lazarett verkehrt hinaufoperiert hätten, doch leider vergebens.

Nach Tisch unternahm man einen Spaziergang durchs Hotel und stattete dem Zimmer der verrückten Gräfin, in welchem Susanne ehemals kampiert hatte, einen Besuch ab. Dort hatte der Dicke ein Muschelgedeck zurechtgestellt. Zu diesem gab es Schaumwein, angeblich aus Susannes Kellereien, die sie auf ihrem Besitze an der Aisne betrieb. Der Dicke erbat sich die Gnade, die Braut möchte ihre Seilkünste vorführen. Der Doktor war hochgespannt, was das sein sollte. Susanne begab sich mit Hermione auf das nebenliegende Zimmer, wo sie das Froschtrikot anlegte, dann erschien sie vor den Gästen laut beklatscht und hüpfte Seil. Der Doktor fraß seine neugetraute Frau mit Vampyraugen, aber ebenso lauerten die sämtlichen anwesenden Herren wie Chamäleons nach der berückenden übertrikoten Jungfrau. Dem Doktor blieb nur ein Rätsel, woher der Dicke den Besitz dieser Wissenschaft bei Susanne wußte. Er nahm ihn zur Seite, freilich ohne vernünftige Auskunft zu erhalten.

Ohne Sentimentalität nahm der Doktor seinen grünen Frosch an sich und preßte ihn zum Neide der Anwesenden. Susanne hüpfte dann schnell wieder davon und war mit Hermione eine halbe Stunde abwesend. Zum tröstenden Kuriosum bot der Dicke einen dreifarbigen Likör in den Bundesfarben der Zentralmächte. Zum Schlusse sang Clothilde im Verrückten-Zimmer ein selbstgedichtetes Couplet ihres Gatten. Dieses hatte die Ehre, nächsten Tags in einigen Blättern gedruckt zu erscheinen. Ganswind lieferte dazu die Noten.

Die Hochzeitsreise ging nach dem Landhause an der Aisne, in umgekehrter Richtung als Susanne damals hergekommen war, im D-Zug Kowel–Brest-Litowsk–Berlin–Brüssel. Nachts um zwölf Uhr wurde das Geleite von der gesamten Gesellschaft gegeben. Der Taifun hatte damit sein Hauptwerk am Paare abgeschlossen. Mit hoher Befriedigung verließen Ganswind und Hermione den nächtlich leeren Bahnsteig auf Bahnhof Friedrichstraße.

Im D-Zuge lagen hinten zwei große Koffer im Gepäckwagen, im Personenwagen zweiter Klasse der Doktor und Susanne. Über beiden, auf den Fangnetzen des Handgepäcks stand die Handtasche mit den Übernachtungswerkzeugen in der einen offenen Hälfte und Kätzi in der anderen verschließbaren und verschlossenen Hälfte. Susanne wollte Kätzi nicht Käterchen überlassen während der Dauer der langen Reise. Zugleich fürchtete sie sich vor dem Augenblick, da Alfred die Existenz Kätzis kund wurde. Bisher hatte sie leichtes Versteckspiel mit ihr gehabt, aber jetzt, wo sie dauernd zusammenlebten, war es ganz unmöglich, aus ihrem Katzenleben ein Geheimnis zu machen.

Während der Fahrt wollte sie ihm nichts verraten. Diese Überraschung sollte erst nach der ersten Liebesnacht kommen. Sie hoffte, daß sie ihn leicht bezwang, wenn er den ganzen Himmel ihres weiblichen Leibes kennen gelernt hätte. Susanne fütterte Kätzi unterwegs, wenn er die Augen im Schlaf geschlossen hielt; sie stieg mit ihr auf den großen Bahnhöfen aus, ließ sie ihre Notdurft verrichten und kaufte ihr Milch und Zwieback. Für Katzen war erstaunlicherweise stets Milch zu bekommen, ohne Milchkarte. Wahrscheinlich waren es höhere Wesen, denen man nichts ausschlagen durfte. Auch konnten sich Tiere nicht auf Rathäuser begeben, um Milchatteste zu fordern, noch konnten sie mit Tinte schreiben, um sich durch schwindelhafte Angaben in den Besitz der Nahrung zu setzen. Der Doktor war ein guter Gatte, der stets schlief, wenn Susanne was Eigenes vorhatte.

Jedesmal, wenn sie kurz von den Abstechern ins Abteil zurückgekehrt war, erwachte er jäh, sah erschrocken um sich und fühlte einen bangen Druck in der Herzgegend, als hätte ihn Susanne, während er schlief, hintergangen. Aber womit? Er reichte ihr dann die Hand, und sie sagte: »Schlafe nur ruhig, ich bin nicht müde.« Sie schob beruhigend ihren Schoß unter seinen Kopf, so daß er in seliger Mulde weiterschnarchte.

In Brüssel war es fein. Susanne wurde ganz dick vor Stolz und Hochmut, als sie mit dem Gatten durch die altgewohnten Straßen ging, damit sie der Bäcker sah, der Schuster, der Schneider, ihr Friseur. Alle grüßte sie zuerst, worauf die Leute sie anstierten. »Warum tust du das eigentlich«, frug sie der Doktor, »die Leute hielten dich doch für gestorben.«

»Im Gegenteil, ich lebe, und Brüssel ist gestorben«, gab Susanne zur Antwort. Der Doktor schwieg neben ihr und philosophierte über die Trostlosigkeit, die das Menschenleben zeigte, wenn man es an vielen Stellen sozusagen zugleich sah. Während sie hier liefen, lag der Neger im glühenden Busch, und der Präsident Wilson verspeiste eine Semmel. Noch trostloser war es, daß sie den Kanonendonner hörten, während auf beiden Seiten die Priester zu Gott beteten. Holla! Der Doktor stolperte über ein Schuheisen. Susanne hob seinen Kneifer von der Erde auf, der ihm durch den Stoß der Brüsseler Wirklichkeit von der Berliner Nase gefallen war. Fünf Minuten darauf saß er in Susannes altem Leibcafé bei Frère Guillaume. Hier verließ sie ihn auf eine geschlagene Stunde, daß dem Doktor ganz wind wurde, bei welchem alten Freunde seine Frau den Besuch machte. Sie fütterte jedoch nur ihre Katze.

Als sie endlich wiederkam, war der Platz neben ihm von einem Feldgrauen besetzt, der auf Susanne lossteuerte, vergnügt wie ein Bär. Es war der Herr vom Polizeibureau. Susanne rümpfte die Nase, machte ein starres Gesicht und kannte niemand, so daß der Soldat sich besann, ob er sich etwa getäuscht hätte. Da sah er, wie sie mit seinem Nebensitzer in Umarmung geriet. Von der hatte er also nichts mehr. – Aber es schien doch ihm zu gelten, daß die Dame durch alle möglichen Gespräche ihren bisherigen Lebensgang so laut enthüllte, daß er es hören konnte. Er vernahm vom Taifun und erfuhr, das sie sich auf der Hochzeitsreise befand mit dem berühmtesten aller Berliner Künstler. Dabei rollten verschiedene schöne Augen zu ihm herüber, so daß er sich in die Polster seines Sofas zurückbog und wartete, bis die Fernliebe ihre Macht an ihm geäußert hatte. Er zuckte in einer einzigen Bewegung, Susanne lächelte kurz und verlor ihn gänzlich gleichgültig aus dem Gedächtnis.

Ach, wie schön war das! Wem gehört nicht ein Weib?! Wenn es nur die Augen ergreifen. Dem Doktor fiel der Feldgraue erst auf, als es zu spät war. Es war gerade, als wenn die Verbindung mit dem Geliebten durch ihr Vergessenwollen auf ihn hinübergelegt worden wäre. Aber mit aller Aufmerksamkeit, die er nun dem Vorgang schenkte, war an Susanne nicht das geringste Verdächtige zu entdecken. Der Doktor konnte es nicht mehr aushalten. Brüssel war wie ein Kaktusfeld, in das sie ihn gesetzt hatte. Und nun kam noch das Unbegreiflichste. Susanne ließ sich vom Schließer die seit ihrem Abzug leerstehende Wohnung aufschließen, und der Doktor mußte hineinschauen. Dem Doktor lief ein kalter Schauer über den Rücken, als berührten ihn Katzenhaare. Entweder hatte er sich in Susanne gänzlich getäuscht, oder er war zu phantasielos. Er kriegte mehr oder weniger lauter Spelunken zu sehen, mit einbegriffen Susannes ehemalige Wohnküche. Eine reiche Brüsseler Mademoiselle hatte er sich, mit lauter Orchideenzwiebeln umgeben, gedacht. Susanne mußte geradezu ein verkümmertes Dasein gehabt haben, von dem sie ganz unbegreiflicherweise mit solcher Begeisterung erzählte.

Der Fußboden hatte große kalte Steinplatten. Freilich, es hatten einmal Teppiche darauf gelegen. Der Doktor konnte nicht unterlassen, Susanne zu fragen, ob sie sich dagegen in Berlin nicht wie im Himmel fühlte. Na, da heulte sie ein paar große Tränen.

Nach diesen nüchternen Räumen hatte sie auch noch Heimweh! Da mußte er ihr doch einmal seine Stammburg zeigen. Möglicherweise hätte dann sie ihn bedauert. Wie stand es also um das gegenseitige Verstehen? Das war reine Einbildung. Es ging etwa wie bei der Gestaltung eines Schaustücks, das sein Autor auf der Bühne nicht erkannte, – nur in umgekehrter Richtung. Sie spielten miteinander und verstanden ihren beiderseitigen Ursprung nicht. Alles, was der Schöpfer bis zu ihrem Zusammenspiel mit ihnen angestellt hatte, blieb und war ihnen gegenseitig verborgen trotz sehender Augen.

Und womöglich erinnerte sie sich mit Wollust beim Beschauen der alten verlassenen Räume aller hier durchlebten Abenteuer, denen ihr Lächeln galt, wenn sie auf den Herd blickte oder in die Ecken sah. Vor ihr spielten sich die Bilder der Vergangenheit stumm wie in einem geisterhaften Kino ab, sie sah sie alle, und sie machten ihr Herz von Leidenschaft zucken, während er stumpf und kalt danebenstehen mußte.

Er lief mit ihr durch die alte Wohnküche; es war ihm, als strauchelten seine Füße bei jedem Schritt über schlecht gelegte Teppiche. Oder waren es Fäuste von unsichtbaren Geistern, die auf dem Boden lagen und an seine Fußknöchel griffen? Er stalpte unwirsch gegen den Kochherd. »Willst du ihn denn umwerfen?« frug sie ihn. Da sah sie zugleich seine trostlose Miene. »Was ärgert dich?« frug sie weiter.

»Nichts«, war seine rauhe, barsche Antwort. Susanne griff nach seinen Händen, strich über seine Stirne, küßte ihn und sagte: »Du Dummer.« Sie warf noch einmal einen letzten Blick nach der Wohnung und sprang eilig voraus die Treppen hinab. Der Doktor folgte langsam und schwerfällig. Susanne war es schwer ums Herz, sie blieb ihm beim Gang durch die Straßen immer um einen Schritt voraus.

Leere Wohnungen waren etwas Unheimliches, sowohl im Blick auf ihre Vergangenheit als auch ihre Zukunft.

»In dem Landhaus wird es besser werden. Dort steht doch hoffentlich ein Bett, denn das ist das Notwendigste für uns, wenn wir uns verstehen wollen«, sprach der Doktor. Der Zug trug sie weiter nach Westen. Sie waren fast die einzigen Zivilisten. In Clairemont hieß sie ihn aussteigen; von da aus machten sie einen ein-

einhalbstündigen Fußmarsch. Seit drei Tagen schossen keine Kanonen mehr. In einem kleinen Gehöft aßen sie geräucherten Speck und Eierkuchen bei einem vergnügten Bauern. Seine Einquartierung war abgezogen, und er hatte seine jahrelang vergrabene Schinkenkammer geöffnet. Susanne sprach verwundert von der großen Veränderung der ganzen Gegend. Und der Bauer erzählte in einem stundenlangen Fluß von allen Begebenheiten und der Zerstörung. Susanne machte sich damit eine ganze Geographie in ihrem Kopfe zurecht. Als sie endlich von einem Jagdschlößchen hörte, nahm sie es schnell in Besitz. Dessen Geschichte hörte sie mit sinnenden Augen an. Plötzlich entglitt ihr Messer und Gabel, sie starrte vor sich hin. Der Bauer wollte nicht aufhören mit Beschreiben, er sprach in einem leidenschaftlichen Französisch. Endlich rief Susanne: »Oh, oh, mon cher bonbon!« Sie hing und preßte sich an Alfreds Hals, schluchzte und jammerte.

»Was hast du denn?« Der Doktor empfand mit tiefem Mitleid, daß ihr ein großes Weh widerfahren sein mußte.

Susanne war durch kein Zureden zu trösten. Auf alle seine Fragen schüttelte sie den Kopf, während der Bauer mit fast absichtlicher Übertreibung weiter schilderte. Der Doktor bedeutete ihm endlich, zu schweigen.

Als er draußen war, umklammerte Susanne den Doktor mit einem leidenschaftlichen Kusse und sagte: »Wir müssen fort von hier.«

»Und dein Landhaus?«

Susanne wühlte sich im Haar. Sie verließ die Stube und kam lange nicht wieder zurück. Bald hörte aber der Doktor draußen das Stampfen von Tieren. Pferde schienen es nicht zu sein. Aha, nun kam es vor sein Fenster. Der Bauer schirrte ein Pärchen Esel vor einen kleinen Kutschwagen. Susanne kam mit gerötetem, aber erhelltem Gesichte zurück: »Wir fahren mit den Eseln.«

Der Doktor grinste. Das war ihm seiner Lebtag noch nicht passiert. Auch Susanne schien sich wie auf eine lustige Fahrt zu freuen. Sie schwang sich auf den Bock, ergriff die Peitsche, und der Doktor mußte hinter ihr Platz nehmen.

Es fiel ihm zwar das Herz beinahe in die Hosen, denn er fürchtete, Susanne würde die Karre umschmeißen. »Hast du Angst?« frug Susanne, als sie sein verzweifeltes Gesicht sah.

»Ach wo. Wenn du nur wieder vergnügt bist«, erwiderte er und setzte sich mit gottergebenem Gesicht in das Hinterteil der Kutsche.

Der Bauer schwang seine Zipfelmütze. Susanne machte »pf pf« und alsdann trabte das Eselgespann lustig los. Und nun ging es hinab in das Tal eines seltsamen Flusses. Nirgends an seinen Ufern stand ein Baum, noch ein Haus, und doch mußte es ein schön bewaldetes Idyll gewesen sein, denn man sah: kahl waren die Höhen und Ufer nicht, auch ragten hie und da Ruinen aus gelber Erde.

Susannes Esel rannten in gestrecktem Galopp. Der Doktor hielt sich an beiden Seiten fest, an dieser Stelle fiel der Hang jäh zum Strome hinab. Susanne glich ihm einer bösen Hexe, und doch wagte er kein Lebenszeichen.

Mit Gott, wo es nun eben hinging.

Plötzlich zog Susanne die Zügel straff an, die Esel hielten still. Zur linken war ein verfallenes Gebäu.

Susanne sprang herab, behielt die Peitsche aber in der Hand.

»Steige aus!« sagte sie barsch.

Der Doktor sah sie mißtrauisch und erstaunt an. Wirklich, man konnte sich in diesem Augenblick vor ihr fürchten. Die Esel band sie an den Stumpf eines Baumes fest, den der Blitz gespalten zu haben schien.

Und nun hing sie bei ihrem Manne ein, in der anderen Hand noch die Peitsche haltend. Mit gelassenen Schritten ging sie mit ihm in die Ruine hinein.

Der Doktor schämte sich zu zögern.

Im Mittelhofe angelangt, machte Susanne halt. Sie sah ihren Mann forschend an und frug ihn: »Wo glaubst du, daß wir sind?«

»Anscheinend in einem zerstörten Schlosse.«

Susanne zuckte mit den Schultern und trat einige Schritte von ihm zurück, damit sie, falls es unliebsam ausging, mit der Peitsche auf ihn einhauen konnte. Dann erwiderte sie: »Eh bien, das ist mein Landhaus.«

Wie der Doktor seine Frau so vor sich stehen sah, war's ihm, als wenn selbst die Ruine in den Boden versänke. Sie glich einem kleinen rauhborstigen Teufel, der sich mit rosa Wangen geschminkt und in einen Weiberrock verkleidet hatte. Die Peitsche hielt sie zu Boden gesenkt wie ein Zirkusdirektor. Ihre Augen starrten weit aufgerissen nach ihm.

Einen Augenblick schien es, als müßten sie beide hier zu Stein werden, während sich die zwei Esel draußen an den Köpfen rieben, – denn wer sollte sich nach solcher Offenbarung zuerst rühren?

Der Doktor sah ein, daß er ein bettelarmes Weibswesen geheiratet hatte, das höchstens den Reichtum besaß, ihn bis aufs Blut zu ärgern. Ihr Gesicht war so frech und herausfordernd. Am liebsten hätte er sie windelweich gehauen, daß sie hier am Orte liegenblieb. Dann wäre er allein nach Berlin zurückgefahren. Aber wenn er sich rührte, so konnte er möglicherweise durch ihre Peitsche zu Sprüngen gebracht werden, die ihn wirklich einem Dressurhengst ähnlich machten. Was also?!

Susanne brach in ein frenetisches Gelächter aus, warf sich hin und her, wälzte sich am Boden und schrie: »Mein Bauch, mein Bauch; haltet mein Lachen auf!«

Da geriet der Doktor in rasende Wut, riß die Peitsche an sich und schlug mit ihr auf Susanne los, daß die Hiebe um den Rockhaufen knallten, als wäre sie ein Kreisel, den er antreiben wollte.

Susanne kam nicht auf die Beine und schrie: »Meine Esel, kommt mir zu Hilfe! Hilfe, mes ânes, mes ânes! Fredi, töte mich nicht. Töte mich nicht! Es ist mein Landhaus. Es ist von den Artillerieen zerstört worden! Glaube mir, Fredi! Fredi!«

Der Doktor hörte sie brüllen, und sein Herz zuckte wie das eines reißenden Tieres. Er schleuderte die Peitsche weit von sich und warf sich über sie. Blut von ihr lief über seine Hände, er schlug ihr den Rock übers Gesicht und biß mit seinen Zähnen in das süße Haarfleisch ihres Lügenhügels, dann schoß er mit seinem Körper über sie hin, stark wie ein hörniger Büffel. Er deckte das zugeworfene Gesicht wieder auf, saugte mit seiner Zunge ihre blutigen Striemen. Susanne ächzte und starrte mit glasigen Augen durch die dachlose Ruine in den blauen französischen Himmel, stammelte: »So schön, so schön, Fredi, ich liebe dich, du kannst mich ruhig töten.«

»Ich töte dich nicht. – Es ist himmelsüß in deinem Hause.«

»In welchem?«

»In deinem, in dem ich drin bin.«

»Warum schlugst du mich?!«

»Ich mußte mich befreien.«

»Aber ich blute.«

»Und ich sterbe vor Wonne. Bist du denn der Himmel?«

»Nicht bloß an der Wange.«

»Wo noch?«

»In meinem Hause.«

»Seit wann?«

»Schon eh du mich hineingebissen hast.« –

»Das kümmert mich nicht.« Seine Zunge hing schlaff aus seinem Maule, dann verdrehte er die Augen, begegnete ihrem glückstrahlenden Auge, das ihm tief schien wie der unendliche Himmel. Er ließ seinen Körper müde sinken, sinken, bis er am Ende der Tiefe angekommen war. So blieb er auf ihr liegen, regungslos, nur mit einer in den Atemschwellungen ihres Rhythmus zuckenden Schrumpfung, die wohltat, bis ihre Berührung ihn verließ.

Die Esel wieherten, da erhoben sich beide und lachten sich an wie zwei Kinder.

Susanne frug noch einmal: »Wo ist mein Haus?«

»Da, wo ich bei dir bin«, war seine Antwort.

Ganz unerwartet erschienen die Esel mit der Kutsche. Susanne erhob sich zuerst, dann machte sie ihn zurecht, küßte ihn: »Geh in dein Häuslein.« Der Doktor kroch schwerfällig empor, reckte sich und fühlte ein leichtes Frieren wie Gänsehaut über den Körper ziehen. Dann gähnte er und ließ sich willenlos von den Eseln zu dem Bauernhof zurückbringen.

Unterdessen hatte der Bauer Kätzi einen guten Tag gemacht, hatte ihren Kofferkäfig gereinigt und sie ins Heu gebettet. Als seine Gäste zurückkamen, zeigte er kindliches Bedauern, da Susanne so zerschlagen aussah. Er puffte seine Esel, weil sie so dumm gewesen wären, die Kutsche umzuwerfen. Dem Doktor war es leid, daß Susanne um seinetwillen die Wahrheit, die Schrammen seien Peitschenhiebe, verschwieg.

Susanne sah in den Spiegel: »Ich sehe ja recht nett aus«, meinte sie, »aber es war die schönste Stunde meines Lebens.«

Der Doktor streichelte sie sanft. Von dem Zimmer aus, das ihnen der Bauer eingeräumt hatte, sahen sie in das Tal der Aisne, die ihre blutigen Kriegsbeulen ebenso vergaß. Die Bäuerin war von einer Fliegerbombe zu Tod gekommen. Kinder hatte er auch keine mehr. Alles war bei ihm im Himmel. Der Bauer diente dem verliebten Paare geradeso, als wenn er sich selbst Hochzeit machte. Er bat den Doktor und Susanne, doch bei ihm auf lange zu bleiben, und das Jagdschlößchen müßten sie bald wieder aufbauen.

Susanne tat es leid, daß der eifrige Mann an ihre Lüge glaubte. Sie schämte sich um so mehr, weil sie sich die Blöße gegeben hatte, als Baronesse erscheinen zu wollen. Es war wirklich nicht nötig, um glücklich zu sein, dem Dünkel Götzenopfer darzubringen.

Sie verlebte reine Tage reiner Liebe mit ihrem Manne. Es herrschte wirklich Frieden. Nach der Ruine gingen sie täglich, sie freuten sich beide des Wahns, es wäre ihr umstrittener Besitz. Wie schön war das Mauergeviert, welches kein Dach stützte als den hohen Himmel!

Und wenn der Doktor sprach: »Susanne, zeige mir dein Haus«, oder: »Führe mich in dein Haus«, so errötete sie, schloß für einen Augenblick die Augen, bis sie ihn mit ihren weiten Regenbogen stumm anschaute, daß es ihn durchschauerte, als müßte er zum konzentrischen Punkte des Alls vergehen.

Der Bauer ging in aller Stille mit Kätzi so gut um, als wäre sie eine Heilige. Er wagte nicht, die schöne Herrin zu streicheln; dafür suchte er beim sanften Strich über das seidene Fell nach dem Gefühle, das er wohl hätte, wenn es Susanne wäre. Aber dann hätte ja der Fliegerpfeil eingeschlagen und alles Glück zerstört. Es war besser, er beherrschte sich und blieb Herr seiner verzweifelten Leidenschaft.

Mit Berlin war der Postwechsel im Flusse. Obgleich Susanne von hier aus mit großen und ernsten Zweifeln an die Kunst des Taifun dachte, so waren die, welche sich dort versammelten, doch die einzigen Menschen, die sich um die freudigen Tage der beiden Liebenden kümmerten. Hermione, die wenig Schreibende, hatte für Susanne täglich Zeit, einen Gruß zu senden. Was sie kritzelte, kam wie das Zwitschern der Schwalben aus den Stahlfederspitzen heraus. Es war nicht nötig, es zu lesen. Man sah an den Formen der Buchstaben mehr als an den Worten, die sie aufbauten. Und daheim spielte wohl Ganswind am Flügel, seine Zuckungen waren das Wetterleuchten hinter den verschlungenen Armen der in heißen Liebesqualen Sitzenden an der Aisne.

Die Macht des Taifun war hinreißend und kettend.

Eines Tages kam eine Karte, worauf Hermiones Tränen gefallen waren. Dem Bauern fiel sie zuerst in die Hände. Er konnte den Text nicht lesen, trotzdem glaubte er ihren Sinn zu verstehen. Da wehte etwas von Heimweh zwischen den Zeilen. Er hätte sie gern unterschlagen, aber es kam stets Unheil, wenn's nicht nach Pflicht ging. So war er aufgewachsen. Von der Fliegerbombe hatte er nicht soviel gelernt, daß es gestattet war, mit glücklichem Griff in das Leben einzugreifen. Also legte er die Karte unter den Teller von dem sie die Abendsuppe aß.

Sie saßen in traulichem Glück beieinander. Nach Tisch räumte er die Teller weg und brachte die Milch, deren Genuß Susanne köstlicher war als der perlende Schaumwein. Sie lief so sanft und kühl in die Kehle, welche von dem Atem der Leidenschaft heiß und sterbensmatt war, – jeden Tag.

Da war ja die Post, die sie heute schon vermißten.

»Hermione weint«, sagte Susanne. Und alsbald war, wie durch einen Zauberwink, die Sehnsucht gen Zurück in ihnen beiden zugleich erweckt. Sie sahen sich an und sahen den Bauer an. Das genügte schon.

Am andern Tag standen die Esel vor dem Wagen, und der Wagen vor der Tür. Und hinter der Tür weinten drei Menschen.

Wer gab denn ihnen Befehl, das Leben in Berlin zu leben? Hier war Ruhe und Stille. Und dort häuften sich die Menschen zu baumwollartigen Knäueln, in deren Innerm ein dumpfes, verwirrtes Durcheinander herrschte. Wie's ihnen bange war zu scheiden, so war es ihnen auch bange, die Wirrnis gewiß wiederzufinden. Die Esel liefen allerdings zuletzt nicht einmal rasch genug nach Clairemont zurück, wo sie der nervöse D-Zug erwartete.

So sind die Menschen. Der Bauer stand in seiner Stube und hörte die Uhr ticken und sein Herz, ach, wie noch so lange, – bis es im Himmel war. Was er getan hatte, war für die Katze.

* * *

Im Taifun war Familienabend. Mit einer von Freude hochhüpfenden Musik, die Ganswind aus dem Stegreif komponierte, wurde das Wiedersehen gefeiert. Hermione sagte immer wieder: »Spiele!« Und dann spielte er, und sie tanzte wie Salome, nicht um ein blutendes Haupt, sondern um die Gemeinschaftlichkeit von Seele und Leib aller im Taifunhimmel eingegangenen Freunde.

Der Abend fand statt, bevor die Neuvermählten die nötige Zeit gefunden hatten, sich in ihrer neuen Wohnung umzusehen. Sie hatten nur hastig abgelegt, dann war Susanne gleich die Treppe hinuntergegangen, um mit einem Schwall von Worten die süßen Erlebnisse zu erzählen. Hermione kraulte an der kleinen Blutschmarre von Susannes Wange. Der Doktor lächelte verlegen. Daß er kein Landhaus geheiratet hatte, verschwiegen beide aber sorgfältig. Man ließ das Landhaus besser in der Phantasie der Freunde aufgerichtet und erzählte von seinem köstlichen Hausfrieden, man galt dadurch doch noch was. Susanne, so innig sie mit Hermione stand, sprach auch mit ihr nie von Tatsächlichem. Alle Konversation, die sie für den Taifun trieb, bewegte sich in Anknüpfungen an Stoffe der Phantasie. Ossi wußte das wohl, aber er ließ die Freundin, ohne es auch nur einmal zu rügen oder nur leise auszusprechen, gewähren, denn diese Lügenwahrheiten stimmten ausgezeichnet zu den Problemen des Futurismus und Dadaïsmus. Die Kunst brauchte keine Realitäten zu ihrer Existenz außer Farbenfabrikaten, welche in den großen chemischen Fabriken noch immer reichlich, ohne Kriegseinschränkung, hergestellt wurden.

Nur von einem sprach sie als einer Wirklichkeit, vom Bauern Rambiet, daß er Kätzi so ausgezeichnet besorgt habe. Dies aber flüsterte sie Hermione leise ins Ohr. Hermione lachte darüber und streifte mit ihren schillernden blauen Nordlichtern den Doktor, dem es einen Stich gab. Es gab also noch ein Geheimnis zwischen ihm und seiner Gattin. Er kriegte schlaffe Bäckchen und bemühte sich, den gleichgültigen Knaben zu posieren.

In den wenigen Tagen mußte sich eine große Umwälzung im Taifun geboren haben, denn die Frau Polizeirat, die gute Clothilde, kam mit ganz freien Gebärden und wagsamerem Umsichblicken in den Salon, die Wiederkehr mitzufeiern. Sie sollte zur Schauspielerin umgeformt werden! Deshalb war auch die Träne auf die letzte Ansichtskarte geheuchelt worden, weil der Doktor brennend nötig da sein mußte, um die Ausbildung der Eleven und Elevinnen in die Hand zu nehmen.

Das waren die ersten Anfänge der Taifunbühne, die ins Leben wachsen sollte, als krönendes Ende oder als endliches Ziel. Die Taifunbühne sollte endlich den inneren Menschen auf die Bühne bringen. Dazu waren bereits Dramaturgen und Dichter scharenweise geködert worden. Dies stützte gewaltig, denn wo es sich um neue Bühnen handelt, da stürzen die Menschen mit Geist und Geld scharenweise daher. So kalkulierte Ganswind sehr richtig. Ob es nun davon kam, daß die große Menschheit eigentlich in der gesellschaftlichen Geltung nach Emanzipation strebte, oder daß sich die huldigenden Kreise den Anschein geben konnten, als lebten sie nicht nach Konvention, das blieb im Effekt gleichgültig. Ganz klar war, daß deswegen von vornherein derjenige von der Bühne auszuschließen war, der sie allein innerlich verkörperte, denn das Bühnenspiel war nur möglich, wenn sich die unfähigen Kräfte balgten um Direktion und Publikum, mit Einschluß der Dichter.

Der Doktor reichte der Frau Rat erstaunt die Hand. Mußte er sie auf diese Weise an sich fesseln, die Schülerin an den Lehrer?! Mit leichthin ausliefernder Gebärde zu den Anwesenden folgte der Polizeirat seiner Frau. Das mitfühlende Auge des anwesenden Taifundichters Olsamen verstand wohl die künftige Naive oder tragische Iphigenie, aber zur Besinnung über sich selbst war weder Entschluß noch Wille vorhanden. Ein Hauptprogrammpunkt des Taifun war die gänzliche Traumhaftigkeit jeder menschlichen Handlung.

Der Konflikt mit den Gesetzen wurde verhütet, indem man die Gemeinschaft der Heiligen ständig prüfte. Das geschah so leicht: Ganswind durfte einem Mitglied nur im Vorbeigehen auf die Zehen treten. Wie es »Au« schrie, daraus zog Hermione die Weissagungen und Schlüsse. Olsamen war ein gefährlicher Mensch, er hatte Erfolg in allen Lagern. Weil man ihn vom Taifun nicht mehr abschütteln konnte, ohne sich selbst den Garaus zu machen, darum riß man ihn durch die Verkündigung seiner Überherrschaft über alle Lebendigen und Schaffenden mit einem geschwinden Propagandastoß in den höchsten Taifunhimmel, wo er im Zenith als Polarstern festgenagelt wurde. Das bedeutete eine Stillegung ohne Schädigung seines Ruhmes. Natürlich der Lebensgenuß, auf den Olsamen spekuliert hatte, blieb ihm dadurch auf alle Ewigkeit versagt.

Die Empfangsgesellschaft des Ehepaares bildeten acht Menschen, denn Olsamen hatte noch eine Frau, und der Hauswirt büffelte als ein Hauptstück heute herum, denn er hatte die Zukunft des Doktors finanziert, wie er auch die ganze Wohnung mit Teppichen hatte belegen lassen. Verschwenderischer als er konnte man nicht sein; für die Taifunisten schwärmte er mit Herz und Nieren, wobei er ganz unabsichtlich verdiente.

Der Doktor befand sich in einer glanzvollen Stimmung. Sein erstrebtes Lebensziel hielt er für erreicht: sorgenfreie Existenz, Ruhm und unumstößliches Glück. Der höchste Himmelspunkt, der Knopf der Achse, wie sollte man an ihm auch rütteln können! Wenn es jetzt wieder zum Sturz kam, so fiel das ganze Weltall mit ihm ein.

Seine Äuglein schimmerten selig durch den Kneifer.

Susanne dagegen wurde, je tiefer es in die Nacht hineinging, immer ernster. Es bildeten sich Runzeln auf ihrem Gesicht, als ob die Rosenschminke wie geschmolzenes Wachs von ihren Wangen tropfte.

Ihre Sorgen teilte eine Treppe höher Käterchen. Sie war während der Abwesenheit der Herrschaften in die tollste Verzweiflung geraten, sie hatte kaum gewußt, wie sie die Peinigungen ihres Geschlechts die paar Wochen ertragen sollte. Sich zu beruhigen, hatte sie die ausgesuchtesten Experimente gefunden. Schellenhauer hatte ihr dazu noch lockende Geschenke mit Holzschnitzereien gemacht. Und dieser faunhafte Kommis hatte nie genug, seinen eigenen Nerv zu kitzeln. In der Afrikaausstellung hatte er seine Phantasie an den mit Messern gespickten Holzgöttern in diesen Tagen zu der Erkenntnis geläutert, daß die Empfindungsgabe nur durch Eindringen in den menschlichen Tierzustand zu stacheln war. Er hatte Käterchen zu einem demoralisierten Wrack geschliffen. Und nun stand sie in der Erwartung Susannes allein. Auf dem Bette der Herrin schlief Kätzi.

Und sie, Käterchen, sollte die Aufgabe übernehmen, dem Hausherrn endlich die blaue Katze vorzustellen.

Bisher war sie vor dem Doktor verborgen worden. Aber die nun aufgehende Sonne der langen Ehe konnte natürlich keinen Schatten mehr auf dem Tierchen lassen, denn das Versteckspiel des Lieblings wäre für die Arrangeure zu ungemütlich gewesen.

Das waren Susannes Stirnrunzeln. Und dem lächelnden Doktor nahte vielleicht die große Katastrophe seines Lebens.

Während die »Ideale« des Taifuns ihrer höchsten Erfüllung zubrausten, mit dem Aufwand aller Blasekraft seiner Windventile, drohte dem Pol der Sturz durch ein – Katzenhaar.

Als Kind hatte Olsamen, der Dichter, oft geträumt von Riesenzahlen und Massen und einem plötzlichen Zusammenschrumpfen. Dieser Traumzustand hatte ihn allemal so in Schweiß getrieben, daß er nach Atem rang wie in einem Todeskampf. Dann schrie er jedesmal nach seiner Mutter, und während er erwachte, stand sie an seinem Bette, tröstete ihn und führte ihn in die Wirklichkeit zurück.

Diesem schrecklichen Traumzustand vergleichbar war das ganze Wesen des Taifun: nichts und doch alles.

Der Doktor hatte ehemals in Ibsens »Brand« Regie geführt. Sein Streben war gewesen, um das »alles o d e r nichts« dieses

Dramas die Bühne zu bauen. Aber er war nie zu Heil damit gekommen. Er wußte, es war etwas falsch in diesen Worten. Nur ahnte er nicht was. Vielleicht brachte die nächste Sekunde die Klarheit. Das große Dichterwort Olsamens »alles und nichts« hörte er beim Empfangsabend zum erstenmal. Der Dichter las eine kurze Episode aus seiner Komödie, »Punkt« betitelt.

Die Gestaltung dieser neuesten dramatischen Erfindung sollte wahrscheinlich die Eröffnung der Taifunbühne werden. Es galt nicht Ibsen, sondern Olsamen. Wie wichtig war doch der Unterschied zwischen »und« und »oder«.

Die Welt und ihre ganze Wirklichkeit war nur einer gespannten Seifenblase vergleichbar, die in Ewigkeit nicht platzte, wohl aber durch einen kleinen Stich verletzt springen konnte, daß nichts übrigblieb, – höchstens Unorganisches.

Die sichtbare Welt war das Leben, welche der Geist in Spannung hielt. Der Geist hauchte darin wie der heiße Luftstrom des Seifenbläsers. Hörte der Hauch auf, so kam der zuckende Riß.

Ganswind und alle Anwesenden waren von dem Stoffe und seiner Behandlung ganz hingerissen. Olsamen war endlich der gesuchte größte Dichter der Welt, denn »er« hatte erkannt.

Der Doktor ahnte nicht, daß wirklich solch ein Nadelstich in die Seifenblase auch Tatsache werden konnte. Im allgemeinen blies Gott in die Seife; und weil sein Geist ewig war, so war keine Gefahr, daß der schöne Ball, in dem Zitronen glühten und Schornsteine rauchten, zersprang. Nun aber stellte doch für jedes Farbenfünkchen ein kleines Differential den Antrieb dar, diese Differentiale konnten eliminiert und tatsächlich innerhalb des Integrals zerstört werden.

Oh, dieses Weltweben war verschlungen eingerichtet, weil der blasende große Geist Gottes stark war und dick wie ein massierter elektrischer Starkstrom, dicker als die zusammengepackten Strahlen aller Weltsonnen. So rücksichtslos und unbekümmert wirkend, daß er selbst nicht wußte und fühlte, was in ihm vorging.

Olsamen wußte, es gab kein Sein, das durch klaren Verstand begründet war. Der Traum seiner Kindheit war ihm im reiferen

Alter zum Bewußtsein geworden. War er nicht Gott selbst, infolge des Erkennens, so war er mindestens sein Verräter.

Solchem Menschen wäre es besser gewesen, er wäre nie geboren worden, denn die armseligen Menschenkreaturen, wenn die seine Weisheit hörten oder lasen, so schnappten sie über, entleibten sich entweder oder verfielen in Größenwahn.

Der Doktor stieg die Treppe an Susannes Arm hinauf und lallte: »Olsamen, Taifunbühne, endlich, Genie, Erfüllung, Schluß, Leben nicht o d e r sondern u n d Tod.«

Käterchen hatte alle Lampen auf dumpfes Licht gesetzt. Bei dunklem Licht sollte der Hausstand des Ehepaares beginnen, damit der Doktor wenigstens die Katze nicht gar so klar sah wie eine königliche Porzellanmanufaktur, sondern dämmernd wie ein geisterhaftes Weltwesen.

Der nüchternste und selbstsüchtigste Punkt des menschlichen Seins, das Bett, war erreicht.

Im Bett wird am energischsten geliebt und gehaßt. Käterchen stand hinter den beiden liebeszitternden Gestalten, bereit, die Betten aufzuschlagen.

Die Sache wäre unter Umständen sehr rasch vonstatten gegangen, denn die Eröffnungsfeier des ehelichen Liebesladens lag schon geraume Zeit zurück, in der Ruine im Aisnetale, wo bereits das von den Eseln abgeknabberte Gras wieder zu wachsen begann. Doch leider besaß der Doktor einen sehr subtilen Geruchssinn. Er schnobberte in alle Zimmerecken. »Nach was riecht es denn da?«

»Riechen? – – nach den Blumen des Polizeirats vielleicht, oder nach den blauen Pflaumen der Polizeirätin.«

»Nein, das ist etwas anderes. Hier riecht es nach einem ganz eigenartigen Tee, wie aus dem chinesischen Distrikt Schantung.« Der Doktor wurde sehr beunruhigt. Sollte er etwa in solchem Geruch dauernd die Ehepflichten erfüllen?! Da mußte mindestens ein Räucherkerzchen gegenarbeiten oder der feine züngelnde Qualm seiner türkischen Zigaretten.

»Du willst doch nicht etwa im Schlafzimmer rauchen?!«

»Ja, aber es darf doch im Schlafzimmer überhaupt kein Geruch herrschen.«

Susanne war fast beleidigt. War sie etwa verdammt, alle Monate etwa drei Tage lang in einem Extrazimmer zu liegen? Sie hatte es aber bisher an Alfred noch gar nicht entdecken können, daß er so feinfühligen Geruchssinn hatte. Er hatte ja nicht einmal die große Papierfabrik in Lüttich gerochen, auch nicht die Lichter- und Seifenfabrik in Hannover, oder gar die Roßgerberei in Bocksdorf. Selbst gegen die Abdeckerei und Leimhütte in Sobanz hatte er sich völlig stumpf gezeigt, wo sie selbst beinahe in Ohnmacht fiel. Wie kam es, daß er sich über das Gerüchlein Tee so erregte.

Der Doktor wurde in der Tat von einer sich steigernden Unruhe erfaßt. Er sagte endlich: »Hier riecht es ja nicht wie Tee, sondern wie Katzen – Katzen – Katzendreck.«

Susanne krallte an Käterchens Hüften nach Halt. Nun kam wahrscheinlich die längst vorhergesehene Katastrophe. Die ganze bisher aufgewendete Kunst, den Mann zu fangen, zerstob wie Dunst und Rauch. Käterchen stellte sich noch so, daß der Doktor die Katze nicht sehen konnte. Sie stand vom Herrn in drei Schritte Abstand.

Mit einem arroganten Beben der Nasenflügel fuhr er sie jetzt an: »Stinken Sie so greulich?«

»Nein, ich bin es nicht«, antwortete Käterchen errötend.

Trotzdem wurde sie hinausgewiesen. Aber Susanne wagte nicht, allein mit ihm zu sein, und verlangte, daß Käterchen im Zimmer blieb. Das gab nun den Anlaß zu einem schweren Konflikt. Der Doktor glaubte den Mann und Haushaltungsvorstand behaupten zu müssen und duldete ein für allemal keinen Widerspruch. Käterchen drohte er schließlich, wenn sie nicht sofort ging, mit Hinauswerfen. Und Käterchen, die bis jetzt nur das Regiment Susannes über sich gefühlt hatte, das bis zum Zähnebluten streng und unerbittlich war, widersetzte sich mit Hohn und Spott, weil ja Susanne selbst keinen Wert auf ihren Abgang aus dem Zimmer legte.

Der Doktor geriet in Wut und erhob die Faust gegen Susanne, während er mit der einen Hand an seinen Kehlkopf griff, um vor dem verhaßten Geruche nicht zu ersticken.

Susanne kniete vor ihm, sah ihn mit großen, furchtsamen, flehenden Augen an und sprach leise: »Schlage mich.«

Er setzte nur seine Faust sachte auf ihren Scheitel.

Käterchen befiel eine große Angst und Furcht vor dem Herrn; sie rannte zum Schlafzimmer hinaus auf die Treppe und schrie um Hilfe.

Damit war der Gipfel des Auftritts erreicht.

Der Doktor frug Susanne: »Was nun?«

Susanne antwortete: »Alfred, wir wollen zu Bett gehen.«

»Niemals geh ich in diesem Gestankzimmer in ein Bett.«

Susanne rang sich an ihm empor und küßte ihn. Da war's ihm, als müßte er vollends ersticken. Sie hatte ihn auf den Schaukelstuhl niedergedrückt und kniete sich über seinen Schoß. Der Doktor war überwältigt und fiel in Mattigkeit zusammen. Susanne holte ein Taschentuch hervor, band es ihm über die Augen, zog ihn vom Stuhle empor und führte ihn mit geschlossenen Augen an ihr Bett. Er sollte sich alles gefallen lassen. Der Doktor gehorchte ihr wie ein schwach gewordenes Kind. Als er aber das Knie beugte, um in das Bett hineinzusteigen, stieg ihm der chinesische Geruch tief in die Nasenlöcher.

Er fühlte, hier mußte die Geruchsquelle sein, und riß die Binde von den Augen. Da stand Kätzi mit hochgezogenem Buckel und steifem Schwanz auf der seidenen Bettdecke des anderen Bettes und fauchte ihn an.

Also doch! Eine Katze war da. Er hatte sich nicht getäuscht. Er taumelte an den Wandschrank und krallte sich krampfhaft an der glatten Wand fest in Todesangst vor dem Schreckgespenst.

Susanne warf einen höhnenden Mund nach ihm hin: »Ich bitte dich, Alfred, dein Betragen ist geradezu kindisch. Es ist mein kleines zahmes Schoßkätzchen.«

»Es ist ein Drache!« brüllte er dagegen. »Beseitige sie, oder ich werde wahnsinnig.«

Susanne nahm Kätzi liebkosend und ließ sie in das Nebenzimmer hinausspringen. Dann begab sie sich zum Gemahle und wischte ihm den Schweiß von der Stirne.

Er hauchte: »Ist sie draußen?« Dann sank er zusammen. –

Susanne stand lange ratlos neben ihm. Das war also die Ehe. Sie konnte nur eins von beiden haben, entweder eine Katze oder einen Mann.

Daß sie ihn mit dem Landhause betrogen hatte, war ihr sehr schnell verziehen worden. Aber ihr Katzenbetrug kostete vielleicht die Scheidung.

Und nun kam Ganswind samt Olsamen und Polizeirats. Sie waren Zeugen des tragischen Vorgangs. Der Doktor lag da wie ein leerer Frack. Und Susanne blickte steif vor sich hin.

Sollte noch vor dem Ehebett der Kampf um die Zentralgewalt beginnen?

Der Polizeirat kannte Susanne zu gut, und er erinnerte sich ihrer besonderen Affekte im Hotel Olymp. Er lächelte wie ein spanischer Reiter und gönnte dem Doktor die bevorstehende Politur. Susannes hoher Haarschnörkel stand spitz gegen den tausendfarbigen Plafond, ihr Auge grollte, und ihr Mund retterte wie der eines Zeugfeldwebels.

Ossi und Hermione sahen sich an.

Hermione sprach zuerst, indem sie Alfreds Frack aufhob, wodurch er mit hochgezogen wurde: »Kinder, was habt ihr schon wieder?«

»Schon wieder? schon wieder?« Wie kam Hermione auf »wieder«. Von der Prügelei in der Aisneruine hatte doch kein Mensch bisher etwas gestanden. Sie waren den Taifunfreunden doch nur als schmetternder Star und girrendes Täubchen bekannt.

Alfred fand die Antwort; aber diese löste Susannes Wut völlig aus. Er sprach: »Stets ist es sie.«

Die Folge dieser Antwort war, daß sich alle mit dem Ellbogen anstießen. Hermione lachte, so sehr, daß sie ein gelindes Kitzeln in den Hüften verspürte. Man konnte sich nun allerhand vorstellen, wie dieses Paar bereits in Gockelkämpfen bewandert sein mußte.

Susannes Empörung erstreckte sich bis in die Anfänge ihrer Kindheit. Sie verbat es sich, daß irgend jemand gegen ihre Katze Partei nahm. Sie war das reine belgische Opfer aus lauter Gutmütigkeit, aus lauter Mitgefühl mit dem verdatterten Junggesellen. Es fiel ihr nicht ein, die Katze wegzugeben. Als Ossi mit diesem Vorschlag herausrückte, wäre er beinahe mit dem Brieföffner erdolcht worden.

Natürlich durfte man sich nicht denken, daß der verlotterte Frack so faltig blieb, er begann mit der Zeit zu fuchteln, und in den Hosenbeinen und Ärmeln zeigten sich beinerne Gliedmaßen. Der Doktor hieb aus, setzte die Faust in wütender Sachtheit auf Susannes Kopf, daß sie mit einer erheuchelten Ohnmacht zusammenbrach. Damit war natürlich das Recht dem Doktor entwunden. Olsamen nahm tragische Stellung gegen das Züchtigungsrecht des Gatten. Wenn heutigentags ein Eheteil zur Prügelei berechtigt war, so war es die Frau, denn allein ihre Seele stand im Kontakt mit dem Weltall.

Clothilde, die mäßige, schweigsam überlegende, wußte allein eine Besänftigung herbeizuführen. Vor allen Dingen lüftete sie das Zimmer, öffnete die Fenster, damit der Fliederduft von dem zwei Kilometer entfernten Tiergarten hereinströmte. Dafür glitt des Doktors Blick liebend an ihr hinab. Dann ging sie hinaus und ließ von Käterchen Likör bringen.

Als die Sauferei im Gange war, klingelte es stürmisch im Flur. Es waren Büffels. Sie waren sehr schnell innen. Büffel stieß geradewegs zu. »Das durfte nicht sein, nein, wenn Doktors so begannen, was sollte das für ein Ende nehmen! Da passierte ja noch ein Gattenmord in seinem Hause.«

Die Hauswirtin stand mit Lorgnon und ließ sich über die Vorgänge, die von Ossi als Lappalie hingestellt wurden, nicht täuschen.

»Dieser Likör«, sprach sie, »ist die Beschwichtigung des Satans.«

Wer sollte der Satan sein?!

Ossi war in der größten Verlegenheit. Ihn traf die Verantwortung. Er hatte diese Leute ins Haus empfohlen. Die Hauswirtin war sehr unnachgiebig und zäh. »Das Mädchen hat uns alles wahrheitsgetreu berichtet«, sprach sie.

Käterchen lief heulend hinaus. Der Frau Büffel erzählte sie nichts mehr. Susanne rannte ihr hinterher und warf ihr das Likörglas an den Kopf. Es war ein harter runder Glaskopf. Zerbrechen konnte er nicht, aber Käterchen hatte die Beule am Kopf.

Erst nach dieser Szene gab die Hauswirtin mit vergnügter Befriedigung nach. Es war nach ihrer Meinung der Keil zwischen Dame und Mädchen getrieben. Sie hatte ja keine Ahnung, daß Käterchen ganz andere Martern gewohnt war.

Nachdem das Büffelehepaar beruhigt war, trank es mit, und als noch früh um vier der Doktor des furchtbare Gedicht von der »Menschheit« vortrug, mit Dämonengebrüll und vulkanischem Zittern aller seiner Knochen, dachten Büffels entfernt nicht mehr an die übrigen Mieter, welche in ihrem Schlafe gestört würden.

Die Eröffnung der Ehe und des Haushalts in dieser Weise war sehr wichtig, denn es konnte nicht zeitig genug festgestellt werden, wie der Hase lief, ob genau ebenso oder anders. Ebenso wie im Ganswindschen Revier oder anders, wie bei ungemütlichen Leuten.

Außer der Katze war Susanne nun doch gewiß sehr gemütlich. Auch im Bäumlerischen Haushalt wurde schrankenlose Teilnahme an allen Leiden und Freuden zugesichert. Es schien eigentlich noch hübscher als unten, denn Hermione verstand es, jede Disharmonie mit Ossi zu verstecken. Bei Bäumlers war aber gerade das Nette, daß sie sich vor den Leuten hackten.

Ossi und Hermione bedauerten wohl, daß Susanne mit der Katze sich so wenig als Expressionist gab. Viel schöner wäre es von ihr gewesen, nur innerlich Katze zu sein, und sie äußerlich, also die Naturkatze, zu vertilgen. Ossi und Hermione hatten überhaupt nie Zank, weil sie reinen Expressionismus betrieben. Alle ihre Taten und Worte waren der Kunst unterwürfig. Bäumlers wollten aber mehr von der Materie wissen und fuhren mit der Kunst nur Schlitten, wenigstens Susanne.

Vielleicht war es doch nicht so ganz die richtige Partie, welche der Doktor gemacht hatte. Susanne, nachdem sie die markerschütternden Zuckungen des dichtungserzeugenden Organs Alfreds fünfmal gehört hatte, verbot ihm die Übungen in der Wohnung, sie habe Nerven.

Alfred war ganz zerbrochen. Nachts lag Kätzi in der Mulde zwischen den Betten, kroch sogar dann und wann mitten in heiligen Aktionen an seine Beine, daß er zusammenzuckte wie Eis bei Tauwetter. Das versuchte er zu ertragen. Und sie ließ ihm dafür nicht einmal die unumschränkte Freiheit in der Gymnastik des Berufs.

* * *

Während Herr und Frau Doktor ihre Tiere bändigten, besser gesagt ihre Leidenschaften in ihrem eigenen Käfig zu dressieren versuchten, ging unten das Gebläse des Taifun mit dumpfem Brausen weiter. Wer mit den Ohren der Kunst hörte, der fühlte sich, bei Doktors eingeladen, wie in einem Mühlwerk stehend, unter dem die Turbine rauschte. Dieses Rauschen war das unerhörte Wunder des Taifun.

Wie die Prozesse schließlich ausgingen, das interessierte niemand. Die Hauptsache war, der Schwarm vermehrte sich. Immer neue Völker drangen ein und hingen sich an die saugenden Knäuel tiefster »Erkenntniskunst«. Das war Beweis. Die Sache stand.

Der Taifun stand. Nicht mehr umzuwerfen. Es entwickelte sich sogar eine Kasse, aus welcher Olsamen tüchtige Bezüge hatte, so daß er eine Familie ernähren konnte.

Was bedeutete das Geschrei der Feinde! Der Erfolg bewies.

Schellenhauer, der Verlobte Käterchens, malte fleißig unter Anleitung des toten Müller, und er kam überraschend weit. Schon nach sechs Wochen war er Lehrer der neugegründeten Taifunakademie.

Käterchen war nicht mehr Mädchen, sondern Zofe. Sie wurde mit Clothilde von Susanne und Hermione, die sich abwechselnd in das Phonetische teilten, gemeinsam in der Bühnenkunst ausgebildet. Natürlich fielen ihr die Rollen der Dienstmädchen zu, während Clothilde Gräfinnen übernehmen durfte. Susanne bekam die wichtigere Aufgabe der Bräute, Hermione die letzten Möglichkeiten: die unter dem erschütternden Schluchzen des Taifuntheaters sterbenden Heldinnen.

Im Taifun herrschte überhaupt keineswegs eine unordentliche Kunstwirtschaft, sondern alles bildete sich nach Rängen und Ringen ähnlich wie in la divina comedia, nur umgekehrt: zum Himmel hinauf. Durch ganz seltene Zufälle kam bisweilen ein Künstler oder eine Künstlerin von unteren Sphären in höher gelegene, – höchstens wenn Ossi und Hermione den Zuflüsterungen des Doktors Gehör schenkten. Dann wurde eine goldene Kette ausgeworfen, woran sich der schwebende Jünger hängen mußte, bis er auf die höhere Stufe gezogen war. Wenn solches vor sich ging, sahen alle Jünger und Jüngerinnen gegen den Zenith des Taifunhimmels und ergötzten sich von unten her an den flatternden Röcken des Erkiesten.

Neid gab es dann nicht, denn es war das eigentümliche Wesen der bewegenden Kraft, daß sie willenlos als richtig anerkannt wurde.

Kunst war eben nichts Positives, sondern Kunst wurde gemacht, nicht aber wie bei Kitschhändlern, sondern durch den Geist.

Der Geist war hinter Ossis Stirne, wo er von Olsamen allein geschaut wurde. Dieser Mensch hatte Röntgenaugen, rotgerändert wie die getupfte Forelle.

Hermione und Olsamen sprachen sich ganze Abende lang aus, während Ossi dabei schweigend saß. Nur hie und da ergriff er ihre Hand und führte sie an den Mund, küßte sie innig und gab sie ihr in den Schoß zurück. Dieser Handkuß war ein geheimes Zeichen. Hermione wußte dann, daß sie vorsichtiger sein mußte in der Ausbreitung der Theorien. Niemals durfte jemand bis zur Geheimwissenschaft des Taifun, seiner Herkunft und seines Ziels, vordringen.

Das Prinzip wurde in eine Art spiritistischen Nebel gehüllt. In ihm dampfte auch die Geschichte der Vergangenheit von Ganswinds Körperhaftigkeit. War er als Junge irgendwo unmenschlich erzogen worden, ähnlich dem unglücklichen Sohne Marie Antoinettes? Oder war er bei einer kinderlosen Alten unsinnig verpimpelt worden? Beides war möglich, um diesen besonderen, feinfühligen Menschen zu erzeugen. Man erzählte von ihm, daß er einmal mit einer Löwenmähne umhergegangen sei. Damals habe er schauerlich ausgesehen und sich für Geld befühlen lassen, ob seine Löwenähnlichkeit echt sei. Diese Gestalt habe er erst auf Hermiones Geheiß abgelegt.

In Hermione wohnte ein Wesen, so sanft wie eine Anemone, und gleichzeitig so scharf wie Pfeffer und Salz.

Pfeffer und Salz rühmte sie stolz auch Ossi nach, trotzdem es niemand glauben mochte, daß dieser Mann manchmal auch forsch auftreten konnte. Nur wer zufällig dazu kam, wenn eine Rechnung zu bezahlen war, der sah seine Boxerfäuste. Bezahlt wurden Schulden grundsätzlich nicht, es wurden nur Schulden eingenommen.

Für Susanne und den Doktor sollte nun am dritten Tage der Ehe das Studium des Taifun seinen Abschluß erfahren. Sie wußten zwar von allen Beteiligten längst am meisten über das, was Ossi und Hermione als ihren Willen markiert haben wollten, – trotzdem, um eine Vertretung beider übernehmen zu können, gehörten noch wichtige Aufschlüsse her.

Diese Aufschlüsse empfingen sie. Ganswinds machten eine Reise nach Island, wo sie den Expressionismus der Eskimos eingehend studieren wollten. Einstweilen sollte der Doktor Hermione, Susanne aber Ossi vertreten.

Diese Reise geschah, um Doktors von dem bereits lastenden Gefühl der schwankenden Ehe abzulenken.

Für Kätzi war ein Kinderbett gekauft worden. So erwarb sich das vom Ehegemahl verstoßene Tierchen das Recht ... nun ebenso harmlos zu sein wie ein Baby. Der Doktor lief mit Groll umher.

Wie er jetzt im Taifun Hermione vertrat, verspürte er plötzlich, wie unsonnig seine Miene geworden war. Er bemühte sich, ein Vergißmeinnichtgesicht aufzusetzen. Susanne begann die kluge Schweigerin zu werden. Die Wirkung dieser Erziehung war außerordentlich fruchtbringend.

Während Hermione in Pelzhosen auf Skandinavien und dem nördlichen Archipel herumkletterte, schmolz der schon dick gefrorene Haß des Doktorehepaares. Offenbar hatte es ihnen an genügender Beschäftigung gefehlt. Auch die Erhabenheit des Gefühls, Taifunleiter zu sein, wirkte versöhnend.

Hauptsächlich aber war die Versöhnung das Produkt eines gemeinsamen Vertrauensbruches.

Bekanntlich war Ganswinds Privatsalon aufs herrlichste eingerichtet. Und viele Vermutungen knüpften sich an Herkunft und Zweck mancher seltener Möbel.

Susanne sprach zu Alfred: »Wir sind bisher sehr unwissend geblieben, auch die letzten geheimen Anweisungen Hermiones vor der Abreise können einem vernünftigen Menschen nicht genügen, um ihn zufrieden zu machen. Alle Menschen verwahren doch irgendwelche Familienintimitäten. Diese stelle ich mit nun bei Ossi und nicht weniger bei Hermione sehr reizend und wissenswert vor. Wir müssen alles durchsuchen und aufschließen, um zum Gipfel der Erkenntnis zu gelangen, was dem Taifun eigentlich seine Existenz erhält.«

Der Doktor wollte schwer darauf eingehen. Aber endlich ließ er sich doch von Susanne verführen. Und das versöhnte.

Da stand ein sonderbarer geschnitzter, kleiner Schrank, die Imitation eines Schnitzwerks aus der Zeit der Nürnberger Meister, der bekannten Vorstufe der modernen Expressionisten – wenigstens war es so im Kollegheft einer Schülerin der Taifunakademie niedergeschrieben.

Dieser Schrank mußte die Kraft besitzen, den Blinden sehend und den Stummen redend zu machen. Vor allem existierte für ihn allein kein Schlüssel.

Als die erste Karte aus Christiania eintraf, machten sich der Doktor und Susanne am fünfundzwanzigsten Juli Mitternacht zwölf Uhr an die Arbeit.

Es erforderte viel Kunst, das Möbel ohne Schlüssel zu öffnen, noch mehr aber verlangte das Alleinsein in den vielverzweigten Räumen große Nervenkraft.

Wie hallten die Böses beginnenwollenden Schritte auf dem spiegelglatten Parkett! Die Bilder wankten an den Wänden, und viele furchtbare Gestalten stiegen aus ihren Rahmen. Der wiedererstandene Mann mit dem umgekehrten Kopfe begann sich zu heben und zu senken. Und zuletzt setzte er ihn gerade auf den Hals und sah nun mit leibhaftigen Augen auf Susanne. Die herumstehenden Vasen und Gläschen füllten sich mit Likör und boten sich an zum Austrinken. Die afrikanischen Götzen, deren Brüste mit Messerklingen, den Opfern und Andenken der Anbetung von hilfesuchenden Negern, gespickt waren, glotzten schief aus dem ersten Zimmer herüber. Des Doktors Gesicht war aschfahl, und Susannes sonst geschminkte Wangen schienen gelb wie altes Pergament. Zu sprechen wagten sie nicht, weil sie fortwährend auf den Besuch irgendeines aus dem Bilde gestiegenen Menschen gespannt waren. Eine Kubistenplastik begann bereits die Glieder zu verdrehen.

Nur die Finger arbeiteten an dem Wunderschrank. Sie wollten schon alle Hoffnung aufgeben, ihn öffnen zu können, da sprang er mit einem Male auf und ein eigentümliches Licht strahlte aus ihm. Sie sahen mit Gewalt in das Licht und entdeckten nichts, was irgendwie als körperhafter Inhalt zu betasten war.

In dem Schrank war nichts und war doch Licht? War das etwa das Geheimnis?

Susanne und Alfred sahen sich an und wollten lachen. In diesem Augenblick spielte der große Flügel im Musikzimmer.

Susanne preßte sich an Alfred, daß sich ihre Rippe, die sie mehr als er hatte, an seinem untersten Westenknopfe schnitt. Beide standen voll Entsetzen und Angst: als sie sich nach dem Schranke umsahen, stand er wieder geschlossen.

Waren Ossi und Hermione überhaupt auf der Reise nach Island? Plötzlich zeigte sich beiden zugleich der Kopf von Ossi unter der Türe nach dem Damenzimmer in mittlerer Höhe des Türpfostens. Er öffnete den Mund und verkündete einer großen Schar Hörer ein noch nie gehörtes Evangelium. Dieser Kopf war der des Cheops, dessen Pyramide von Millionen Verehrern gebaut worden war.

Der Taifun fegte dahin und Cheops Ganswind war eine Mumie.

Die Mumie ... Wo war sie?

Susanne und Alfred schlichen sich aneinandergepreßt auf den Zehen davon; da fühlten sie beim Gehen, daß der Boden unter ihnen lebte. Hermiones Gesicht blickte aus einem geschnürten Wickel durch eine Glasscheibe. Das war die andere Mumie.

Waren sie nicht nach Island unterwegs?

Susanne preßte sich mit Alfred durch die Türe auf den Flur hinaus, daß die Türflügel krachten und zerbrachen. Da war es ganz dunkel. Sie sahen sich an und schämten sich, weil sie ihre Gesichter nicht wahrnahmen.

In dieser Nacht schliefen sie das erstemal eng zusammengeschmiegt.

Am andern Morgen beim Frühstück sprachen sie miteinander kein Wort. Jedes schien sich an die seltsamen Vorgänge der Nacht zu erinnern. Die Fräulein im Taifun verwunderten sich, daß sich der Doktor und Susanne heute nicht sehen ließen.

Die Putzfrau ging durch die Räume und fand eine zerbrochene Kristallkaraffe.

Nun wußte man, warum Doktors nicht zum Vorschein kamen.

Als sie erst zwei Tage später wieder im Taifun erschienen, sah sie jedermann scheu und erstaunt an, vorwurfsvoll.

Susanne tätschelte und schmatzte seit langer Zeit wieder an Käterchen herum. Das war sehr auffallend. Aber Käterchen ließ sich immer wieder von Susanne fangen.

Käterchen erzählte ihr von der zerbrochenen Karaffe, obgleich im Taifun von allen strenges Schweigen ausgemacht war, genau nach der Vorschrift Hermiones vor der Abreise, daß niemand weder den Doktor noch Susanne in dem freien Umgang mit allem, was der Taifun enthielt, behindern dürfe.

Nun frug natürlich Susanne den Doktor, ob sie in der Nacht eine Kristallkaraffe zerbrochen hätten. Er erinnerte sich so wenig wie sie. Allmählich wollte es ihnen dämmern, was sie angestellt hatten. Sie waren berauscht gewesen.

Das Eigentümliche war nur, daß sie beide dieselben Gesichte gehabt hatten. Deshalb glaubten sie steif und fest an die Offenbarung eines Geheimnisses.

Sie scheuten sich um des Zaubers willen, der vom Taifun ausging, und den sie durch das Alleinsein in ihm erst kennengelernt hatten, an Ehescheidung zu denken.

Da Kätzi nachts nicht mehr dazwischenkroch, so war des Doktors markverzehrende Angst geschwunden. Nur wenn sie bei Tische saßen, schaute er noch mit finsteren Blicken über die Oberkanten seines Glases nach Kätzi hinüber. Susanne versuchte ihm Wohlgefallen an dem gesitteten und graziösen Pfötchen der Katze beizubringen. Aber niemals konnte er davon entzückt sein, wenn Kätzi Susanne den Bissen vom Munde weg atzte. Susanne fand diese Tat süß und komisch.

Von dem Widerspruch in der Katzenfrage ging allmählich ein gegenseitiger Widerwille aus. Der Zauber des Taifun hielt sie nur solange gewaltsam zusammen, bis Ossi und Hermione vom Nordland zurückkamen.

Hermione trat in weißen Fellhosen ein, und die Eisbärmütze machte ihr Gesicht jung und kindlich. Namentlich gab dieses Kostüm Ossis Liebesphantasie neue Einfälle. Hermione lauschte und beobachtete mit zuckendem Herzen die neuen Wege seiner Hände. Die Kompositionen auf dem Flügel schwankten, brausten und schoben wie Treibeis. Dann und wann ein Bersten, da sah man ihn aufstürzen und über sie herfallen. Sie stellten sich vor, Eisbären zu sein und ergötzten sich an den Weichheiten ihrer Felle.

Natürlicherweise expreßte sich dieser Hang, nördliche Landschaften, nördliche Tiere nachzufühlen, in der ganzen Epoche der nächsten Kunst.

Der Maler William machte den größten Treffer. Er stellte die weiße Leinwand in einen weißen Gipsrahmen und hing das Bild auf.

Alles schrie: »William! William!« William konnte nicht genug solche Bilder liefern. Die Kunst bestand einfach darin, das Bild ohne Rußflecken in den Handel zu bringen. War nur ein Stäubchen auf der weißen Landschaft, so war sie nicht mehr nordisch. Die Nordische Landschaft bedeutete eben das »Letzte« in Weiß.

Eines Tages war die einunddreißigste Ausstellung. Sie wurde von William allein gedeckt. Eine ungeheure Reklame war vorhergegangen. Die Räume waren am ersten Oktober so drückend voll, daß eine Schutzmannskette vor den einzelnen Meisterwerken aufgestellt werden mußte. Diese Kette war dem Polizeirat von Amts wegen gern überreicht worden. Die begeisterten Zuschauer sahen daher alle zunächst einen Schutzmann und dann erst den echten William.

In einer fernen Ecke des Salons wagte ein Besucher das Wort: »Schwindel!« Er wurde dafür von den Taifunisten verkeilt und von der Schutzmannskette verhaftet.

Die Bilder hatten verschiedene Größe. Eine Dame stand wegen des Kaufpreises mit Ganswind in lebhaftester Unterhaltung. Sie wollte siebentausend gerne geben, während der Salon siebentausendfünfhundert Mark forderte.

Das Bild maß 70 × 100, das daneben 65 × 95. Dieses kostete nur sechstausend Mark. Die Dame hielt sich daher für übervorteilt, daß sie für die Ausweitung von je fünf Zentimeter eintausendfünfhundert zahlen sollte, statt nur tausend.

Auf Hermiones Augenzwinkern durfte Ossi aber unter keinen Umständen nachgeben. So geschah das Unfaßbare. Die Dame bezahlte die Summe, mit der das Werk fünfzehn, echter William, »Eislandschaft«, ausgezeichnet war, voll ohne Abzug.

Diese Bilder gingen reißend, in allen Größenlagen beziehungsweise Preisverhältnissen. William bekam fünfzig Prozent des Erlöses. Der Tag brachte fünf Millionen Umsatz. Das war gar nicht so viel. Der Gips und die Leinwand waren beide so teuer, daß jeder Maler besser daran tat, seinen Bedarf im Taifun und nicht in Buchbinderläden zu decken.

Es blieb jedem freigestellt, ob er den William dauernd weiß lassen wollte, oder ihn mit unsinnigen, die Nordlandschaft niemals wiedergebenden Farben übermalte.

Da die Ausstellung innerhalb zwei Stunden verkauft war, so stellte sich der Doktor noch aufs Rednerpult und trug das Gedicht Nordpol vor. Er stammelte:

»Weiß weiß
William
William William William
weiß
weiß weiß weiß weiß weiß.«

. . . .

Nachdem er endlich geendet hatte, weil er derart schwitzte, daß man die Kälte und die Starrung des Eises nicht mehr glauben konnte, betrat William selbst die Bühne und gab das Versprechen ab, nicht müde zu werden, und noch weitere Eislandschaften zu malen.

Unter tosendem Beifall verschwand er hinter einem schamhaften Vorhang, der die Erde nicht ganz berührte.

William stand auf dem letzten Kreise der Taifunkünstler in Ehren unmittelbar neben Müller.

Schellenhauer war tief traurig, und er glaubte nicht mehr an die Möglichkeit, vom fünfzehnten Kreis nach oben zu kommen. Er saß bei Käterchen auf dem Zimmer. Sie polierte gerade die Lackschuhe Susannes.

Käterchen gab sich alle Mühe, den Bräutigam auf neue, noch genießbare Einfälle zu bringen. Sie riet ihm, einmal nur den Rahmen aufzuhängen, wer konnte wissen, ob Oskar diese Idee nicht genial fand.

»Das ist niemals genial«, seufzte Schellenhauer. »Du verstehst es nicht ... der wahre Künstler kann schaffen, was er will, er wird nie anerkannt.« Er legte sein Haupt, welches jetzt mit großen blonden Locken überwuchert war, traurig in Käterchens Schoß, wobei ihm der Benzingeruch des Wichsmittels in die Nase stach. Den glatten Scheitel hatte er aufgegeben, nicht etwa um künstlerhaft auszusehen, sondern nur weil der Pomadepreis seinem Einkommen nicht mehr entsprach.

Der Künstler auf dem fünfzehnten Kreis hatte nur ein karges Auskommen, derjenige auf dem zwanzigsten Kreis verdiente Null, während alle diejenigen, die Schüler waren oder freie, noch nicht anerkannte Künstler, vom dreißigsten bis zwanzigsten Kreis, alles selbst aufbringen mußten, worin noch eine hohe Steuer an den Taifun, stufenweise abnehmend, allmählich sich an die Null des zwanzigsten Kreises annähernd, mit enthalten war.

Käterchen tröstete ihn und flüsterte ihm in die Ohren. Sobald sie heirateten, verließen sie beide den Taifun. Und dann wollten sie doch einmal sehen, ob sich nicht ein anderer Salon für »Schellenhauer« interessierte.

Sie hatte das Empfinden, daß er allmählich wirkliche Bilder zu schaffen vermochte. Die Porträts, die er von ihr dutzendweise anfertigte, bekamen allmählich treffliche Ähnlichkeit.

Während sich auf Käterchens Zimmer die Verkennung ausseufzte, tobte im Speisezimmer eine wütende Schlacht.

Susanne war empört, daß Alfred ihr gegenüber den Williamschwindel nicht zugab, daß er sogar den vollen Ernst seiner vorgetragenen Dichtung aufrecht erhielt.

Susanne wurde darüber so wütend, daß ihr Kätzi aus dem Arm geglitten und in die heiße Suppe gefallen war.

Sie wollte nun die Suppe durchs Sieb gießen und weiter essen lassen. Darüber geriet Alfred außer sich, er nahm die ganze Schüssel und warf sie durchs geschlossene Fenster auf den Hof hinab, sodaß die Scheiben lustig klirrten.

Susanne schluchzte, während sie lindernde Salbe auf die verbrühte Katze strich, über diese Vergeudung und die alle Schranken vergessende Tobsucht.

Dann hatte er, weil sonst nichts zu essen da war, sein Zigarettenetui hervorgezogen. Es war leer. Und als Susanne gestand, daß sie gestern die Zigaretten zu kaufen vergessen hatte, schalt er sie eine »blöde Ente«. Es war Sonntag und kein Geschäft offen.

»Mußt du immer rauchen?!« schrie Susanne auf.

»Morgen sind wir geschieden!« stieß der Doktor mit allen aus seinen Lungen pfeifenden Registern hervor. Er ging hinaus, knallte die Türe hinter sich zu und verschloß sich.

Längst kam niemand mehr an die Türe und erhob Beschwerde gegen den Schlachtendonner dieses Ehepaares. Allmählich hatte sich das ganze Haus daran gewöhnt, und immer war auf jede Beschwerde geantwortet worden: »Der Herr und die gnädige Frau proben.« Was sollte man also machen!

Diesmal war es aber letzter Ernst.

So große, zerbrochene, doppelte Fensterscheiben konnten unmöglich der Inhalt eines Theaterstückes sein. Wo sollte ein Direktor hinkommen, wenn er solche Splitter täglich zu tragen hatte? Auch wählte man, beim Einstudieren solcher Nummer, sicherlich unzerbrechliches Material.

Hermione und Ossi sahen sich an, als die dunkle Schwalbe am Fenster vorbeiflog. Während es klirrte, erbebten sie. Es lief eiskalt über sie hinweg. Warum zürnte Zeus? Als Hermione hinabsah, erkannte sie, daß es eine Suppenschüssel war. Gab eine Suppenschüssel das Signal, daß der Taifun vor einer Katastrophe stand? Diese klirrenden Töne waren schärfer als der Widerhall des Nebelhorns in den Korallenriffen der Südsee.

»Sollen wir hinaufgehen?« frug Ossi.

»Laß sie, wenn sie nicht zu Verstand zu bringen sind«, erwiderte Hermione.

So kam es, daß sich die Tragik vollendete, weil im entscheidenden Augenblick alles flügellahm war. Eine Redensart wie »das hätte man verhüten können«, bleibt ewiger Unsinn. Eine Katastrophe hat man nie verhüten können, deswegen wurden sie seit Menschengedenken stets vom Schicksal herbeigeführt. Selbst Katastrophen, die man voraussah, konnten nicht verhindert werden. »Denke daran«, sprach Hermione, »als die ›Titanic‹ auf den Eisberg stieß, sahen ihn verschiedene Augen herankommen, dennoch konnte niemand den Zusammenstoß verhüten.«

»Sie hätten einander nie heiraten dürfen«, erwiderte Ossi.

»Wie kannst du das sagen, es heiratet einander alles, weil es muß. Es muß sein. Es muß aber für den Taifun keine Katastrophe werden. Katastrophen gibt es nur, wenn hart gegen hart ist.«

Ossi leuchtete das ein, und er freute sich nun beinahe, weil sein Sonnengott Alfred samt seiner Diana ins weiche Gras fiel. Er konnte den Taifun immerhin vorbereiten, daß es bald eine Veränderung in den höheren Regionen geben würde.

»Was willst du vorbereiten?« sprach Hermione, »laß es doch alles herankommen.«

Das war das Klügste. Wenn nur Ossi und Hermione vorbereitet waren, dann wollten sie den Taifun schon an den Zügeln fassen, wenn die Zeit erfüllet war.

Hermione lachte sich halbtot, als sie von Schellenhauer erfuhr, daß die Katze in die Suppenterrine gefallen war. Und sie fand es ulkig, daß Susanne die Suppe durchs Sieb hatte gießen wollen. Unter allem Gelächter nahm man trotzdem für den Doktor Partei, denn es war verzeihlich, wenn er die Suppe hinunterwarf.

Susanne wußte fortab, daß sie in dem Kampf mit ihrem Gatten auf die Unterstützung durch den Taifun nicht zählen durfte. Daß sie alleinstand, verstärkte eher ihre Stellung, denn ob die Richter mit einer Partei, wie dem Taifun, sympathisierten, war zweifelhaft.

Susanne schimpfte offen über den ganzen Taifunschwindel. Man ließ sie ruhig schimpfen, sie verstand es eben nicht besser. Um so mehr schlüpfte der Doktor zufluchtsuchend bei Hermione hinein.

Der Polizeirat erinnerte an die Irrenzelle des Hotel Olymp. Damals hatte er's zu überlegen gegeben, ob man sich mit Susanne einlassen sollte.

»Wir machen uns keinerlei Vorwürfe«, sprach Hermione, »wir haben aber auch gar keine Furcht vor Susanne. Was kann uns Susanne tun? Kann sie den Taifun etwa verraten? Fürchtet doch das nicht! Sie ist durch ihre Katze völlig bloßgestellt. Braucht es hier überhaupt Worte? Daß sie gleich, nachdem sie in Berlin ankam, in der Zeitung stand, das allein schon ist furchtbar.«

Der Polizeirat und auch Clothilde machten ein sehr bedenkliches Gesicht. Wie es um die Person des Doktors stand, wußte ja niemand. Der Taifun konnte recht kompromittiert sein, wenn es sich herausstellte, daß der Doktor Susanne in alles eingeweiht hatte.

»Nicht bloß der Doktor hat eingeweiht, wir alle. Laßt sie doch eingeweiht sein. Wir haben so viele Leute gegen sie. Den Hoteldirektor und auch noch mehr solche. Aus dem Katzenklub ist sie sogar ausgetreten. Susanne hat nur Feinde.« Hermione wußte es genau.

Im Handumdrehen war Susanne zum Feind gemacht. Und wie der Taifun gegen Feinde vorging, davon konnte der Riese Goliath erzählen, auch der Chefredakteur mancher Tageszeitung. Dem Taifun war nichts heilig, wenn es galt, den Feind zu zerschmettern.

Die Stimmung war im Taifun schon am Sonntag Nachmittag so überhitzt, daß es für den Doktor gar keine andere Möglichkeit gab, als gegen Susanne, beziehungsweise ihre Katze, entscheidend vorzugehen.

Als sich Susanne auf den Abend im Salon zeigte, war selbst Hermione kühl gegen sie. Und Ossi sah verlegen zur Seite. Der Polizeirat schnarrte mit einer nach ihren Begriffen sehr dummen Stimme die Frage an sie hin: »Es ist doch, seitdem Sie nach Berlin gekommen sind, alles Mögliche passiert, Frau Doktor. Hm?«

Susanne fand das sehr unverschämt. Das klang ja geradeso, als ob sie bereits geschieden wäre. Ehe man von »passieren« redete, mußte sie wenigstens noch dieses Abenteuer hinter sich haben. Sie zahlte die schlechte Behandlung allen miteinander heim und erwiderte dem Polizeirat kühn und gerade heraus: »Ich kam als Kunststudierende nach Berlin und sah bisher kein bißchen Kunst. Alles was der Taifun hervorbringt, – sieht man das auch irgendwo anders ausgestellt?«

Ossi erhob sich stolz und entgegnete mit der Frage: »Sehen Sie die berühmten Werke eines Leonardo oder van Dyk irgendwo anders als in ganz bestimmten Museen?«

»Ich sehe sie tausendmal, in Reproduktionen.«

Ossi hatte daraufhin nur ein mitleidiges Verziehen der Mundwinkel, bis er zu antworten geruhte: »Das ist eben der Unterschied: kleine Kunstwerke werden nachgeahmt, große nicht.«

Susanne wurde blaß vor Empörung. Man wagte, diese ruhmbedeckten Werke alter Meister kleine Kunstwerke zu nennen, William und Müller aber unvergleichbare Meister. »Ich sehne mich wahrhaftig nach einer Veränderung«, rief sie, »aus dieser Sackgasse muß ich heraus.«

Hermione stand auf. Wie ihre stolze Gestalt in rauschender altrömischer Toga durch den Salon schritt, wie sie mit dem Brillantfinger die Zigarette aufgriff und durch das spitze Mäulchen den Rauch blies, das verwirrte Susanne. Und sie hätte am liebsten hinausgeweint.

Hermione sah sie an. Sie fühlte die Kraft ihrer Wirkung auf die eitle Belgierin. Susannes Augen standen weit auf wie die Fensterbogen eines gotischen Domes. Das eine zog sie an und das andere stieß sie ab. Warum war das Abstoßende und das Anziehende im

Taifun so unzertrennbar vereinigt? Es erschien ihr das erstemal wie ein Fluch, daß Hermione und Ossi so fest verkittet waren. Am liebsten hätte sie dieses Empfinden kundgetan, aber wäre darauf nicht bloß ein helles Lachen der anderen erfolgt?!

Susanne lag die kommende Nacht allein, Kätzi im Arm. Der Doktor lief in seinem Zimmer die ganze Nacht auf und ab. Käterchen saß mit Schellenhauer traurig zusammen.

Susanne dachte darüber nach, ob die Vereinigung Hermiones und Ossis nicht bloß das Ergebnis irgendeiner Rachsucht war. Ossi war, hörte man, schon einmal verheiratet gewesen und von seiner Frau schnöde verlassen worden. Konnte Hermione, die schöne Frau, Ossi mit all seinem extremen Wollen nur deshalb durchsetzen, um jener Frau Anklagen gegen ihre Untreue zu erzeugen? Wie's nun sein mochte! Tatsache blieb, daß sich die beiden durch den Zweck verbunden fühlten. Aber welchem Zwecke diente ihre Verbindung mit dem Doktor? Daß sie sich gegenseitig beschimpften.

Käterchen mußte sich zwischen ihm und ihr teilen. Dieser Zustand war unerträglich. Nun hatte ihr der Doktor befohlen, am Montagmorgen um elf Uhr mit Kätzi am Landwehrkanal zu sein. Ja, konnte sie denn das, wenn ihr Susanne befahl, mit Kätzi um elf Uhr beim Tierarzt zu sein? Wem sollte sie gehorchen? Sie hatte es allmählich aufgegeben, bloß Susanne ihr Vertrauen zu schenken. Sie fühlte oft recht innerliche Neigung, dem Doktor recht zu geben.

Der Doktor fiel in der Frühe auf einem Sessel in tiefen Schlaf. Er hatte sich todmüde gelaufen und war entkräftet, weil er keine Nahrung mehr zu sich nahm. Ein Gang von zwölf Stunden durch das Zimmer war nicht weniger ermüdend als eine Fußwanderung von Berlin nach Magdeburg.

Als er erwachte, schauderte ihn durch alle Glieder. Er fror, obwohl die Zentralheizung bereits wieder die volle Wärme durch den Raum strahlte. Es gelüstete ihn zu essen. Aber er durfte das nicht, sonst lief er Gefahr, von seinem Vorsatz abzukommen. Er wollte zunächst einmal auf das Standesamt gehen und den Standesbeamten als den für seine Ehe verantwortlichen Menschen in

Stücke schlagen. Von der Behandlung einer Ehescheidung durch das Gericht und den Rechtsanwalt Büffel wollte er nichts wissen. Das ging ihm zu langsam. Büffel hatte zwar schon die Vorarbeiten für diesen Prozeß seit langem getan, so daß er nur auf den Knopf zu drücken brauchte, um die Fontäne springen zu lassen. Aber das behagte dem Doktor nicht. Und in dem durch die Ermattung der Fußwanderung und vom nagenden Hunger völlig verschobenen Gehirne war kein Verständnis mehr für die rauhe Wirklichkeit. Der Doktor kam nicht davon weg, daß er sich an den Standesbeamten zu halten habe.

Um zehn Uhr kam er dahin.

Susanne ging hinter ihm her und beobachtete ihn bis zum Rathauseingang, dann ging sie zurück und sah von weitem Käterchen mit Kätzi.

Susanne war darüber gar nicht erstaunt. Als ihr aber klar wurde, daß der Tierarzt in einer ganz anderen Gegend wohnte, zog sie sich in eine Hausnische zurück, ließ Käterchen an sich vorbei, dann folgte sie auch ihr.

Was war das! Käterchen begab sich mit Kätzi ebenfalls aufs Rathaus. Susannes Herz pochte wild. Käterchen verriet sie mit Kätzi. Das war gewiß. Es war ihr, als habe jemand ihr ganzes Leben vernichtet. Wenn an Kätzi ein Verbrechen begangen wurde! Eine fürchterliche Ahnung stieg in ihr auf. Sie rannte ins Rathaus hinein.

Im Vorbeistürzen erkannte sie das Auto Ganswinds. Aha! Es hatte sich eine Verschwörung gegen sie zusammengeballt. Die Füße, die ihr zuerst wie Blei anhingen, so daß sie kaum vorwärts kommen konnte bei der gierigen Verfolgung Käterchens, wurden ihr plötzlich gelöst. Wenn alles gegen sie vorging, so war ihr leicht ums Herz. Auch Käterchens Verrat würgte sie hinab.

* * *

Auf dem Standesamt hatte der Doktor einen tödlichen Angriff auf den Standesbeamten gemacht.

Stadtrat Waldeck hockte hinter einer Schanze von Folianten und schützte sich dadurch vor Hieben. Er machte alle möglichen Besänftigungsversuche, aber der Doktor ließ sich nicht aufhalten.

Der Doktor verlangte die Vernichtung des Eheprotokolls. Damit wäre die Ehe in einer Sekunde geschieden gewesen. Der Stadtrat zitterte, denn er fürchtete sich sehr vor diesem Irren. Wie konnte er ein amtliches Schriftstück vernichten? Es mußte ein Mensch nicht normal sein, wenn er solches Verlangen stellte.

Doch der Doktor bestand darauf, weil der Stadtrat das Protokoll vollzogen hatte, das ihm diese furchtbare Fessel anlegte. Er brüllte wie ein Stier: »Befreien Sie mich von der Katze!«

Der Stadtrat versicherte immer wieder, er habe ihn nicht mit einer Katze verehelicht, sondern mit einer Dame aus Deutschbelgien.

»Sie sind ein elender Verbrecher«, schrie der Doktor, »Sie haben mir das Versprechen abgenommen, daß ich meiner Frau gehören wolle, bis der Tod uns scheide. Haben Sie?«

»Ich habe. Aber dies schreibt die Formel vor«, wimmerte der Stadtrat.

»Wollen Sie mich wegen einer Formel töten?« Der Doktor war außer sich wie ein wütender Elefant, den nur noch ein Gewehrschuß in den Schädel beschwichtigt.

»Wir sind Sklaven dieser Vorschriften!«

»Wollen Sie nun lieber mich töten, oder wollen Sie lieber den Fetzen Papier vernichten?«

»Es wäre ein entsetzlicher Schritt von Ihnen, wenn Sie sich ums Leben brächten. Ein Papier kann nicht vernichtet werden.«

Der Doktor schlug sich an die Stirn. »Ein Papier kann nicht vernichtet werden? Und ein Menschenleben wird der Willkür seiner Handlung überantwortet. Weiß ich denn heute, was ich tue? Ich bringe mich um, ohne mir Rechenschaft darüber zu geben. Denn so will ich keine Stunde länger leben. Die Katze liegt in der Suppe! Suppe!« Er schoß im Zimmer umher.

Nun verstand wohl der Beamte den Zusammenhang nicht gänzlich. Aber wie der auch sein mochte, er konnte unmöglich den gesetzlichen Beleg über die vollzogene Ehe vernichten. Der Doktor war wahnsinnig. Er fürchtete, seine Verteidigungsstellung hinter den Büchern könnte noch von dem Doktor erobert werden, ehe die telephonisch herbeigerufene Hilfe kam. Der

Doktor war in seiner Wut imstande, ihm die Kehle zuzudrükken.

Der Dezernent für Irrenangelegenheiten vom Präsidium ließ lange auf sich warten. Noch einmal sprach der Stadtrat dort hinüber: »1574, rasch Zimmer 12, Zwangsjacke.«

Natürlich wähnte das ganze Rathaus, der Standesbeamte wäre selbst übergeschnappt. Die Brautpaare, die erledigt sein wollten und auf den Augenblick mit Sehnsucht warteten, wo sie durften, stauten sich bereits vor dem Zimmer.

Von dem brausenden Geräusch der Menge wurde der Doktor noch mehr verwirrt. Der Schweiß trat bei ihm aus, bis er zu weinen begann. Er überweinte mit einem in sich gekehrten Blick sein schreckliches Dasein.

Sollte er sich etwa hinter der Schanze hervorwagen und den armen Mann trösten? Stadtrat Waldeck entschloß sich, sitzen zu bleiben, bis Hilfe da war.

Endlich ging die Tür auf.

Wer trat herein? Polizeirat Löwe mit zwei Schutzleuten, welche die Zwangsjacke und schwere eiserne Ketten trugen.

Löwe fiel rückwärts an die Wand und stammelte: »Sie, Herr Doktor?«

Der Doktor stand bei dieser unerwarteten Begegnung völlig still. Sein ganzes zielbewußtes Hirn bremste, gerade als wenn ein Motorwagen eine Panne erhielt.

Polizeirat Löwe strauchelte, was er zu tun hatte, nur einige Sekunden. Es wäre ihm jetzt eine Kleinigkeit gewesen, den Doktor, dem er wegen Clothilde mißtraute, für alle Ewigkeit unschädlich zu machen.

Der Doktor besah ihn aber so zuversichtlich, daß er ihm nur als Bekannter gegenüber stand. Ein fremder Mann hätte jetzt beim Anblick Löwes gedacht: »Mensch, was bist du für ein Tier, ein gutes oder ein böses?« Löwe entschied sich, er winkte seinen Begleitern abzutreten.

Der Doktor ließ seine Hand zur Begrüßung nehmen.

Nun wagte der Standesbeamte, sich hinter den Barrikaden zu erheben.

Polizeirat Löwe schüttelte die Hand des Doktors so kräftig, daß ihm der Druck wirklich Schmerzen erzeugte. »Was machen Sie für Sachen, Herr Doktor?« sprach er.

Der Doktor frug gedämpft und zaghaft: »Kommen Sie meinetwegen?«, und er sah Löwe mit einem schräg durch den Kneifer gesandten Blick an, runzelte dabei seine Stirn und ließ seine Wange schlaff herabhängen.

»Selbstverständlich. Danken Sie es Ihrem Schöpfer, daß Sie das Glück haben, mit mir zusammenzustoßen!« Dann wandte er sich zu Stadtrat Waldeck: »Sie gestatten doch, Herr Stadtrat, daß ich ihn ein bißchen besänftige.« Er rieb dabei schmunzelnd die Hände.

Stadtrat Waldeck, als großer Menschenfreund und Menschheitsapostel, hatte nichts einzuwenden. Er bat seinen Ratskollegen sogar, ihm nicht übel zu nehmen, daß er für seinen guten Freund die Zwangsjacke bestellt habe.

Dem Polizeirat war es nicht recht, den Doktor als seinen guten Freund bezeichnen zu hören. Seine Augen weiteten sich und mit bedeutendem Ernst stellte er sich jetzt dem Doktor gegenüber.

Der Doktor machte eine sehr verdrießliche Miene, als wenn er Spinnen gegessen hätte. Er hätte viel lieber weiter getobt und wäre lieber nicht von einem Bekannten ertappt worden. Polizeirat Löwe fühlte das, und er nahm seine Aufgabe doppelt wichtig. »Sie haben ein ungewöhnliches Glück, Herr Doktor. Noch vor einem Monat war ich in der Abteilung für Zensur, damals stützte ich den Taifun in mancher heiklen Angelegenheit. Jetzt fällt mir in der Abteilung für Irrenkranke die schwere Aufgabe zu, Sie vor der Einkapselung zu behüten. Ich muß wirklich ein unnützlicher Mensch sein.«

»Schwere Aufgabe?«

»Ja, meinen denn Sie, Herr Doktor, ich könne nun sofort von Ihrer Festnahme Abstand nehmen?«

»Wenn Sie nicht wollen, – ich werde den Tod schon finden.« Das sagte der Doktor so ruhig und bitter, daß man wirklich glauben konnte, er sei lebensüberdrüssig. Es war für den Stadtrat Zeit, einzugreifen und dem Polizeirat zu erzählen, was bisher vorgegangen sei.

Der Polizeirat gackste: »Sie wollen sich tatsächlich scheiden lassen. Gerade wollte ich noch Ihr Glück rühmen, daß auch ich es war, der seinerzeit auf der Abteilung für Paß und Fremdenwesen die Gattin für Sie gefunden hatte.«

Der Doktor frug: »Hatte sie damals eine Katze bei sich?«

Die hatte Susanne allerdings damals bei sich gehabt.

Polizeirat Löwe bejahte.

Der Doktor lachte ein paarmal kurz auf. Dann knurrte er unverständlich und knarfelte mit den Zähnen. Die Wut kochte in ihm. Er hätte nun am liebsten auf den Polizeirat eingeschlagen, nach seinem Empfinden gehörte der Mensch gesteinigt, der ihm Susanne in den Weg geführt hatte.

Der Polizeirat rechtfertigte sich. Er war der Ansicht, daß des Doktors Verbindung gar nicht so übel sein konnte, denn es war doch auffallend, daß in seinem ganzen langen Junggesellenleben keine Dame bis zur Heirat mit ihm gekommen war, dagegen Susanne ihn sofort hingerissen hatte. Woher konnte das kommen? Einfach davon, weil Susanne durch den Katzenverkehr ein ganz besonders bezauberndes Benehmen erlangt hatte.

Der Doktor ballte die Fäuste und hüpfte mit einem Satz auf den Polizeirat los. Er brüllte: »Bezaubernd? Katzenfalsch ist sie! Susanne ist genau wie das Vieh!« Er meinte die Katze.

Den Polizeirat belustigte es im Innersten, wie der Doktor raste und seine Frau verwünschte. Kannte er sie doch selbst ziemlich genau.

Dem Stadtrat wurde jetzt die Suppenschüssel diskutabel. Er bedauerte, daß auch er da nicht weiter gegessen hätte, wenn eine Katze darin gebadet hatte.

Der Polizeirat hatte das noch gar nicht gewußt. Er kratzte sich vor Vergnügen die Mundwinkel. An Susanne schien eine Köchin verloren gegangen zu sein. Er erzählte einen Spaß von zu Hause. Als er ein kleiner Knabe war, hatte einmal seine Mutter eine Maus aus dem Milchkrug gezogen. Damals hatten alle Kinder unbesonnen in aller Seelenruhe von der Milch getrunken. Man sah also, daß solche Dinge auf dem Erdball passierten. Nun allerdings kam beim Doktor erschwerend hinzu, daß er die Katze schon vorher haßte bis aufs Messer. Selbige Maus hatte ganz indifferent in der Milch gelegen, war auch bereits darin ertrunken gewesen.

»Die Katze zappelte und schrie auf und verschmutzte das ganze Tafeltuch!« Den Doktor durchschütterte die Vision solcher Erinnerung. Nein, nun mußte er davon loskommen, war es tot oder lebendig.

Indem der Polizeirat besinnlich durchs Zimmer schritt, hielt der Stadtrat eine feurige Ansprache an den verzweifelten Ehemann.

»Herr Doktor, es verbindet mich mit Ihnen das tiefste Mitgefühl. Seien sie aber überzeugt, ich bin völlig schuldlos. Sie sind auf mich mit dem Spazierstock losgegangen, weil Sie glaubten, daß mir die Person Ihrer Frau bekannt gewesen wäre. Dessen versichere ich Sie aber: wenn ich gewußt hätte, daß Ihre damalige Braut eine Katze hatte, so hätte ich Sie ausdrücklich aufs Gewissen gefragt, als ich Sie zusammengab vor dem Angesicht Gottes, ob Sie sich bewußt wären, welche Kalamitäten durch eine Katze für eine Ehe entstehen können. Das scheint mir das Vergehen Ihrer Frau Gemahlin, daß sie von dem Vorhandensein einer Katze gänzlich geschwiegen hatte, absichtlich vielleicht. Leider steht es aber fest, daß Sie deswegen zur Scheidung Ihrer Ehe nirgends Unterstützung finden werden, weil es kein Mensch glaubt, was ein Tier für eine Macht ist über den Menschen. Bekanntlich war die Katze den Ägyptern heilig. Schon deswegen ist Ihre Revolution sehr aussichtslos. Menschen beteten zu der Katze, die Sie wahrscheinlich am liebsten in das Ofenloch steckten, um sie lebendigen Leibes zu verbrennen. Unsere Gesetze sind darin rückständig. Ich für meine Person hätte diese Ehe nie geschlossen, denn ich weiß, was für Einflüsse von einem Tier ausgehen. Ist es nicht zur Genüge bekannt, daß jeder Hundebesitzer z.B. so aussieht wie sein Hund? Par exemple: wer besitzt Bulldoggen? Meistens Destillenbesitzer. Haben diese Destillenbesitzer nicht meist ein sehr bissiges Maul? Die Ähnlichkeit des Herrn mit seinem Tier geht sogar so weit, daß ich Ihnen bei jedem Menschen auch seinen Hund nennen kann. Par exemple: ich kenne einen Herrn, zufällig meinen Verleger, welcher nächstdem die ersten Bände meiner gesammelten Grabreden veröffentlichen wird; für ihn würde nur der Hühnerhund sich eignen, ganz sein Blick ...«

Der Polizeirat unterbrach: »Sie gestatten Herr Kollege, was für eine Hunderasse bevorzuge ich?«

Der Stadtrat sah ihn eine Weile durchdringend an, dann sagte er: »Herr Kollege, Sie haben gar keinen Hund, weil Sie keine Steuer für ihn übrig hätten.«

Polizeirat Löwe grinste bis an die Ohren. Die Antwort stimmte genau. »Aber was hätte ich für einen Hund?«

Der Stadtrat besann sich das Zweitemal, dann antwortete er entschieden: »Sie hätten einen Windhund.«

»Warum?«

»Weil Sie diesen unentwegt prügeln müßten, fast alle fünfzig Schritte. Sie müssen mich aber nicht mehr unterbrechen. Es gilt für mich, den lieben Herrn Doktor dem Leben zu erhalten. Trost vor allem! Herr Doktor, in Ihrem Haushalte handelt es sich um eine Katze, Ihre Frau hat allem Anschein nach ganz das Wesen dieser Bestie angenommen – –«

Der Polizeirat stutzte; selbst der Doktor, der bis jetzt ergebungsvoll zugehört hatte, war perplex. Daß seine Frau einer Bestie gleiche, hatte er selbst noch nicht einmal gedacht.

Der Stadtrat bemerkte die ungeschickte Wirkung seiner letzten Worte. Es kribbelte ihn im ganzen Leibe, denn er pflegte nie seine Zuhörer zu verletzen. Mit seinen Grabreden waren die Hingeschiedenen bis jetzt stets zufrieden gewesen. Er war als Redner allgemein beliebt, – wie sollte er sich jetzt in seinem Ausdruck verhauen haben! Er frug schüchtern: »Herr Doktor ist wohl noch in gewisser zartfühlender Berührung mit Frau Gemahlin?«

Der Doktor kam nicht mehr zur Antwort, weil Ganswind und Hermione zur Tür hereintraten. Der gewählte Augenblick war dem Auftritt dieser Beiden günstig. Dem Doktor war etwas wehmütig ums Herz geworden, weil man Susanne eine Bestie genannt hatte. Als er jetzt Hermione vor sich stehen sah, ein Weib, ein ander Weib, da wurde er in seiner Haltung unsicher. Er setzte sich gebrochen auf einen Stuhl. Waren Kräfte am Werke, die ihn von seinem Entschlusse zurückzogen? Zugleich lehnte sich sein Trotz auf, nicht nachzugeben.

Ganswind stellte dem Doktor die Zukunft klar vor Augen. Durch die Scheidung war der Taifun selbst gefährdet. Susanne schlug sich in das Lager der Taifungegner; und dadurch konnte sie dem Taifun den Garaus machen, wenn sie die Unsumme von Geschäftsgeheimnissen verriet. Namentlich konnte sie beweisen, daß der letzte große Erfolg mit William unverdient war, da sie wußte, daß man nur die Leinwand in den Gipsrahmen gestellt hatte. Die Katastrophe war dann vollständig.

Hermione kämpfte mit. »Kein anderer Mensch kann sonst wissen, daß es nur die weiße Leinwand ist. Und wenn es einer weiß, so wagt er es mindestens nicht zu sagen. Darum handelt es sich. Du mußt dich mit Susanne aussöhnen. Warte bis zur nächsten Ausstellung mit der Scheidung. Wenn sie wieder den großen Erfolg hat, man weiß es ja nie voraus, dann sind wir so reich, daß wir nichts mehr zu fürchten brauchen. Dann kann Ossi alles machen. Dann ist Ossi das anerkannte Genie.«

»Was wollt ihr ausstellen?« frug der Doktor. »Wie soll ich bei Susanne noch bis dahin aushalten?«

»Wir werden diesmal nur Rahmen ausstellen«, erwiderte Ossi, »die die suggestive Wirkung ausüben, daß alles, was hinter ihm von der Wand sichtbar wird, als Bild geschaut wird. Verstehst du?«

»Werdet Ihr damit gewiß Erfolg haben?«

»Ossi rechnet mit 10 Millionen Umsatz. Ein Rahmen 50 × 80 kostet schon 50 000 Mark. Die Leiste hierzu hat vielleicht einen Wert von 15 Mark; da kannst du dir ausrechnen, was wir verdienen. Es wird sich dann fragen, ob Ossi überhaupt noch weiter ausstellt, oder ob wir uns nach Sveden begeben. Ossi kann sich dann kaum noch übertreffen. Das ist das Letzte.«

Ossi küßte Hermione die Hand.

Der Doktor nahm dem Taifun gegenüber gern jede Rücksicht, aber wie sollte er bei Susanne so lange aushalten, bis soviel Rahmen fabriziert waren! Das dauerte mindestens vierzehn Tage. Wie sollte er sich wieder an den Tisch mit ihr setzen!

Hermione erbot sich, die nächsten Wochen mit ihm gemeinsam im Esplanade zu essen.

Der Doktor wimmerte und stöhnte: »Es bleibt immer noch die furchtbare Nacht!«

Alle sahen sich an. Niemand verstand ihn. Der Polizeirat war auf dem Sprunge, ihm seine Vertretung anzubieten. Es fehlte dem Doktor offenbar jeder Schwung in der Liebe. Oder war er so verdüstert, daß ständig Katzen um seine Sinne kreisten? Vielleicht war sein Gehirn in ein Katzenfell eingewickelt.

Käterchen kam zur rechten Zeit. Sie trug Kätzi auf dem Arm.

Der Doktor war plötzlich wie umgewandelt. Er lachte auf vor heller Freude. Käterchen hatte Wort gehalten. Nun mußte sich die ganze Welt verändern. »Beglückwünscht mich«, rief er, »denn um 11 Uhr wird das Vieh im Landwehrkanal ersäuft sein!«

Man drängte sich um Käterchen. Diese erzählte, wie gerissen sie es angestellt hätte, daß sie unentdeckt hergekommen sei. Der Doktor mußte ihr dafür eine Extratour gewähren. Den Kuß erhielt sie sogar vor Begeisterung voraus. Der Stadtrat wechselte seinen Rock, um sich beim Ersäufen zu beteiligen. Ganswind wollte die ganze Gesellschaft rasch in seinem Benzinwagen an den Ort der Tat bringen.

»Was hat sie doch für ein blödes Gesicht, Kätzi!« rief der Doktor und schlug dem Tierchen eine Backpfeife rechts und links, daß es sich geduckt zusammenzog.

Der Stadtrat wusch sich noch geschwind die Hände, das pflegte er stets beim Verlassen des Bureaus zu tun. Er erzählte dabei wiederum eine Geschichte aus seiner Kindheit, wie sie eine Katze zehnmal ersäuften und sie immer wieder heraus kam, daß sie schließlich an ein Wunder glaubten. Aber, er werde bei Kätzi seine ganze gesammelte Erfahrung von damals anwenden, damit sie sofort ersaufe.

Der Doktor schlug Kätzi immer wieder, als wollte er ihr alle erlittene Qual persönlich zurechnen. Das Gewissen der andern war viel weniger skrupellos, sie dachten insgeheim alle an Susanne, was die zu der heimlichen, bösen Tat sagen würde.

Der Stadtrat schlug alle Zweifel zurück: »Wenn sie weg ist, ist sie weg.«

»Wenn sie weg ist, ist sie weg«, wiederholte Ossi. Nun hatte der Stadtrat den steifen Hut vom Haken genommen, und die Reise konnte losgehen. Der Doktor ließ Käterchen und Hermione bei sich einhängen. Wenn Kätzi im Wasser untergegangen war, dann wollte er noch einmal die Rückkehr zu Susanne versuchen.

»Paß auf, Fredi, sie prügelt dich«, mahnte Hermione. Der Doktor wollte davon nichts hören. Unter großem Gelächter über die Unternehmungslust des Doktors setzte sich die Gesellschaft in Bewegung, als – – Susanne hereinstürzte, die Katze an sich riß, Käterchen einen Stoß gab, daß sie hinfiel, dem Doktor den Kneifer von der Nase schlug, daß er zerbrach, vor Ossi ausspuckte und den Stadtrat einer verbotenen Amtshandlung bezichtigte. Zu Hermione sprach sie: »Das hätte ich nie von euch gedacht!«

Susanne nahm Kätzi, die infolge der Ohrfeigerei ein ganz verändertes Gesicht hatte, wild und scheu aussah, auf die Arme, herzte sie, und preßte sie an sich. »Das sind keine Menschen«, sagte sie. »Gestern fielst du in die heiße Suppe und verbrühtest dich, und heute wollen sie dir ans Leben. Du armes Tierchen.« Heftige Tränen brachen hervor.

Käterchen wagte sich noch immer nicht zu rühren. Das machte Susanne wütend. Sie stieß ihr mit dem Stiefelabsatz ins Gesicht, daß sie hochsprang und zur Türe hinausrannte mit den Worten: »Mein Bräutigam kann seine Idee zurückziehen.«

»Hören Sie, hören Sie?« sagte Ossi. »Der Taifun wird in Mitleidenschaft gezogen, wenn nicht sofort allgemeiner Friede geschlossen wird.« Käterchen hatte die Idee gemeint, welche eigentlich von ihr stammte: daß Schellenhauer als der ganz »Große« ausstellte, nämlich die leeren Bilderrahmen.

»Ich habe keinen Krieg erklärt«, betonte Susanne.

»Habe ich Krieg erklärt?« frug der Doktor.

»Niemand hat den Krieg erklärt«, sprach der Standesbeamte. »Der Krieg war in dieser Ehe ausgebrochen durch eine Katze. Es ist genau wie bei unserem Weltkrieg: irgend etwas fiel in die heiße Suppe.«

»Irgend etwas fiel in die heiße Suppe«, wiederholte Ossi.

»Nur die Katze«, fügte der Doktor mit Nachdruck hinzu.

»Es ist nicht wahr, was du sagst«, entgegnete ihm Susanne. »Du hast eine Wut, seit wir die Hochzeitsreise machten, weil ich kein Landhaus mehr habe. Ich kann aber nicht dafür, daß es im furchtbaren Artilleriefeuer völlig vom Erdboden verschwunden ist.«

Endlich gab sich der Doktor Luft, und er brach mit seiner Meinung heraus, die er bisher in sich verschlossen gehalten hatte. Er rief: »Lügnerin, du hattest ja gar kein Landhaus.«

Wenn er nun glaubte, Susanne als Hochstaplerin hierdurch entlarvt zu haben, so irrte er sich. Susanne lächelte: »Du entlarvst dich, nicht mich. Du bist ein Flegel. Genau so, wie Williams Bilder echte Nordlandschaften waren, hatte ich ein Landhaus an der Aisne besessen.«

Ossi und Hermione fielen nun gemeinsam über den Doktor her. »Susanne hatte ein Landhaus. William Nordlandschaften.«

Der Doktor knirschte noch einmal mit den Zähnen, dann schwieg er. Das Unrecht war, vom Taifun so entschieden, auf seiner Seite. Es schien nun, als hätte er bisher gar nicht wegen der Katze Groll gehegt, sondern wegen des materiellen Besitzes von einem Luftschlosse. Das ließ er ungern auf sich sitzen, denn er kehrte stets gerne den Idealisten hervor. Er sprach: »Wenn ihr so von mir denkt, so will ich noch einmal mit Susanne zurückkehren.«

Susanne fiel ihm sofort um den Hals.

»Wann ist das Versöhnungsmahl?« rief der Polizeirat.

»Hierzu möchte ich auch eingeladen werden, um die Tischrede halten zu können!« eiferte der Stadtrat Waldeck. »Es ist ein großes Phänomen, wie der Friede so schnell ausbrechen kann. Dies werde ich mit einer großen Replique auf die Weltlage, bei feurigem Schaumwein, Sie trinken doch Sekt?, in erschöpfender Grabrede auf den Kriegszustand würdigen. Ich danke Ihnen sehr für die freundliche Einladung. Zum wievielten Oktober wird das Mahl stattfinden?«

Zwar hatte ihn kein Mensch eingeladen. Indes wurde der 18. Oktober festgesetzt. Das Friedensessen sollte diesmal bei Susanne eingenommen werden.

Die Gesellschaft ging, wie sie war, zur »schwarzen Katze«. Die draußen harrenden Brautpaare mußten warten, bis Herr Waldeck dort das Frühstück eingenommen hatte, das mindestens eineinhalb Stunden mit Hin- und Rückfahrt dauerte, trotzdem er im Wagen Ganswinds fahren konnte.

Der vermeintliche Gefahrzustand war vorbei. Allein der Keim zur großen Taifunrevolution war geschaffen.

Während im Chat noir bei geschlossenen Fensterläden Hermione mit Ganswind am Flügel operierte, daß der Stadtrat vergaß, als Kopulationsbeamter geboren zu sein, stand Käterchen in den Taifunsälen, Schellenhauer bei ihr, um sie herum alle Besucher und Angestellten. Sie hielt eine ketzerische Rede gegen die Niederhaltung des wahren Künstlers. Sie fühlte ihre Lage stark, weil die kommenden 10 Millionen davon abhingen, ob Schellenhauer seine Idee zur Ausführung bringen ließ oder nicht.

Als Ganswind und der Doktor endlich mit ihren beiden Gattinnen aus der »schwarzen Katze« heimkamen, weinselig und seelenvergnügt, Kätzi in Susannes Muffe steckend, stob die Volksversammlung im Taifun auseinander. Und man konferenzte mit Käterchen und Schellenhauer allein, ob dieser denn ein so dummer Geselle wäre, seine Idee für patentamtlich geschützt zu halten. Solche Idee war vogelfrei. Allein man gestand ihm gerne seine Bedeutung zu und erhob ihn bald in den ersten Rang im Taifunhimmel. Auch erhielt er die Erlaubnis, mit Käterchen in der ersten Weihnachtswoche Hochzeit zu machen. Bis dahin konnte ihre wirtschaftliche Lage gesichert sein, denn 0,1 % von dem Gewinn warf Ganswind bereitwilligst für den Künstler aus.

Susanne fühlte, wie sehr Käterchen die Not drückte. Sie zog sich auf eine Stunde mit ihr in ihre Wohnung zurück. Dort heulte Käterchen große Reuetränen in Susannes Schoß. Susanne war glücklich, daß ihretwegen geweint wurde. Die Leidenschaft ihres Mädchens war neu entfesselt und diente ihr mit zitternden Händen. Es war Susanne zuwider, sich nochmals anzukleiden, sie legte sich in des Doktors Bett und erwartete ihn. Der Schmerz Käterchens brach vor ihr in die Knie. Schon wieder peinigte man sie nach so kurzer Gnade. Käterchen mußte den Doktor selbst heraufholen. Er kam angerannt, riß seine Kleider herab, und seine hagere Gestalt hatte den Kneifer auf der Nase, damit seine Augen lieben konnten. Sein Gefühl war ohne die Augen stumpf, der Tastsinn war in seinen Gliedern allmählich abgehungert.

Kätzi schlief in ihrem Bettchen und träumte von den blauen Lichtwellen des Weltäthers. Die Brandwunden schmerzten und versetzten das ganze Tierchen in ein zuckendes Kreisen.

Der Doktor fühlte sich stolz auf seine gigantischen Gebärden, zu denen er von Susanne allmählich gebracht war, und glaubte, das sei Kraft, während die Tore von seines Weibes Augen aus einer ländlichen Ferne den Garbenwagen erwarteten, den andere Arme, schöne bronzenbraune Bauernarme geladen hatten.

Mit vergeblichem Aufwand versuchte der Doktor einen Punkt in die kreisende Welt zu zentralisieren. Oft gelang es ihm beinahe. Susanne wurde schließlich todunglücklich und verdrießlich. Er flehte, warf den gelangweilten Körper herum, bis endlich ein dumpfes Stöhnen den Raum des Zimmers zusammenzog. Susanne ergab sich dankbar und entschlief. Der Garbenwagen war in die Tore eingefahren, der Doktor hatte braune Arme. Ohne diesen Trug erlebte sie keine Auflösung.

Der Doktor lag noch lange wach. Er glaubte nicht, daß Susanne durch ihn glücklich wurde. Seine ganze Raserei hielt er für nutzlos verschwendet. Mißmut kreiste der Raum. Die Katze schlief glücklicher als er. Wie ein müder Gladiator lag er mit aufgestützten Armen und lauschte auf Atemzüge. Er verwünschte die seinigen. Einmal mußte er den rechten Handgriff tun, gegen sich selbst. Er paßte nicht in die kraftglühende Welt. Seine Lebensgleichung hatte einst mit einer moralischen Formel begonnen; das war verkehrt gewesen. Die Menschheit war rationalistisch, gesetzlos, existenzheischend ohne klare Wünsche. Wünsche waren die törichten Erziehungsbeigaben seiner materiell bevorzugt gewesenen Jugend. Nun merkte er, daß alle anderen Menschen über ihn hinwegschritten. Er fühlte sich wie von Rädern überfahren. Hätte er doch auch schlafen können wie Susanne!

Hinter der Wand des Schlafzimmers liebte Schellenhauer wie ein Krösus. Wie die starren Tannen aus dem Schwarzwaldmoose hervordringen, so erdverwachsen war sein Kunstgenie mit einer Schwarzwälderin. Käterchen vergaß immer wieder rasch die Leidenschaften, welche Susanne aus ihr herauszuholen verstand. Schellenhauer verkaufte die Liebe gewohnheitsmäßig noch immer wie einst Salzheringe aus dem Faß draußen im Kolonialwarengeschäft.

Erst als die brausenden Akkorde von Ganswinds Ritt nach dem Monde von unten durch den Stubenboden dröhnten, legte sich der Doktor neben Susanne nieder und schlief mit dem Klemmer auf der Nase ein.

Die Musik des Taifun schuf endlich die einschlummernde Versöhnung. Die ganze Welt schlief. Nur Ossi, der Zauberer und Hermione seine Narzisse, waren auf dem Fluge nach dem Monde. Auf diesem Fluge erblickten sie die Bilder, welche sie bisher von Künstlern nicht gemalt sahen. Nun wollten sie schleunigst Reichtum gewinnen, alsdann begann erst das Programm ihrer Kunst, deren Wesen sie jetzt noch vor der Mitwelt verschleierten. Sie beteiligten sich mit scheinbarer Überzeugung an der Ausschöpfung der Dummheit einer kunstsüchtigen Menschheit. Vielleicht kam bald die große Erlösung, der Umschwung zu strengster Gewissenhaftigkeit. Dann suchten sie nicht mehr Müller oder William, sondern die Rembrandts, die jetzt versteckt lebten, weil sie nicht wagten, mit ihren Werken hervorzutreten.

Der Taifun konnte dann liegen bleiben wie eine leere Ballonhülle. Zwischen Ossi und Hermione war das nicht ausgesprochen, aber von beiden gewünscht und gefühlt. Wie herrlich war der Augenblick, wo sämtliche Anbeter des Taifun als Narren gebrandmarkt waren!

Das Herannahen dieses Augenblicks konnte erwartet werden; bereits zeigten sich die Anzeichen. Die meisten Werke aus dem 3. bis 15. Rang befriedigten nicht mehr.

* * *

Susanne erwachte und sah Alfred neben sich. Sie erschrak und betrachtete ihn lange. Er hatte das Maul offen und eine dünne spitze Nase, selbst im Schlafe noch die zwei großen verlebten Falten neben dem Munde. Wie konnte sie diesen Menschen geheiratet haben? Sie hatte eine Torheit begangen, daß sie sich wieder ausgesöhnt hatte. Ein herzschwellendes Gefühl drängte sich in ihre Brust, an ihm Rache zu nehmen.

Wer konnte sie eigentlich hindern, ihn wie Luft zu betrachten. Ein üble Luft, die man mied, so weit es nur möglich war. Sie war von dem Taifun zu einer Sklavin gemacht worden, und war doch die freie, umherschweifende Susanne gewesen ...

Das wollte sie wieder sein! Sie reckte die Glieder und verspürte großen Tatendrang. Sie klopfte leise an die Wand, hinter der Käterchen schlief. Dreimal, – da hörte sie die Sprungfedern von Käterchens Bettstelle knacken. Dann das viertemal. Sie vernahm, wie Käterchen redete, wie sie sich erhob und immer weiter leise murmelte. Wahrscheinlich dachte sie, sie hätte die Zeit verschlafen.

Susanne verließ ihren Mann sachte. Trotzdem bemerkte er etwas, denn er lallte: »Wa... was?« und griff neben sich. Aber er schien zu matt zu sein, und mit einem röchelnden Schnarchlaut schlief er weiter. Susanne machte sich leise fertig. Kätzi schnurrte um sie herum und erwartete auch für sich die Toilette mit der Parfümflasche.

Käterchen mußte das Frühstück für Susanne herrichten, dann ging sie los. Wohin gleichgültig. Bloß einmal hinaus. Freilich, es blühte draußen nicht wie im Maien, es war sogar düsteres Regenwetter. Aber irgendwo mußte sie hingelangen.

Als sie auf der Straße ging, ziellos, und neben ihr die Wagen fuhren, die Menschen rannten, da erschien ihr das Dasein der Welt völlig ohne Sinn. Entweder wußte nur sie nicht wohin, und alle anderen verfolgten Ziel und Zweck, oder auch deren Zweck und Ziel waren dumpf und dunkel. In dieser Lage fiel ihr stets ein großer Ameisenhaufen ein und die nutzlosen Versuche gelehrter Männer, das Treiben dieser Tiere in Parallele mit den menschlichen Verrichtungen zu bringen, – mit dem Ergebnis natürlich, daß all das Gekrabbel der Ameisen mit dem Zweck erklärt wurde. Das hielt sie für Unsinn, nichts krabbelte mit Zweck. Und wenn einer geradewegs in einen Beruf hinein lief, so tat er es gewiß nicht, weil er es wollte. Wenn je ein Mensch solches gewollt hätte, so wäre er einem verworfenen Hund vergleichbar. Wie trostlos war das Leben durch die Arbeit. Warum konnte sie jetzt nicht an der Nordküste Afrikas sein! Da brauchte sie nicht in dem häßlichen Regen herumzupatschen. Sie rief: »Pfui!«, als ihr ein Windstoß und klatschendes Naß die Kleider hob.

Hielt sie ihr weiter schnarchender Mann mit der schlaffen Hand an dieser Kette? Nun einmal energisch! dachte sie. Sie fuhr hinaus zur Baronin von Büxenstein. Eigentlich hatten ja die Beziehungen mit dieser edlen Dame aufgehört, aber sie hatte das Gefühl, bei ihr gut empfangen zu werden.

Sie kam hin, gerade recht, als die Baronin ihren Katzenkindern das zweite Frühstück reichte. Die Dame erschrak fast, begrüßte Susanne aber sehr freundlich. Ein Besuch, der die Katze als Symbol trug, war eben stets willkommen.

»Ach, die Vergißmeinnichte!« rief sie und streichelte Kätzi.

»Ja, Kätzi hat etwas Schweres durchgemacht!« klagte Susanne.

»Aber doch keine ansteckende Krankheit?« die Baronin pfiff, sofort kamen von allen Seiten die Bedienungen herbei und nahmen die Katzen fort.

»Oh nein! So taktlos wäre ich nicht, Sie dann zu besuchen«, beschwichtigte Susanne. »Kätzi hat sich nur gänzlich verbrannt, sie fiel in die dampfende Suppenschüssel.«

Die Baronin fiel beinahe in Ohnmacht, mit einem Aufschrei nahm sie auf einem Polstersessel Platz. »Sagen Sie, ist das möglich? Die Suppe konnte man ja noch essen. Aber das gute Kind! Es ist ja gerade, als wenn man uns in einen Hochofen stieße! Erzählen Sie mir das furchtbare Unglück, Frau Doktor. Vielleicht wird es nötig sein, sofort in unserer Zeitschrift eine Warnung ergehen zu lassen.«

»Es ist sehr traurig«, begann Susanne. »Ich lebe wegen Kätzi in unglücklicher Ehe.«

Die Baronin faßte ihre Hände: »Dacht ich mir's doch! Damals als wir im Taifun zusammen waren, begriff ich Sie nicht. Jetzt kann man's ja gestehen.« Sie liebkoste Susannes Wange. »Aber Sie entzückender Liebling, Sie wissen ja wenigstens, wo Sie Ihre Freunde haben.« Die Baronin küßte Susanne. »Ich will offen sein: als mein Mann starb, waren alle meine Lieblinge froh.«

»Mein Mann wollte Kätzi nachher ertränken.«

»Uh«, die Baronin stieß einen gellenden Schrei aus, als hätte ihr jemand einen Dolch in die Brust gestoßen. »Hören Sie, das ist ja der tragischste Tag meines Lebens!«

»Ich bin ganz trostlos, wo ich mit Kätzi hingehen soll.«

»Bleiben Sie bei mir, mein süßer Engel!« Die Baronin war ganz außer sich, voll Mitleid zu Susanne hingerissen wie wärmender Bratenduft. Dieser strömte aus der Küche.

»Wie könnte ich mich anders rächen, als daß ich ihn verlasse!«

»Vergiften Sie ihn! Er ist ein Mörder!«

Damit hatte die leidenschaftliche Baronin die Grenzen der Offenheit überschritten. Und im Verlaufe der nächsten halben Stunde erfuhr Susanne die fabelhaftesten Geheimnisse, Dinge, welche ihr bisher dunkel und verschlossen geblieben waren. Der Baron war durch einen ekligen Senf, den man ihm kredenzt hatte, in Wahnsinn verfallen. Nämlich es war von einer Katze gewesen. In diesem Wahnsinn hatte er sich aus der Dachluke herabgestürzt. Susanne sollte ebenso tun. Ein Katzenfeind muß am Ekel sterben!, hieß der Wahlspruch des Klubs. Susanne hegte die Befürchtung, daß Alfred ihr den Napf ins Gesicht werfen könnte. Dieser Vorschlag gefiel ihr nicht.

Die von der lahmen Zuge hatte den Kopf ihres Mannes, während er schlief, mit einem Sack umhüllt und ihren gefährlichsten Tiger mit hineingesperrt. Der Tiger tobte in dem Sacke und zerfleischte den Mann vollständig. Da man dem Tier vorher ein Quecksilberpräparat an die Krallen geschmiert hatte, vergifteten ihn die Hiebe des wütenden Tieres. Man band ihn nach zehn Minuten auf. Sein Gesicht war unkenntlich geworden, die Augen fehlten, und die Nase hing in blutigen Fetzen, der Schädel sah wie skalpiert aus. Er sprach mit dem Munde noch die furchtbarsten Verwünschungen gegen seine Frau aus, dann verschied er unter den qualvollsten Schmerzen. Susanne hatte so weite Augenfenster erhalten, daß sie nur noch auf halbem Stuhle sitzen konnte.

Die Baronin fuhr fort und erzählte die Geschichte der Frau Brandeisen, die ihren Mann ihrem Katzenzwinger überantwortete. Sie hatte ihre Katzen rasend gemacht, so daß sie den Mann zerfleischten, nachdem er in erbittertem Kampfe unterlegen war. Einige ihrer Tiere hatte sie dabei eingebüßt, aber der Mann war beseitigt. Und die hungrigen Lieblinge fraßen ihn auf.

Susanne hatte sich halb erhoben, sie fürchtete sich vor der Baronin. Diese Taten konnten unmöglich wahr sein. War die Baronin selbst wahnsinnig? Die Baronin küßte Susanne und erklärte ihr ihre Liebe, weinte und entblößte ihre Brust.

Susanne gab sich den Anschein inniger Zuneigung. Da lachte die seltsame Frau, zog sie an der Hand mit sich, streichelte sie und deutete ihr an, was sie vorhabe. Die Baronin verschwand in ein Nebenzimmer. Vor dem nahenden Abenteuer verspürte Susanne eine Angst, die wie ein Faden durch die ganze Länge ihres Leibes gezogen wurde. Als Katzenbesitzerin konnte die Baronin jedoch nichts Böses meinen, allein das Wissen von neuen Dingen fürchtete sie.

Ein kurzer Augenblick der Überlegung, dann ging sie zum Ausgang. Unter der Tür, die verschlossen war, wankten ihre Knie. Sie mußte zurück. Da stand nun die »Freundin« mit einem beleidigten Gesicht, körperlich wie eine parodierte Eva, legte sich auf einen Diwan, und zieselte ihren Katzen. Dann ging das Geschmalze los. Die Kater hatten feste dicke Köpfe, und wie sie dieselben immer wieder auf sie einrieben, stöhnte die Baronin immer stärker. Susanne verschluckte die Flüssigkeit, die sich in ihrem Munde bildete. Schließlich stieß die Liegende mit allen Extremitäten, und als sie das Lager nicht mehr aushalten konnte, sprang sie auf. Jetzt stürzten die Tiere an ihr in die Höhe, hingen mit ihren Krallen an ihrem Gesäß und anderen hervorragenden Gebirgsteilen. Es lief Blut. Die Baronin drehte sich wie ein surrendes Dampfkarussell. »Hamilkar! Hamilkar! Hamilkar!« rief sie dabei unausgesetzt. Da bemerkte Susanne, daß sie dasjenige Tier meinte, welches sich in sie festgebissen hatte. Die Baronin schien den Tanz nicht mehr zu ertragen und stürzte mit wilden Blicken zur Türe hinaus. Susanne wurde vor Spannung mitgerissen.

Es tat einen schweren Plumps, in ein großes Wasserbecken. Am Ufer standen Dienerinnen; zu diesen schwammen die Tiere hin, während sich die gnädige Frau auf die in der Mitte sich erhebende Sandinsel rettete, wo sie todesmatt liegen blieb. Susanne hätte eines Opernglases bedurft, um die dünnen Blutfäden zu sehen, die durch den Inselsand flossen. Die Baronin stöhnte noch leise: »Oh Hamilkar!«

Hamilkar hörte seinen Namen mit rollenden gelben Augen, groß wie Monde. Das schwarze, prächtige Tier schlug mit dem Schwanze. Man konnte sich vor ihm fürchten wie vor einem Tiger. Seine Wärterin nahm ihn mit großer Vorsicht, denn seine Leidenschaft war aufs Höchste herausgefordert. Er hätte jetzt die tollsten Streiche gemacht. – –

Susanne erhielt jetzt beinahe einen Wink, daß sie nun gehen könne. Der Ausgang war frei. Als sie durch den prachtvollen Garten ins Freie trat, schien die Sonne. Sie glaubte sich in einem verwunschenen Schlosse. Es drängte sie nun vorwärts ... nur nach Hause, um auf ihren eigenen Diwan zu fallen und nachzugrübeln. Auf dem Hohenzollern-Damm überfuhr ihr Straßenbahnwagen ein kleines Kind.

Dieser Erdball! Susanne lag völlig todkrank zu Hause, sah zur Zimmerdecke, und in den farbigen Kreisen, Punkten, Flächen über ihr war das Bild Christi, das sie bisher noch nie entdeckt hatte. Immer wieder verschwand die Gruppe, und immer wieder wurde das Kreuz auf den Ölberg gestellt. Kätzi hatte sie von sich gestoßen. Der Doktor war unten im Taifun und sprach unwichtiges Blech von ordinären Kaufmannsgeschäften. Käterchen stand mit Schellenhauer unter der geöffneten Türe und flüsterte mit ihm. Sie machten sich sogar gegenseitig zu schaffen, gerade als wenn Susanne tot da läge.

Der Doktor kam gegen Nachmittag herauf und frug, ob Susanne heimgekommen wäre.

Da lag sie. Er erschrak über das wirre Gesicht. Er fühlte einen stechenden Schmerz, Eifersucht, quälende Gewißheit, daß sie sich an ihm vergangen hatte. Es war das Gesicht des offenen Verrates, das hier vor ihm starrte. Daß sie nichts sprach, war das

Furchtbarste. Er ging endlich auf sie los und würgte sie: »Gestehe, wo warst du?«

»Bei Baronin von Büxenstein.«

Der Doktor stammelte undeutliche Laute: »O ... o ... i ... i ... da da.« Die Laute schienen aus den Versen eines Dadaisten zu stammen. Er wußte: diesmal belog sie ihn. Warum zaudern! Einfach durch den Fernsprecher anfragen, ob seine Frau draußen gewesen war! Was konnte es ihn noch angehen, daß er so seine Eifersucht deutlich verriet. »Grunewald 15600.« »Jawohl bitte.« »Hier Doktor Bäumler. Entschuldigen sie gehorsamst, ließ meine Frau nicht ihre Muffe bei Ihnen liegen?« – – – »Gnädige Frau ist gar nicht hiergewesen.«

»Hä. Hä.« Jetzt war sie überführt. Sie belog ihn. Susanne lachte vor Erregung. Warum belog man da draußen ihren Gatten? Sie faßte einen plötzlichen furchtbaren Entschluß. Sie schnellte vom Diwan hoch, drang auf den Doktor ein und zerdrückte ihm beide Augengläser bei der Umarmung. »Wirst du das dumme Vieh bleiben, wenn ich Kätzi beseitige?«

Den Doktor traf beinahe der Schlag. Wie? Was war das?

Susanne war schon zur Türe hinausgewitscht. Sie verriegelte sich bei Käterchen in der Küche, Kätzi hatte sie mit einem derben Fußtritt vorausgeschleudert.

Der Doktor schöpfte Verdacht. Dieser Entschluß konnte nur durch einen anderen, durch einen wahren Geliebten, in seine Frau hineingetragen worden sein. Ihm zuliebe hätte sie das nie getan. Eine Zeitlang stand er vor der geschlossenen Küchentür, die Hände in den Hosentaschen und den leeren Kneiferrahmen schräg auf dem Nasenbein. Dann lachte er, die geheime Freude unterdrückend, und schlüpfte in den Taifun hinab.

Hermione amüsierte sich sehr darüber, daß sich Alfred für betrogen hielt. Sie lachte ihn herzlich aus, und der Doktor starrte, während ihn Hermiones Spott im Genick kitzelte, auf die Katze des großen Müller vom Bilde des Mannes mit dem umgekehrten Kopf. Er fand eine fabelhafte Ähnlichkeit zwischen sich und dem dargestellten Menschen. Er wieherte rasch auf. Hermione lag auf dem zierlichen kleinen Sofa und wälzte sich. Nun kam Ossi herein, hoch begeistert von den lachend lüsternen Schwingungen Babys auf den phantastischen Mustern des Sofastoffes. Er kniete sich vor ihr hin. Hermione wurde stille, und sie liebkoste das Haupt Cheops, das sich in ihren Schoß bohrte. Ihre Augen glitten über das spiegelglatte Parkett, auf dessen Weite in einem entfernten Raum ein zweiter Mensch ging, dessen Schritte stachelten, weil es ihm verborgen war, was im Raum geschah.

Im Raume war Liebe, lief heiße Eifersucht, hingen wundervolle Bilder in schmelzender Wirrnis. Ossi frug in ihrem Schoße nach, ob der Taifun über die Klippe der tollsten Probe auf die Blindheit der Menschheit glücklich hinwegkommen würde. Hermione tröstete ihn und sagte: »Wenn wir nur reich werden, dann lassen wir den Taifun gerne scheitern. Du wirst dann mit mir an den dänischen Strand ziehen, ich werde dort malen und zur Laute singen, während du der Welt die endlich große Dichtung gibst. Aus meinem Schoße empfängst du dein Genie. Wir leben nicht wie Doktors, gleich Katze und Hund. Wir leben ganz eins; zwei sind eins, und eins sind die zwei. Diesen Spruch möchte ich auf unser Strandhaus geschrieben sehen. Einladen werden wir dorthin ganz neue Menschen. Susanne kann mit Alfred in den Berliner Höfen Konzert geben, oder wie sie sonst ihr Leben fristen mögen. Wir taten alles für sie, wenn sie aber nicht selbst die Kraft haben, ihre Ehe auszunützen, um hochzukommen, so sollen sie nur fallen, wenn wir uns zurückziehen.«

»Oh, Süße!«

»Spiele.« Hermione sank mit bleichen Wangen zurück und verlor den Glanz ihrer Augen auf die Dauer von fünfundsiebenzig Minuten.

* * *

Der Doktor bekam den Veitstanz, als plötzlich der Parkettfußboden unter ihm von Ossis Totenmarsch erschütterte.

Susi hörte es oben in der Küche. Bei ihr war blutige Wirklichkeit, während sich in der Etage unter ihr Narren Phantomen hingaben.

Käterchen hatte aufgejubelt vor Entzücken, als Frau Doktor ihr die Verhängung der Todesstrafe über Kätzi mitteilte. Sie hatte nicht nur aufgejubelt, sondern war Susanne um den Hals gefallen. Dadurch war ein heftiger Kampf zwischen ihr und Susanne entbrannt, in dessen Verlauf Käterchen gänzlich in Grund und Boden geschlagen wurde. Sie lag bis aufs Hemd zerrissen unter dem Küchentisch, und Kätzi leckte die blutenden Steinfliesen. Wenn Kätzi starb, so mußte Käterchen wenigstens halb tot geschunden sein. Das war logisch.

Aber nun wendeten sich die blutigen Gedanken Kätzi zu. Waren Kätzis Augen blau? Nein. Sie waren Tyrannen. Waren ihre Lippen rot? Nein. Sie waren grausam und Entsetzen erregend. Hatte sie einen Schnurrbart? Nein. Das waren Stachelschweinsborsten. Hatte sie ein zartes Fell? Nein. Das war entsetzlicher Schimmel. Susanne sah das Tier, wie es das Blut Käterchens leckte, endlich so, wie es der Gemahl wohl monatelang gesehen hatte. Sie nahm den Feuerhaken und fuhr auf Käterchen los, die sich noch ächzend am Boden wälzte: »Willst du sie endlich töten!«

Jetzt fuhr Käterchen auf, löste wild ihre Haare, packte mit den Krallen zu, faßte Kätzi am Schwanze und trat ihr mit dem Fuß auf den Kopf. Es krachte, – und da lag sie schon leblos auf dem Küchentisch. Susanne drängte sich an Käterchen und suchte Schutz vor dem schaudererregenden Anblick. Der rotbeschmutzte Seidenpelz und das dürre gestreckte Hälschen! Die herausgequollenen Schellfischaugen! An Käterchen lief der Schweiß hinab, und Susanne fand es sehr interessant.

Von dem Kadaver abgewandt, kümmerte Susanne sich um die Lebende. Sie schmierte überall lindernde Salbe hin und freute sich, daß es Käterchen wohl tat. Die wimmerte und schrie: »Oh, Schellenhauer! Schellenhauer!«

»Rufe doch, Susanne!«

»Susanne! Susanne! Fressen Sie lieber die Katze!«

Susanne öffnete die Türe. Sie ging durch die Wohnung und überzeugte sich, daß der Doktor nicht da war.

Nun kam das Abziehen. Die animalischen Triebe waren still geworden. An Kätzis Geschlecht war erbärmlich wenig.

Aber sie wurde bestimmt zum Versöhnungsmahl vorgesetzt. »Der Leib, von dem ihr esset!« Wenn Käterchen nicht völlig schwieg, so verhieß ihr Susanne Geißelung mit einem Schlehdorn. Zur Täuschung ging die Frau Doktor und ihr Mädchen mit einem Korb aus. Angeblich saß Kätzi darin, um im Kanal ersäuft zu werden. Der Korb war aber leer, und die irdischen Überreste der heiligen Katze hingen in der Speisekammer, von welcher der Schlüssel abgezogen war.

Als der Doktor vom Taifun zurückkam, war die Küche leer, die Steinfliesen waren blank gescheuert. Die Speisekammer war abgeschlossen? Er konnte keine Geheimnisse ertragen. Er öffnete sie mit einem Brecheisen. Da hing ein kleiner Hase. Er schnalzte mit der Zunge. Das Fell hatte das pfiffige Käterchen zum Ausgang lieber mitgenommen, dafür gab ja auch der Kürschner noch ein paar Groschen.

Dem Doktor war seine Naseweisheit leid. Susischen hatte ihn mit einem Leckerlein überraschen wollen. Er heulte beinahe vor Rührung über das liebe Weibchen. Frauen taten eben Dinge anders, als es Männer begriffen. Susischen hatte ihn nicht betrogen, ganz gewiß noch niemals. Sie hatte das Häslein gekauft und deshalb die Baronin von Büxenstein erfunden. Es wurde ihm so wohl, daß er pfiff wie ein aufgezogener Star, dem die Frühlingsluft in die Kehle strömt.

Sah man eigentlich die Spur vom Brecheisen an der Speisekammertür? Er nahm ein Läppchen und fummelte daran herum, daß er sich wie ein Warenhausfensterputzer vorkam.

Der Doktor empfand, daß er durch die Ehe an innerem Wert noch nicht gewachsen war. Er nahm sich vor, seiner Expression einen ordentlichen Ruck zu geben. Er mußte Susanne ganz anders gegenüber treten. Von heute ab! So wie er sich bis jetzt gegeben hatte, war es eigentlich eine unmögliche Aufgabe für seine liebe Frau, Respekt vor ihm zu haben. Vor ihr hatte er, seit er den Hasen in der Speisekammer hatte hängen sehen, einen ungeheuren Respekt. Das war die Liebe. Liebe war Respekt, einfacher gesagt, Achtung. Er nahm sich vor, Susanne seine große Achtung vor ihr künftig mehr zu zeigen. Er erschauderte vor seiner eigenen Physiognomie, die er bis jetzt seinem Weibe gezeigt hatte. Gott sei Dank mußte er sich einen neuen Klemmer kaufen. Aha! Das war ein Einfall.

Wenn Susanne zurückkäme, wollte er sie mit einem neuen Kneifer überraschen. Er zog sich an und ging in die orthozentralmächtige Kneifergesellschaft. Der Laden war ja nicht weit. Das Neueste waren Modelle, bei denen die Gläser durch improvisierte Stege über der Nase gehalten wurden. Die Stege waren unsichtbar, und die Gläser tanzten vor den Augen, surrend wie Libellenflügel. Durch die ungeheure Geschwindigkeit des Surrens kam die Objektivität einer Linse zustande, und andererseits waren sie infolge der tausendumdrehlichen Sekunde unsichtbar. Der Erfinder dieser Augengläser war auch im Taifun aus und ein gegangen und hatte seine Erfindung durch Hermiones persönliche Schoßgüte patentiert erhalten. Er hieß Orthos, d.h. auf deutsch Richtung, endete jedoch trotzdem im Siechenheim vom guten Geist. Solches Libellenflügelpaar vor den Augen kostete mit Motor, den man unter dem Haarscheitel verborgen trug, während man die Akkumulatoren in der Westentasche hatte, dreitausendfünfhundert Mark, aber man war normalsichtig, ohne für kurzsichtig gelten zu müssen. Und nichts entstellte. Der Apparat war phänomenal. Wenn man morgens Toilette gemacht hatte, so setzte man den Kneifer auf und sah zuerst entsetzlich aus mit der Maschine auf der Nase. Sobald sie aber die nötige Tourenzahl hatte, verschwand sie den Blicken gänzlich. Es blieb nur ein geheimnisvolles Surren in der Umgebung solcher Menschen.

Rechte Traute hatte er im Laden nicht, den Kauf zu tun. Er ließ durch den Geschäftsführer Schiller 5533 in den Fernsprecher schreien. Darauf meldete sich Clothilde. Sie sollte noch einmal die gütige Fee über seine Entschlüsse werden. Während er 27 Minuten mit Probieren verschwitzte, hatte Clothilde Zeit zu nahen. Sie kam und lächelte den Doktor freundlich an, hoch erfreut, daß sie ihm Hebamme werden durfte. Clothilde fand die Sache bis auf die dreitausendfünfhundert Mark gigantisch. Namentlich würde der Doktor bei seinen Vorträgen große gesteigerte Wirkungen erzielen, wenn künftig seine Augen zitterten. Aha, daran hatte er noch nicht einmal gedacht! Er gab Clothilde ein dankbares Küßchen, verstohlen hinter die Haarlocke über dem Schwanennacken. Wenn er seine großen Ekstasen rasen ließ, so konnte er durch rascheres oder langsameres Fahren der Augenmaschine die Gläser unsichtbar oder leicht vibrierend sichtbar machen. Das war ein Riesenschlager!! Wenn des Vortragsgenies Augen selbst in surrende Bewegung gerieten! Wie mußte das Publikum in starrer Angst vor ihm an die Wand genagelt werden! Dann hieß fortab, den Taifun besuchen: sich auf die Schrecken der Illusion mit narkotischem Gegengift gefaßt machen. Clothilde war so gütig und stieg zu Büffel hinauf; dieser schob den Scheck über das Geld durch ein Schubladenfenster. Er war gerührt, Clothilde am Werke zu sehen. Diese Beiden hätten auch viel besser zusammengepaßt als die eulenäugige Glaukopis und der glaukopisäugige Uhu.

Nun war die Sache so weit gut. Clothilde wartete solange in der Wohnung, bis Frau Doktor zurückkam. Es war eine Tortur für den Doktor, in dieser Stunde nicht schwätzen zu können, was er gerne geredet hätte. Die Lippen blieben stumm, während die Herzen redeten – –.

»Was denkst du Freundin über die surrenden Gläser?«

»Sie gefallen mir, weil ich sie zuerst empfand, ganz besonders.«

»Was wird aber Susanne dazu sagen?«

Da kam sie. Der Doktor stand vor ihr.

»Was brummst du so?« frug ihn Susanne.

Zur Antwort stellte der Doktor die Maschine ab, da stand er plötzlich wie ein Vampyr vor ihr. Susanne riß ihm den ganzen Apparat vom Kopf und aus der Tasche und warf den ganzen Maschinenklemmer zum Fenster hinaus.

»Dreitausendfünfhundert Mark! Bist du wahnsinnig?«

»Ich sollte doch wohl mein Urteil fällen!? Also erlaubte ich mir's. Was spielt Geld bei armen Leuten für eine Rolle? Ob ich dreitausend zum Fester hinauswerfe oder dreißigtausend ist hier ganz einerlei. Von jetzt ab wirst du überhaupt ohne Glas bleiben.«

Der Doktor lief umher und stieß sich sofort eine Beule am Türpfosten auf die Stirne. Er schrie auf. Clothilde bat für ihn um Einsehen. Susanne lachte bloß. Das erste Mal fühlte sie, was diese Frau für eine Bedeutung im Leben Alfreds hatte.

»Ich finde Sie häßlich«, sprach Clothilde.

»Meinen Sie im Gesicht oder im Betragen?«

»Im Betragen.« – Clothilde ging.

Und der Doktor war blind.

Susanne seufzte. Da hatte sie geglaubt, nach Kätzis Tod würde sonniger Friede sein. Nun war eine neue Ehenot. Wie konnte sie einen kurzsichtigen Menschen heiraten?!

Eigentlich hätte sie an ihm froh werden können! Wenn er sich die Blindheit gefallen ließ, so war er auch anderen Frauen nicht mehr gefährlich, höchstens wenn sie ihm auf drei Zoll naherückten.

»Aber ich muß doch etwas sehen!« wimmerte Alfred. »Hab doch Mitleid, ich stoße mir ja Kommodenecken wie Bajonettstiche in den Bauch und Türpfosten wie Beilhiebe in den Kopf.«

Susanne war ohne Mitleid. Sie hatte wahrhaftig alles für den Mann geopfert. Sie hatte Kätzi ersäuft; nun sollte er dafür auch die Püffe der körperhaften Umwelt aushalten!

Susanne fand das Gesicht des aufs Geratewohl in die Welt stierenden Menschen ausnehmend blöd und stupid. Sie setzte sich tiefbetrübt auf den Diwan, weil sie seinetwegen die Katze hingegeben hatte. Aber das war immer so: wenn man ein Weltopfer darbrachte, so geschah es für den Kretinen ebenso wie für den schönsten Adonis. Eine Ehe war ja entsetzlich! Unter ganz normalen Menschen mochte sie denkbar sein; aber wenn der Mann alle Fehler hatte wie ein Abdeckerpferd ...

Es war möglich, daß sie ihn verkraftete, wenn sie sich einige Mühe gab, den Widerwillen zu überwinden. Aber das war leider notwendig. Paradiesisch war daran nichts. Sie hatte einmal die Vorstellung gehabt, die Ehe sei eigentlich eine Allegorie vom Paradies. Um Gottes willen! Da war ein Mann viel zu sehr Geißbock. Das Leben war eine Art Fasching. Unter ein paar Fetzen Webstoff gestikulierte es mit allerlei Fratzen und Gebärden.

Sie begriff. Diese fratzenhaften Gestikulationen waren der Expressionismus.

Der Doktor ballte sich mit ihr auf der Chaiselongue zu einer verkneteten Kugel. »Es wäre aber viel schöner«, meinte er, »wenn ich dich sehen würde.«

Er empfing einen innigen Kuß und andern Tags einen altmodischen Klemmer zu zehn Mark und fünfzig Pfennig.

Clothilde trauerte, wie übel es dem armen Doktor bei Susanne erging. Da hatte er sich insgeheim gefreut, sie mit einer Neuheit zu überraschen. Und nun trat sie so schroff gegen ihn auf. Das Mitleid mit dem Doktor, der in so unglücklicher Ehe lebte, sickerte durch den ganzen Taifun hindurch gerade zu der Zeit, als sich die innere Verständigung der Beiden anbahnte. Es war stets so gewesen: wenn sich zwei Menschen feindlich gegenüber standen, so hielt sie der Leumund gewaltsam zusammen. Wenn sie sich wie Eins waren, so suchte sie der Klatsch zu spalten. Dies rührt weniger von der Verschiedenheit der Menschen her als von der Unwissenheit, wie sich die Ereignisse im Weltenall ablösen. Ganswind allein blieb Philosoph. Er beharrte darin, daß die Ehe Anderer keinen Menschen sonst was anginge. Er war ein gesunder Reaktionär. Der Liberalismus vertrat die Anschauung, daß das Privatleben im modernen Staatswesen mehr und mehr auch die Öffentlichkeit anginge. Wie falsch diese Anschauung war! Mord und Totschlag wurden darum doch nie beseitigt. Die Einmischung der Öffentlichkeit wäre berechtigt gewesen, wenn jeder Akt zwischen den Beiden auch zu öffentlicher Kenntnis gelangt wäre. Ganswind hielt die Allwissenheit, die in der Kontrolle durch die Öffentlichkeit bestand, mit Recht für ein Unglück.

Wie unsinnig ist ein allwissender Gott. Kann doch jeder Autor schon zur Erkenntnis durchdringen, daß alle Schöpferkraft durch das Wissen gehemmt wird. Wenn Sokrates sein Nichtwissen bekannte, so war es weniger Bescheidenheit als die Erkenntnis der Gottnähe, die im Unwissen ruhte. Ganswind war im persönlichen Umgang ein sehr angenehmer Mensch. Leider aber war er ein zu großer Wisser, um der Weltapostel zu werden, als den ihn Hermione so gern gesehen hätte.

Wichtig und nicht gleichgültig war es für Ganswind nur, wie sich die Bäumlersche Kunstehe zum Expressionismus stellte. Das Hinauswerfen des expressionistischen Augenglases war wiederum eine stark feindselige Handlung Susannes. Sie bewies fort und fort, daß sie der neuen Kunstentwicklung nicht grün war.

Und was für eine geniale Abstraktion von der Kurzsichtigkeit war es doch, wenn das Übel der Augen durch das Brummen der Augenmaschine in eine Äußerung der Stimmorgane transformiert wurde! Gerade wer die Transformation in der Kunst nicht verstand, der sollte sich lieber aufhängen. Doch wer konnte wissen, ob Susanne nicht Sinn und Verstand, Vernunft und allen Witz nur in vertieftem Maße besaß, um die Welt transformieren zu können!

Eben daher kam es ja, daß Susanne mit so verächtlichen Lippen im Taifun umherging: weil ihre Kunst Praxis war. Bereits hatte Fredi einen Hasen gesehen, wo Meister Reineke nur eine Katze erkannt hätte. Susanne hätte viel lieber im alltäglichen Leben ein unklareres, phantasievolleres, abstrakteres Dasein gehabt als in der Kunst. Gerade daß die modernen Künstler so spießhafte Gesellen waren, so nüchtern, so normal, – das gefiel ihr nicht. Sie glaubte schließlich an Fredi, aber nur, weil sie ihn als ungewöhnlich blöde erkannte. Der Künstler konnte nur das Besondere sein, wenn er sich im Leben wie im Fach als Gegensatz zu der Herkömmlichkeit erwies. Susanne führte darüber erbitterten Streit mit Hermione. Hermione faßte ihre Kunstlieferanten wie Tischler und Schlosser auf, die gerne vesperten. Susanne schwärmte für solche, die Heuschrecken nicht verschmähten.

Fredi fraß gewiß Fliegen.

Seit Kätzi tot war, spielte sie mit ihm sehr niedlich. Er mußte das Mäulchen öffnen und eine Fliege kauen, die sie für ihn erhaschte. Sie band ihm seidene Schleifchen an die Ohren, um den Hals und an das Schwänzchen. Sie freute sich an jedem Härchen, das auf seinem Leib wuchs. Unter dem Arme konnte man ihm Zöpfchen flechten, und wo immer solche Vergnügung möglich war, genoß sie diese fanatisch. Der Doktor war von dieser Veränderung sehr überrascht. Nun sah er erst, wie viel Liebe ihm das Katzenvieh gestohlen hatte! Nun war er's selber. Mitunter schrie er auch auf, vor Weh, wenn die Schmatzerei zu toll und schmerzhaft wurde. Käterchen äußerte dazu in melancholischen Apotheosen: »Geradeso hat Kätzi manchmal aufgeschrien und ist ihr entlaufen, dann kam sie allemal zu mir in die Küche.« Susanne blitzte vor Lust. Liebe und Quälen war ihr dasselbe.

Was war nun Liebe? Der Doktor lag da mit geflochtenen Zöpfen und winselte, war aber zur Philosophie genötigt, weil er selbst nichts daran machen durfte. Liebe war ein Teleskop. Die Menschen waren so verschieden, weil alles Liebe war. Wenn einer einen Betrug verübte, so geschah es gewiß aus Liebe. Wahrhaftig, den Doktor dämmerte die Erkenntnis: Liebe, Geschlecht, Gott. Susanne war eine leibliche erdgewordene Madonna.

Nur unter dieser Erkenntnis war Tröstung über die Weltgeschichte möglich. Konnte man nicht selbst unter Spinoza verzweifeln und ein Narr werden, in der Anbetung Gottes als Affe angesehen zu sein?! Nur die Erkenntnis des Geschlechts als Gotteskraft bot Trost. So allein brauchte man über den Lustmörder den Stab nicht zu brechen, den man bisher brechen mußte, ohne zu verstehen warum. Wie wußten doch alle Menschen, daß die Geschlechtsgier hinriß! Der menschliche Beruf war also nur, dem Geschlechte die richtige Leitung zu geben, dann war man der Gefahr der Todsünde entronnen. Daß Susanne ihn als Katze auffaßte, war vielleicht aus seiner ungenügenden Männlichkeit zu verzeihen. Und noch war zu bedenken, daß jede Balgerei mit dem Gesetz der Natur ihren Abschluß fand.

Es fieberte in ihnen nur die Sucht, die Grenzen zu überschreiten, denn sobald sich bei Susanne ein gewisses Kopfstechen einstellte, gab sie sich reumütig und unterwürfig der männlichen Gewalt des Gatten.

Die Tage bis zum Versöhnungsfeste, nach welchem sich Stadtrat Waldeck täglich erkundigte, damit es ihm ja nicht entwischte, waren den konzentrierten Versäumnissen seit der Rückkehr aus Belgien geweiht.

Das Bewußtsein, versäumt zu haben wegen der Ränke zwischen Hund und Katz war in Beiden so stark, daß sie nicht mehr richtig aufstanden. Es war ein ewiges Weiterwälzen zu den Abenteuern neuer Erfindungen. Käterchen besorgte den Haushalt, oft unter Tränen über die Unordnung, die wie Unkraut um sie emporschoß. Sie brachte den Kaffee bald ans Bett, bald ins Bett, bald zum Diwan; bald aßen die Herrschaften im Badezimmer zu Mittag, bald im Wintergarten, einmal halbangetan, das anderemal in feierlichem Paradieskostüm, hergestellt bei Schneider und Traiteur. Alle Hemden wurden von Frau Doktor durchprobiert. Feine Pantöffelchen waren zur Auswahl geliefert worden. Und ganze Parfümlager kreisten unter Stühlen und Kissen. In diesem Wust sollte sie noch wirtschaften.

Hermione war einmal »intermistisch« eingeladen. Aber Käterchen wunderte sich, daß es nachher noch genau so aussah, nachdem sie untergemistet hatte.

Am Tage ehe die Gäste kamen, wurde erst gewaltsam Halt gemacht. Dem Doktor waren die Sehnen aller Glieder wie ausgerenkt. Jetzt als die Ruhe eintrat, spürte er es erst. Er war wirklich in einen Pelikan transformiert. Dieser offenkundige Expressionismus seiner Frau! Wenn da noch jemand was einzuwenden hatte! Dem schlug er die Zähne in den Rachen.

Susanne war die Höchste unter den Weibern. Neben ihr war Hermione ein bloßer Schatten.

Jetzt war es erwiesen, warum jener Dichter sang: »Oh nie verspürte Qual!« Das sollte nie verspürte Liebe heißen. Der Kitt zwischen ihm und ihr war fest. Das konnte durch Spülung im heißesten Wasser nicht mehr auseinandergehen. Um so rühriger waren die von außen wirkenden spaltenden Kräfte.

Hermione war entrüstet, daß Susanne über ihren Zustand innere Freude empfand. Und Ganswind fand den Doktor unverantwortlich leichtsinnig.

Hermione wollte Susanne zwingen, ihren eigenen Hausarzt zu konsultieren. Sie sollte nur einmal hören, wie materiell dieser eine Großstadtehe auffaßte. Und Künstlerehen durften erst recht keine Kinder haben. Sie saßen noch auf den Abend im Café Tamtam, wo sie zufällig den Arzt beim Kaffee trafen. Die Sprache kam sehr bald auf die Kinderzeugung. Da war der Arzt auf dem richtigen Gebiet.

Er war selbst Literat und regierte die Menschen nach seiner Meinung psychologisch gleich gut wie chirurgisch. Er trug eine knallrote Krawatte in der Farbe des Arterienblutes der Sozialdemokraten, und hieß Täubler. Er erzählte von den schauerlichsten Ehen seiner Krankenkassenklienten, wo fünfzehn Kinder vorkamen und der Mann alles vertrank, die Mutter ihre Kinder nähren mußte unter Stütze auf das Bibelwort von den Vögeln unter dem Himmel, die der himmlische Vater doch nicht Hungers sterben ließ. Susanne und Fredi lagen sich im Café öffentlich schmachtend in den Armen. Er mit großen blauen Augenringen und sie mit geschwollenen Augenlidern.

Während Dr. med. Täubler noch bis um drei Uhr morgens bei Hermione weilte, hatten sich Doktors ganz unüberzeugbar in ihre eigene Wohnung zurückgezogen.

Sollten Ganswinds nicht noch am Tage des Mahles selbst absagen? Machte es nicht den Eindruck, daß der Taifun die Direktion über das Ehepaar verlor? Es mußte überlegt werden. Der Doktor war zwar ein unvermißbares Organ zur Propagierung der taifunistischen Geistesautoren, aber wie, wenn er eines Tages überraschend mit Forderungen hervortrat? Glücklicherweise führte Büffel über den ganzen Wirtschaftsverbrauch Buch. Im schlimmsten Falle waren doch zwei Drittel seiner Forderungen bereits vorgeschossen.

Über diesen bangen Lebensfragen gaben sich in der darübergelegenen Etage Bäumlers frivole Naturküsse.

Der Polizeirat hatte zufällig ähnliche Sorgen. Er kam am Vormittag in den Taifun und sagte, daß er sich die Sache wohl überlegt hätte. Er möchte am liebsten das Essen absagen.

Stadtrat Waldeck hingegen war so aufgeregt, daß er fast nicht fähig war, die zur Ehe drängenden Paare zu kopulieren.

Da surrte der Fernsprecher.

»Wer dort?«

»Stadtrat Waldeck.«

»Ah, guten Morgen, Herr Stadtrat, Sie wollen gewiß absagen?!«

»Ich? Nein. Das wäre der schändlichste Unfug im Lichtkreis der Erdenwonne. Wenn das Versöhnungsmahl nicht stattfindet, so müßte ich der Katze habhaft werden, um sie dennoch zu ersäufen.«

»Die Katze ist bereits ersäuft!«

»Ja, was wollen Sie denn? Warum dann kein Versöhnungsmahl?«

»Bäumlers werden Nachwuchs kriegen.«

»Ich werde sofort hinkommen. Schluß.«

Was wollte denn der Stadtrat schon jetzt hier zu tun haben? Das Essen war erst auf fünf Uhr nachmittags angesetzt. Ganswind und der Polizeirat hatten erkundschaftet, daß der Doktor zur Gärtnerei unterwegs war, um die Tischblumen einzukaufen. Käterchen ließ Beide mit leiser Türklinke zur Frau herein.

Die Beiden wollten Susanne dahin bringen, den Doktor als ernste Liebschaft aufzugeben. Der Polizeirat versuchte ihr weis zu machen, daß eine ganz unerwartete politische Ermittlung neu gegen sie im Zuge wäre. Die Liebe zu den Freunden könnte sofort alles niederschlagen. Susanne gab sich den Anschein großer Angst und lieferte sich ihnen aus, zunächst auf »fest«, zur Barfaktur erst nach der Mahlzeit, denn der Doktor konnte alle Augenblicke zurückkehren.

Oskar war ein schöner Mann.

Löwe noch viel schöner.

Susanne erfuhr, daß ihr gesetzlicher Ehegatte ein Charlatan wäre. Ihm Treue zu halten, war vollkommen unnötig. Susanne wurde in ihrer Entwicklung nur durch ihn gehemmt. Ihre Feindschaft und ihr Unverständnis gegen die taifunistischen Menschheitsbestrebungen und Kunstphänomene würde sich auf der frei irrenden Bahn eines Kometen in Nebelschwaden auflösen.

Susanne, der große weibliche Komet im Taifunhimmel! So war ihre Person eigentlich gedacht gewesen. Zur großen Enttäuschung des Taifun hatte sich aber die Belgierin nur in ausgesprochener Neigung zur Philisterei und Hausbackenheit gezeigt.

Als Taifunkomet konnte sie viel Schmuck von Perlen und Brillanten mitreißen. Es standen viele schwerreiche Knöpfe auf den einzelnen Ebenen der Ringe, die danach lüsterten, von Susanne eine Gnadenliebe zu erhalten.

»Was tut dann Hermione?«

Ganswind war mockiert. Hermione war die Sonne, das wußte doch jeder. Was brauchte man also zu fragen. Vor ihr brauchte nur jeder Wünscher die Wolke wegzuziehen, dann schmolz sie ihn mit ihren zehrenden Strahlen nieder.

Susanne wallte das Blut. Sie kämpfte es aber in die Brusthöhle zurück, aus der es aufsteigen wollte, ihr Gesicht zu röten. Sie sollte nur Komet sein und Hermione Sonne. Ha, da tat sie nicht mit. Sie versprach den Beiden, die sie im Bade überrascht hatten, wie einst die bösen Pharisäer die große Susanne, sich häufig erkenntlich zu erweisen, aber in ihrem Innern glühte nun erst recht der Trotz.

Sie wollte es sich eher zum Ziele setzen, den Taifun kläglich scheitern zu machen. Sie mußte die beiden Schwerenöter dazu bringen, ihre Katze aufzufressen, dann hatte sie alles in der Hand.

Es war den Beiden schreckliches Schmerzgefühl, daß sie sich an der Lieblichen mit den Augen Genüge tun mußten. Schon zogen sich die würzigen Düfte des Bratens durch die Wohnung; wie viel schöner wären sie aber noch in die Nüstern gestiegen, wenn der Hitze der Gedanken eine Kühlung erlaubt worden wäre.

Susanne blieb für jetzt fest. Sie wollte aber, wenn sie darum gewürfelt hätten, wer als Erster Gnade finden sollte, nicht nein sagen.

Ossi küßte ihre linke Hand. »Alfred ist ein wirklich unbedeutender Mensch.«

Der Polizeirat küßte die Rechte. »Susanne verdient mehr Verständnis, als es der Doktor ihr entgegenbringt.«

»Wie glücklich bin ich, daß ich so mächtige Freunde habe. Seit ich das weiß, werde ich auch den Mut finden können, mich als die große Gnadensonne im Taifun anbeten zu lassen.« Mit diesen Worten drückte sie Beiden die Hand. Und als die Türe hinter ihnen zugeflogen war, lag sie dem von hinten eintretenden Käterchen in den Armen.

»Sorge nur, daß du deinen Schellenhauer in Sicherheit bringst! Wenn der Taifun zusammenkracht, könnte es deinen Herzensfreund mit erschlagen!«

»Nee. Da brachen Sie keine Bange zu haben, Frau Doktor, der ist bereits draußen in der Küche.«

Susanne fand in der niedrigen Realität ihres Mädchens Erquickung. Dieses in Kunst und Trug balanzierende Hochleben war ihr nicht dauernd erträglich. Sie sehnte sich nach einem festen

Boden. Der Geruch des Bauern von Clairemont war ihr in der Nase. Sie wußte schon Rat. Wenn dies Kartenhaus hier zusammenfiel, so nahm sie Fredi mit nach Belgien, besonders da jetzt Aussicht war auf beruhigte und sichere Zustände. Sie wurde ganz gerne Bäuerin. Wenn der Doktor einmal die Ackerfurche als Säemann hinablaufen würde, so konnte er ja, wenn es ihm Vergnügen machte, dazu Taifundeklamationen treiben. Allein dann, das wußte sie, vergaß sich das alles auch in seinem kleinen Köpfchen, und er ließ lieber die Lerchen schmettern und die Vögel pfeifen. Der Mensch war schweigsam viel königlicher und größer!

Käterchen mußte ihre gute Frau aus den Händen gleiten lassen. Draußen lüpfte Schellenhauer einen Deckel.

Inzwischen war Waldeck bei Hermione eingetroffen. Er sprach voll Hingerissenheit Improvisationen auf ihre Augen, ihre blonden Ponylöckchen und die weiche Kratzbürste, welch sie ihm hinhielt. Er vergaß, wie vielen sie schon begegnet war mit ihren weit aufgerissenen Augen, schwarze Schrecken brauend, ganz Hingebung wollend, und seine leidenschaftliche Zunge, Verse stammelnd, im Kehlkopf gurgelnd, schlug aus dem Halse. Hermione war vernichtet; solch wühlender Liebe war sie noch kaum unterworfen gewesen.

Ganswind und sein Rat stiegen die Treppe aus der oberen Etage herab. Oskar hatte den Eindruck, als ob sich der Stadtrat gerade von den Knieen erhoben hätte. Ein Abdruck auf den Knieen war nicht feststellbar, weil überall staubfreie Teppiche lagen. Ein Vakuumreiniger war sehr vorteilhaft, er enthob von allen konventionell notwendigen Gewissensbissen.

Das lichtblaue Kleid Hermiones lag in anderen Falten über die Schienbeine, etwa als streckten sie die Zunge nach dem Polizeirat heraus. Ossi ging hin und küßte Hermione sanft das Händchen. Es zitterte noch leise nach von der großen Erschütterung. Waldeck hatte ein nasses Gesicht, er rieb sich aufgeregt mit dem Taschentuch darüber hinweg und behauptete, sehr gerannt zu sein, um eventuell noch bereits gefaßte ungünstige Beschlüsse über das Gastmahl umstoßen zu können.

Ganswind grinste, schlug ihm kameradschaftlich auf die Schulter und schnalzte um ihn herum. Dagegen hatte der Polizeirat eifersüchtige Wolfsaugen. Waldeck war aufs Innigste eingeführt. Hermione lobte ihn sehr, daß er den weiten Weg zum Zenit des Taifun in vierzehn Minuten hatte zurücklegen können.

Löwe war wütend auf seinen unscheinbaren Kollegen.

Hermione lächelte schnippisch. In der Kunst kam es eben nicht auf den trügerischen Wuchs der Gestalt an. Man lebte doch endlich im 20. Jahrhundert und mußte wissen, daß nur der innere Mensch galt. In Leipzig lebte sogar ein so scheußlicher Mensch, der aussah wie ein in seiner Kindheit überfahrener Dattelmann. Dieser war fähig, in Hermione Scheidungsgedanken keimen zu machen. So besonders war seine Kunst zu lieben. Freilich war er geschäftlich zu dumm, ein großes Wesen um sich zu hüllen. Ossi gewann durch seine übrige geschäftliche Tätigkeit immer wieder vor allen Männern den Vorzug.

In der nächsten Woche kam die große Tournée durch ganz Deutschland. So etwas konnte nur Ganswind leisten. Der Ruhm des Taifun, aus dem Nichts geboren, wirkte bereits faszinierend. Und das Glück dieses Zustandes tat Hermiones Heroinengestalt so wohl überall, wo sie hinkam. Sie brauchte nur zu lächeln, und alle Welt wußte: »Diese ist's!« Susanne blieb zu Hause, der Doktor hatte so lange Urlaub.

Nun ging man eben, weil's versprochen war, zu Bäumlers hinauf und aß mit scheinbarem Temperament. Waldeck zitterte vor Naturhunger. Die Natur war ihm kein stinkendes Ragout. Wenn er über solche Worte geistiger Leuchten nachdachte, so war er tief unglücklich. Er liebte noch aus natürlichem Antrieb und mußte nicht erst wie ein Auto mit Benzin angelassen werden. Er fraß noch mit Zähnen aus Menschenbein.

Was für Narren die Modernsten waren! Sie glaubten wirklich, mit der Natur fertig zu sein. Und doch war das raffinierte Gestammel und Wortgetöse mit der Zunge der Natur geredet. Gab es denn nicht bloß Geheimnisse der Natur, die sich nicht offenbaren wollten?

Waldeck betrat die vom Bratenduft durchwebte Wohnung als Einziger mit Enthusiasmus. Und Susanne fühlte es; sie drückte ihm so die Hand, daß er schon an Übermorgen dachte, ehe er mit der Gegenwart fertig war.

Man setzte sich rundum, und alle aßen. Auch Susanne. Das hätte Käterchen nie gedacht, daß Susanne wie eine Katze die andere auffressen konnte. Sie bekam Furcht vor ihr und erinnerte sich an die vielen entsetzlichen Qualen, die sie durch Susanne hatte ausstehen müssen. Das war ihr eigentlicher Charakter: grausam bis zur Menschenfresserei. Käterchen verfolgte abseitsstehend jeden Bissen, den Susanne tat, mit entsetzten Augen. Ein Tierchen, das man so abgöttisch geliebt hatte, selbst zu verzehren, das schien in Käterchens Augen Kannibalismus.

Aber aßen nicht alle Christenmenschen von dem Leibe des Herrn? Wer eine gute Phantasie hatte, und gerade die Heiligen waren solche Menschen, der fühlte die Knochen. Und Susanne biß ohne Scheu auf die Kreuzknochen Kätzis.

Der Doktor behauptete, solches »zwischen Kaninchen und Waldhasen« liegendes Fleisch noch nie gegessen zu haben. Allmählich hatte die ganze Gesellschaft die verrückten Geistesideen vergessen und aß mit natürlichem Kiefer. Löwe und Waldeck schielten giftig einander auf ihre Teller. Es gab Rotkohl dazu. Waldeck schnaubte und öffnete seinen Hosengurt mit unauffälligem Griff unter der Serviette. Löwes Wangen färbten sich rot wie Scharlach. Clothilde war die einzige, die noch Geist genug hatte, ihre Beobachtung auf den Doktor zu lenken. Sie hatte während des glühenden Appetits der Tafel Gelegenheit, Susanne und den Doktor gegeneinander zu vergleichen. Wie ein lieber Junge saß er da, während sie an Susanne doch stets einen selbstbewußten herrischen Zug erkannte. Doch wie nun der Wein heiß machte und das zweitemal serviert wurde, glaubte auch sie an die Versöhnung. Büffel war vergnügt, ungefähr in der Mitte seines Hauses zu sitzen. Solche Mieter waren eben etwas ganz anderes; sie hatten Takt und Verständnis zu bedenken, daß ein Hausbesitzer nicht nur ein Etagenbewohner sein, sondern sich wirklich in seinem Hause wohl fühlen wollte.

Das Mahl endete mit einem feurigen Toast des Polizeirats auf Herrn und Frau Doktor. Waldeck aß noch und mußte sich deshalb den Lorbeer der Rede entwinden lassen. Allein er hatte es auch nicht nötig, sich darin mit Löwe zu messen. Sein Rednerruhm war in zwanzig Bänden Grab- und Festreden, Verlag Kuttler und Sohn, zur Genüge festgestellt.

Und nun hätte kein Mensch erfahren, durch wessen Leib man sich versöhnt hatte, wenn nicht der zwischen Susanne und Käterchen verabredete Zwischenfall eingetreten wäre.

Susanne frug: »Herr Stadtrat, wünschen Sie noch einmal die Platte?«

»Gewiß, gewiß, wenn es möglich ist.«

Darauf erklärte Käterchen: »Es ist nichts mehr da.«

Nun ging ein größerer Disput los, ob das Tier ein großer oder ein kleiner Hase gewesen war.

In diesen, heftige Formen annehmenden Streit griff Käterchen ein. Sie sagte so kurz hin: »Bei uns im Schwarzwald gibt es auch keine größeren Katzen.«

Dieses Wort schlug wie eine Bombe ein. Alles sah sich an, kaute und strich sich die Zunge ab. Grabesschweigen herrschte.

Man sah vor allen Dingen auf Susanne. Die saß völlig gleichgültig, doch mit hochgerötetem Gesicht. Wenn es das gewesen wäre, so hätte sie doch wohl nicht mitgehalten.

Fünf Minuten später lag der Doktor jammervoll verprügelt am Boden. Und die Damen wälzten sich in raufendem Gemenge.

»Ich bin unschuldig«, wimmerte der Doktor, »ich wußte von nichts.«

Schellenhauer, schmächtig aussehend, aber bereits trainiert seit dem an ihm verübten Totschlag im Taifunsalon, kam herein und stieß die Haufen befreiend durch kräftige Fauststöße auseinander. Susanne wurde von Käterchen, die Püffe gewöhnt war, beschirmt und beschützt.

So traf Alfred allein das Pech, für diese Art der Versöhnung büßen zu müssen. Waldeck konnte es nicht fassen. Er allein blieb von der ganzen Gesellschaft der Künstler. Er transformierte mit Eigensinn »felis« in »lepus«.

Die Hauswirtin war am meisten alteriert über Käterchen. Sie hatte geglaubt, Käterchen hinterbringe ihr alle Wirtschaftsgeheimnisse und Ehevorgänge. Und nun zeigte sich, daß dieses Mädchen so treulos war in ihrem Hintertreppenklatsch.

Hermione hätte Susanne am liebsten die Augen ausgekratzt. Sie verließ als Erste die Wohnung. Hierüber mußte beraten werden! Dieses belgische Ungeheuer erlaubte sich, die Taifunisten vor aller Welt herabzusetzen. Durch Waldeck wurde es öffentlich bekannt, weil dieser Affe behauptete, hartnäckig, daß er mit Bewußtsein »lepus leporis« gegessen habe. Hätte man sich wenigstens einmütig gegen diesen verruchten Scherz gewehrt!

»Was geschieht mit dem Doktor?« frug Hermione ihren Gemahl, dem sie Blicke voll Wut zuwarf, weil ihm, dem alles gelang, nicht die vorzeitige Wissenschaft von dem Verbrechen geworden war.

»Was weiß ich!«

Der Doktor war ja selbst hereingelegt worden. Er hatte von seiner Todfeindin mindestens dreihundert Gramm auf dem Teller gehabt!

»Was tut man mit Susanne?«

Der Polizeirat deutete mit aufgeblasener Brust in die Vergangenheit. »Riet ich nicht oft, gegen die Ausländerin einzuschreiten?« Jetzt war es nicht mehr möglich, sonst wurde es amtlich bekannt, daß er »Katze« gegessen hatte.

»Und Schellenhauer?« Er befreite sogar den Übeltäter vor den verdienten Schlägen. Für morgen war seine Ausstellung angesetzt. Hier ging nichts mehr rückgängig zu machen. Oh, wieviele geheime Feinde hatte der Taifun! Es war notwendig, daß außer dem Polizeirat, der den Außendienst der Behörde gegenüber versah, noch ein zweiter gewonnen wurde. Ein Kriminalpolizeirat, welcher den Taifun im Innern säubern sollte.

Hermione prophezeite den furchtbarsten Zusammensturz, wenn nicht sofort etwas geschah. »Alles Übel kommt von Susanne«, sprach sie. »Wir haben es immer gefühlt und gedacht, sie ist innerlich gegen die Kunst; und wir behielten sie. Also liegt der Fehler gar nicht an Susanne, sondern an unserer Gutmütigkeit.«

Ganswind hatte dumpfe Sorgenfalten auf der Stirne. Er sah aus wie Napoleon, als er auf der Flucht aus Moskau in Dresden ankam. Ganswind sah eine verlorene Schlacht. Wie gewann er ein neues Heer?

»Ist die Sache denn so tragisch?« Clothilde blieb allein bei kalter Besinnung.

»Gewiß ist es tragisch. Jede Revolution hat so begonnen. Auf einmal, an einem kleinen Ding, hat man erkannt, daß sie da ist. Es fragt sich, ob Ossi morgen ausstellen kann. Aber wenn er es nicht tut, so ist es genau so schlimm, dann schreit man Feigheit. Ich möchte die verruchte Person ertränken!«

* * *

Susanne mußte ihren Mann gewaltsam von Torheit zurückhalten. Er wollte in den Taifun hinabgehen und sich entschuldigen. Entschuldigen!, nachdem er den Leib voll hatte. Und wie Ganswind ihr vorher zugesetzt hatte, das konnte sie ihm nicht einmal erzählen. Es blieb ihr nichts anderes übrig, als die Korridortüre abzuschließen und den Schlüssel an sich zu nehmen.

Susanne setzte ihren Gemahl gefangen.

Der Doktor war trostlos, er sah die ganze aufgebaute Gegenwart und die Zukunft zusammenstürzen. Wenn man die helfenden Hände von ihnen zurückzog, so saßen sie nackt und bloß auf der Straße. Susanne lachte. »Ein Künstler von deiner Qualität sitzt niemals auf der Straße!«

»Ein Künstler wie ich saß auf der Straße.«

»Weil du ein Dummkopf warst, aber jetzt bin ich da, ich werde schon für dich zu sorgen wissen.«

»Du für mich?« Wie trostlos war er. Wie traurig war sein Schicksal, daß Er es nie war, der für andere sorgen konnte. Früher waren es Freunde, die ihn vor dem Schlimmsten bewahrten. Jetzt zeigte sich neben ihm sein herrisches Weib. Aber auf sie vertraute er nicht. Sie hatte das wahrscheinlich noch nicht mitgemacht: ein ganz vogelfreies Dasein.

Susanne blieb unerschütterlich. Sie wußte genau, was den früheren Mißerfolg ihres Mannes verschuldet hatte. Man konnte ihn sogar verprügeln, und er hielt sich noch für den Schuldigen.

Susanne setzte sich an den Schreibtisch und schickte Käterchen mit einem Brief hinab. Sie verlangte für ihren schwer blessierten Gatten Schmerzensgeld. Der Doktor war rasend, daß sie so aller Freundschaft ins Gesicht hieb.

»Fredi schweig'!«

Der Erfolg war überraschend, nicht für Susanne, sondern für den Doktor. Käterchen kam mit einem Scheck auf die Diskontogesellschaft zurück. Es waren zehntausend Mark angewiesen.

»Da hast Du es«, triumphierte Susanne.

Der Doktor griff sich an den Schädel und wußte nicht, woher sein Weib ihren Verstand hatte.

Susanne war sogar entschlossen, eine vollkommene Erpressung durchzuführen; sie wollte sich hinsetzen und hinabschreiben: »Nicht genug, ich verlange das Fünffache«. Aber da schlug er ihr den Federhalter aus der Hand und warf ihn zum Fenster hinaus.

»Sie geben dir alles.«

»Aber wie kann man so rücksichtslos sein!«

»Weißt du, wie jene zu dir wären?«

»Susanne wir sind Menschen.«

»Eben deshalb.«

Nun konnte man die Weltlage freilich verschieden betrachten. Susanne ahnte, wie sich Hermione mit Oskar beflüsterte, daß jetzt jede Noblesse gegen den Doktor Schweigegeld bedeutete. Andererseits erkannte der Doktor darüber hinaus, daß sich die Beiden auch freuten, wenn sie Schweigegeld geben konnten. So band man sich allerdings nach Susannes Methode wieder selbst die Hände, obgleich man dabei gewann.

Was scherte das Susanne! Sie trieb Realpolitik. Sie hatte nun ihrem Mann bewiesen, daß er unpraktisch war. Der Doktor scheiterte an zu viel Überlegung. Frischweg zugestoßen, wo etwas zu krapfen war, das war vernünftiger.

»Fredi, du hattest Glück, daß dich das Schicksal mit mir paarte!«

»Glück?« Der Doktor stammelte es mit ganz unerhörter Verzweiflung. »Ich hatte etwas ganz Ideales in dir zu finden gehofft.«

»Und nun fandest du etwas ganz Gemeines.« Susanne lag ihm mit glutroten Wangen an der Brust. Der Doktor sah sie an und erkannte eine große Welt durch die Spitzbogenfenster ihrer Augen.

»Du bist groß«, flüsterte er.

»Nein du«, entgegnete sie. Diese Schmeichelei, denn Susanne sah in Wirklichkeit diese Größe nicht, bezog der Doktor auf seine physische Stabilität. Er lächelte und verspürte die Wirkung des genossenen Bratens. Im Zimmer wurde es dunkel. – Eine Zwietracht konnte nach dem Leichenschmause nicht mehr entstehen. Besonders merkte der Doktor, daß er als Junggeselle oftmals weniger gehungert hätte, wenn er die Vorurteile gegen gewisse Fleischarten, die ohne Marken erhältlich waren, überwunden hätte.

»Soll ich mir eine neue Kätzi holen?« frug Susanne.

Der Doktor vergaß vor Schreck über die Frage, an die Zukunft zu denken, und begattete sie mit unverantwortlichem Leichtsinn.

»Was machst du? Fredi!«

Der Doktor wurde es zu spät gewahr.

»Wenn es bis jetzt noch zweifelhaft war, so ist es nunmehr gewiß.«

»Susanne hasse mich deswegen nicht!«

»Fredi, komm herab, deswegen lieb ich dich.«

Sie bekannten sich wie zwei hilfesuchende Flüchtlinge zur Natur. Die Natur war wirklich kein stinkendes Ragout. Sie war das Axiom des Geistes. Er und sein Weib hatten im Unbewußtsein einen geistigen Menschen gezeugt.

Für Susanne war der erste Teil ihres Lebens abgeschlossen. Wie tausende Male waren die Pumpenstöße des Herzens zwecklos gegangen, war es Brüssel gewesen, Paris oder Berlin. Und in diesen zuckenden zweiundvierzig Sekunden waren alle diese zwecklosen Takte als ein Nichts vergangen und als ein zählbares Etwas das Neue erstanden.

Susanne wußte, daß sie dem Doktor gehörte. Er war ihre Heimat. Alle gehabten Freunde fuhren wie weggespuckt aus ihr.

Sie tröstete ihren Mann nun gänzlich. »Vergiß Fredi, die Welt ist nicht der Taifun. Der Taifun ist nur ein winziges Zweckchen in der das All füllenden Natur.«

»Das All bist du. Weib.«

»Was ist Hermione?«

»Eine arme Phantasie.«

»Eine zur Unfruchtbarkeit verdammte Mutter.«

Von unten drangen die Töne einer wehklagenden Musik. Susanne und der Doktor horchten auf. Beide empfanden ein tiefes Mitleid mit den andächtig dem Spiele sich Hingebenden. Sie sprachen es nicht gegeneinander aus, sie entschliefen nur in ihrem leise wehenden lauschendem Atem, ohne die körperliche Vereinigung jemals zu verlieren. Was er dachte, dachte sie, und was sie träumte, träumte er. Über das gezeugte Zwischenglied wogte das Blut in einem Kreise.

Es war, als stünden die Augen vor ihnen, mit denen Ganswind vom Flügel auf nach Hermione sah. Hermione stand mit stolz gebogenem Nacken; ihre Augen hatten einen hassenden, verachtenden Ausdruck. Man sollte nicht glauben, daß die Feindschaft sie um ihre Existenz brachte. Ihre zarte Hand glitt über Ossis breite Stirn, und ihre Lippen preßten einen heißen Kuß auf diese Stirne. Der Hexenmeister weinte, seine Musik schluchzte auf. Diesmal standen sogar die Hausbewohner auf. Sie hielten es nicht in den Betten aus. Als stächen von unten lauter spitze Nadeln durch die Matratzen, so waren diese Akkorde. Was hatte der Taifun zu klagen! Noch nie war solch tiefe Empfindung mit diesen grandiosen Tonballaden erstanden. Das ganze Haus fühlte sich mitfühlend und freundschaftlich hingezogen.

Büffel kam mit seiner Alten herab.

Er fand Ossi weinend und die tröstende Hermione. »Was ist denn geschehen?«

»Fragen Sie das nicht! Fragen Sie nur, was wird denn geschehen?«

»Wird Ihr Kunstpublikum gegen Sie Front machen?«

»Wir sind darauf gefaßt.«

»Sie sind gefaßt? Aber wenn Sie gefaßt sind, so müssen Sie doch vorzubeugen wissen. Wird mein Grundstück in Lebensgefahr schweben? Herr Ganswind, spielen Sie nicht so tragisch, sonst begehen meine Mieter samt und sonders Selbstmord. Dann ist mein Haus verrufen, und kein Mensch wird es mehr betreten wollen! Es gibt verschiedene solche Häuser in Berlin, die gänzlich leer stehen. Man verwunderte sich darüber, aber es ist gerade, als wenn sie den Aussatz hätten.« Der Hauswirt war außer sich.

»Herr Rechtsanwalt, seien Sie getrost, wenn ich untergehe, so gehen Sie mit unter«, sagte Ganswind mit rauh wieherndem Lachen.

»Und Sie lachen? Ich will nicht untergehen! Sie müssen aus meinem Hause. Ich werde die Polizei gegen Sie aufbieten. – Hängt Ihre Furcht mit jenem Schellenhauer zusammen? Bäumlers Käterchen erzählte meiner Frau von dem ungeheuren Schwindel.«

»Wir schwindeln nicht! Das Publikum schwindelt, indem es nicht offen und ehrlich zu sein wagt. Daran habe ich bis jetzt verdient.«

»Daran werden Sie alles verlieren. Polizei! Polizei! Ich werde nicht mit verlieren.« Büffel stürzte noch in tiefer Finsternis auf das Polizeipräsidium und bat um das Verbot der morgigen Ausstellung. »Ganswind ist ja wahnsinnig«, sprach er zu seiner Alten, »nun soll er erkennen, daß ich sein wahrer Freund bin. Ich lasse ihn nicht mit offenen Augen in den Abgrund stürzen. Jetzt hilft nur das Verbot. Die Zensur ist gut, wenn sie künstlerische Existenzen vor der Vernichtung durch das Publikum rettet! Glaub es mir, Natalie!«

Natalie stand leicht bekleidet, den Hals zwischen die Achseln gezogen, neben ihrem Manne.

Das Polizeipräsidium war schlaftrunken und wollte nichts von dem nächtlichen dringenden Antrag wissen. Das konnte erst übermorgen entschieden werden.

Büffel war verzweifelt. Morgen, heute am Sonntag sollte die Ausstellung sein. Oh, diese Ämter sollten in den Boden versinken! Stets waren sie als Schädlinge vorhanden, niemals wenn man sie dringend gebrauchte. Löwe! Löwe! Es fiel ihm Löwe ein. Er fuhr mit Nachtdroschke nach dem Westende, wo Löwe neuerdings wohnte.

Löwe knurrte wütend: »Lassen Sie mich schlafen! Die Sache ist vollkommen geregelt.«

»Ja, Lieber, ahnen Sie denn nicht die furchtbare Gefahr, in welcher der Taifun schwebt.«

»Exmittieren Sie Bäumler!«

»Den Doktor soll ich exmittieren? Einen anständigen Menschen, der nächstens Familienvater wird? Nein, dazu werde ich mich nie hergeben. Der Staat wird auf seine Seite treten.«

Natalie klapperte vor Kälte wie ein Totengerippe. Der Ruin ihres Hauses stand schrecklich vor ihr. Büffel sah und hörte ihr klapperndes Frieren. Er schwitzte vor Not und Pein. Was sollte er tun? Sollte er morgen sein Haus verschließen? so daß niemand herein konnte und die Ausstellung besuchen. Das war die letzte und beste Idee. Er trank um viereinhalb Uhr in der Früh, daheim angekommen, mit Natalie eine Flasche Kirschgeist, so daß sie sich versehentlich umschlangen und in gemeinschaftlichen gleichen Träumen einschliefen. Allein es ergab sich nichts als die gemeinsame Idee der Hauszinsen.

Das Haus lag endlich in Ruhe. Doch die nachtleuchtenden Augen der Eule sahen noch immer zwei Menschen in nicht schlummerfindendem Harme.

Ossi und Hermione saßen nebeneinander unter dem Bilde des großen Müller. Der umgekehrte Kopf des Mannes machte riesenhafte Anstrengungen, gerade auf den Rumpf zu kommen.

»Hast du eine Heimat?« frug Ossi.

»Meine Eltern haben mich verstoßen.« Dazu nickte das Bild Müllers. Alt bekannte Tatsache.

»Vielleicht gibt es doch eine himmlische Gerechtigkeit.«

»Wenn wir ehrenvoll untergehen, so werden wir Gnade finden.«

»Dann gibt es neuen Aufbau.«

»Wie würdest du neu anfangen wollen?«

»Ich würde wieder mit Müller beginnen.«

»Müller ist wahrhaft groß.«

»Schellenhauer ist ein Lump. Daß er sich dazu hergab, sich auf solchen Humbug einzulassen!«

»Schellenhauer wird dabei gewinnen. Er wird sein Tun als Rache für die nichtgefundene Anerkennung rechtfertigen.«

»Und dann?«

»Dann wird er große Anerkennung finden.«

»Bei wem?«

»Bei den andern, die uns verfolgen.«

»Dann sind aber die andern dasselbe, was man uns vorwarf zu sein.«

»In der Kunst gibt es nur Feindschaft und Glaube.«

Bumms! Da schnappte plötzlich der pendelnde Kopf des umgekehrten Müller in seinem Wirbel. Und als die Sonne zu dem Hinterfenster des Hofgebäudes in den Müllersalon hereinschien, erwachten Ossi und Hermione mit starren, kalten Gliedern. Sie erhoben sich ohne einen Gedanken und legten sich zu Bett.

Der Sonntag der siebenunddreißigsten Ausstellung ging über den Erdball, zunächst ohne auffällige Anzeichen.

Aber gerade die Tage, die so unauffällig begannen, hatten dikke Enden.

Die anständigsten unter den Hausbewohnern gingen zur Kirche, wo immer noch gepredigt wurde. Susanne selbst hatte eine fromme Anwandlung. Sie trat mit Alfred unter einer goldenen Kuppel ein. Hier gewann sie aber nicht, sondern verlor sie. Es war ja unmöglich, daß es so vielerlei Götter gab.

»Mein Gott sieht anders aus«, sprach der Doktor und zog Susanne nahe an sich. Er sah ihr tief in die Augen, daß es sie durchschauerte. Da verstand sie ihn. Sie gaben sich gegenseitig das Versprechen, an dieser Religion gemeinsam festzuhalten.

Die Menschen strömten in großen Mengen aus den Gotteshäusern. Nun sollte man bloß wissen, warum sie dorthin geströmt waren. Damit man fünfundneunzig Minuten des Tages umgebracht hatte. Etliche mochten in eine weihevolle Gemütsstimmung verfallen sein. Aber war diese zur Überwindung der harten Lebensdrangsal je nützlich?

Das Eigentümlichste fand der Doktor in der Gepflogenheit, allein die Kirchen als Baudenkmäler zu gestalten. Warum gab es nicht auch Wohnhäuser, die als Kulturdenkmäler den Zahn der Zeit aushalten konnten?

»Werde darüber nicht melancholisch!« sprach Susanne.

»Doch, mein Liebchen, laß mich einige Augenblicke darüber nachdenken. Es ist sonderbar, daß von den Häusern der modernen Großstadt in späterer Zeit unmöglich noch ein einziges stehen kann. Das heißt, sonderbar ist es nicht, sondern sehr begreiflich. Sonderbar ist nur, daß alle jetzt stehenden Häuser keine Häuser sind, sondern Häuser, immer nur die Häuser sind des alten deutschen Stils. Unsere ganze neue Kultur wächst eben nicht auf dem Boden, sondern alles fährt im blinden Nebel herum, aus der Luft und Phantasie geboren, die keine Phantasie ist. Ich wette«, setzte er plötzlich zusammenzuckend hinzu, »die Bilder Müllers werden sich länger halten als der liniensichere Sauhaufen, den die Anerkannten zusammenschmieren.«

»Errege dich nicht, Fredi!«

Sie kamen dem Taifun näher. Man spürte es schon von weitem. Hier wehte immer der Südost.

Menschenansammlungen gab es hier stets. Das war nicht mehr verwunderlich. Allein als sie ins Haus hineinwollten, erschraken sie. Es war verschlossen. Oben wehten die Flaggen aller Nationen. Der große Frühjahrssalon war eröffnet.

Die Menschen wollten alle hinzuströmen, ihr Eintrittsgeld loszuwerden. Sie trafen Freunde und Bekannte, die gleichfalls hineinwollten. Bemerkte denn Ganswind davon gar nichts?

Der Doktor, der sich unter dem Plebs stehend nicht lange ertragen konnte, rief: »Natürlich, gestern hat er eine Katze gefressen!« Er schrie es mit vollem Ärger.

»Wer hat eine Katze gefressen?« Sofort verbreitete sich der Ruf, die Frage, wie ein Lauffeuer.

»Der Taifundirektor.«

Nun war die Geduld der Menge zerrissen. Einige kletterten an den Hausschildern empor, bis sie die wehenden Flaggen greifen konnten. Sie rissen und zerrten, schwangen sich wie die Affen in die Räume des Taifun, Fenster zertrümmernd. Ein tolles Gebrüll der Menge brauste um das Haus. Der Hauswirt schrie oben mit geballten Fäusten in den Weltenraum, der nichts von seinen Wünschen verstand.

Es war auffallend. Der Taifundirektor war nicht zwischen seinen Bildern. Wo steckte er? Einige Wilde drangen in das Schlafzimmer ein. Hermione fuhr aus dem Schlafe empor: »Die Affen!«

Ossi wurde wach. »Welche Affen?«

»Herr Direktor hören Sie denn nicht? Sehen Sie denn nicht?« Ossi fuhr in die Beinkleider, seine Augen flimmerten durch die schräggeschliffenen Okulare. Hermione legte die Perücke auf den Porzellankopf. Wie haarsträubend war es, daß man sie so gesehen hatte! Ossi war von dem erlebten unfaßbaren Schrecken noch ganz wirr. Er packte nacheinander die Schellenhauerschen Werke, bestehend aus leeren Gipsrahmen, und warf sie zum Fenster hinaus auf die Köpfe der Menge.

Nun geschah das Wunderbare. Das Volk murrte gegen die wilden Zerstörungen von Kunstwerken. Der Taifundirektor gehöre ins Narrenhaus, schrie man von unten, weil er Kunstwerke, die er mit großem Eifer gesammelt hatte, selber vernichte. »Roheit! Gemeinheit! Katzenfresser!«

Diese Wendung war glänzend. In Hermione zuckte ein Strahl von Hoffnung auf. Der Mensch war verdammt, aber die Kunst war gerettet. »Glänzend, glänzend«, rief sie und stürzte sich zum Fenster hinaus. Sie wurde von begeisterten Freunden aufgefangen, damit sie ihre schönen Glieder nicht brach.

Nun war sie wenigstens im Freien und konnte aufklären. Niemand hatte die Katze gefressen. Die war ersäuft worden.

Das hörte der Doktor. Er rannte mitten in den Haufen, stieß und trampelte mit den Beinen. »Was ist die Wahrheit?!« Die Folge war, daß man ihn lynchte. Susanne rang die Arme, als sie die Stücke ihres geliebten Mannes verteilt sah.

»Ossi hat die größten Meisterwerke zertrümmert, weil er sich eurer Wut preisgegeben glaubte.«

»Furchtbares Unglück! Katastrophe!« brüllte die Menge.

Jeder sah zu, wie er eines Rahmenschenkels habhaft werden konnte. Die Taifunisten nutzten die Situation geschickt aus. Sie ließen sich einzelne Rahmenstücke nur gegen hohes Entgelt entwinden. Für ein Bruchstück solcher Reliquie wurden oft Tausende gegeben.

Nun öffnete der Hauswirt. Das Publikum strömte ein. Der Taifun war gänzlich ausverkauft. Den Taifunisten wurde auf schlaue Weise wieder abgejagt, was sie unverdientermaßen gewonnen hatten. Hermione inszenierte im neuen Springgarten ein Badefest. Wer seine Kleider ablegte, dem war die letzte Barschaft abgewonnen. Alles floß in die Kasse des Hexenmeisters.

Das Geld floß für Kunst! Und Susanne raufte sich auf den Geleisen der Straßenbahn stehend, die Wagen hemmend, ihre Haare, schluchzte und suchte verzweifelt nach den irdischen Trümmern ihres Doktors.

Den Taifundirektor frugen etliche Bürger aufs Gewissen: »Haben Sie Katze gefressen?«

»Blödsinn! Wie sollte ich Katze fressen!«

»Drum eben, wenn Sie Katze gefressen hätten, wäre es aus mit allem menschlichen Verkehr zwischen uns.«

Ganswind polsterte den guten liebenswürdigen Bürgern mit freundlichem Zureden und Handauflegen die fetten Rücken. Er grinste und freute sich. Die Katze war ja längst verdaut und in der Wirrnis der Meinungen längst zu einer fata morgana geworden.

Hermione sah Susanne stehen. Sie lächelte mitleidig. »Wie dumm war Susanne, daß sie hatte glauben können, ein Mensch würde für sie Partei nehmen! Wie naiv war das von ihr! Wer das Wesen der Kunst kannte, der wußte, daß, wenn sie einmal eingeführt war, sie nicht mehr vernichtet werden konnte!«

Susanne wandte sich ab, als sie Hermiones Gesicht sah, mit roten Weinbacken und grellem Lachen um die blauen Augen. So sah sie aus, wenn sie noch keine Zeit gefunden hatte, sich von der »Kunst« schminken zu lassen.

Susanne weinte bald still vor sich hin, auf einer Tiergartenbank sitzend: »Oh, Doktor, Doktor! Wo bist du, Süßer?«

Er tobte im Taifunsalon einen neuen Hymnus auf Schellenhauer.

»Schellenhauer hauer hauer
schell schell schell
Schell
Hauer schell.«

Schellenhauer verneigte sich mit frisch pomadisiertem Kopfe. Er gab Käterchen eine Ohrfeige, als sie sich ihm anhängen wollte.

Käterchen suchte nach Susanne. Und sie fand sie auf der Bank, wo sie das erstemal geweint hatte, als sie nach Berlin gekommen war.

»Warum weinen Sie, Frau Doktor?«

»Sie haben meinen Mann gelyncht.«

»Ich hörte ihn aber ›Schellenhauer hauer hauer schell‹ deklamieren.«

»Das ist nicht möglich. Ich sah ihn ja in Stücke zerrissen!«

»Es ist aber so. Gehen Sie hin, und überzeugen Sie sich, Frau Doktor.«

»Verräter«, schrie Susanne. »Ich gehe nicht hin!« Susanne war ganz gebrochen an Leib und Seele. Sie hatte geglaubt, ihren Mann für sich gewonnen zu haben. Und nun stand er wieder vor dem Rednerpult und schämte sich nicht, sich zur Lüge zu bekennen.

»Frau Doktor«, sprach Käterchen, »gehen wir doch unsere eigenen Wege.«

»Ich habe ja etwas.«

»Das ist ungeschickt.«

Susanne fuhr in einer letzten Empörung empor. »Ich werde es aber beweisen, daß er Katze gefressen hat!«

»Das glaubt Ihnen niemand, Frau Doktor.«

»Ich werde eine Diebstahlsanzeige machen, daß man mir Kätzi gestohlen habe. Dann wirst du für Ganswind Partei nehmen und beschwören, daß sie gefressen wurde. Willst du?«

»Frau Doktor, lassen Sie das Kindel kommen, wie's kommt. Nichts mehr wissen wollen von der Kunst! Basta damit.«

Susanne ließ sich von Käterchen unter die Arme greifen und von der Bank hochziehen. Sie schritt mit schwerfälligem Gang ihrer Wohnung zu. Den Taifun, das schwor sie, betrat sie nie mehr.

Nach Schluß der Veranstaltung, die Ganswind ein reiches Millionenvermögen einbrachte, dem Maler und Kommis a. D. Schellenhauer eine angemessene Pfründe von tausend Mark, sah der Doktor oben in der Wohnung nach seinem Weibe. Er war vergnügt und aufgeräumt, denn noch nie hatte der Beifall auf seinen variationsreichen Wortschwall derart gerast wie heute.

Susanne empfing ihn sehr gleichgültig. Sie frug nur, ob er wenigstens etwas von dem geraubten Gelde bekommen habe.

Der Doktor starrte verwundert auf sie: »Von dem geraubten Gelde?«

»Von dem Gelde, das dem Publikum aus der Tasche gestohlen wurde.«

»Nun hör einmal, du drückst dich sehr beleidigend aus. Wenn ich darum bitten würde, so werde ich bestimmt ein Extrageschenk erhalten.«

»Geschenk! Nun besinne dich einmal, wäre denn nicht das Ganze schrecklich gescheitert, wenn du den Mut gehabt hättest, vor den tobenden Massen die Katze zu bekennen?«

»Ich wäre in Stücke zerrissen worden!«

»Mag dich das entschuldigen!« Susanne seufzte. »Zehn Prozent Tantiemen vom heutigen Erlös halte ich aber für deinen kleinsten Anspruch.«

»Das wäre ja eine halbe Million! Wo denkst du hin?«

»Ich fürchte mich vor derartigen Summen durchaus nicht, wenn ich gleich die Art hasse, mit der das ganze Kapital erpreßt wurde. Die Menschen sind allzumal Narren!«

»Liebe Susi, für einen Splitter vom Kreuze Christi gaben Menschen sogar ihr ganzes Vermögen hin.«

»Aber für einen Gipsfetzen, der ein Nichts, dieses höchste und letzte Kunstwerk eines Schellenhauer, umrahmte, schwindelerregende Summen zu geben, das ist doch Wahnwitz!«

»Wahnwitz? Das sehe ich nicht ein. Schellenhauer ist ein Modernist. Und ich erinnere dich nur an den treffenden Vers: Am Ende war Herr Jesu Christ, auf Erden nur ein Modernist. – In gewissem Sinne ist alles ebenso Schwindel, wie auch alles gleichzeitig höchstes Ideal sein kann.«

»Geh hinein! Wir wollen uns an den Tisch setzen.« Susanne beherrschte sich mit Aufbietung ihrer ganzen Nervenkraft. Ihr Gesicht verfärbte sich schwefelgelb. Sie war kaum imstande, einen Bissen zu genießen. Dabei verspürte sie einen quälenden

Hunger. Daß dieser von dem kleinen Mitmenschen herrührte, der in ihr keimte, wußte sie nicht; sonst hätte sie sich überwunden und hätte ohne alle Rücksicht auf den Blödsinn ihres Gemahls gegessen.

Am Nachmittag sollte sie mit ihm und Ganswind ins Café gehen, um ein bißchen Sonntagsbild und Luxus vor den Fremden zu machen. Zu so etwas hatte sie sich bisher ganz gerne hergegeben, aber heute lehnte sie energisch ab.

Sie erklärte, daß sie nicht für den Taifun auf der Welt sei, sondern ausschließlich um die Frau eines Doktors und Deklamationsgenies zu sein, eines Mannes, den sie zwar für einen Schwachkopf halte, dem sie aber nicht abgeneigt wäre, einen Sohn zu schenken, der sicher gescheiter würde als sein Vater.

Der Doktor brachte trotz aller Mühe heute Susanne nicht an die frische Luft. Hermione und Ossi kamen deshalb herauf, um Beide abzuholen. Susanne konnte mit der Wahrheit nicht zurückhalten. Sie schleuderte Ganswind die giftigsten Ausdrücke ins Gesicht. Diese parierte Hermione mit schlagfertiger Zunge.

In erhitzter Kampfgier stand Hermione Susanne gegenüber. Die Männer verloren alle Einwirkung auf ihre Frauen.

Hermione warf Susanne den schlechten Geschmack der Mutterschaft vor. Und Susanne schlug sich stolz auf den erhofften Bauch, nannte Hermione eine hysterische Dirne.

»Wie kann eine moderne Frau so unverständig sein, und eine Kollegin deshalb beschimpfen, weil sie ein großes Vermögen gewann«, erwiderte darauf Hermione.

»Eine Kollegin? Du H – – – –«, hauchte Susanne. Der Doktor hielt ihr den Mund zu. Nun schlug ihm Susanne die Hand weg und schrie laut: »Ihr gewannt ein Vermögen. Und wir? Wollt Ihr uns nicht die rechtmäßigen Prozente geben?«

Diesmal wollten Ganswinds aber nichts herausrücken. Susanne sollte nur nicht glauben, daß sie sich heute wieder so erpressen ließen wie gestern ...

Der Taifun war leer und ausverkauft. Das Schäfchen war geschoren. Ganswind verzog verächtlich den Mund. Und der Doktor war einfältig genug, Abstand von aller Forderung zu nehmen.

Er hielt eine nichtvertragliche Forderung für einen unfreundschaftlichen Akt.

Susanne gab daraufhin eine Kriegserklärung ab. Sie sagte: »Bisher bin ich mit dem Taifun nicht einverstanden gewesen, ich haßte ihn, allerdings nur ganz privatim; aber künftighin werde ich ihn aus Prinzip bekämpfen!«

»Du solltest dich scheiden lassen, Fredi!« rief Hermione.

Susanne traten die Augen weit hervor. »Ihr könnt ja solche Schufte an mir werden, und mich als werdende Mutter ruinieren.« Sie brach zusammen.

»Susanne, beruhige dich, du mußt dich von der Kunst fern halten. Die Beschäftigung mit der Kunst bekommt dir nicht. Sie macht dich krank«, beruhigte der Doktor.

»Nein, sie versteht Kunst nicht«, setzte Hermione hinzu. »Es ist wahr, wir müssen Susanne aufs Land bringen, damit sie fern ist.«

»Das ist das Richtige. Den Gesunden bringt man aufs Land. Und Ihr, die Ihr alle entweder infame Schwindler seid oder völlig geisteskrank, euch läßt man hier«, erwiderte darauf Susanne.

»Wir passen zum Publikum der Großstadt«, fügte Hermione schnippisch hinzu.

»So geht! Auf mich könnt Ihr für alle Zeiten verzichten.«

Susanne ging in ein anderes Zimmer und verriegelte die Türe hinter sich.

Die drei Zurückgebliebenen flüsterten miteinander. »Sie ist krank. Sie muß in ein Sanatorium!« Der Doktor schloß sich Ganswinds an, und sie gingen zusammen, laut über Kunst debattierend, ins Café Josty. Ganswind war ziemlich still. Dagegen lief Hermiones Mundwerk den ganzen Nachmittag wie mit feinstem Olivenöl geschmiert.

Kunst! Wer Kunst nicht einsah, dem war nicht zu helfen!

* * *

Gerade waren sie im Gehen, als Schellenhauer kommen wollte. Hermione erfaßte ihn mit einem kurzen Ruck als einen vertrauten Freund am Arme und zog ihn mit sich die Treppe hinab.

Schellenhauer war nun bei seinem glatt pomadisierten Kopfe

verblieben und zog die Stirne stets in nachdenkliche Falten, als einer, der durch die Schwere seiner Kunstleistungen fast erdrückt wurde. Bäumlers Käterchen war ganz abgetan. Er stand auf dem ersten Ringe der Taifunkünstler, von wo aus man der schwebenden Gottheit unmittelbar unter die Röcke sah. Was brauchte er da noch ein Schwarzwaldmädel!

Schellenhauer stand unter der scharfen Dressur Hermiones und gewöhnte sich an ein vorsichtig tastendes Sprechen über die Kunst; wenigstens setzte Hermiones Einfluß schon heute im Café Josty ein. Der junge Mann errötete das erste Mal seit acht Jahren, Hermiones Züngchen blickte listig kurz hervor.

Die Gruppe fiel im Café auf. Ganswinds Kopf hatte seit dem heutigen Erfolge einen berühmten Ausdruck, er atmete asthmatisch, hatte die Zigarette dauernd schlaff in den Lippen hängen und spreizte die Finger mit milliardärartigem Griff über Tasse und Schaumkuchen, sprach kurz und versäumte häufig, Hermiones Hand zum Küßchen hochzunehmen. Wer am Tische vorbeiging, blieb stehen. »Das ist 'r.«

»Wer ist 'r?«

»Der die Bilder auf die Straße warf.«

»Er soll Multimillionär sein.« Die Augen aus penséeartigen Frätzchen schlingerten um ihn herum. Nun durfte er bloß zugreifen, wie der schwarze Weltmeister Niggerboxer John. Und es war bei ihm gewiß reizender als bei jenem, dessen Frau sich aus Verzweiflung über den Weltstier das Leben nehmen mußte, weil der Schmerz dabei zu groß war.

Hermione war das erstemal stolz auf Ossi. Er war wirklich ein scharfer Adam.

Inzwischen packte Susanne mit ihrem treuen Käterchen, die ihre Tränen über Schellenhauer längst mit der Suppe wieder hintergeschluckt hatte, die Reisekörbe. Wo die Reise hinging, war Nebensache. Ob mit oder ohne Geld, war ebenso gleichgültig. Nur hinaus! Susanne wollte außerhalb nachsehen, ob sie verrückt war oder die Welt. Diesmal aber ließ sie sich nicht mit Kunst ein.

Käterchen beschwor Susanne hoch und heilig, gewiß viel Geld mitzunehmen, damit sie nicht abhängig wurde. Sie hatte die gleiche drängende Sucht, dauernd von hier fortzukommen. Der Doktor, der würde ja suchen, wenn sie hier weg waren. Und jede Spur, durch die man sie auffinden konnte, sollte verwischt werden.

Ob es freilich Susanne so sehr ernst sein konnte, als kindtragende Mutter vom Gemahle sich, wie durch den Tod geschieden, zu trennen?! Sie zitterte oftmals, wenn sie einen Gegenstand ergriff und in den Korb legte. Doch Käterchen feuerte kräftig an und hetzte, damit sie unbemerkt hinauskämen.

Susanne ging zu Büffel und pumpte ihn um achttausend Mark an, angeblich um Alfred ein standesgemäßes Geburtstagsgeschenk zu kaufen. Das war sehr glücklich erfunden: erstens waren es tatsächlich nur noch siebzehn Tage bis dahin, und zweitens konnte Büffel nicht darüber reden. Sie erhielt die Summe anstandslos und noch allerlei gute Ratschläge der Wirtin, was jetzt zum Anschaffen für einen Mann besonders liebreizend wäre. Eine Kiste Zigarren zu 150 Mark war die erste Kleinigkeit. Es war ja endlich das schöne goldene Zeitalter angebrochen, in dem das Geld keine Rolle mehr spielte. Susanne saß wie auf Nadeln, als sie diese vielmals breitgetretenen Alltäglichkeiten mit Frau Büffel anstandshalber durchknauzen mußte. Weil sie zu lange nicht loskam, erfand sie eine List. Mit einem Aufschrei: »Die Badewanne« stürzte sie hinaus.

Die Wirtin knurrte hinter ihr zu Büffel: »Sie wird doch nicht wieder die Badewanne haben überlaufen lassen – –!«

Susanne fiel Käterchen um den Hals. »Ich habe Geld! Geld!«

»Wie viel denn?«

»Acht Tausend.«

»Frau Doktor sind bescheiden.«

»Ich hätte das Zehnfache fordern sollen – ? Du hast recht. Ich war sehr töricht.«

»Es kommt eben ganz darauf an, ob Frau Doktor sich selbständig machen wollen oder nicht.«

»Soll ich noch einmal hinaufgehen?«

»Das erregt Verdacht.«

»Ich will das lumpige Geld gar nicht.« Sie packten die letzten

Wäschestücke. »Wo sollen wir denn hingehen? Und wer befördert am Sonntag die Körbe?«

Käterchen legte den Finger auf den Mund. »Ist alles gemacht. So, nun noch ein Likörchen, und bis um Fünfe auf die Körbe gesessen und gewartet.«

Sie saßen anfänglich mit ruhiger Erwartung, aber allmählich ging in Susanne Sentimentalität in mildem Glanze auf. Sie rückte dicht neben Käterchen hin und umarmte sie. »Käterchen, wenn wir diesmal unser Fortkommen finden, so mache ich Schmollis mit dir. Ich werde künftig arbeiten, und wenn's in einer Pulverfabrik ist.«

»Liebe süße Susanne, das tun wir nicht. Wir stehen jetzt mit dem Doktortitel ganz anders da. Frau Doktor will doch nicht hinuntersteigen, immer höher upp!«

»Baronin?«

»Nicht genug.«

»Fürstin? Mit Prinzessinnenrang.«

»Das gefiele mir eher. Ich wäre sodann die engagierte Kammerfrau.«

»Käterchen, ich glaube wirklich, du bildest dir ein, das zu sein. Du hast den Größenwahn.«

»Oder Sie, Frau Doktor. Wie könnten Sie sonst so wegwerfend alles Erreichte fahren lassen wollen!«

Es klingelte. Käterchen eilte hinaus. Susanne hielt die Hand auf die Herzgrube. Schwere Schritte –. Käterchens Onkel und Tante. Susanne war die Auslieferung ihrer Zukunft beziehungsweise ihrer Körbe an diese Leute nicht angenehm. Sie sahen es ihr am Gesicht an, fühlten sich durch diese Reserviertheit aber nur desto ergebener. Die Tante ergriff Susannes Hand und küßte sie mit Rührung: »Ich weiß alles; wie ich Ihnen bedaure!«

Vor dieser Freundschaft schwanden Susannes Bedenken. Wer konnte es wissen. Vielleicht kamen durch diese Leute neue Abenteuer. Jedenfalls gelangte sie einmal in ein ganz neues Berlin.

Die Körbe waren schwer, aber binnen zehn Minuten war alles auf das Jagdwägelchen vor dem Hause aufgeladen. Käterchen winkte Onkel und Tante, nur schnell loszufahren, falls die alte

Büffelin oben rausguckte. Die lag die meiste Zeit wie eine alte Katze, die Ellbogen auf ein seidenes gesticktes Kissen gedrückt, im Fenster. Mit Susanne wollte Käterchen mit der Elektrischen hinterherfahren.

Das gefiel Susanne gar nicht. Warum denn weggehen wie ein Dieb? Sie setzte sich auf das Jagdwägelchen, schnitt dem Taifunhause eine lange Nase und streckte die Zunge fünfzehn Zentimeter lang heraus. Richtig, die Büffelin sah es. Sie stürzte vor Staunen, ob es kein Gespenst war, was sie sah, beinahe auf den klein gepflasterten Bürgersteig hinab. Büffel konnte sie gerade noch am Rock festhalten, und seine anmutige Rettung vollziehen.

Käterchen lachte sich schief über Susanne, wie sie so fidel auf dem Wägelchen saß, von den Zwergpferdchen gezogen. Jetzt war sie wieder ihre Susanne, die sie von Brüssel her kannte. Onkel und Tante saßen mit wichtigen Buttergesichtern vorne auf dem Bock. Himmel, am Café Josty vorbei! Das war herrlich.

Susanne winkte vom Wagen herab. Ganswind war blind. Der Doktor schielte durch schräg gestellte Augengläser. Nur Hermione sah wie ein Falke. »Da fährt Susanne.«

»Wo? Wo?«

»Ihre Zunge! Sie flieht.«

Bis der große Taifunhexenmeister hinblickte und der Doktor einigermaßen den Kopf in der bezeichneten Richtung hatte, war der ganze unbegreiflich wunderliche Spuk vorbei.

»Kann denn das möglich sein?« stammelte der Doktor mit kreideblassem Gesicht.

Hermione war bereits auf dem Wege zum Fernsprecher. Sie rief Bäumlers an. Richtig, dort kam niemand an den Apparat. Dies war die erste Wahrscheinlichkeit, daß keine Täuschung vorlag.

»Ich habe es ganz genau gesehen. Kinder, was ich mit eigenen Augen sehe, das habe ich geseh'n.« Hermione spornte zum Aufbruch. Insbesondere mußte sofort Polizeirat Löwe verständigt werden. Es konnte ja verbrecherisch zugegangen sein. Vielleicht hatte sie alles Mögliche mitgenommen.

Der Doktor fühlte das erstemal, daß eigentlich zwischen Hermione und Susanne nie ein Verhältnis von Freundschaft bestanden haben konnte. Wie sie ohne Bedacht und Schranke von seiner entflohenen Frau sprach! Seine Gesichtsblässe wurde immer grauenvoller. Und als er zu Hause vor der nackten Wahrheit stand, brach der Unglückliche zusammen.

Wie eine Mordkommission am Tatorte standen alle Taifunverwandten in Bäumlers Wohnung beieinander. Ossi wurde tief schweigsam. Er zog Hermione bald mit sich in ihre eigene Wohnung hinab. Die Bilder fehlten überall an den Wänden, und Ossi schaute Hermione fragend in die Augen.

»Du meinst, es wäre auch für uns Zeit, unsere Villa Miramare für dauernd zu beziehen?«

Ossi nahm zur Antwort ihre Hand und streichelte sie zart. »Ich meine, zunächst hat der Taifun seine Arbeit erfüllt. Wir werden einige Zeit nach Norden gehen, von wo der Taifun zu gelegener Zeit wiederkommen wird. Mit neuem, ich möchte sagen, mit rücklaufendem Ziel. Er wird dann das, was er bisher zusammengehäuft hat, auseinanderfegen und das, was er bisher auseinandergefegt hat, zusammenhäufen. Mit einem Wort: Wir werden zu gelegener Zeit die Reaktion organisieren.«

»Wie sollen wir's aber in der Ruhe aushalten?« frug Hermione.

»Ich werde in Miramare nur spielen!«

»Wirst du soviel spielen können, daß ich nie unglücklich werde?« Hermione faßte seinen Kopf und glaubte, einen Schafskopf in den Händen zu haben. Diesen kraulte sie hinter den Ohren.

»Wir werden mit Privateinladungen der vornehmen Gesellschaft nach Miramare das Lager der Reaktion vorbereiten.«

»Du Süßer!«

»Du wirst sehen, die pensionierten Politiker verstehen auch etwas.«

Hermione klatschte in die Händchen wie ein Kind.

Ossi sprach: »Baby.« Daraufhin wurde von ihr in aller Stille und Sorgfalt zur Abreise gerüstet. Sie benutzten die nächsten Tage zur geschäftlichen Ordnung, namentlich mußte die Loslösung von Büffel mit großer Vorsicht bewerkstelligt werden. Unter dem Vorwand einer Gesamtinventur mußte Büffel Ganswinds Restschulden sofort aufstellen. Büffel war nicht wenig erstaunt, als er acht Tage später von Ganswind einen großen Sack Geld bekam. Er hatte es eigentlich gar nicht erwartet, daß er je einmal das Geld Ganswinds in Realwerten in die Tasche bekäme.

In dieser Woche irrte der Doktor trostlos umher. Es enttäuschte ihn, daß Ganswinds so wenig Zeit für ihn hatten. Doch von dem gänzlichen Aufhören des Wesens aller Dinge gewahrte er noch nichts.

Löwe war in seinen Recherchen wenig eifrig. Und Schellenhauer, der als einziger die Spur kannte, denn er wußte zu genau, wem die Ponypferdchen gehörten, schwieg geflissentlich. Es konnten unnütze Komplikationen für ihn entstehen. Er hatte Freude genug, dann und wann maskiert in Onkels Destille einzutreten. Da zog er eine Ganzperücke über mit großem roten Vollbart und rotem Buschelhaar, und mit einer Schmiedeschürze angetan und rauhen Jargon sprechend, war er gänzlich unkenntlich. An diesem Handwerksmeister ließ er Susanne ihr Vergnügen haben, denn Käterchen hätte den Hund am Schwanz erkannt.

Recherchen! Clothilde lachte ihren Mann aus, daß er so etwas wie einen Amtseifer an den Tag legte. Wer einigermaßen auf das aufgemerkt hatte, was Susanne immer erzählt hatte, der mußte ja ganz von selbst einmal bei dem Gastwirt im Norden Nachfrage halten. Clothilde wollte sich nicht einmischen, und gab keine Vorschläge. Da sie aber mit dem Doktor wiederum tiefes Mitgefühl hatte, so fuhr sie eines Tages kurz entschlossen zu der Destille in den Norden hinauf.

Susanne wurde von ihr überrumpelt. »Ich will Sie nicht bitten, zurückzukehren«, sprach Clothilde, »aber ich möchte fragen, was mit dem Herrn Doktor geschehen soll?«

»Mit ihm? Er soll sich ein anderes Weib nehmen.«

»Der Doktor ist tief unglücklich. Ich war dieser Tage mehrere Male bei ihm. Er nimmt keine Speise mehr zu sich. Er magert ab zur Vogelscheuche.«

»Ich bin unschuldig. Mir kann es niemand verargen, daß ich diesen Betrug nicht länger mitansehen wollte.«

»Dürfte der Doktor nicht einmal hier herauskommen?«

»Wenn das geschehen würde, so müßte ich Berlin ganz verlassen.«

Clothilde sah ein, daß dem Doktor dadurch nicht zu helfen wäre. Sie schied betrübt von Susanne. Das Leben war eigentlich etwas Häßliches, wenn es zwei Menschen absolut nicht gemeinsam glücklich machen konnte und wollte. Immer konnte es nur Einzelwesen Befriedigung bringen. Und nun war gerade der Doktor ein Mensch, der nicht allein leben konnte. Susanne sah nicht ein, warum sie mit ihrem verlassenen Manne Mitgefühl haben sollte. Wenn er nicht allein zu leben verstand, so vermochte er es noch weniger, mit seiner Frau zu leben. Dieser Mann war einfach ein glatter Egoist.

Du liebe Zeit, als ob nicht jeder Mensch ein Egoist wäre!, dachte Clothilde. Der eine verstand es nur, seinen Egoismus geschickt in den Handel zu bringen, und der andere wurde mit ihm ständig um die Ohren gehauen.

Nun gut, dann war es so. Wenn der Doktor kein Geschäftsmann war, so hatte er auch keine Ursache, über sein Mißgeschick zu klagen. Jedem widerfuhr so, wie ihn seine Mutter geboren hatte. Der Doktor glaubte wohl, daß er mit einem schief sitzenden Kneifer zur Welt gekommen war. Mitgefühl hielt sie für baren Unsinn.

Käterchen erschrak, als sie später hörte, daß jemand von der Bekanntschaft dagewesen war. Nicht ohne Grund, denn Susanne quälte sie zum erstenmal wieder. Für alle Widerwärtigkeiten traf sie das Mißtrauen Susannes, die immer ihr die Schuld beimaß. Auch wußte Käterchen gleich, daß sie nun bald von Onkel und Tante fortmußten. Sie sagte es ihnen.

Der Gastwirt sah sein großes Programm ins Wasser stürzen. Er hatte einen Salon der freien Liebe gründen wollen. Die Frau Doktor wäre darin die Meisterin gewesen, nach der die Gäste an allen zehn Fingern geleckt hätten. Die vielen Handwerksmeister, die bei ihm verkehrten, hatten Sinn für eine feine Dame. Wer im Frieden fünfzig Pfennig anlegte, der konnte jetzt kecklich zwei Mark aufwenden. Das Beste war, er machte Susännchen geradeheraus seine Vorschläge.

Susanne war der Sache im Prinzip nicht abgeneigt. Aber der Anstand verbot es ihr. Herr Biermann war verwundert. Wie konnten Neigung und Anstand hindernd gegeneinander auftreten! Anstand war doch ein ganz abgegriffener Begriff. Ein Überbleibsel von der Pfaffenherrschaft. Er lachte und schäkerte. Susanne lachte mit ihm, bis er ganz plötzlich ein volles Bierglas ins Gesicht gegossen erhielt.

Na nu!

Susanne verschwand auf ein paar Tage. Käterchen machte ihrem Onkel Vorstellungen und erläuterte das Wesen ihrer Herrin. So war sie. Sie operierte stets mit Gründlichkeit. Zuweilen mit der Feuerzange.

Dem Onkel lag das harzige Bier tagelang wie ein Schleier auf der Gesichtshaut. Er sann auf Rache. Das Frauenzimmer sollte bloß wieder zurückkehren!

Die Tante war in Sorge. Sie glaubte, die gnädige Frau habe sich ein Leid angetan.

Käterchen sagte: »Paperlapapp. Meine Susanne tut sich nichts am Leben. Die wird sich irgendwo austoben.«

Jetzt wurde es dem Herrn Onkel recht heiß zumute. Die tobte sich also aus. Warum tat sie das bei ihm nicht?! Er meinte nichts anderes, als daß das Austoben bei einem Frauenzimmer nur mit dem Trommelschlegel erfolgen könnte.

Dazu lachte Käterchen weise.

Der Onkel kriegte darüber eine rechte Wut. Die Nichte stellte sich Dinge vor, die auf der Welt nicht passierten. Wenn ein Mensch, ob Mann oder Frau, allein in der Welt herumkujaxte, so war es immer die Nacht, die verbracht werden mußte. Die verbrachte man auf der Erde und nicht im Monde.

Käterchen zählte die Bekanntschaften auf. Es waren viele Baronessen darunter.

Dem Onkel war das gleichgültig. Er wandte sich an ein berüchtigtes Brüderpaar. Denen wollte er das Haus offen lassen, wenn die Dame wieder angelangt war. Die Dame sollte achttausend bei sich haben; die mußte sie zuerst einmal verlieren. Wenn sie dann mittellos war, ließ sie sich eher in den Kessel treiben.

Die beiden Brüder Kirsch tranken schon am Nachmittag mit Käterchen Rum, sodaß sie bereits um sieben Uhr wie eine Leiche in der Remise lag. Der Rohrpostbrief Susannes, daß sich Käterchen auf den Abend mit allen Sachen bereit halten sollte, war nicht über des Onkels Hände hinausgekommen.

Es war also zu erwarten, daß die Frau Doktor bis dahin zurückkam. Die Tante freute sich in aller kindlichen Unschuld, als man ihr sagte, die Frau werde wiederkommen. Als sie aber Käterchen in der Remise liegen und die zwei Männer bei ihr trinken sah, da fürchtete sie sich vor ihrem Manne. Allein sie hätte nie gewagt, die gnädige Frau zu warnen.

Um acht Uhr kam eine schwarz verschleierte Dame. Sie verlangte mit gebrochenem Deutsch, Käterchen zu sprechen. Der Budiker pfiff vor Wut einen Walzer. Damit verstand er nichts anzufangen. Er log was zusammen, er wisse nichts von einem Käterchen. Da kam unter dem Arm der Dame eine große Wildkatze zum Vorschein, vor der fürchtete er sich. Sie streckte die Krallen heraus und riß gähnend das Maul auf. Und die Dame wurde ganz ungemütlich.

»Haßdruball, gedenke des Todes meines Mannes«, sprach sie, da sprang das Vieh mit einem Satz gegen die Brust des Gastwirts. Er schrie um Hilfe. Die beiden Brüder glaubten in ihrem Rumrausche, ein Kollege schreie vor der Polizei, und flohen aus der Remise. Die Tante meinte, das Verbrechen sei im Gange, und versteckte sich im Keller. So war Herr Biermann Haßdruball überantwortet. Und die von der Schelde war Strenge gegen Männer gewohnt. Es fiel ihr nicht ein, ihr Tier zurückzurufen. Der Angefallene sah das Tier zehnmal größer, als es in Wirklichkeit war, auf seiner Brust hängen. Er schrie jetzt: »Käterchen! Käterchen!« Aber sie hörte nicht und schnarchte im Rumtale sanft. »Gehen Sie in die Remise!« schrie er jetzt, »dort ist sie.«

Die Freiin schritt mit ihren gespornten Reitstiefeln durchs Haus und fand die Schlafende. Sie pfiff zieselnd wie eine Maus zwischen den großen Zahnschaufeln ihres Oberkiefers; sofort stürzte Haßdruball herbei und sprang der Schnarchenden über den Leib. Käterchen erwachte: »Der Teufel, wo bin ich?«

»Sie sollen aufstehen und die Körbe herausbesorgen.«

»Die Körbe?«

»Haben Sie nicht gepackt?«

»Hat mir ein Mensch etwas gesagt ... ? Wer sind Sie?«

Käterchen rappelte sich hoch.

»Freiin Edle von der Schelde ...« Zugleich fauchte der mächtige Kater. »Mein Sohn Haßdruball.«

Als Käterchen die Katze sah, war sie nicht mehr im Zweifel, daß hier gut Freund stand. In einer kurzen halben Stunde waren die Sachen im Auto, das vor der Südfruchthandlung plusterte.

Käterchen sagte Onkel Lebewohl, indem sie ihn anspuckte. Das war ein karger Abschied nach soviel empfangener Gastfreundschaft. »Grüß mir Tante.« Biermann stand in der dunklen Stube und dachte nach, ob es nicht doch eine Pfaffenmoral auf Erden gab. Als endlich seine Frau aus dem Keller heraufgekrochen kam, war das Auto des Teufels bereits halbwegs Buckow.

Käterchen schrie der Freiin im Motorenlärm des Fahrzeugs in die Ohren, was mit ihr am Nachmittag geschehen war.

Die Edle funkelte sie mit schwarzen orientalischen Augen an: »Warum habt Ihr keine Katzen!«

»Die haben wir gegessen.«

Der Chauffeur hörte es und fuhr vor Entsetzen in den Straßengraben. Der Freiin war, als reiße man ihr die Seele aus dem Leibe. Käterchen merkte, daß sie vor Besoffenheit zu offenherzig geworden war und ließ sich nicht weiter ausfragen.

Sie stiegen an einem großen Wasser aus. Käterchen konnte nicht wahrnehmen, ob es ein Fluß oder ein großer See war. Die Gegend war einsam. Und als die schwarze Dame mit ihren Gemsenaugen Käterchen heftig anblickte und ihr befahl, die Körbe abzuladen, fielen ihr alte Räubergeschichten aus London ein, die man in ihrer Kindheit im Schwarzwald kolportiert hatte: von Schack, dem Bauchaufschlitzer, und andere Geschichten. Wer konnte wissen, ob sie nicht Dieben in die Hände gefallen war? Es war alles noch dunkel. Die Dame ließ ihre Katze los, sie rannte wie wild davon.

Haßdruball durfte nur über die Schwelle hüpfen, sofort flammte Haus und Garten hell auf. Eine solche Lichtverschwendung hatte Käterchen lange nicht gesehen. Die Dame spürte wohl nichts von den Kriegsverordnungen; sie war also reich. Die Sache konnte noch ganz gemütlich werden, dachte Käterchen und würgte die Körbe aus dem Wagen. Der Chauffeur half ihr, da merkte sie auf einmal, daß er hübsch war. Den mußte sie fangen, für sich oder Susanne, – das hing von seinen Ansprüchen ab. Mitunter waren Chauffeure anspruchsvoller als Geheimsekretäre.

Ah! Susanne kam heraus. Wie Käterchen das Herz pochte! Solange war sie seit der Hochzeitsreise nicht mehr von ihr getrennt gewesen. Nun mußte sie aufhorchen, wen sie begrüßte. Susanne verneigte sich und sprach: »Durchlaucht«, oder hatte es Knoblauch geheißen? Sie frug den Chauffeur, wo sie wäre.

Der sah sie tief beleidigt an. »Bei Freiin Edle von der Schelde.« Käterchen hatte keine Sprache mehr, dafür eine große Angst, ob sie sich richtig benahm. Und wäre Susanne wenigstens zu ihr hergekommen! Aber die verschwand gleich in dem Schlosse. Sollte es denn tatsächlich höher hinaufgehen? Es wurde ihr jetzt schon schwindelig, wenn sie daran dachte. Aber gleichzeitig wallte ein hoher Ehrgeiz durch ihren Busen. Das mußte doch erst überlegt werden, mit dem Chauffeur.

Die Freiin hatte Susanne auf ihr Zimmer genommen, um ihre Beichte zu hören. Unterwegs hatte ihr Susannes Dienstbote einige Worte von dem himmelschreienden Kannibalismus der Katzenfresserei ins Ohr geschrieen. Wie stand es damit? Susanne stand kreideblaß vor der Freiin. Ringsum hockten und schwänzten große, furchtbare Kater. Unwillkürlich fielen ihr die Geschichten der Baronin von Büxenstein ein. Es bedurfte nur eines Winks, so stürzten sich die Rachekatzen auf sie und zerrissen sie in Stücke.

Susanne sank in die Knie und schwor einen Falscheid zur Freiin. »Ich versichere Eurer Durchlaucht, daß mein Mann hinterrücks den Mord an Kätzi beging, und daß er sie uns ahnungslos zum Fraße gab. Wenn ich daran zurückdenke, so schnürt es meine Brust und krampft es mein Herz. Ich bin unschuldig!«

»Und aßen Sie selbst davon?«

Susanne bebte und wagte nicht zu antworten.

Die Freiin erkannte an dem Schweigen die erschütternde

Wahrheit. Sie betrachtete Susanne, die sie zwei Tage lang herzlich geliebt und gehätschelt hatte, wie eine Aussätzige.

Susanne lag am Boden und weinte.

»Sie werden verstehen«, sagte die Freiin mit fester Stimme, »daß ich Sie nicht länger in meinem Hause dulden kann. Der heilige Geist ist in Ihnen gefesselt und eingekerkert. Er verlangt aus Ihnen hinauszufahren. Und ich fürchte mich davor, denn ich habe mich dem Geiste Beelzebubs verschworen, die Männer zu hassen. Sie haben sich aber einem Manne zur Befriedigung seiner Begierde vorgeworfen. Oh, arme Susanne Flaubert, Sie hätten damals, als wir zum Katzentee geladen waren, nicht auf die List Ganswinds hereinfallen sollen. Damals hatten unsere frommen Tiere instinktiv revoltiert. Und Sie schlossen sich uns nicht an. Sie wagten nicht, sich zur Katze zu bekennen. Das wurde Ihr Verhängnis. Das Blut Kätzis schreit auf wider Sie.«

Susanne war wie vernichtet. Sie wimmerte: »Gnade, Gnade! Ich halte mich nicht für verdammt. Ich fühlte mich gereinigt, darum verließ ich meinen Mann.«

»Das genügt nicht zur Sühne. Sie müssen ihn umbringen.«

»Wenn es sein muß, so zeigen Sie mir den Weg! Durchlaucht, ich bin in Ihren Händen. Ich will alles tun, was Sie mir befehlen.«

»Dann merken Sie auf. Die Katze ist die Schutzheilige der Jungfrauen, denn nie wird ein Mann eine Jungfrau freien, die eine Katzenleidenschaft hat. Ich teilte in jüngeren Jahren Ihr Schicksal, bis mich Leo der 21. von dem Joche des Mannes befreite, indem er ihm das Antlitz tätowierte.«

»Oh, oh, ich weiß es, ich hörte es. Wie sollte ich Alfred dasselbe tun?!«

»Sagten Sie mir nicht, daß er Sie mißhandelte, daß er Sie verriet?«

»Deshalb verließ ich sein Haus.«

»Ich will Ihnen meinen größten Tiger Haßdruball zum Geschenk geben. Mit ihm fahren Sie getrost in Ihre Wohnung zurück. Fürchten Sie nicht, daß Ihr Mann diesen auch schlachten wird. Haßdruball wird ihn überwinden. Dann triumphieren Sie. Dann brauchen Sie nicht wie ausgestoßen in der Welt umherzuirren, sondern Sie setzen sich in den Besitz des Reichtums, der ihm jetzt allein zufließt. Nur wenn Sie so handeln, vergebe ich Ihnen. Dann dürfen Sie wieder zu mir kommen und mich besuchen, denn ich weiß, was für einen sanften Engel der Geist Kätzis aus Ihnen gemacht hat.« Die Freiin küßte sie und hob sie vom Boden auf. Dann ging sie mit ihr durch die lange Diele, an welcher die zahlreichen Zimmer der Herren und Damen lagen. Sie öffnete eines und bat Susanne einzutreten.

Da saß Haßdruball an einem Käfig, in dem ein Vögelchen angstvoll flatterte. Herr Haßdruball ließ sich nicht stören und grinste behaglich vor Vergnügen. Seine Augen rollten.

Die Fürstin stellte vor: »Herr Haßdruball – Frau Susanne. Gefällt er Ihnen?«

»Wundervoll. Aber darf er denn das, vor einem Käfig sitzen und ein Vögelchen quälen?«

»Das darf er nicht nur, das muß er, sonst verliert er seine Blutgier«, erwiderte die Edle.

Susanne betrachtete das Tier aufmerksam. Es hatte ein glänzendes Silberfell, ohne einen Tupfen Weiß, und große Eulenaugen, war gegen ein Meter lang und beinahe so hoch wie ein Stuhlsitz. Wie sollte sie sich mit diesem Riesentier verstehen! Kätzi war dagegen so anmutig und liebreizend gewesen. Die Freiin wußte wohl, was Susanne dachte: »Ein zartes Kätzi ist er nicht«, sagte sie, »aber vergessen Sie nicht, er soll einen männlichen Rivalen ermorden.«

Susanne fröstelte es bei dem Gedanken. Ein Reuegefühl überkam sie, während sie überlegte, was ihr Alfred eigentlich Schlechtes getan hatte, daß sie sich auf so blutige Art rächen mußte. Sie frug: »Darf ich mich nicht bis morgen früh bedenken?«

Der Freiin Augen blitzten. Sie ließ von einem Diener den Käfig wegnehmen. Der Diener trat scheu heran, fürchtend, jetzt von dem Tier angefallen zu werden. Herr Haßdruball machte einen wütenden Satz und biß die Freiin in die Hand. Diese freute sich darüber und liebkoste ihn.

Susanne verspürte einen eigenartigen Kitzel, mit dem nervösen Tiere zu spielen.

»Sie können ihn heute Nacht zu sich nehmen«, sprach die Freiin.

»Ich danke Ihnen«, entgegnete Susanne.

Es kam dann noch das Abendbrot, wobei die Fütterung am gedeckten Tische vorgenommen wurde. Als Susanne die vielen Glasschalen entzückend fand, sagte die Freiin: »Ja, etwas habe ich im Taifun doch gewonnen, die Vorliebe für Glas.«

Bevor Susanne auf ihr Zimmer ging, hatte sie noch eine Geheimsitzung mit Käterchen gehabt, mit der alten Schwätzerin. Susanne verriegelte ihr den Mund mit einer Maulschelle.

Käterchen erkundigte sich dankbar nach den nächsten Dispositionen.

Ob sie zum Doktor zurückkehren würde, mit oder ohne Katze, das konnte Susanne jetzt noch nicht sagen. Käterchen traf beinahe eine Lähmung: »Zurück!« rief sie. »Frau Doktor, überlegen Sie sich das genau. Wissen Sie denn, ob Sie noch zu Hause gewünscht werden?«

Susanne sah niedergestimmt vor sich hin. Ihr Kopf schmerzte von dem Andrang der Gedanken. Bald erschien ihr Alfred des Mitgefühls wert, bald wieder nicht. Wenn sie Käterchen noch vollends gestanden hätte, daß das große Tier, welches sie bei sich unter dem Arme trug, mit ihr gehen würde, so wäre es vielleicht fraglich gewesen, ob Käterchen überhaupt bei ihr blieb.

Im Grunde genommen hatte Käterchen recht: Was hatte sie mit dem Manne zusammengeführt? Eine Kunstclique, die sie von Haut und Haar nichts anging. Und warum sollte sie noch unter Anklage gestellt werden? Der Doktor lief vielleicht auch ohne ihr Zutun in sein Verderben.

Das Zimmer war schön ausgestattet. Die Venus von Tizian hing an der Wand. Auf dem Bilde war aber das Hündchen ausgekratzt und durch eine Katze ersetzt. Schon wieder war sie mit der Kunst in Konflikt geraten, ohne daß sie einen Schritt nach ihr hin beabsichtigt hatte. Es war reiner Zufall. Und doch schien es ihr wieder ein gewollter Zufall des Schicksals, daß sie von der Kunst verfolgt wurde.

Warum wurde sie von der Kunst verfolgt? Vielleicht, es hob

sich ihre Brust, weil sie mit ihren hohen gebogenen Augen dazu ausersehen war, die Narrenwelt zu Verstand zu bringen.

Aber wie konnte sie das! Daß es ihr nicht möglich war, wurde durch ihr trauriges Los bewiesen. Hier lag sie unter der Tyrannis eines Riesenkaters, während der Mann ... der Mann ... Sie verspürte einen stechenden Schmerz. Das erste Mal Eifersucht. Wo war der Mann?

Sie schlief ein. Von Haßdruball sorgsam betreut. Nach langer Ehezeit erstmals wieder alte Katzenjungfer. Die Freiin schlich zu ihr und überzeugte sich –.

* * *

Mitten in der Nacht erwachte Susanne. Der Schweiß stand auf ihrem Leibe. Ihr ganzes Bett war triefend naß. Sie rang nach Luft und tastete nach dem Lichtkontakt. Als es hell war, sah sie sich einem hohen Spiegel gegenüber: ihr Gesicht war gelb wie das eines Toten. Die Katze lief im Zimmer umher, wie von einem gespenstischen Willen beseelt.

Der Ort war unheimlich. Aber sie wagte nicht, um Hilfe zu schreien. Es war wohl Traum gewesen, das entsetzliche Gesicht, das ihren Körper zu Eis erstarrte. Sie hatte den Doktor erhängt an der Gaslampe erblickt, in dem Eßzimmer ihrer Wohnung, und um ihn her hatte Ganswind alle Bilder zu einem Scheiterhaufen getürmt. Hermione setzte ihn in Brand. Und plötzlich, als die Flammen emporloderten, war der Doktor wie mit Drachenflügeln über sie hergefallen und würgte sie.

Durch einen Zufall konnte sie sich erretten. Es war ihr Erwachen. Sie stieg aus dem Bette und kleidete sich halb an, dann suchte sie Käterchens Zimmer auf, unter dem Dachboden. Der Kater schlich schweigend, unhörbar leise mit ihr. Käterchens Zimmer war verschlossen. Sie klopfte lange, in fortwährender Scheu vor dem Schall der Korridore. Sie fürchtete, das Haus zu alarmieren.

Käterchen hörte natürlich nicht. Susanne ging auf ihr Zimmer zurück. Da begegnete sie unterwegs der Freiin in einem großen roten Purpurmantel. Diese erschrak vor ihr. »Sie sehen ja aus wie der Tod!« sagte sie.

»Ich wollte mein Mädchen wecken. Ich hatte meinen Mann erhängt gesehen und lauter lodernde Flammen. Es war so schrecklich.«

»Wahrscheinlich hatte Prinz Haßdruball auf ihrer Brust gelegen.«

Susanne weinte plötzlich und wurde, von der Freiin gestützt, ins Bett gebracht. Sie wimmerte: »Oh, oh.« Sie schaute ihr bisheriges Leben vor sich. Es erschien ihr so verlassen und tatenlos. Warum hatte sie auch keine Mutter, die sie kannte, und keinen Vater, der sie liebte? Ohne Ziel und Ursache stand sie im Leben. Wozu lebte sie? Bei dem Blicke auf die Purpurdame wurde ihr noch öder und einsamer. Sie schrie auf und preßte sich die Kehle zu: »Ich möchte mich erwürgen. Warum lebe ich?«

»Sie müssen handeln«, hetzte die Fürstin.

Susanne verstand, was sie »handeln« sollte. Den Mann töten! Aber tötete sie nicht da den Menschen, den einzigen, der eine Beziehung zu ihrer Seele hatte! Wenn er auch im Wahn verirrt war, daß er für Verstand und Vernunft seine Kraft einsetzte, so hatte er doch körperliche Berührung mit ihr gehabt. Nach dieser sehnte sie sich. Sie mußte sich sonst selbst umbringen, wenn sie niemand mehr hatte, der die schauderhafte Öde mit ihr teilte. Und endlich kam es ihr kleinlich vor, sich wegen äußerlicher Dinge von einem Mann zu scheiden. Die sogenannten geistigen Innerlichkeiten waren nur Trug und Schein. Es existierte nur das Nichts als letztgültige Wahrheit. Und wenn in diesem Nichts nur ein Fleisch im Fleische sich verband, so war dies das einzige, vor Verzweiflung bewahrende Etwas.

Ob sie über diese Dinge mit der Freiin geredet oder sie phantasiert hatte, wußte sie am andern Morgen nicht mehr. Sie befahl Käterchen, vorsichtig im Taifun oder in seiner Umgebung nachzuforschen, was aus dem Doktor geworden war.

Käterchen frug, ob sie denn nicht hier herausfliegen würden.

Susanne wußte nicht, ob die Aufkündigung heute noch Gültigkeit hatte oder nicht. Allerdings, Käterchen hatte recht. Sie mußten fort. Sie wollte bei der Freiin nicht betteln, bleiben zu dürfen.

Eigentlich war es für sie gesund, daß sie an ihre Ehre denken mußte. Die Welt war nach allem doch eine Wirklichkeit. Wie gut tat es, daß man sich anderen Menschen gegenüber nichts vergeben durfte. Sie war noch immer keine solche Närrin, an Tugend und Freundschaft zu glauben. Sie überlegte kurz. Käterchen sollte sich nach dem Frühstück noch einmal, wie ihr aufgetragen war, erkundigen.

»Na Durchlaucht«, trat Susanne frisch und munter ein, »geben Sie mir das große Tier. Ich werde das ausführen, was Sie mir rieten.«

Die Freiin glaubte ihr und schenkte ihr außerdem noch einen wertvollen Perlenschmuck. Dem Kater legte sie zum Andenken eine goldene Spange um den Hals, küßte ihn zum Abschied und vergoß 2,7 Tränen, deren jede 1/10 Gramm wog, denn sie hatte große Tränendrüsen, welche sie vollständig beherrschte.

Als sie unter dem großen eisernen Gittertore Susanne den Mund küssen wollte, schob diese geschickt die Wange hin.

Susanne winkte vergnügt. Gleich an der ersten Kurve aber zeigte sie die Zunge. Zwei Stunden darauf saß sie mit Käterchen im D-Zug und fuhr nach Brüssel zurück. Den Taifun wollte sie doch nie mehr sehen. Warum sollte sie aus Sentimentalität rückwärts leben.

Immer vorwärts!

Freilich, ging sie nicht auch nach Brüssel zurück?

Nein. Sie wußte ganz genau, daß sie dort mit einem neuen Schwung anfing. Sie würde dort keine Wohnküche mieten, sondern bildete sich wirklich ein, Millionen zu besitzen. Sie wollte ein Schloß erstehen, und es sollte mit allen Teufeln zugehen, wenn sie das nicht erschwingen konnte. Sie hatte nun doch alles mögliche Verwunderliche gesehen und mit ihren großen Augenfenstern in sich aufgenommen. Ärmlich war das Leben nur, wenn man es als etwas Ehrliches und Positives auffaßte.

Käterchen war entzückt von Susannes Schneid. Wenn bloß der Doktor auf dem Kontinente ihre Spur nicht fand! –

Was war das!

In der Kölner Tageszeitung stand ein Steckbrief. Nicht gegen sie? Warum denn nicht gegen sie? Sondern gegen Ganswind?

Susanne war es, als schlüge man ihr wie einem Stück Vieh mit einer Axt gegen das Hirn. Die Welt! Die Welt! Ach! Sie schwamm in sie hinein. Mit einer Leichtigkeit! Nun dämmerte die Erkenntnis. Aber wie wahnsinnig! Jetzt wollte sie betrügen!

Sie wünschte fromm und aufrichtig, daß der Taifun mit Ganswind an einen unbekannten Ort gerast war. Warum sollten sie ihn auffinden, wenn man so töricht gewesen war, sich vorher die Millionen aus der Tasche ziehen zu lassen?

Als sie sich nach dem Erstaunen gefaßt hatte, während ihre Hände noch zitterten, kaum mehr fähig, das Zeitungsblatt zu halten, bannte sie plötzlich ein jäher Gedanke.

»Der Doktor?«

»Was meinen Sie, Frau Doktor?«

»Käterchen, ich habe dir etwas verschwiegen. Mein Mann hat sich erhängt.«

»Um des Gotteshimmelswillen!«

»Wer sollte ihm eine Stütze bieten?«

»Wir können nichts dafür.«

»Aber Käterchen, – das Keimende, das Werdende! Wir müssen zurück.«

»Zurück müssen wir?«

Susanne zog an der Notbremse. Bald darauf saß sie in einem Sanatorium im Harz.

Der Ort war still und voll Tannenduft. Sie hielt sich ganz zurückgezogen. Sie wollte zu einem neuen Menschen erwachen, denn sie fühlte sich der Zukunft eines Menschenwesens gegenüber verantwortlich. Sie war ganz von dem Gedanken erfüllt, daß sie sich in Ruhe halten mußte, um dem Kinde kein böses Erbe zu geben. Sie saß auf warmen Bänken im Frühlingssonnenschein. Endlich gelang es ihr, an die Menschen, mit denen sie in Konflikt geraten war, ohne jede innere Erregung zurückzudenken.

Die Schicksale dieser Menschen schwebten ihr lebendig vor Augen. Briefe empfing sie von nirgends her.

Erst als die Bäume blühten, vertraute der Arzt ihr die eingelaufene Post an. Alles stammte von Käterchen. Käterchen war aus ihrer Heimat für irrsinnig nach Ilmenau gebracht worden, wie sie den Silberkater, den sie aus der Fremde mitgebracht hatte, beinahe wie einen Menschen oder heiliger hielt, dazu immer seufzte und mit verdrehten Augen schmachtete: »Susanne, ach meine Susanne«. Und man meinte allgemein, daß sie, wiedergekehrt, die Pflicht habe, mit den andern das Feld zu bestellen.

Sie antwortete, wenn sie zur Arbeit aufgefordert wurde: »Ich bin für tot erklärt.«

Ihr Mann, dem sie vor zehn Jahren ausgerückt war, betrachtete sie sieben Tage lang mit Nachsicht, dann aber spannte er ein und brachte seine entlaufene Ehefrau, unter dem Vorwand, eine Landpartie zu machen, nach Ilmenau.

Sie hatte dort einen schweren Stand, ihre Zurechnungsfähigkeit zu beweisen, denn sie erzählte derartige Dinge, daß man sie für größenwahnsinnig halten konnte. Die Ärzte hörten ihr aufmerksam zu, wenn sie von der Baronin von Büxenstein und der Freiin Edle von der Schelde, vom Taifun erzählte. In Ilmenau traute man dem Sandsturm keine solchen Kunstlieblichkeiten zu, wie sie diese Irre erzählte. Erst als bei sorgsamer Beobachtung die Übereinstimmung und die Logik der Erzählungen auffiel, schrieb man dem Ehegatten, er solle seine liebe Frau wieder abholen, sie sei wohl verrückt, aber trotzdem gesund.

Der Schwarzwaldbauer knurrte über die neumodische Diagnose: Verrückt, aber trotzdem gesund.

Nun mußte Käterchen mit der Hacke aufs Feld hinaus. Und als die Lerchen dazu sangen, da weinte sie. Das Leben war irgendwie verpfuscht. Man wollte aus ihm hinaus – oder darin bleiben, dann aber bei Dingen und Menschen, die sich für einen interessierten.

Der Haßdruball verlor mit der Zeit seinen Adel und mauzte in den Nächten schöne Lieder. Er bekam von der roheren Ernährung eine große Eiterbeule hinter dem Ohr. Und als diese aufbrach, hielt man ihn für reudig und schoß ihn tot.

Susanne erfuhr das alles aus den Briefen ganz gerne und doch mit einiger Gleichgültigkeit. Was bedeutete ihr Käterchen und vollends die fremde Silberkatze? Käterchens Anfrage, was mit dem goldenen Halsbande geschehen solle, beantwortete sie als einzige Wichtigkeit. Käterchen solle es behalten, schrieb sie, zum Andenken an die gemeinsame Zeit.

Als Käterchen endlich diesen Brief als einziges Lebenszeichen von ihr erhielt, rannte sie damit im ganzen Dorfe umher. Und alle Augen sahen mit Neugierde auf das nach Lilienmilchseife duftende Briefchen. Bis dann Käterchen jedem die ganze, zu dem Briefchen gehörige Vorgeschichte erzählt hatte, vergingen drei Monate.

Der Brief von Susanne wurde hinter den Spiegel gesteckt.

Käterchen hatte bei aller Liebe für Susanne nur Sinn für die gemeinsam verlebte Vergangenheit. Daß sie einmal darüber hinausgedacht hätte, wie es Susanne nun wohl ergehen möge, durfte man von ihr nicht erwarten.

Susanne begann das Wachstum ihres Leibes mit den Augen zu sehen. Sie wurde unruhig und verließ den stillen Tannenort. Jetzt wäre Käterchen ihr ganz geschickt gewesen, aber es widerstrebte ihr, sie wieder zu sich zu rufen. Das wäre ihr fast feig erschienen. Es hätte gerade so ausgesehen, als fürchtete sie mit dem Leben allein fertig zu werden. Und in den Monaten der Trennung war vielleicht eine noch größere Kluft zwischen ihnen entstanden, als sie vermutete.

Sie hatte den Mut, in der Bedrängnis ihres Zustandes Brüssel allein zu betreten. Man deutete zwar mit Fingern auf sie und lachte hinter ihr her, aber es ließ sie völlig kalt. Das waren doch nur Affen. Diese alten Bekannten glaubten, es herrsche im Leben die gute Sitte und gelte das Gesetz: ja nicht auffallen!

Das hatte sie nun gerade anders erfahren. Auffallen mußte man, sonst kam man unters Luder.

Sie kleidete sich derart, daß ihr Umherlaufen bald als öffentlicher Skandal angesehen wurde. Wie konnte sie sich erlauben, den vierdimensionalen Raum realisieren zu wollen! Je mehr man aber Anstoß an ihr nahm, desto trotziger wurde sie. Ihre Unterlippe trat immer stärker hervor.

Sie scheute sich nicht, im Café zu sitzen. Eines Tages war es gedrängt voll. Da fand sie nur noch an einem Tischchen Platz, an dem zwei Männer vertieft über einem Schachbrett saßen. Als sie dasaß, wippte fortwährend das Tischchen in die Höhe, so daß die beiden Spieler endlich aufmerksam wurden und nach der Ursache der Tischbewegung forschten, welche die Figuren umzuwerfen drohte.

Sie betrachteten plötzlich gleichzeitig Susannes Leib. Darüber war der eine Spieler so erregt, daß er nicht mehr weiterspielen konnte. Er spuckte aus und verließ den Raum.

Susanne wurde unwirsch und kam mit dem Zweiten ins Gespräch. Dieser Herr sprach Rätseldinge von der vierten Dimension. Susanne verstand seinen Vortrag nicht; sie erkannte nur soviel, daß sie als schwangere Frau Aufsehen erregte. Hierin teilte sie das Los aller Schicksalsgenossinnen. Sie behauptete, daß das Betragen der Mitmenschen ungehörig sei. Die Menschen mußten doch wissen, daß sie sämtlich nicht vom Monde gekommen waren.

»Sie irren sich, meine Dame«, sagte der Herr. »Die Menschen kümmern sich im allgemeinen nicht darum, woher sie kommen und wohin sie gehen. Und deshalb chockieren sie sich über Sie, weil Sie zum Nachdenken darüber verlocken. Das nenne ich das Inerscheinungtreten der von den Denkerköpfen vergebens gesuchten vierten Dimension, welche ein mathematischer Begriff ist. In Ihnen lebt mehr und weniger als da ist und als nicht vorhanden ist.«

Das mußte fabelhaft gelehrt sein, denn dem Herrn trat der Schweiß auf die Stirne und er zog alsobald sein Notizbuch hervor, worin er eifrig mit einem kleinen Bleistiftstumpen schrieb. Wahrscheinlich war er ein Professor, der soeben die große Erfindung der lange gesuchten mathematischen Funktion gemacht hatte.

Er bat Susanne um ihren Namen; da sagte sie gutwillig: »Susanne Flaubert«. Der Gelehrte schrieb in sein Buch f (s). Er zeigte es ihr.

»Was soll das heißen«, frug Susanne.

»Funktion von S. Damit will ich den Begriff der gesuchten vierten Dimension festlegen. Sie werden es nicht verstehen. Aber da ich Sie kenne, weil Sie die Liebenswürdigkeit hatten, mir Ihren Namen zu nennen, so kann ich die Initialen und Ihre Anfangsbuchstaben für meine Wissenschaft gerade geschickt gebrauchen. Ich könnte auch s. f. sagen, aber f (s) entspricht der Gepflogenheit, wie man eine Funktion bezeichnet.«

Susanne war einigermaßen starr. Der Herr hatte aber so gütig mit ihr gesprochen, daß sie sich ruhig von ihm die Hand geben ließ.

»Würden Sie, meine gnädige Funktion, die Güte haben, sich mir für den Hörsaal zur Vorstellung vor meinen Studenten zur Verfügung zu stellen? Ich würde Sie mit drei Mark für das Stündchen entschädigen.«

Susanne gaffte ihn jetzt groß an und tupfte mit weit gebogenem Arm den Mittelfinger ihrer rechten Hand auf die Stirn. »Drei Mark?«

»Das ist der übliche Satz.«

»Das können Sie einem üblichen Mädchen anbieten«, loderte Susanne empor. »Wenn ich Ihre Funktion sein soll, so stelle ich meine Rechnung und verlange mindestens dreitausend für das Stündchen.«

Die Szene zwischen dem Professor und der Dame fiel im Lokal auf. Sensationslüsterne Jünglinge waren sofort hinzugetreten. »Sie sind hysterisch«, sagte der Herr und ging eilends seines Weges.

Susanne stand da und wurde von einem heftigen Weinkrampf hin- und hergeworfen. Die Polizeistation wurde vom Cafétier alarmiert und Susanne, die in einen halb bewußtlosen Zustand verfallen war, in die Klinik gebracht. Als sie sich unterwegs sträuben wollte und entfliehen, ließ sich der Wagen von innen nicht aufschließen. Sollte sie die Scheiben einschlagen? Sie besann sich. »Ja, schlage sie ein!« mahnte es in ihr. Es war entschieden die Stimme des Teufels, denn sie klang sehr verlockend. Und nun geschah es.

Die Glassplitter zerschnitten ihre Hände, aber der Wagen rollte unaufhaltsam weiter, umpfiffen und umgröhlt von einer großen Volksmenge, die im Sturme mit dem Wagen vorwärts schob. Susanne hatte eine entsetzliche Angst, man bringe sie in ein Gefängnis. Durch den starken Blutverlust von den tiefen Schnittwunden wurde sie ohnmächtig und lag im Wagen wie ein gequältes Tier.

Endlich sah sie das ruhige Antlitz einer barmherzigen Schwester über sich. Sie wurde gut gepflegt; und sie erzählte der Schwester, wer sie war. Das Interesse, das sie der Pflegerin entgegenbrachte, lief wie Balsam auf sie selbst zurück.

Susanne hatte eine unsinnig große Wohnung inne. Sie schlug sich vorwurfsvoll an die Stirne: »Warum? Warum?« Die Schwester sollte in ihrem Auftrage die Mietvertragslösung übernehmen.

Susanne und die Schwester waren jetzt zwei Menschen, die gemeinsam planten. Sie sollte das Kind mit aller Fassung erwarten, es aber nach dem Abwurf in andere Hände geben. Dann sollte sie sich auch dem frommen Geschäft des Samariterdienstes weihen.

Inzwischen war es den Bemühungen der Polizei gelungen, Licht in die dunkle Herkunft der Kranken zu bringen. Man verhandelte lebhaft zwischen Berlin und Brüssel.

Polizeirat Löwe war hocherfreut, Susannes Namen von Polizeiwegen zu hören. Er rieb sich die Hände und schmunzelte. Das hatte er sich gar nicht anders gedacht. Susanne konnte freie Sprünge nur machen, solange das Geld reichte, welches ihr Büffel unfreiwillig mit auf den Weg gegeben hatte.

Aber wichtiger war es, was er sich zu tun entschloß. Jetzt galt es eine Entscheidung: war er Mensch oder Unmensch? Von dem Doktor wußte er gerade noch soviel, als er zu wissen brauchte, wenn er den Mann nicht aus den Augen verlieren wollte. Der Doktor war als untergeordneter Spieler an einer Bühne engagiert, wo er kleine Dienerrollen gab. Er lebte in Schlafstelle mit mürrischem Gesicht, den Tag ersehnend, wo ihm ein Dachziegel auf den Kopf stürzte, der ihn kaput schlug.

Es handelte sich darum, ob es Zweck hatte, den Doktor noch einmal mit Susanne in Verbindung zu bringen. Er war doch nicht imstande, eine Familie zu ernähren! Die Leerung des Taifunhauses hatte ihn geradezu vernichtet. Er war kein Schellenhauer, der nach der Katastrophe einfach die Haare noch stärker pomadisierte und einen großen Lebensmittelverkauf einrichtete, mit flott gehendem Schleichhandel.

Der Doktor fühlte sich in jedem Nerv so durchaus als Künstler, daß er ohne Stütze von außen eigentlich existenzunfähig war.

Er hoffte jetzt auf nichts mehr. Susanne hielt er für zeitlebens verschollen, und Ganswinds waren zu gewandt, als daß sie sich wiederbringen ließen. Man wußte ziemlich bestimmt, Löwe sogar ganz gewiß, daß sie am Meere neuen Musen huldigten, aber dem Gericht waren ihre Prozesse viel zu bodenlos. Ganswind war ein reicher Mann, und es war wirklich besser, wenn das Geld bei ihm konzentriert blieb. Bei seinem Unternehmungsgeist war es sogar empfehlenswert, daß er Gelder verfügbar hatte. Wenn er auf gesundem Fundament neue Kunst protegierte, so geschah es zum Segen der gesamten kunstliebenden Menschheit.

Der Doktor dachte allerdings: Ein bißchen Rente hätten sie dir schon aussetzen können, bei solcher Freundschaft untereinander. Doch im Ernst grollte er dem Freunde nicht. Hätte er die Millionen gehabt, so hätte er's nicht anders gemacht, sagte er sich.

Willenlos hing er wie ein gelbes Blatt am Baume des Lebens. Eine kleine unsanfte Berührung, – und er fiel vollends ab.

Löwe sann. Und als er nichts ersinnen konnte, knubberte er zu Hause an den Fingernägeln.

Es bedurfte erst wieder der Frau Clothilde, ihren von den Spinnweben der Eifersucht bedeckten Mann zu säubern. Susanne war doch, weiß Gott, ein schwer geprüftes Menschenkind. Wie konnte man eine Sekunde zögern, hier Hilfe zu bringen!

»Siehst du sie denn nicht vor dir? Dick? Unförmig?«

Löwe zuckte mit den Achseln.

»Du siehst sie nicht?«

»Ich sehe Susanne immer nur als die figulante Brüsselerin.« Löwe stieg das Blut heiß zu Kopf.

»Unglückseliger, warum hast du sie damals nicht gekriegt?«

Löwe kaute eine Bartspitze in den Mund und funkelte mit Tigerblick. »Und nun nimmst du den Doktor immer noch in Schutz? Ist er nicht ein ganz weicher Haderlump? Der Mensch hatte sie und empfing kein Glück von ihr!«

»Er hätte Glück gefunden, wenn er nicht gleichzeitig anderen Einflüssen unterworfen gewesen wäre. Schicke ihn nach Brüssel.« Clothilde weinte. »Der arme Mensch kennt keine Tatkraft mehr.«

»Er macht also das ganze Weib unglücklich.«

»Bruno, schick ihn hin. Ich bitte dich. Du wirst ja doch nie imstande sein, Susanne zu beglücken.«

Löwe senkte den Kopf und ging, von Clothildes Willen begleitet, zu Doktor Bäumlers Schlafstelle.

Der Doktor stürzte ihm um den Hals und küßte ihn. Das war Löwe eklig; er hätte es ihm jetzt am liebsten gesagt, daß er ihn haßte.

Der Doktor war nicht mehr fähig, still zu sitzen. Er zappelte fortwährend aufgeregt.

Den D-Zug hätte er am liebsten gehetzt wie einen Hund. Er stammelte wilde Strophen laut vor sich hin, hielt den dünnen Kopf vorgebeugt, stierte durch den Klemmer und glotzte nach den vorbeifahrenden Telegraphenstangen. Es ging unerträglich langsam, bis immer wieder eine neue kam, wenn die eine am Coupéfenster vorbeigehuscht war.

Susanne solle ein Kind erwarten, hatte man ihm gesagt. Das war unglaublich. Oh, wenn sie nur nicht – – wenn sie nur nicht. Der Gedanke vollendete sich ihm niemals. Die Kehle preßte sich ihm zusammen. Er war unterwegs nicht fähig, die Fragen der Mitreisenden zu beantworten. Diese glaubten, es sei unmöglich, mit einem Manne solange zusammenzusitzen, ohne wenigstens ein paar freundliche Worte mit ihm zu wechseln. Hatten denn die leichten Schwätzer keine Sorgen und Aufgaben, die immer weiter nagten, bis sie das letzte Mark aus der Wirbelsäule gefressen hatten?

Susanne wälzte sich in Schmerzen, brüllte, kratzte und biß und bat, man möge sie erschießen.

Hermione lag in einsamer Fernsicht im Sande und das Meer brandete schwarz an ihren weißen Leib heran. Ganswind spielte Weisen ohne Instrument, Hermione zerbrach an seinem Ungestüm.

Der Doktor stierte trostlos auf sein schreiendes Weib. Er schluchzte und verstand den Arzt nicht, als er ihm ihre Krankheit nannte. Die eine liebe Schwester tröstete ihn und sagte, daß es nach der Entbindung wahrscheinlich in ihrem Geiste wieder licht werde.

Sie wurde in Narkose entbunden. Da brüllte sie laut und anhaltend »Alfred, Alfred, Alfred!« Der Doktor, den man vor die Tür gesteckt hatte, brach in die Knie zusammen und sprach ein Gebet, nein, er dachte es nur. Wärterinnen rannten an ihm vorbei. Blut, lauter Blut Susannes. Oh, was war er für ein schändlicher Mann! Daß er ins Café Josty gegangen war mit einer quasselnden Trägerin eines roten Rembrandt! Hier lag seine Frau und hatte ihn nicht vergessen ... brüllte nach ihm ... war jetzt verstummt.

War sie tot? Es war so still.

Er frug mit zitternden Blicken die vorbeischießenden Schwestern: »Wie geht's?« Finstere Mienen antworteten ihm.

Endlich kam ein Schrei eines eines eines. Der Doktor stammelte:

»Schrei Schrei Schrei
eines eines eines Menschen
Schrei.«

Die Luft gurgelte in seiner Brust und stürzte heißer aus seiner eng geschnürten Kehle. Plötzlich lachte alles. Alles tanzte um ihn. Er stand vor ihr.

Susanne blickte ihn mit hohen Gitterfenstern an, bleich, blaß. Ah! Ah! Weib! Er küßte sie. Sie strich ihm über den Kopf. Es war vollbracht. Der Mensch war gezeugt. Gott Geschlecht.

Susanne stützte sich auf den Arm ihres Mannes. Und fern brandete das Meer. Dahin war verbannt das Wesenlose. Kunst, dumpf und furchtbar.

Susanne blühte das Leben.

Ende.

NACHWORT

»Der Taifun ist für alles wie ein unfehlbares Haarwasser.«
Ossi Ganswind

Der *Taifun* wurde von Herbst 1917 bis Frühjahr 1918 geschrieben, erschien aber erst ein Jahr später – nach Hermann Essigs Tod. Der Roman ist ein Satyrspiel über die Künstlervereinigung »Der Sturm« (1910–1932), ihre Leitung und Mitglieder, über die Berliner Avantgarde in Wort und Bild, über den Futurismus, den Dadaismus und das besinnungslos begeisterte Kunstpublikum – kurz: ein komisches Nachspiel auf den Expressionismus. Der Erzähler teilt kräftig aus nach allen Seiten, und damit es lauter schallt, stopft er die porträtierten Personen aus zu prallen Popanzen. Rüpelhaftigkeiten, Grobheiten und Tölpeleien, vor allem Sex und ein wenig Crime beherrschen die Szenerie des Schlüsselromans.

Auf der Schwäbischen Alb als sechstes Kind des Pfarrers von Truchtelfingen am 28. August 1878 geboren, wuchs Hermann Essig auf in ländlicher Idylle, in einer ahnenstolzen Familie, deren Oberhaupt zwar streng, keinesfalls aber ein Tyrann war. Hier liegt, wie man aus zahlreichen Zeugnissen schließen kann, das Schwerezentrum seines Werkes. Im Gegensatz zu so vielen anderen jungen Autoren muß er keinen Kampf gegen die bedrückende Enge von Familie und Konvention kämpfen. Seine Kindheit und Jugend gelten ihm als Erinnerungsrefugium und unerschöpfliche Stoffschatzkammer. Von hier rührt sein ausgeprägter Hang zur Konservativität, sein grundsätzlicher Respekt vor dem Militär und der Obrigkeit, die sich auch in seinen modernsten Werken nachweisen lassen. Seine Leitsterne sind Shakespeare, Schiller und Uhland. Sein kunsttheoretisches Programm heißt: selbst ein Klassiker werden. Gleichzeitig bewahrt er sich aber als Schriftsteller Direktheit und Un-Verschämtheit ländlicher Herkunft, die

sich nie scheut, alles Menschliche beim Namen zu nennen und hinter hehren Motiven den kruden Trieb zu enthüllen.

Ihn bewegte anderes als die jungen Expressionisten. Nie brach er mit seinem Herkommen, seiner Vergangenheit, mit einer gewissen bürgerlichen Wohlanständigkeit in Lebensstil und Wertvorstellungen. Sein Wunsch zu schreiben entspringt nicht der Rebellion gegen das Überkommene und wird erst konkret, als eine langwierige und lebensgefährliche Lungenerkrankung ihn aus der vorgezeichneten Ingenieurslaufbahn wirft. Als dem Genesenen 1904 ein Studienkollege in Berlin Arbeit bietet, fährt er dorthin mit dem erklärten Ziel, Schriftsteller zu werden. Für Essigs konservative Grundausrichtung spricht, daß er im Gepäck erste Szenen eines historischen Blankvers-Trauerspiels *Napoleons Aufstieg* hat, der erste Teil einer projektierten Trilogie, mit dem er die Hoftheater gewinnen will.

Wie zu erwarten, differiert sein Berlin-Erlebnis wesentlich von dem anderer junger Schriftsteller, beispielsweise eines Reinhard Sorge. Zwar staunt auch er über die Masse der Menschen und die chaotische Ziellosigkeit allenthalben, doch schockiert ihn nichts. Der junge Mann aus der Provinz bewahrt Distanz gegenüber dem Ungetüm Großstadt. Er sucht nicht sexuelle Befreiung, nicht die Bohèmekreise oder gar Kontakt zur künstlerischen Avantgarde – er sucht ein Zimmer und findet eine Frau. Mit 26 heiratet er seine Zimmerwirtin, Anna Rosenow, die junge Witwe des erfolgreichen Dramatikers Emil Rosenow, und gründet eine (bald kinderreiche) Familie. In den Folgejahren beendet er *Napoleons Aufstieg* (1905), die Tragödie *Überteufel*, das Drama *Ihr stilles Glück – !* (beide 1906/7), die Märchenerzählung *Der Wetterfrosch*, die Tragödie *Mariä Heimsuchung* (1908), die Lustspiele *Die Weiber von Weinsberg* und *Die Glückskuh* sowie die Tragödie *Furchtlos und treu* (1909). Die Titel allein zeigen schon, daß es die schwäbische Heimat ist, nicht die Großstadt, deren Stoffe er verarbeitet.

Essig will in seiner Dramatik nicht am Naturalismus anknüpfen, den er ablehnt. Am ehesten ist er Heinrich Lautensack oder Marieluise Fleißer vergleichbar in der Verbindung von ländlichem Stoff mit moderner Problematik und der Verwendung eines Kunst-

Dialekts, den er mit kantig-expressiven Passagen durchsetzt, so daß ihm zuweilen ein ganz neues Idiom gelingt. Läßt man seine Dramen Revue passieren, sticht ihre extreme qualitative, sprachliche und dramaturgische Uneinheitlichkeit ins Auge, an der sein Kontakt mit bedeutenden Förderern wie Moritz Heimann, Alfred Kerr oder Paul Cassirer (der sein erster Verleger wird) nichts ändert. Streit mit ihnen folgt zwangsläufig. 1912 trennt er sich von Paul Cassirer und läßt seine Werke, zu denen 1910 die Lustspiele *Der Frauenmut* und 1911/12 *Ein Taubenschlag*, 1912 das Schauspiel *Der Held vom Wald* und das Lustspiel *Der Schweinepriester* kommen, im Selbstverlag drucken.

Die Unbeirrbarkeit Essigs rührt zu einem großen Teil aus seiner an Eigenbrötelei grenzenden Selbstbezüglichkeit her. Er besucht nach seinen ersten Monaten in Berlin kaum einmal ein Theater und liest außer Stramm und Scheerbart keine neue Literatur. Sein Nietzsche-Erlebnis besteht darin, daß er nach der Lektüre eines Bandes gönnerisch äußert, Ähnliches längst selbst gedacht zu haben, es nun jedoch für obsolet halte. Er lebt und webt vornehmlich in eigenem, von dem er derart überzeugt ist, daß Selbstkritik – und Kritik überhaupt – wenig Raum findet.

Sich von Mißerfolg, Publikum und Zensur nicht entmutigen oder gar verbiegen zu lassen qualifizierte ihn für den auf Originalität erpichten Leiter des »Sturm« besonders. Herwarth Walden, eigentlich Georg Lewin, wie Essig Jahrgang 1878, hatte 1910 eine Wochenschrift namens *Der Sturm* gegründet, die mit der *Aktion* die bedeutendste expressionistische Zeitschrift war. Ihr Name stammte, wie der Waldens, von Else Lasker-Schüler, die von 1901–1911 mit dem genialen Organisator verheiratet war. Schon in den Jahren zuvor hatte er sein Gespür für Künstler im »Berliner Verein für Kunst« unter Beweis gestellt, wo umstrittene Autoren wie Gottfried Benn oder Heinrich Mann lasen. Erst mit der Künstlervereinigung »Der Sturm« aber, die sich um die Zeitschrift bildete, zeigte er sein Talent vollkommen. Ausstellungen wie »Der blaue Reiter« 1912 oder der »Erste Deutsche Herbstsalon« 1913, die heute als Stationen der Moderne gelten, provozierten die bürgerliche Presse, Walden als Schutzherr von »Hottentotten im Oberhemd« oder »einer

Horde farbespritzender Brüllaffen« zu verhöhnen, wohingegen die europäische Avantgarde im »Sturm« eine Heimat fand. Marinettis *Futuristisches Manifest*, Kandinskys kunsttheoretische Schriften und Kokoschkas Drama *Mörder, Hoffnung der Frauen* erschienen hier genauso wie Artikel, Gedichte und Erzählungen von Karl Kraus, Kurt Hiller, Else Lasker-Schüler, Alfred Döblin, Gottfried Benn, August Stramm und Kurt Schwitters. In den Galerieräumen konnte man unter anderem Werke von Chagall, Mondrian, Picasso, Campendonk, Ensor, Robert und Sonja Delaunay, Léger, Balla, Klee, Marc und Macke sehen.

»Der Sturm« glich bald weniger einer Künstlergruppe mit eigener Zeitschrift als einem Kunstkonzern mit stets wachsenden Galerieflächen und internationalen Ausstellungstourneeen, mit Kunsthandel, einem Verlag, Vortragsabenden, Bällen, später mit einer Bühne und einer Kunstschule, alles gruppiert um einen Salon im Hause des Leiters Walden und seiner Frau; seit 1912 war es die Schwedin Nell Roslund. Waldens Organisationsgenie muß ebenso begeisternd wie überwältigend gewesen sein. Fast schon fanatisch setzte er sich für die Moderne ein, seine Unbedingtheit in Kunstdingen duldete keinen Widerspruch, und gefürchtet war seine vernichtende Kritik. Rivalität der »Sturm«-Mitglieder um Waldens Gunst und die Furcht, aus dem Stand der Gnade zu fallen, entwickelten sich zwangsläufig.

Noch 1913, im Jahr seines Eintritts in den »Sturm«, erlebt Essig den »Ersten deutschen Herbstsalon«. Positiv, doch unbestimmt schildert er Eindrücke eines Besuches in einer Antwort auf Waldens wiederholte Einladung, die Ausstellung zu besichtigen: »Wie manches der schönen Bilder ist mir in der Erinnerung ein Genuss, nur z.B. ›Verlängerung der Häuser in den Himmel‹ [vom Futuristen Luigi Russolo]. Davon rede ich oft und noch von anderen, dass ich sie gerne besitzen möchte. Ich will aber an der Erinnerung aus meinen bisherigen Besuchen nicht genug haben, sondern ich werde bestimmt in den nächsten Tagen von meiner Karte Gebrauch machen, obgleich mich zur Zeit manche Arbeit drängt.« (13.11.1913) Ein Bild erwirbt Essig weder damals noch in den folgenden fünf Jahren, nur ein Porträt, das der Freund Oskar Kokoschka von ihm anfertigt, besitzt er. Die Werke seines Bruders Gustav, der Meisterschüler von Franz Stuck war und den Einband des »Taifun« illustrierte, schätzte er viel mehr. Fauvismus, Kubismus, Expressionismus, die Bewegung der Abstrakten bleiben ihm durchweg fremd. Fremd bleibt ihm auch die enge Bindung der Gruppenmitglieder im »Sturm«. Fremd bleiben ihm schließlich die geschäftig-geschäftstüchtige Art Waldens und seine diktatorische Kunstkritik, die einer traditionellen Auffassung von Kunst, wie Essig sie vertrat, grundsätzlich widersprachen.

So ist das Verhältnis zum »Sturm« von Anfang an nicht frei von Irritationen. Essig zieht außerdem kaum einen erkennbaren Gewinn aus dem Kontrakt mit Walden. Zwar erscheinen Erzählungen von ihm im *Sturm*, aber ohne Honorar, der Bücherverkauf bewegt sich auf niedrigstem Niveau, und der Bühnenvertrieb erweist sich als vollkommenes Fiasko. Im Gegenteil muß er damit rechnen, daß seine Mitgliedschaft in der bürgerlichen Presse negative Folgen zeitigt. Kein Wunder, daß er Alternativen nicht aufgeben will und Werke bei Cotta, Kurt Wolff und im Selbstverlag veröffentlicht.

In der Zeit von 1913–1918 stieg sein Bekanntheitsgrad vornehmlich ohne das Zutun des »Sturm«. 1913 sprach ihm Jakob Schaffner den Kleistpreis zusammen mit Oskar Loerke zu, und 1914 erhielt er ihn als einziger Preisträger zum zweitenmal, diesmal von Arthur Eloesser und zusammen mit Fritz von Unruh. Doch einen Durchbruch, geschweige finanzielle Sicherung, bedeutete das nicht. Vielmehr setzt ihm die Zensur immer härter zu, da man in seinen Dramen Obrigkeitsfeindliches, Verunglimpfung des Pfarrstandes, Blasphemisches, sexuell Anstößiges und Aufruf zur Selbstverstümmelung zu finden glaubte. Fanden dennoch Aufführungen statt, arteten sie teils in Theaterskandale mit anschließender Saalschlacht aus. Als in dieser schwierigen Situation ein Essig gewidmeter »Sturm-Kunstabend« wenig erfolgreich über die Bühne geht, steht für ihn die Distanzierung fest. Er schreibt verbittert an seine Frau: »Dieser sogenannte Essigabend ist also wie ich mir dachte gottlob verkracht. Um solch eine Lucie [eine Novelle Essigs] vorzutragen, muss man größere Nüancierungsmöglichkeit haben als Blümner. [...] Na, mit dem Sturm bin ich nun auch fertig. Verkehr nur noch rein geschäftlich und sonst das unumgänglich Notwendige. Diese Leute haben auf mich einerseits doch nur Neid und auf der anderen Seite bin ich ihnen zum Renommieren gut. Innerlich schätzen sie Stramm oder Knoblauch und eben alle diejenigen, die sonst nirgends Anerkennung finden können. Es ist nicht das glühende Bewusstsein ›Hermann Essig‹.« In der Folgezeit schärft innerliche Distanz bei äußerlicher Nähe seinen Blick auf den »Sturm«, so daß ihm Kurioses und Eigentümlichkeiten, die zuvor fraglos respektiert wurden, ins Auge fallen. 1917 wird Essig für ein halbes Jahr vom Kriegsdienst befreit. In einem großen Kreativitätsschub schreibt er in dieser Zeit neben einer Tragödie (*Mira, die Silberbraut*, unveröffentlicht), mehreren Dramenentwürfen und Erzählungen eine etwas platte, fast slapstickhafte Schlüsselkomödie über den »Sturm«, *Kätzi* betitelt, und, um der Überfülle seiner Ideen Herr zu werden, darauf aufbauend den *Taifun*.

Am 27. Mai 1918 – einen Monat vor Essigs Tod – sagt der Kurt Wolff Verlag die Veröffentlichung von *Susanne Flaubert*, so der Arbeitstitel, zu. Im Annahmebrief heißt es: »Es wird nicht an Beurteilern fehlen, die dem Buche vorwerfen werden, dass es als literarischer Schlüsselroman nur ›Literatur‹ wäre. Wir glauben aber, dass mit uns ernste und wahrhaft kritische Beurteiler erkennen, wie hier die zunächst als charakterlose Schwindler erscheinenden Kunstmenschen samt ihren Protektoren zu grotesktragischen Gestalten unserer Zeit aufwachsen, wie ihr Wesen nicht verurteilt oder verhöhnt, sondern definiert wird. Und wie sie – das erscheint uns insbesondere neu und bedeutend – nicht als Künstler, die sie sein wollen, sondern nur als Menschen merkwürdiger Konstitution dargestellt werden.

Der einfache prägnant treffende Stil und die eigenartige Mischung von Derbheit und Differenziertheit in der Darstellung erscheint uns sehr reizvoll.

Es wird – schon im Hinblick auf die Zensur – erforderlich sein, einige sexuell-drastische Stellen leicht zu mildern und wir hoffen, dass Sie sich dazu verstehen werden; dass uns bei diesem Wunsch prüde Bedenken völlig fern liegen, versteht sich von selbst.«

Kurt Wolff rechnete offensichtlich nicht nur mit dem Zensor, sondern gleichfalls mit rechtlichen Schwierigkeiten von seiten der lebenden Vorbilder, die sich selbst sofort im *Taifun* erkennen konnten. Spätere Generationen haben es schwerer, können aber neben dem Roman selbst den detektivischen Reiz der Entschlüsselung genießen. Steht »Taifun« für »Sturm«, muß dessen Spiritus rector »Ossi Ganswind« Herwarth Walden sein. Die Charakteristika der Figur lassen keinen Zweifel: Ganswinds Haupt gleicht dem einer Sphinx, eine für Walden geläufige Metapher. Wie Walden lebt Ganswind in zweiter Ehe mit einer Schwedin. Ganswind spielt wie Walden exzellent Klavier und komponiert, beide verschreiben ihr Leben modernster Kunst und betreiben gleichzeitig erfolgreich Kunsthandel.

Die Namen Alfred Bäumler und Susanne Flaubert verbergen im Roman notdürftig den Chefrezitator des »Sturm« Rudolf Blümner und seine Frau Susanne Schubart, Polizeirat Löwe den Polizeirat Hennings. Diesem Trio verdankt sich der reale Handlungskern des *Taifun*, wie Walter Mehrings Erinnerungen zeigen: »Polizeirat Hennings, Berlins politischer Zensor im Ersten Weltkrieg, einer der in preußischen Staatsdiensten häufigen Ziegenböcke, besaß außer der ihm angemessenen Gemahlin drei Passionen: Rotwein, Weiber und Expressionismus. Der letztgenannten und ausgefallensten verdankte es diese Kunstgattung, daß sie wenigstens in Berlin noch ein Reservat hatte, in der Zeitschrift und Galerie ›Der Sturm‹, über die der allgewaltige Polizeichef seine schützende Hand hielt, indem er die Zeitschrift vor der Beschlagnahmung, den Herausgeber Walden vor der Einberufung zum Heeresdienst bewahrte, um in dessen Haus nach der von ihm verhängten Polizeistunde seinen drei Passionen frönen zu können: einer peinlichen Liebschaft mit einer spionageverdächtigen belgischen Varietékünstlerin, die von Walden schleunigst an den ›Sturm‹-Rezitator Dr. Rudolf Blümner verheiratet wurde; seinen Burgundern (am liebsten: Pommard) und der modernen Malerei (vorzugsweise Franz Marc, Campendonk und Chagall, überhaupt Bilder mit Tieren).«

Als der Glasarchitekt, der das phantastische Hochzeitsfest arrangiert, tritt Paul Scheerbart im *Taifun* fast unverschlüsselt auf, und Martha Kupfer, eine bekannte Schieberin der Endkriegszeit in Berlin, gleich unter ihrem richtigen Namen. August Stramms Gedichte zitiert Essig, wenn es heißt »Mißmut kreiste der Raum«, oder wenn Alfred Bäumler »das furchtbare Gedicht von der ›Menschheit‹« vorträgt. Oskar Kokoschka, der andere Freund im »Sturm«, durfte nicht fehlen. So ist von »Menschenköpfen« die Rede, dem Titel der berühmten Porträtserie, in der Kokoschka Hermann Essig und andere der Gruppe nahestehende Künstler für die Zeitschrift des »Sturm« zeichnete. Andere Figuren identifiziert man nicht leicht. Dr. med. Täubler, Literat, Psychologe und Sozialdemokrat, zielt wohl auf Alfred Döblin. Der geniale Maler William, der in Rezeption des »Expressionismus der Eskimos« weiße Leinwand als »Polarlandschaften« ausstellt, könnte William Wauer sein, der Maler Lautenschläger bzw. Schellenhauer, der seinen Hammel porträtiert und schließlich als Gipfel der Abstraktion leere Rahmen präsentiert, vielleicht Franz Marc. Der Maler »Müller« aber, der einzige, den Ganswinds für »wahrhaft groß« halten, ist kein anderer als Marc Chagall. Sein Gemälde *Le poète, trois heures et demie* von 1911 ist das Vor-Bild für das »Hauptwerk der Sammlung« Ganswinds, das die »Idee des Taifun« illustriert – für das Bild vom Mann mit dem umgekehrten Kopf, dem eine Katze den Hintern leckt. Essig konnte das Gemälde bei jedem Besuch des »Sturm« studieren, denn es hing an prominenter Stelle im Salon der Waldens, wie eine zeitgenössische Photographie beweist. Auf Chagall spielt Essig wohl auch an, wenn durchsichtig gemalte »trächtige Eselinnen« beschrieben werden, in deren Leib der Fötus zu sehen ist. Chagalls Bild *Schwangere Frau* von 1913 zeigt ebenfalls das Kind im transparenten Mutterleib, und Esel sind ihm in diesen Jahren beliebte Motive.

Diskret versteckt sich der Autor selbst zweimal im Roman. Einmal zu Beginn mit seiner Frau: »Dagegen saß dort drüben auf einem Sessel scheinbar ein Künstler mit schwarzem Lockenhaupt, neben ihm seine Gattin, eine gute Dicke, die wahrscheinlich viele Kinder hatte. War es ein Dichter? Dann wettete er, daß er mindestens ebenso viele Kinder hatte, wie unaufgeführte Schauspiele.« (Hermann Essig hatte die Locken, die Frau, fünf Kinder und ein halbes Dutzend der Aufführung harrende Dramen.) Später taucht in der zur »Taifun«-Ausstellung drängenden Schar ein Herr auf mit silbergriffbeschlagenem Ebenholzstock – ein Stück, von dem sich Essig niemals trennte.

Essigs Satire macht also vor ihm selbst nicht halt. Seine Unbefangenheit läßt ihn die Vorbilder mit ihren realen Lastern lediglich als Spielfiguren benutzen, deren Grundeigenschaften und Fehler er vergrößert und mit teils frei erfundenen Spleens wie sexuellen Vorlieben kombiniert. Im Gegensatz zu den zeitgenössischen Kritikern erkennt man heute, daß er Walden im *Taifun* keineswegs nur verurteilt. Das Kunstpublikum bettelt ja förmlich darum, betrogen und ausgenommen zu werden, und die dadurch erzielten riesenhaften Gewinne will Ganswind immerhin in die Förderung wahrhafter Kunst stecken. Antisemitisches – wie in der Kritik der Zeit an Walden häufig – fehlt bei ihm ganz.

Walden wird das kein Trost gewesen sein, zumal er an Hermann Essigs Grab, der am 21. 6. 1918 an Lungenentzündung gestorben war, eine hymnische Rede gehalten hatte. »Von den Dichtern der Wirklichkeit kann nur ein Name neben den Namen Hermann Essig in Deutschland gestellt werden: Heinrich von Kleist. Was mit der ersten deutschen Komödie Der zerbrochene Krug vollendet begonnen wurde, Hermann Essig hat es in zahlreichen Komödien vollendet. Auch Hermann Essig wurde nicht erkannt.«

Ein Jahr später erscheint der *Taifun*. Nur wenige Reaktionen aus dem »Sturm«-Kreis sind bekannt. Lothar Schreyer, Leiter der »Sturmbühne«, schreibt am 5. August 1919 an Rudolf Blümner: »Es ist gut, wenn man gegen das Buch von Essig etwas tun kann, die Schweinerei ist doch zu gross.« Herwarth Walden selbst hüllt sich in Schweigen und gibt erst 1920 in Zusammenhang mit anderen Affären zu Protokoll: »Essig hat mich bis wenige Stunden vor seinem Tod seinen Freund genannt. Nach seinem Tode ist ein Roman veröffentlicht worden. Ein missglückter Versuch, aus naturalistischer Darstellung zu künstlerischer Gestaltung zu gelangen, die Tragödie einer unfertigen Künstlerschaft mit der Wirkung übermenschlicher Gemeinheit.« Trotzdem behielt er die Werke Essigs bis zu ihrer Beschlagnahme und Vernichtung durch die Nationalsozialisten in seinem Verlag.

Hermann Essigs Abrechnung mit der Moderne im *Taifun* gehört sicherlich zu den frühesten. Seine Satire trifft nicht nur die arrivierte Kunst und den »Sturm«, sondern auch den modernen und den Neuen Menschen, die massengeprägte Großstadt, die Technik- und Geschwindigkeitsmanie, Geschlechterklischees und Kriegsgewinnlertum. Unübersehbar prägt neben der Künstlerschelte kritische Zeit-Bilanz den Roman. Er ist als Satire über das Weltkriegs-Berlin, seine Fremdenfeindlichkeit, seine ungeheure Teuerung, seine Brutalität und sein Verkehrschaos zu lesen. In diesen Kontext verwoben ist die Kunstsatire um die Künstlervereinigung »Taifun«, deren hochstaplerische Leitung beinahe die ganze Stadt unwiderstehlich in ihren Wirbel zieht. Die Forderung der Taifunisten nach Umkehrung der natürlichen Sichtweise und vollkommener Künstlichkeit im Leben (der Kinderwunsch und Schwangerschaft als anstößig unmodern gelten) entlarvt Essig als eine Spießermoral mit umgekehrten Vorzeichen.

Der Avantgarde, deren Themen er parodierend aufnimmt, ist Hermann Essig im Roman ein Stück voraus, weil er deren literarische Technik einsetzt, die von ihr geübte Kritik an der Gesellschaft auf sie selbst anzuwenden. So liest man über weite Strecken in der Parodie das Modell eines expressionistischen Romans. Da gibt es den typisch emphatischen Auf- und Ausbruch am Beginn – allerdings den einer Frau mit dem Ziel ehelicher Versorgung. Da gibt es den Kampf gegen Enge, Konvention und Spießigkeit – allerdings diejenige der Avantgarde. Da wird die Traumhaftigkeit jeder Handlung propagiert – allerdings, um die Menschen besser ausnehmen zu können. Da ringen Schauspieler, Dichter und Maler erbittert um Anerkennung – allerdings vornehmlich verhinderte Bürger und Betrüger. Und das Abenteuer suchen Heldin und Held nicht in der Exotik ferner Länder, sondern im Berliner Kunstsalon »Taifun«.

Auf jeder Seite seines ersten Romans spürt man Hermann Essigs Spaß am Fabulieren, am Erdenken immer verrückterer Situationen und abstruseren Verhaltens. Rücksicht auf Naturgesetze oder diejenigen bürgerlichen Anstands spielen keine Rolle. Als Vorübung hatte Essig Jahre zuvor kurze Grotesken verfaßt, denen Paul Scheerbarts oder Mynonas vergleichbar, von deren Wirkung Alfred Kerr schrieb, »daß man beim Lesen brüllend und zuckend nach Luft pfiff wie eine Maus«. Kasimir Edschmid greift im Lob des *Taifun* noch höher:

»So ist Essig zweifellos nicht sprach- oder formschöpferisch im großen und letzten Sinn und hat doch ein Buch geschrieben, das an Kompaktheit, Originalität und Fülle des Geschauten niemals seither vorhanden ist. (›Taifun‹, bei Kurt Wolff, München). Dennoch wäre es letzten Endes ohne Sternheim und Heinrich Mann undenkbar. Der Roman satirisiert den ›Sturm‹-Kreis in einer in Deutschland kaum gekannten Kühnheit der Form. Manns geißelnde Romane sind (mit Ausnahme des leider schlecht ausklingenden ›Professor Unrat‹) nicht ins Dichterische, nicht ins Ewige hinein stilisiert, sondern nur ins Zeithaft-Glossierende. Sie bleiben Politik. Essig baut von da erst auf, denn der ›Sturm‹-Kreis ist ihm am Ende Wurst, und es sensationiert ihn keineswegs zu sehr, daß schließlich selbst unsichtbare Bilder als letzte Abstraktionshöhe, d.h. also leere Rahmen verkauft werden. Sondern er zuckt nach dem menschlichen Jammer dahinter, nach den Verbogenheiten der Seele, nach den unmöglichsten Äußerungen des Verdrehten, Barocken im Dasein. Und er vollbringt die Zusammenschweißung anstößigster, schrecklichster und gewagtester Dinge mit ungewöhnlicher Konzentration. Ohne Zweifel einer der besten satirischen Romane unserer Zeit und infolgedessen, d.h. infolge seines kühn über die Zeit hinausgehenden Gehalts, schwer verkannt.«

Essig gelingt dieser Wurf, weil er mit großer Unbefangenheit zu Werke geht. Den Aufbruch der expressionistischen Generation, die Abrechnung mit der Tradition und die Programmatik der modernen, z.B. der abstrakten Kunst nimmt er einfach nicht ernst, weil sie, zumal ihre pathetische Dogmatik, seinem Empfinden und seiner eigenwilligen Denkweise eklatant widersprechen. Trotzdem geht er im *Taifun* durchaus mit Mitteln der Moderne zu

Werke, wie filmartigen Schnitten, expressionistischen Porträtgedichten, Neologismen, Aufbrechen der Syntax und mühelosem Hinübergleiten aus grundsätzlich realistischer Handlung in Phantastisches und Surreales.

Ebenso modern erscheint, daß die Sexualität im *Taifun* wie in allen Werken Essigs – vor anderen Motiven wie Geldgier und Geltungsdrang – als positive, treibende Kraft wirkt. Faßt man die Spielarten der Lust einmal zusammen, findet man sie in allen Stellungen, in Voyeurismus, in lesbischer Liebe, Fetischismus, Promiskuität, Gruppensex, Sodomie, Sadismus und im Fernsex qua Musik. Franz Graetzer, ein enger Freund Essigs, formuliert in seiner *Taifun*-Rezension so: »Ohne jemals ins Lüstern-Pikante zu entgleisen, war Essig, von dem Arthur Silbergleit einmal treffend gesagt hat, seine Sendung sei es gewesen, den Hintern sakral in deutsche Dichtung einzuführen, unbeschadet der mörikeschen, pfarrherrlich-beschaulichen Seite seines reichen Wesens, von der – fast bereits koprolalisch-schambefehdenden Nacktheitssucht ewigen Sturmes und Dranges besessen: und in diesem Roman tobt er seine Naturburschenhaftigkeit ebenso sehr aus, wie er, andererseits, seiner reifen Sinnierungsweisheit die Zügel schießen läßt. Der unerschütterlich tapfere Schwabe ist Radikalpessimist, der seine Menschen nur in Gestalt von heillos instinktgejagten Dreivierteltieren zu sehen, dann aber auch wahrhaft zu lieben, nicht nur schal zu dulden vermag.«

Die weiblichen »Dreivierteltiere« in seinem Werk sind dabei die interessanteren Charaktere, wie Jakob van Hoddis schon 1911 im *Sturm* betont: »Am meisten vergnügt mich Hermann Essig durch die Umkehrung einer gewohnten psychologischen Perspektive. Er stellt die Frauen als die Geistigeren dar, als die bewussteren Tiere, deren Entschlüsse in grösserer Helligkeit wachsen, ferner von besinnungsloser Dumpfheit; aber er empfindet sie auch als die Boshafteren, Härteren, Verlogeneren. Man würde den Hermann Essig einen grausamen Psychologen nennen, wenn man nicht fühlte: er liebt die Frauen viel zu sehr, um sie zu idealisieren; er kann noch da lächelnd geniessen, wo ein Strindberg tobt und anklagt.«

Bei Essig fehlt eben – sieht man vom *Überteufel* ab, der bereits 1906 thematisch und motivisch (Inzest, Vatermord, Triumph des Bösen, Visionen) den Schwarzen Expressionismus der Zwanziger vorwegnahm – die destruktive Kraft des Eros wie bei Strindberg und Wedekind, die Essig übrigens kaum wahrnahm. Eine gewisse Unentschiedenheit der Moderne gegenüber liegt vor, wie schon Herbert Ihering meinte: »Dieser Roman wechselt auf jeder Seite die Technik und seine Einstellung. Er nimmt jetzt ernst, was er eben komisch nahm. Er ändert die Front. Er sieht Aktualitäten banal und phantastisch, nüchtern und angeheitert. ›Der Taifun‹ wäre, auch wenn Essig länger gelebt hätte, nicht stilreiner geworden.« Es lag nicht in seiner Absicht, stilrein zu schreiben, vielmehr gelang es ihm in der Mischung von konservativer Sicht, originellem Blick und traditioneller-arrivierter Schreibweise eine neue Einheit im bunten Nebeneinander zu schaffen – ein Kaleidoskop der Moderne.

Im Gegensatz zu Essigs sonstigen Werken war der *Taifun* ein buchhändlerischer Erfolg – zunächst als Schlüsselroman, weswegen er (wie ein Kritiker meinte) »vielleicht einmal ein beliebtes Objekt germanistischer Dissertationen« zu werden verspräche, dann aber wohl auch wegen seiner starken Wirkung, die der Rezensent der *Volksstimme Chemnitz* 1919 so beschreibt:

»Das ist ein sehr gewaltsames Buch, einem Menschen vergleichbar, der dir auf der Straße entgegentritt, um dir rasch und eindringlich einen Vortrag zu halten über den Sauzustand gewisser übermoderner Berliner Kunstbetriebe und über den Lasterpfuhl der Menschen im allgemeinen; und dieser Kerl, der dir das begreiflich zu machen sucht, hat selber nicht die Spur von Lebensart; er spuckt und qualmt dir ins Gesicht, schreit und lacht in einem Atemzug, stampft wild mit den Füßen, fuchtelt wild mit den Armen wie ein Verrückter, haut dir eine runter, daß dir hören und sehen vergeht, stellt sich auf den Kopf, grunzt wie ein Schwein, versetzt dir eine zweite Backpfeife und einen Tritt ins Gesäß – das alles nur, weil er dir begreiflich machen will, was er in einer Durchschnittsmenschensprache dir nicht verständlich machen kann.«

In einer »Durchschnittsmenschensprache« konnte Hermann Essig in der Tat die phantastisch-realistische Poetisierung seiner Erfahrungen im »Sturm« und im Weltkriegs-Berlin nicht fixieren, sondern in seiner eigenwillig vielgestaltigen und wechselhaften Diktion, die der Fülle und Buntheit der Erlebnisse entspricht. Der *Taifun* wirkt deshalb heute nicht zeitgebunden wie so viele streng nach der expressionistischen Programmatik geschriebene Texte. Wenn es denn immer noch wahr ist, daß wer vieles bringt, manchem etwas bringen wird, stehen die Chancen für die Lektüre des *Taifun* 78 Jahre nach seinem ersten Erscheinen nicht schlecht.

Januar 1997 Rolf-Bernhard Essig

Die Originalausgabe erschien 1919 im Kurt Wolff Verlag, Leipzig.
Die orthographischen Eigenheiten der Originalausgabe wurden übernommen, nur offenkundige Druckfehler sind korrigiert.
Die Schreibung von Eigennamen wurde vereinheitlicht.

Umschlag: Martin Noël, unter Verwendung des Originalumschlags von Gustav Essig.

Die Deutsche Bibliothek – CIP-Einheitsaufnahme
Essig, Hermann:
Der Taifun / Hermann Essig. Hrsg. und mit einem Nachw.
von Rolf-Bernhard Essig. – Bonn : Weidle, 1997
ISBN 3-931135-28-4

Beethovenplatz 4, 53115 Bonn
Lektorat: Stefan Weidle
Korrektur: Katharina Blumenberg
Typographie: Friedrich Forssman, Kassel
Satz: Wallstein Verlag, Göttingen
Druck und Bindung: Hubert & Co, Göttingen
1. Auflage
ISBN 3-931135-28-4

Weiterführend empfehlen wir:

Soziale Kompetenz
ISBN 3-8029-3371-0

Ihre erste Regierungserklärung als neuer Chef
ISBN 3-8029-3368-0

Richtig loben und motivieren
ISBN 3-8029-4519-0

Chef-Checkliste Mitarbeiterführung
ISBN 3-8029-3372-9

Die Arbeitsfalle – und wie man sein Leben zurückgewinnt
ISBN 3-8029-3383-4

Persönlichkeit als Potenzial
ISBN 3-8029-5501-3

E-Mail: walhalla@walhalla.de
http://www.walhalla.de

Walhalla Fachverlag · Haus an der Eisernen Brücke · 93042 Regensburg
Telefon (09 41) 56 84-0 · Telefax (09 41) 56 84-1 11